BUEN
LADRÓN

LXVIII PREMIO DE NOVELA
ATENEO CIUDAD DE VALLADOLID

CHRISTIAN FERNÁNDEZ ALONSO

BUEN LADRÓN

algaida

La novela *Buen ladrón,* de Christian Fernández Alonso, resultó ganadora del LXVIII Premio de Novela Ateneo Ciudad de Valladolid, que fue convocado por el Ateneo de Valladolid y patrocinado por el Excelentísimo Ayuntamiento de Valladolid.

Ayuntamiento de Valladolid

Diseño de cubierta: José Luis Paniagua

Primera edición: 2022

Avda. San Francisco Javier, 22
41018 Sevilla
Teléfono 95 465 23 11. Telefax 95 465 62 54
e-mail: algaida@algaida.es

PAPEL DE FIBRA CERTIFICADA

ISBN: 978-84-9189-716-3
Depósito legal: SE. 108-2022
Impreso en España-Printed in Spain

A ti, un yo mejor.

En Villamuriel, al acabar la tarde, los hombres regresan de la faena. La única diversión, más allá de un chato de vino en la tasca, consiste en salir a las eras. Conrado Gusano, un mozo obeso y con el rostro picado por marcas de viruela, juega con un cachorro de perro que apenas ha abierto los ojos. Lo sujeta colgando de la piel del pescuezo y lo zarandea ante un grupo de campesinos que le rodea. El animalito mueve las patas al aire y emite unos gemidos apenas audibles entre los movimientos bruscos que provocan las risotadas de los campesinos. Un niño se acerca.

—Qué bonito, ¿de qué raza es?

—De la tuya —responde Conrado Gusano.

Acto seguido arroja al cachorro por los aires, que golpea contra una trilla y cae desmadejado a unos metros. El niño, aturdido, corre hacia el animal y, con la respiración entrecortada, lo coloca sobre su pecho intentando en vano reanimarlo. Los mozos van hacia él y le rodean.

—¡Eh, tú, pispajo! ¿A dónde crees que vas? —le grita el mataperros—. Deja a esa mierda de bicho donde está.

—¡Déjame, es mío! Y voy a enterrarlo —replica el niño.

—¿Tuyo? Mira nada más el imbécil este... Seguro que es otro mierdoso de Calabazanos ¡Aquí no hay nada tuyo ni lo va a haber nunca! ¡Largo!

Conrado Gusano le arranca el animalito muerto de las manos y vuelve a lanzarlo lejos.

—¡Largo he dicho! ¡Vete a llorarle a la pécora de tu madre!

El niño cierra la mano, aún cálida por el último latido del cachorro, y lanza un puñetazo al vientre abultado del mozo. Mientras se tambalea, los campesinos se le echan encima y comienzan a patearlo, a escupirle, a removerlo sobre la tierra cuarteada. El niño soporta los golpes y esputos hecho un ovillo en el suelo. Conrado Gusano, envalentonado, les hace una señal.

—Que dice el perro que *tié* sed...

Los mozos se aflojan el refajo y comienzan a orinar sobre el cuerpo del niño. Una lluvia ocre y ácida. Conrado Gusano tiene dieciocho años y Fermín Aguilar apenas siete.

*

FERMÍN TUVO EN SU VIDA UNA SOLA NOVIA Y COMPAÑERA. NUNca se casaron, pues ambos creían que no había juez ni ley que dictara sobre el amor, ni sobre hombre sobre hembra en el lecho. Él tenía veintitrés y ella era apenas una adolescente, una espigadora de largos cabellos celtas y piel blanca con una constelación de pecas y lunares. Ella bebía los vientos por aquel hombre de fuerte olor a tierra, curtido a la solana, de muy mediana estatura y nada apuesto, pero de bellas palabras y más hermosos sueños. Él la amó con la misma pasión con la que hacía todo, sin límite ni temor a ninguna consecuencia. Debió de prometerle el cielo o bajarle algún cuarto creciente de la luna, decirle que sus pechos sabían a espliego o que estaba dispuesto a pelear por una fugaz única naciente entre todo el firmamento y ponérsela en el pelo. La joven le creyó y lo amó sin pausa ni medida. Lloró sola muchas noches cuando él se ausentaba sin dar explicaciones. Sin cuestionarle jamás ni exigir nada más allá de una cama, un fuego de ramillas y tocarse cada noche hasta agotar el tacto. Ya se encargaría ella de que no le faltase mesa ni camisa ni cómplice. Aunque volviese agotada de recoger las espigas caídas en los surcos. Ni cuando estuvo por fin embarazada, ladeándose y resoplando al caminar, y haciendo, sin perder la sonrisa, todas las labores de la casa con aquel enorme nido abultando su cuerpo de cáñamo.

Como todo en su vida, los momentos, buenos y malos, fueron breves. Intensos hasta el éxtasis y dolorosos hasta el aniquilamiento. Entre sábanas de sangre, las caderas estrechas se le rompieron al dar a luz al hijo, y a Fermín se le quebró el corazón. La enterraron sin lápida ni responso en la fosa común, en un rincón del cementerio que no se consideraba camposanto, donde se echaban los abortos, los miembros amputados, a los ateos y a los suicidas. Apenas acudieron a esa última despedida media docena de los del pueblo. Cuando los terrones secos empezaron a caer sobre la mortaja anudada, se quitaron la boina, pusieron un gesto circunspecto y se retiraron sin pronunciar palabra. A él le quedó entre los brazos un niño rubio como el oro y una llaga en el alma que pedía nueva esposa: la revolución.

Los primeros días, o semanas, Fermín no soportaba ver al niño. Era un intruso, un cruel desconocido. Le robaba el sueño y las ganas. Hubiera querido más que nada que aquello no hubiera pasado. La abuela se había encargado del pequeño, de cambiarlo, alimentarlo y consolar su llanto desde que sepultaron a la difunta. Él intentaba ignorarlo hasta que su madre lo confrontó.

—Muy sietemachos tú, ¿no? Muy anarquista y muy desgobiernos ¡Pues a ver de qué madera estás hecho y de qué te ha parido madre!

Se lo arrojó en los brazos, cuidando solo de sujetarle la cabeza. Fermín lo sostuvo con torpedad; estaba con el torso descubierto. El recién nacido le agarró con inusitada fuerza el vello del pecho e intentó succionarle la tetilla. Olía a setas brotadas de la lluvia y a henar después de una tormenta.

—Calma, tú, ansioso, que no te va a faltar de nada. Que mato yo por ti si hace falta.

Se tendió sobre la cama y le venció el sueño con el niño sobre el pecho. En la bruma del agotamiento no tuvo conciencia clara de si los corazones se tocaban o si el hijo volvía a entrar en su cuerpo como en un alumbramiento a la inversa. Pero desde ese momento supo que los unía algo tan poderoso como la misma fuerza de creación del universo. Y que ya no tenía el más mínimo temor a la muerte porque alguien más y mejor continuaría detrás de él.

La sensación de plenitud duró tal vez un par de horas que a Fermín se le hicieron minutos contados. El bebé empezó a llorar con un timbre que lo aturdía.

—Hay que buscarle un ama de cría, hijo, este quiere teta. Ni te creas que se va a conformar con leche de cabra, ya le está dando diarrea.

—Pero madre, ¿y ahora qué hago yo?

—La Honoria está recién parida, está gorda y tiene buenas ubres. Una para su cría y la otra para este, que se ve que viene al mundo con ganas.

—Y qué le pago yo a la Honoria si no tengo dónde caerme muerto…

—Tú déjame a mí, que también es este sangre de mi sangre. Y si hay que sacar, se saca de donde no hay. Que ya le sé yo dos o tres cosas a la Honoria como para que ponga una teta y no rechiste. Y tú a lo tuyo, al campo a ganar el jornal y a dejarse de idioteces, que para eso eres padre y comerás dos huevos. Y vete pensando un nombre que ponerle, que no va a estar la criatura como un animalillo.

—Dimas se va a llamar, madre, ya se lo teníamos pensado.

—¿Dimas? ¿Y eso a cuento de qué?

—A cuento de que leí una vez que ese nombre significa «el compañero» y este va a ser mi compañero de ahora en adelante —dijo Fermín sujetando orgulloso al rubio y delgaducho bebé.

—Tú y tus lecturas, mira nada más en todos los líos en que nos has metido con tanto pájaro en la cabeza que traes. Más te valdría irte a la siega, cerrar la boca y alejarte de esas compañías que no te van a traer nada bueno.

—Segar es de esclavos, madre. Aguánteme aquí al compañero —dijo entregándole al niño—, que ya verá como sé yo bien ganarme el sustento.

El problema fue mayúsculo cuando Fermín, viudo en la vida real, pero sin documento alguno, pretendió inscribirlo en el Registro Civil sin que el niño estuviese bautizado, ya que se había negado en rotundo a que ningún cura le pusiese la mano encima y mucho menos lo rociase con agua bendita. Al final, aprovechando una de las largas ausencias de Fermín, el párroco se avino a los persistentes ruegos de la abuela y, con tal de quitársela de encima, se embolsó la limosna en la sotana y en secreto lo hizo cristiano y le extendió la partida de bautismo. Ella la llevó al Registro Civil y, tras soltarle al funcionario una propina que acabó con sus exiguos ahorros, logró salir victoriosa con el acta de nacimiento de Dimas, escondiendo los papeles con sumo cuidado hasta que llegase el momento de necesitarlos.

El niño iba creciendo al cuidado de la abuela y alimentado por la Honoria hasta que al cumplir cinco años lo destetó frotándose ajo en el pezón, alegando que eso ya no era un crío sino un mastuerzo que la iba a dejar seca y que la deuda de silencio, si es que hay adeudo que pueda durar tanto, estaba ya más que saldada. La abuela comenzó en casa la instrucción básica de Dimas y cuando entró a la escuela, era con mucho el más adelantado de todos los zagales.

No había mayor felicidad para él que estar con su padre, pero eran pocas las oportunidades que tenía de verlo. Cuando Fermín no estaba dejándose la espalda y el orgullo en la siega, trabajaba de dolero cuidando apriscos durante meses en los páramos. A decir de los pastores, no había cárcel ni horca peor que pasar tanto tiempo en aquellos eriales sin ver a nadie, sin hablar con nadie. Y cuando regresaba, comido por la desesperación del paro, andaba siempre metido en revueltas, mítines y huelgas. Era huésped habitual del cuartelillo, casi siempre perseguido por alguna deuda política que algún aparcero intentaba cobrarse con el pretexto de una labor no hecha a plena satisfacción, o por su exceso de carácter y montar la bronca a la primera de cambio. En muchas ocasiones los capataces de los patronos acercaban el camión, subían a media docena de jornaleros y a él, pese a ser más joven y fuerte, lo dejaban en tierra. Nadie quería problemas y Fermín tenía tatuado en la frente el signo del conflicto. Y cuanto más rechazo, pobreza y hambre sufría, más dura se hacía su postura ácrata en contra de todo lo que representase poder y autoridad. Si aquel coraje contra el mundo se hubiera aplicado a un solo arado, las tierras de Castilla se hubiesen labrado solas durante años y las cosechas hubieran reventado los campos. Pero el destino tenía para él líneas escritas que no rimaban en verso.

Andaba Dimas por los siete cuando Fermín decidió que ya tenía edad suficiente para acompañarlo a cazar. El niño no perdía detalle cuando él limpiaba la escopeta y recargaba con fulminante, pólvora negra y perdigones los cartuchos disparados por otros cazadores que recogía del campo. No podía darse el lujo de comprar cartuchos nuevos y, como le explicaba, un verdadero cazador tiene que ser capaz de valerse por sí solo.

—Mira, estos de sal son para salir a perdiz y el de perdigón del dieciséis es para ir a liebre y conejo, que es mejor no herir mucho al animal y que lo remate el perro y te lo traiga.

—Pues a ver si es verdad que matas un conejo o algo con más sustancia para echarle a las patatas —dijo enfadada la abuela.

Fermín hizo como que no había oído.

—¿Y los rojos? —preguntaba Dimas embelesado.

—Estos son del doce, de posta lobera —decía Fermín dándoles vueltas con los dedos y haciendo ver que eran más pesados—, para jabalí y venado, aunque no verás mucho por aquí. Esto está más muerto que el desierto del Gobi. Y cuidado no vayas a tirarle un día por error a un cerdo o a una cabra y nos busques la ruina.

Se hacía una gran pausa mientras metía el fulminante, vaciaba una medida de pólvora con un cucurucho de periódico sobre la boca del pequeño cilindro puesto en pie, añadía una cucharada de perdigón de un bote de cristal, ponía encima un recorte redondo de cartón y le daba golpecitos suaves con un martillo de zapatero para prensarlo mientras hacía girar el cartucho. Después, tomaba la vela y dejaba escurrir encima unas gotas para sellarlo, no sin antes advertir al niño de lo peligrosísimo de la operación, en la que más de uno había perdido los dedos o se había quedado ciego por un despiste.

—¿Y cuándo me llevará con usted? —preguntaba Dimas.

—Cuando crezcas. —Era la respuesta que tuvo que escuchar durante un tiempo que le parecieron mil años.

Cuando terminaba la laboriosa recarga de cartuchos, Fermín hacía una bola apretada con el papel del periódico, en el que quedaban leves restos de pólvora, y se la tendía a Dimas. Con el fuelle, el chico levantaba un poco de llama de las brasas de la chimenea y cuando crecían un poco arrojaba la bola de papel. Las llamas la incendiaban con rapidez y, unos segundos después, un flamazo de color amarillo deslumbrante la hacía explotar con ruido de petardo y provocaba una nubecilla de humo denso. La abuela ponía el grito en el cielo mientras padre e hijo hacían sonidos de guerra de indio de las praderas tapándose y destapándose la boca con la mano. Eran momentos felices que Dimas recordaría por siempre.

Su padre le permitía mirar por el doble cañón apuntando al cielo y ver el alma estriada del arma. Aprendió que nunca, bajo ninguna circunstancia, podía tocar la escopeta si Fermín no estaba con él, por la simple razón de que las armas las carga el diablo, lo que cuando era más pequeño lo dejaba confundido después de haber estado rellenando cartuchos con él tardes enteras.

—A ver, venga acá que le enseñe a llevarla, compañero —le dijo un día poniéndosela abierta sobre el hombro. Dimas se sentía igual que si hubiese ingresado a una academia militar—. El arma se lleva siempre abierta, solo se cierra para disparar y luego se vuelve a abrir, se sacan los cartuchos y se deja otra vez abierta.

A la abuela le parecía que esas enseñanzas no le traerían ningún bien y que Dimas era aún muy pequeño como para andar en esas cosas, pero cualquiera le decía algo a Fermín, empeñado en hacerlo hombre a marchas forzadas. Procuraba disimular haciendo como que preparaba algo en la cocina, ajena a las lecciones. Tampoco hubiera podido frenar la curiosidad y la fascinación que sentía Dimas por ellas.

—Entonces, a ver si lo has entendido. ¿Cómo se lleva el arma?

—Abierta, padre.

—¿Y qué se hace después de disparar?

—Se vuelve a abrir.

—Eso, se sacan los cartuchos con cuidado de no quemarse, se guardan *p'a* después si no están muy percudidos y se queda abierta, que no se te vaya a olvidar eso nunca.

—Nunca, padre... ¿Cuándo me va a llevar con usted? ¡Que ya he crecido!

Fermín lo miró y se dio cuenta de que, efectivamente, Dimas había dado un estirón que lo hacía parecer aún más delgado. Dudó unos momentos y por fin dijo:

—Por setiembre, después de la siega. Pasado San Antolín.

Faltaban aún meses, pero no hubo día que Dimas no preguntase a la abuela cuánto faltaba para el Santo, mirando la escopeta y la cartuchera colgadas a buena altura sobre la pared. Mientras, intentando acortar la espera, aprendió a cazar pajarillos sin armas de fuego; con artes primitivas, pero tan eficaces que pronto le valieron el sobrenombre del Pajarero.

Las semanas y los meses fueron pasando, y también las fiestas del santo patrón de Palencia. Fue avanzando el otoño y la ansiada partida de caza no se produjo. Ni ese año, ni el siguiente, ni nunca. Fermín aparecía esporádicamente por la casa, traía quizás algún dinero, algo de ropa y un poco de embutido para el invierno. Al llegar le daba siempre un fuerte abrazo, lo llamaba compañero y le contaba alguna historia. Pero al poco tiempo caía en una profunda melancolía que lo sumía en el silencio durante días hasta que volvía a marcharse sin despedirse, siempre de madrugada. Esa vez se llevó consigo la escopeta y la cartuchera. Dimas y la abuela sabían que pasarían meses hasta verlo de regreso, siempre con la incertidumbre y la angustiosa duda de si en verdad volvería.

*

EL PAJARERO LLEVABA SIEMPRE UN TIRACHINAS EN EL BOLSILLO de atrás, pues en honor a su sobrenombre llegó a ser experto en derribar de un chinazo y a gran distancia cualquier tordo que se parase a beber en el arroyo de Valdesanjuán. Cuando juntaba la docena, los iba recogiendo antes de que algún gavilán fuera más rápido, los metía en el zurrón y los vendía en el figón de Dueñas, donde la Asun y sus hijas los desplumaban con agua caliente, los destripaban y los echaban al aceite hirviendo. Se los servían a los viajeros que iban de Valladolid a Palencia, haciendo un alto a medio camino para almorzar pajarito frito a cuatro la peseta con un chato de vino de Cigales. Con lo que sacaba de la caza, le alcanzaba para llevarle algo a la abuela y, a veces, hasta para comprar unos petardos y pastillas de leche de burra en la verbena.

Fue en el mesón donde vio por primera vez el imponente Hispano Suiza negro, al chófer, vestido como general de brigada apoyado contra la rueda de repuesto del rutilante automóvil, y a don Leónides sentado dentro del local, que a la sazón se estaba tomando un aguardiente y un vasito de agua, ya que primero había pedido un *peppermint frappé* y ni siquiera le habían entendido. El chico recogió del mostrador las cuatro perras gordas que le dieron por los tordos y se quedó observándolo. Al caballero le hizo gracia el desparpajo de aquel chiquillo espigado, de aspecto frágil y nervioso, y en particular su desordenada mata de cabello del color de la mies.

—¡Eh, tú, rubiales! Ven acá. Tienes cara de listo... ¿Quieres ganarte un poco más que eso?

—¿Cuántos tordos quiere? —acertó a preguntar con cierta reserva el Pajarero.

—¿Tordos?... —Sonrió—. No, no busco pájaros precisamente. Pero ven, siéntate aquí. Sin miedo, hombre. Tómate algo conmigo. No es bueno beber solo.

Dimas accedió dudoso, pero se sentó en el borde de uno de los taburetes. No pidió nada. Se limitó a observarlo con detalle y sin decir palabra mientras giraba cada poco la cabeza para ver cómo el chófer pasaba un paño de gamuza al vehículo.

—¿Qué?... ¿Te gusta el coche?

—¡Mucho!

—¿Y no te gustaría dar una vuelta?

—¡Pues claro! —respondió el chico levantando ambas manos y haciendo tambalear el taburete del entusiasmo.

—¿Cómo has dicho que te llamas?

—Dimas Aguilar.

—Mire usted, señor Aguilar, ¿o puedo tutearte? Si tú me ayudas con un encargo puedes sacarte una buena propina... y hasta puedo llevarte en el auto de aquí a Villamuriel y de regreso. Pero eso depende de qué tal lo hagas. ¿Cuántos años tienes?

—Catorce —mintió.

—Dejémoslo en doce, ¿no?... Pero suficientes. Yo a tu edad...

Era la primera vez en su vida en que Dimas veía a un caballero de la villa y corte. En la España todavía negra y feudal de la «dictablanda» del general Dámaso Berenguer y, más aún, en aquella Castilla la Vieja cuarteada y aburrida, un personaje de la capital, bien vestido y con coche propio, lucía más importante a los ojos del niño que el poderoso señor de Onielo con su castillo y sus huestes.

En sus expediciones, le escoltaba el servicial Benigno, un chófer uniformado de húsar *à la parisien*. Mientras el anticuario concretaba sus más que rentables transacciones, él esperaba en alguna de las avenidas de la ciudad donde cuidaba el auto y se daba tiempo de tomar un café, liar un cigarro y contemplar de reojo las piernas de las viandantes locales.

Leónides prefería llegar en persona y sin compañía a los encuentros con sus «marchantes», como él llamaba a los ladronzuelos locales que le prestaban sus servicios. Era un acto que unía a cada hallazgo una dosis de aventura no exenta de riesgo a la que, con el devenir de sus andanzas, se había ido acostumbrando hasta hacerse manifiestamente adicto.

Continuó el encantamiento de serpientes durante unos minutos más mientras veía crecer la chispa en los ojos del muchacho. Había visto ese brillo muchas veces y sabía cómo persuadir el hambre adolescente.

*

El Pajarero se convirtió en anticuario el mismo día que sustrajo de la capilla mayor una talla de la Virgen de la Leche, finamente reesculpida por la carcoma, que era lo que la convertía en antigüedad. Sin darse tiempo para cubrirla bien con el morral de los tordos, la sujetó con un cabo de cuerda de pita en la parte de atrás de la bicicleta y pedaleó al compás desenfrenado de su pecho por el camino de polvo que salía de Calabazanos y desembocaba en las afueras de Valladolid.

Cuando se cruzó con la pareja de la Guardia Civil al chico casi se le sale el bofe por la boca, pero acertó a apretar dos veces el timbre abollado del manillar y soltar la mano derecha para saludarlos sin perder el equilibrio. Solo uno de los guardias, al que le decían el Chiborra, le devolvió el saludo, y eso únicamente porque lo conocía desde niño. El otro guardia, el Melchor, ni siquiera le prestó atención. La polvareda camufló por completo el bulto que escondía la figura, que a los ojos pueblerinos de un número de la Santa Hermandad bien hubiera podido ser cualquier cosa; desde un cestillo con ciruelas azuladas hasta un saco con un gato cuyo destino fuera ser arrojado a las aguas turbias del Carrión.

A partir de ese momento, pasado el trago de angustia y urgencia, el Pajarero se convirtió en cómplice perenne de las polvaredas palentinas, en leal devoto de las vírgenes románicas y en fervoroso no creyente de los muchos milagros que habrían de seguirle sucediendo durante el resto de su cíclico pedalear por este mundo.

Al llegar a Valladolid se dirigió al barrio viejo de La Overuela, que para el verano pegajoso de 1930 no era más que una serie de fincas de labranza con vallas altas de adobe, que a fuerza de unirse unas con otras habían empezado a dibujar una calle por la que, sorteando las boñigas, se llegaba al abrevadero. A esas horas el camino era un infierno deslumbrador bajo el sol calcinante al blanco vivo donde, con seguridad, no se encontraría ni un burro despistado. Presionó la suela de la alpargata contra la rueda trasera para frenar la destartalada bicicleta y se detuvo frente a una puerta de madera.

Había quedado en verse con don Leónides, que vendría exprofeso desde Madrid, en el almacén donde se guardaban los aperos de la siega, un sitio oculto a la vista de todos, y más a la hora de la siesta. Metió la mano juvenil por un hueco estrecho de las tablas, descorrió el cerrojo chirriante y pasó al otro lado del muro cargando la bicicleta. Se aseguró de poner de nuevo la cancela y cerrar a cal y canto.

Dentro del almacén, respiró hondo por primera vez en las últimas dos horas. Desanudó con cuidado el paquete, retiró el morral que la cubría y colocó la figura sobre una caja grande. La contempló unos minutos. Vista de cerca, la estatuilla le pareció bastante mal hecha, en una postura retorcida, como si estuviera bailando con el Niño. No esperaba que aquel señor de Madrid fuera a pagarle lo prometido cuando la viera, sobre todo cuando viese la cara alargada y tristona que le habían pintado. Lo más bonito, aparte de la tetita de fuera a la que el Niño tendía su mano, era el vestido rojo brillante, ligeramente gastado en los bordes, con las flores de pan de oro. Estuvo tentado de rasparlo y repintarlo todo de rojo con óxido, pero lo pensó mejor, porque igual se daba cuenta y ya no se la quería comprar. Aunque, desde luego, él había cumplido rigurosamente con el trato: Dimas había acordado con el anticuario que haría como que iba a confesarse, se escondería en algún recodo de la capilla del convento de Calabazanos y esperaría a que todos, incluido el sacristán, se hubieran ido. Después, tomaría la estatua de la Virgen y cuidando de que nadie lo viera, saldría con ella por la puerta chica de la sacristía. A cambio, recibiría un duro de plata de Amadeo: una fortuna; y el chófer lo llevaría de acá para allá un rato y hasta pudiera que le dejara tocar la bocina para espantar las cabras en la carretera.

La Virgen parecía un poco más vieja que como se veía en la iglesia del Convento de la Consolación y a juzgar por las lágrimas de sangre, el trayecto no le había hecho ningún bien. Dio un fuerte soplido y el polvo que la cubría de blanco de Castilla se convirtió en una nubecilla fosforescente al sol filtrado entre las tablas del cobertizo. La conciencia tranquila, pues todo el mundo sabe que llevarse lo ajeno solo es pecado si te pillan.

Esperó entre los trillos, las bregas para el pan, el pildorero y la afiladera, las corzas y los arados apoyados contra la pared; las hoces colgadas en riguroso orden descendente y los bocados de las mulas; sobre un montón de paja desordenada y oculto entre los escriños, nasas y dos grandes tinajas que olían a vinagre y que de algún modo ayudaban a espantar las moscas burreras aturdidas por la canícula.

Cuando empezaba a quedarse dormido oyó los golpes de alguien que intentaba empujar el portón. Recordó que había puesto la cancela y corrió a abrir la puerta. Del otro lado apareció con un gruñido un caballero sudoroso en traje de tres piezas y bajo un sombrero negro de fieltro que, si bien cubría del sol, por igual lo atraía y calentaba la cabeza y los ánimos.

—*'Dita* sea —protestó—. Cómo pega el Lorenzo. Espero que el paseíto haya merecido la pena. ¿Me has traído lo que te pedí?

—Ahí lo tengo —contestó el chico asomando la cabeza y mirando a ambos lados de la calle—. Pero pase, pase, no lo vaya a ver alguien y nos llevan presos.

Leónides Sanjurjo cambió el gesto de fastidio a una breve sonrisa por el ingenuo comentario, al sospechar que estaba cerca de una pieza valiosa. Había hecho crecer su vasta colección de arte sacro a base de la ignorancia y la pobreza pueblerinas, y sabía que siempre habría un rapaz resuelto a robar en una iglesia o unas monjas venidas a menos dispuestas a malbaratar sus muebles de fina ebanistería a cambio de un par de billetes de baja denominación.

Pariente no muy lejano del jefe supremo de la Guardia Civil, un general que se haría famoso un par de veranos después, el menor de los Sanjurjo y Quesada era, para la época, de los pocos que tenían coche y chófer con los que recorría de cabo a rabo ambas Castillas. De familia adinerada, que en España y América es todavía hoy sinónimo de buena familia, y dado que con un par de malabarismos se libró del convento y la milicia, solo le quedó el papel estelar de tercerón denostado, vividor y calavera del que se hacía cruces la familia entera. Un don Guido machadiano de apellido acuñado por centurias, con la sutileza gentil de una mirada hipnótica y una sonrisa cautivante.

Bueno para nada que no fuera el desparpajo, la dilapidación y los sueños guajiros, creció como hijo pródigo entre las faldas amorosas de las tías, las faldas airosas de las muchachas ligeras y las faldas raídas de una madre dolida y condescendiente con su raudal de simpatía y aventuras de faldas. Escapando de una de ellas, que hubiera terminado en un matrimonio y paternidad indeseados, y que hubiera emparentado a los Sanjurjo con otro apellido de mucha más baja clase, se decidió que el joven Leónides estudiase arquitectura en el King's College de la Universidad de Londres. Poner suficiente tierra de por medio y añadir una generosa compensación a los padres de la ofendida solucionó, a la española y de manera concluyente, el problema de castas.

En el reino de Su Majestad adquirió Leónides no solo otro idioma y vastos conocimientos de arquitectura, arte y filosofía, sino una manera moderna y cosmopolita de ver y entender la vida, muy diferente a la de sus compatriotas en el cambio de siglo. Fue también una época de forja de sólidas amistades, de acercamiento a nuevas ideas que estaban modelando una naciente nueva Europa, y de trabajo y lucha intensos por encontrar un lugar en el mundo y la razón de estar en él. No había un motivo inminente para regresar a España salvo la natural nostalgia del emigrante, aunque lo fuera de primera clase, y la urgencia de atender los asuntos familiares cuando la gripe de 1918 se llevó inesperadamente a sus padres y hermanos.

Invertida la totalidad de la herencia ancestral en fiestas y en vino y sin vástagos ni sobrinos de los que preocuparse, un tardío pero conveniente matrimonio le había librado por un tiempo de la ruina. Y a partir de ahí se las había arreglado para hacer fortuna propia revendiendo pinturas, tallas y orfebrería religiosa a coleccionistas extranjeros que viajaban a Madrid y pagaban el potosí por un Montañés, un Cano o un Rivera auténticos. Eso sí, se sentía incapaz de desprenderse del San Sebastián de Pedro de Mena, un San Juan Evangelista del Greco y de una serie de pinturas profanas del Mudo que se reservaba como manjar digno solo de su paladar. Por más que los ávidos expertos le ofrecieran, él se daba importancia respondiendo con ensayada prosopopeya: «Esta, señor mío… esta, no está en venta».

Dueño de extensa cultura y maneras finas, visitaba con fingida contrición cada remota iglesita, ermita o convento perdido en los páramos clavando devoto el ojo avizor en las tallas románicas o los retablos flamencos, a sabiendas de que muy poca gente más, aparte de él mismo, el párroco o las viudas cenicientas que canturreaban la letanía, les prestaban jamás atención si no es que fueran las fiestas patronales y la procesión del santo.

Ahora tenía ante sí una delicada pieza de la gubia de Berruguete y a un azorado pilluelo ansioso por cobrar lo prometido.

El anticuario examinó la talla con minuciosidad durante varios minutos intercambiando varias veces la mirada entre la escultura y los ojos de Dimas. Finalmente hurgó en el bolsillo del chaleco, extrajo una moneda, la hizo destellar en la punta de los dedos y se la entregó a Dimas. A continuación, le tendió la mano y estrechó con firmeza la de su nuevo marchante.

*

LA CUADRILLA DE ZAGALES SE HABÍA ESCAPADO HASTA LA CHOpera de la Acequia de Palencia para fumar a escondidas. Era el lugar más seguro para que nadie pudiera divisar el humo. Habían sustraído la cajetilla de Lucky en un descuido de la Asun, que si los pillaba los mataba allí mismo y los echaba al perol del estofado. La abrieron con extremo cuidado de rasgar el papel solo lo necesario, extrajeron el frágil cilindro de picadura y lo olieron con delectación. Lograron encenderlo con cierta dificultad por el cierzo empeñado en apagarles los fósforos y se pasaron el cigarrillo con ceremoniosidad. Los cinco constituían un infantil consejo de ancianos en el que la suma de edades apenas superaba el medio siglo. Dimas estaba mareado y contenía las ganas de vomitar, pero aguantaba el tipo. Tenía que cumplir con otro encargo de Leónides, así que aún con el sabor del tabaco en la boca se montó en la bicicleta y comenzó una larga pedaleada de dos horas hasta Cordovilla la Real. Olía a tierra mojada y en el horizonte se alcanzaba a ver formarse la tormenta. Debía apresurarse.

Aparte de la escuela para niñas, el huerto, la cocina y la oración, las clarisas del Real Monasterio de San Benigno del Real tenían entre sus ocupaciones una tarea singular: vestir a la Virgen. A las monjas se unían algunas solteronas de Cordovilla que, por forzada elección, habían quedado relegadas a ese único oficio. El proceso involucraba despojar con parsimonia a la imagen de varias capas de ropaje superpuestas; lavarlas, plancharlas, perfumarlas con agua de rosas y volverlas a colocar minuciosamente de nuevo. Aunque los compañeros de pandilla de Dimas se entretenían a veces en intentar ver algo bajo las faldas de las mozas, nunca se había puesto a pensar cómo sería la madre de Jesús sin ropa.

Se había escondido tras un pilar de la capilla y esperaba aprovechar un descuido del afanoso trabajo de las monjas y beatas para distraer algún exvoto de oro, un anillo u otra joya cosida al manto. Tenía que ser cauteloso y, como siempre, hacer tiempo hasta que la ocasión se mostrase propicia, sustraer cuanto pudiera y volver a ocultarse para más tarde escapar sin dejar rastro. Dominaba la técnica del acecho, así que se dedicó a observar sin prisa los movimientos de las manos desnudadoras. Fueron así retirando el manto, que plegaron y pusieron aparte con tal cuidado que pareciera que la gruesa tela fuese un barquillo de canela con riesgo de quebrarse. Luego el velo de gasa, la capita de ganchillo, el delantalito, la saya y el corpiño de seda blanca y apliques de oro, las bocamangas de encaje de bolillos, la túnica de lino, la enagua de hilo... todo sobre un miriñaque de menina para darle volumen a los faldones.

Cuando llegó el momento de retirar la última prenda y la peluca de cabello natural donado por las promeseras, se quedó atónito. La escultura solo tenía decorada una careta con el bellísimo y lloroso rostro en sangre de María y una delicada talla con policromía en las manos que acababa abruptamente en las muñecas. El resto, el secreto mejor protegido de los ojos de los fieles, era un cuerpo tosco, articulado, como el de una burda marioneta. Un títere sin cuerdas que recordaba a la fría maquinaria de un autómata. Todo aquello que la tela podía cubrir se había dejado al descuido del artesano. El tronco ni siquiera proseguía por debajo de la cintura; estaba montado sobre un taburete de cuatro patas y acoplado a un vasto tornillo como el de las prensas de uva que permitía regular la altura con una manivela. Nada más lejos del cuerpo esbelto, armónico y virginal que se esperaría en la primera dama de los cielos. No es que él hubiese visto mayores desnudeces que la contemplación furtiva de algunas mozas bañándose en el arroyo y las de la sobada postal de una *vedette* que circulaba como un tesoro entre los chicos de la pandilla, pero sabía por sus muchas lecturas que el cuerpo femenino ocultaba grandes placeres y misterios. La fe inculcada durante años hacia dioses, santos y personas se borra a veces de un plumazo por algo tan trivial como el descubrimiento de un engaño pueril. A partir de ese día, lejos del respeto y devoción que le había enseñado su abuela, las imágenes se transformaron para él de inspiración espiritual en solo madera, pintura y piedra, sin otro valor que el que un mercader asigna y por el que otro está dispuesto a pagar un precio.

El desencanto le eximió de cualquier sentimiento de culpa. No es lo mismo birlarle una gema a una muñeca de madera que hurtar un donativo a la enjoyada María Santísima. Así que mientras algunas de las mujeres se alejaban para lavar, plisar y almidonar las prendas interiores dejando en custodia a una de las hermanas más ancianas, la mano de Dimas, armada con una cuchilla de afeitar, se abría paso entre los pliegues del manto capturando algunos sustanciosos trofeos: un par de pendientes de brillantes, una turmalina rosa del tamaño de una almendra y un zafiro azul de Cachemira. Y hubiera continuado el despojo si no es porque las beatas entraron con nuevas gasas, linos e hilaturas para cubrir las vergüenzas mecánicas de tan gran señora.

*

ESA MISMA TARDE, EN MADRID, LA PUERTA DEL SOL ERA UN hervidero humano al que afluía alborozada por la calle Montera, Preciados, Carmen, Mayor, Arenal, la calle del Correo, Espoz y Mina y la Carrera de San Jerónimo, gente de todo tipo y condición cuya única brújula consistía en seguir al resto hacia el ministerio de la Gobernación, en el kilómetro cero, ombligo de la recién nacida Segunda República española. Las calles estaban atestadas de eufóricos viandantes, automóviles y camionetas que hacían sonar el claxon sin concederse respiro mientras agitaban la enseña republicana y los estandartes rojos.

Leónides regresaba en el coche de tomar un té con menta en el Colonial cuando se toparon de frente con la desbordada manifestación. Benigno intentaba llevarlo a casa por el Paseo de Recoletos, sorteando el tráfico descontrolado y esquivando algún botellazo por no lucir en el coche algún distintivo o gallardete del nuevo orden republicano. Al pasar frente a la Cibeles vieron ondear una gran bandera tricolor sobre el Palacio de Comunicaciones.

—Intenta tirar por Alcalá y luego por Velázquez, Castellana va a estar imposible.

—Como usted diga, jefe, pero imposible está todo.

—Tú, pase lo que pase, no te detengas. Y no me llames jefe.

Llegaron sorteando manifestantes a la residencia del anticuario. Benigno metió el coche en el garaje y Leónides, después de cambiarse de ropa y quitarse los zapatos con un suspiro de placer, se dirigió como cada día a su despacho. Más que rutinario, se consideraba hombre disciplinado y no perdonaba unas horas de lectura y estudio de temas muy diversos. Incluso cuando viajaba llevaba varios libros para el camino. Le despertaba el interés indagar en tomos antiguos, convencido de que el conocimiento moderno se había enunciado mucho tiempo atrás, desde los filósofos sofistas y romanos hasta el talento nunca justamente valorado de los musulmanes. Se defendía bien en griego y dominaba el latín, lo cual le abría los secretos de muchas obras clásicas en lengua original. Si de algo se lamentaba era de no haber aprendido árabe en su juventud; ahora, sus escasos rudimentos del verbo de Averroes le eran insuficientes para sumergirse en algunos libros, de los que tenía que conformarse con mirar los santos e imaginar a qué se referían las bellísimas ilustraciones, suras y grafías.

Sus intereses eran por demás variados. Gustaba fingir un gesto sombrío afirmando que tendría que reencarnar varias veces para poder leer todo aquello sobre lo que le gustaría saber: ciencias, arte, historia, teología, ocultismo... Lo cierto es que pocas personas contaban con tan amplio bagaje cultural y, más importante, con la tolerancia que otorga el saber a quienes hacen buen uso de él. No le sorprendían por tanto los vaivenes políticos de una España acostumbrada a revoluciones, alzamientos y represiones; a monarquías, dictaduras y repúblicas, alternándose cada vez con mayor frecuencia sin que el país avanzase, en permanente deriva hacia un rumbo siempre cambiante y dejando tras de sí una estela de violencia. Lo que sí le inquietaba era ese temperamento sanguíneo que aflora cada lustro en los españoles y que le parecía impreso en los genes de un pueblo mestizo al que de poco habían servido la colonización romana o la ocupación islamita durante siete siglos. Ahora la situación se anunciaba como particularmente grave.

Al igual que Madrid, Palencia, monárquica convencida el 13 de abril, veinticuatro horas después amaneció republicana. En la capital palentina se organizaron marchas ciudadanas y actos conmemorativos en pro del nuevo gobierno de izquierda, pero el ambiente era muy distinto en la mayor parte de los pueblos de la provincia.

Conrado Gusano, que había ido medrando hasta convertirse en alcalde de Villamuriel, era ahora un gordinflón politicastro de tres al cuarto con ínfulas de poder. El mataperros se acercaba a los cincuenta y se sentía ufano de lo que había logrado en medio siglo utilizando en su provecho a cuantos se le pusieron por delante. Empalagoso de carácter, temperamento apático y comodón en sus costumbres, era indiferente a todo lo que no fuera su bienestar: un buen automóvil con el que aparentar; una vivienda opulenta, más hortera que confortable y con especial atención a la despensa, perfectamente aprovisionada. Despacho privado en el ayuntamiento. Un triunfador. Un hombre del pueblo y para el pueblo, pero sin el pueblo. Intentó en vano recordar dónde había escuchado esa frase. Su gestión como edil se resumía en dejar pasar los días al humo de un buen habano, el aroma del café o los vapores de un coñac caro. Ignorante a las solicitudes y demandas del millar de vecinos de la modesta demarcación que él había convertido en imperio personal, dilapidaba los exiguos recursos del arca pública en ágapes pantagruélicos con deudos y amigos. Presumía de tener un primo en la Diputación Provincial, aunque de hecho era del partido contrario al suyo. Según él mismo, estaba bien relacionado en Madrid, si bien a nadie le constaban esas supuestas relaciones. Había aprendido pronto que la primera lección en política consiste en defender el interés del poderoso, sea del signo que sea. Y la segunda, no menos importante, en mutar de ideología con la rapidez y sutileza con que cambian el color de piel un camaleón o un pulpo.

Los titulares de *El Día de Palencia* daban cuenta del nombramiento del nuevo edil y gobernador palentinos. Gusano sonreía maliciosamente, sabedor de que en el pueblo casi nadie acudió a votar y de que, en todo caso, el recuento de las papeletas, para el que tenía personal a sueldo, aseguraba que las cosas no fueran a cambiar. Solo había que acallar las cuatro voces discordantes de siempre, y las tenía plenamente identificadas. Lo había hecho bien, sí señor. Y si sabía mover bien sus fichas, lo mejor estaba aún por llegar.

*

NO HABÍA PASADO NI UN MES DESDE LA PROCLAMACIÓN DEL nuevo gobierno y a su presidente, ministros y diputados la situación comenzaba a salírseles de control, si es que alguna vez lo tuvieron. La francmasonería estaba en el punto de mira de las acusaciones por los graves desórdenes en Madrid, aunque en ninguna plancha o acta de logia se recogían cuestiones de tinte político, por lo que no sería fácil demostrarlo. Menos aún con la masonería infiltrada en prácticamente todos los centros de poder del Estado. El día once de mayo, grupos de enardecidos incendiaron el convento de San Francisco de Borja en la calle de la Flor y el de Santa Teresa en la Plaza de España. También fueron pasto de las llamas el colegio de Areneros en la calle de Alberto Aguilera y el colegio de Maravillas en Cuatro Caminos, con el que se destruyó el Museo de Mineralogía, con el acervo más importante después del de Ciencias Naturales. Una marea de vendedores ambulantes tomaba posiciones frente a los incendios anticipándose al gentío que acudiría a contemplar el espectáculo de las llamas devorando los edificios y sus contenidos, algunos con la esperanza morbosa de ver algún muerto. Mientras muchos madrileños observaban impasibles la quema comiendo churros, buñuelos o polos helados, el gobierno declaraba el estado de guerra para intentar contener los crecientes desmanes. Pronto, las pavesas de los incendios de Madrid volaron hasta otros puntos de España y prendieron en Valencia, Alicante, Cádiz, Granada, Sevilla..., pero en ningún lugar de modo tan virulento como en la ciudad de Málaga. Los periódicos difundían con lujo de detalle los funestos sucesos y decenas de personas comenzaron a concentrarse en los alrededores de la plaza de la Constitución clamando por destrozar los conventos y quemarlos con las monjas y frailes dentro. Los asaltantes saqueaban de los sagrarios y altares los objetos suntuarios, decapitaban y profanaban las imágenes y las sepulturas. Se contaba entre risas que una desharrapada mujer le arrancó las vestimentas a la Virgen de las Lágrimas y se las puso ella encima, danzando con los jirones de ropa por las calles.

Pasada la media noche, la enardecida multitud tomaba por asalto la residencia de los jesuitas y el Palacio Episcopal. Tras echar abajo las puertas de entrada a golpes de barras, palos y hachas, penetraron en el edificio y comenzaron a asomar por los balcones de la fachada arrojando a la calle imágenes, cuadros, muebles, enseres y todo lo que encontraron a su paso. Otro grupo se encargó de rociar con gasolina y prender fuego a la biblioteca y archivo del siglo XIV. A las cuatro de la madrugada toda la manzana ocupada por el Palacio Episcopal y la residencia de los maristas ardía por los cuatro costados.

El obispo de Málaga, Manuel González García, logró salvar la vida escapando por una puerta trasera del edificio envuelto en llamas. Antes de concluir el día doce de mayo, la mayoría de templos y conventos de la capital malagueña habían sido convertidos en ruinas. El gobernador militar de la plaza había dado orden a la Guardia Civil de retirarse cuando esta quiso intervenir para detener los disturbios, alegando que el pueblo sabe vigilarse y dirigirse a sí mismo. Esa noche, el cielo seguía iluminado con un resplandor rojizo sobre grandes columnas de humo. Pese a la labor de los cofrades de muchas parroquias, gran cantidad de obras de arte sucumbieron a la furia destructora de los amotinados. El escultor Francisco Palma arriesgó al extremo su vida entrando en la iglesia de Santo Domingo e intentando desesperadamente salvar la imagen del Cristo de Mena. Suplicando entre lágrimas ayuda a los bomberos, solo logró rescatar una pierna de la venerada talla. Cuentan que otra pierna, la del primer Cristo de la Expiración, fue rescatada de una hoguera por el torero Andrés Mérida.

La alarma cundió en todo el clero español y las noticias llegaron de inmediato al Vaticano. En San Pedro de Roma, el Papa Achille Damiano Ambrogio Ratti se frotaba con el índice y el pulgar el puente de la nariz como si el peso de sus perennes antiparras fuese a aplastársela. Leía consternado los telegramas enviados por su hombre fuerte, el primado Federico Tedeschini, desde la nunciatura apostólica en Madrid. Además de la persecución a clérigos y monjas y la destrucción y saqueo de invaluables obras de arte, si a alguien podía dolerle la pérdida irreparable de decenas de miles de libros y manuscritos era a Pío XI. Siendo aún obispo, y tras obtener tres doctorados en Roma, se había incorporado como prefecto a la Biblioteca Ambrosiana y en 1912 fue elegido sucesor del Padre Ehrle al frente de la Biblioteca Vaticana hasta su consagración como arzobispo y nuncio de Varsovia. Le causaban el mismo sufrimiento la desaparición de la Biblioteca de Alejandría en los tiempos clásicos como las quemas de códices orquestadas por la Inquisición española en la Nueva España o el que habrían de causarle las piras de libros de los nazis dos años más tarde. Ya había presagiado el poeta alemán Heinrich Heine que «allí donde se queman libros, se acaban quemando hombres».

La paciencia de Pío XI estaba a punto de rebosar el vaso. No era hombre de decisiones precipitadas, pero tenía muy presente el párrafo del Apocalipsis que afirma que Dios aborrece a los tibios. Estaban en juego no ya el inmenso patrimonio y prestigio de la Iglesia católica, sino la férrea autoridad que tanto él como sus predecesores habían hecho sentir a todos los gobiernos sobre la tierra. Ordenó la comparecencia del embajador Luis de Zulueta, con quien en el fondo simpatizaba a pesar de haber reprobado inicialmente su nombramiento por sospechas de su pertenencia a la masonería. Todos los cargos y designaciones de gobiernos extranjeros ante la Santa Sede eran minuciosamente investigados por los servicios de inteligencia vaticana, y la anterior designación de Zulueta por el gobierno republicano como embajador en Berlín, en pleno auge del nazismo, lo avalaba, cuando menos, como un hombre de grandes habilidades diplomáticas. Iba a necesitarlas. Aquel intachable caballero español, algo enigmático, de exquisita cortesía y vastísima cultura, podía servirle de puente con los verdaderos responsables de poner orden en el caos, mucho menos capaces, aunque más poderosos. Además, llegado el caso, un embajador siempre es un alfil sacrificable. Lo hubiera sentido por Zulueta, a quien correspondía la ingrata labor de dar cuenta pormenorizada de los excesos que acontecían en uno de los mayores feudos de la Iglesia católica, pero no hubiera vacilado en exigir un nuevo representante si el Gobierno Provisional de la República no recibía con claridad el mensaje. Pío XI presentía que se avecinaban tiempos particularmente virulentos. Tenía que actuar con la máxima celeridad y de manera contundente, pero a la vez con la más exquisita diplomacia para no atizar las brasas aún humeantes.

La entrevista fue breve, parca en rodeos innecesarios. La Iglesia exigía la intervención inmediata de las fuerzas de seguridad del Estado español y la designación de un funcionario de máximo nivel como responsable del esclarecimiento de los robos y ataques perpetrados contra la institución. Luis de Zulueta sabía que no se trataba de un farol: si Pío XI asumía esa posición era como resultado de una decisión ampliamente meditada, sometida a deliberación con sus cardenales y asesores de confianza y, por supuesto, con alguna baza oculta que le otorgase ventaja.

*

HABÍAN PASADO POCO MÁS DE CIEN DÍAS DESDE LA PROCLAMACIÓN de la República. En la sierra del Goiherri, en los altos de Guipúzcoa, la niña de once años Antonia Bereciartúa y su hermanito Andrés, de siete, volvían a casa con la leche que habían ido a buscar a un caserío. Andrés estaba cansado y se sentó sobre la pesada lechera de hojalata que ambos se turnaban para cargar. Era la hora del ángelus vespertino, justo cuando comenzaba a caer el sol. Una bella señora vestida de blanco y cubierta con un manto negro se les acercó. Lucía una corona de oro refulgente con tres estrellas luminosas. ¡Mira Andrés! Fascinados, los niños dieron por cierto de inmediato que era la Virgen María. Cuando narraron los hechos a su padre, el tabernero y tendero del modesto comercio de ultramarinos de Ezquioga, este les amenazó con castigarles si se lo contaban a alguien más.

Pero el secreto no tardó en difundirse por toda la aldea, por los caseríos del valle de Zumárraga y enseguida por todo el País Vasco. Las apariciones de la *Mater Dolorosa* continuaron y el número de *ikusleak*, los que ven, se multiplicó hasta superar el centenar. Los videntes oraban, hablaban en lenguas, vaticinaban el futuro y cantaban himnos como *Egizu zuk Maria* (ruega por nosotros, María) o *Agur, Jesusen ama* (adiós, madre de Jesús). Algunos fieles arqueaban la espalda o se sacudían con espasmos; entraban en éxtasis con los ojos en blanco y comenzaban a transmitir a los presentes los comunicados de la Virgen. Hasta entonces la imagen nunca se había aparecido con una espada en la mano ni con tan fatídica profecía: en el plazo de cinco años los españoles iban a enfrentarse hermano contra hermano en una cruenta guerra civil en la que después de grandes penurias, un ángel salvador, ayudado por otros veinticinco ángeles guerreros de la Inmaculada, se impondría al derrotado y acabaría con la república. La prensa sensacionalista se encargó de que España entera lo supiera e incluso llegaron visitantes extranjeros de lugares como Francia, Alemania, Bélgica o Irlanda. La gente, en su mayoría muchachas jóvenes y niños, comenzó a tener visiones en una veintena de localidades diferentes.

El Gobierno estaba alarmado. Semejante furor místico resultaba al máximo inconveniente para una recién nacida república que proclamaba a voz en grito el anticlericalismo y entre cuyas primeras medidas estuvieron la retirada de los crucifijos de todas las escuelas, la prohibición de procesiones y el toque de campanas. A solo un mes de haber iniciado las apariciones, Manuel Azaña, ministro de la Guerra, encargó a la mayor eminencia médica de España, el doctor Gregorio Marañón, realizar de incógnito una investigación en profundidad. Las apariciones significaban un encuentro directo de la divinidad con los fieles sin intermediación del clero oficial. Cada vidente tenía sus feligreses, no quería nada con la Iglesia ni con el cura y las madres se consideraban felices con la distinción celestial que habían merecido sus hijos. El obispo de Vitoria organizó por iniciativa propia una comisión eclesiástica para estudiar el tema y lo reportó con carácter de urgencia al Tribunal del Santo Oficio en Roma.

Entre tanto alborozo religioso, Leónides vislumbraba una segura turbulencia fraguándose tras bastidores. A lo largo de los años había aprendido que los gobernantes temían más a los curas que a sus adversarios políticos y que, cuando se enfocaba con tanta insistencia la atención sobre algún tema, era con el propósito de desviarla de asuntos más trascendentes. Quizá por ello desconfiaba de unos y de otros.

*

En Calabazanos, la cena de los Aguilar había sido modesta, pero al menos la sopa castellana, en la que el pan y el ajo reemplazaban honorablemente la carne y la verdura, entonaba el cuerpo y hacía olvidar la tronada y granizada del exterior. Poco vino y pocas palabras. El fuego alumbrando la cocina y tener por fin a su padre en casa eran todo lo que Dimas necesitaba en ese momento.

La abuela tenía siempre dibujada una sonrisa amarga. Había renunciado hacía mucho a tener a Fermín al lado y a la idea de que alguien la fuera a cuidar de vieja, una vejez en que la necesidad y la angustia se le echaban encima antes incluso que la edad. Llegó a llorar y a darse golpes en el pecho rogando que algo, o alguien, fuese capaz de poner freno a los dislates de un vástago que no le había traído más que sufrimiento. Lo amaba, pero ya no más que a su propia vida, que a causa de los desvaríos de Fermín había transcurrido en una continua huida y ocultamiento. Admiraba el arrojo de su hijo, pero no podía seguir soportando el desasosiego de aquel continuo enfrentamiento con el mundo, que tantas desgracias les había acarreado. Miedo, pobreza, desprecio y ser señalados por todos en el pueblo como delincuentes. Ni la fe ni la oración le otorgaban ya consuelo. Solo le daba fuerzas la responsabilidad de cuidar de su nieto, que no tenía culpa alguna de los delirios anarquistas de su padre ni del sueño imposible de ese país justo y mejor que no iba a llegar nunca.

Se disponían a acostarse cuando un ruido fuera los sobresaltó. Bajo sus capotes de lluvia, el Chiborra y el Melchor aporrearon la puerta de la modesta vivienda con las culatas de los fusiles sin tomarse la molestia de tocar primero. Era un procedimiento no escrito, pero avalado por la experiencia, que garantizaba que la persona que iba a ser detenida quedase congelada de miedo y tuviese dificultades para reaccionar. No era el caso de los maleantes habituales ni de los perseguidos frecuentemente por temas políticos como Fermín, acostumbrado al sobresalto constante.

—¡Guardia Civil! ¡Sal con las manos en alto! ¡Y cuidadito con hacer algo raro!

—¡Ya va, joder! ¡No estoy armado! —gritó desde dentro.

Fermín se puso el dedo en la boca y con una seña indicó a la mujer y al niño que se quedasen inmóviles. Tomó apresuradamente unos panfletos de una bolsa y se los metió a su madre en el escote. Se dirigió a la puerta sin demora.

—¡Voy a salir, no disparéis!

Descorrió el pestillo, abrió lentamente la parte superior del portón y descorrió la cortina. Los civiles le apuntaron directamente a la cara. La lluvia salpicaba en los cañones de los fusiles que rebrillaban a la luz escasa de la luna.

—¡Fermín Aguilar, en nombre de la ley, date preso! Sal despacio y que te vea yo bien las manos —dijo con voz potente el Chiborra—. ¿Quién hay ahí dentro contigo?

—Mi madre y el niño, lo juro, aquí no hay nadie más.

—Pues venga, andandito y *p'a* fuera. Y mucha tranquilidad, ¿eh? Que *me se* está resbalando el dedo —dijo el Chiborra.

—Tendré que abrir el cerrojo ¿no? —replicó Fermín.

—Baja la mano izquierda muy lentamente y no muevas ni una pestaña más del cuerpo o no lo cuentas. ¿Entendido?

La parte baja de la puerta se abrió y Fermín salió con las manos en la nuca. Conocía bien el modo en que debían de desarrollarse las cosas sin conceder la mínima excusa a los guardiaciviles para que se les escapase un tiro. El Chiborra le hizo una seña a su pareja y este sometió al detenido con una zancadilla, poniéndole de rodillas en el suelo. Forzándole los brazos le colocó unos grilletes exageradamente apretados en las muñecas. El Melchor iba a incorporarlo de nuevo cuando Dimas se liberó de los brazos de su abuela y salió corriendo de la casa hacia los tres hombres agarrando al guardiacivil por la roja bocamanga de la guerrera.

—¡Padre! ¡Padre!¡No se lo lleven! ¡Que mi padre no hecho *ná!*

El Chiborra encañonó al chico.

—¡Quieto, compañero, ni se te ocurra moverte! —le ordenó Fermín.

El chico se detuvo y el Melchor se lo sacudió con violencia de encima.

—¡Quieto ahí tú, Pajarero! O te vienes también al cuartelillo —amenazó el Chiborra.

La madre de Fermín se asomó angustiada a la puerta. El guardia no debió de considerarla peligrosa, porque no la apuntó con el arma.

—¡*Usté,* señora, llévese al crío *p'a* dentro ahora mismo!

La mujer corrió hacia Dimas, lo levantó del suelo y tiró de él con todas sus fuerzas hacia la puerta. Se resistía, pero ella le sacudió el brazo con autoridad para hacerle entender. Fermín permanecía de rodillas, esposado con las manos detrás de la espalda, y con la cabeza le indicó que obedeciese a su abuela y entrase en la casa. Los tres estaban calados.

—A ver, pareja —le dijo el Chiborra al Melchor—, yo me hago cargo de este de aquí y tú revisa ahí dentro a ver si no hay más ratas escondidas.

El Melchor dio una patada en la espalda a Fermín que le hizo caer de bruces sobre un charco. Entró en la casa, inspeccionó someramente el interior y tiró algunos objetos con el cañón del fusil. La abuela de Dimas estaba de pie en un rincón y lo retenía entre los brazos tiritando. Ella solo pudo dedicarle al guardia una mirada de profundo desprecio, intentando ocultar el temor de que la registrase y encontrase los papeles que le había metido su hijo en el sostén. Apretó a Dimas contra su pecho y le sujetó la cabeza con la mano. El Melchor parecía incómodo con la situación y decidió abreviar sin revolver demasiado.

—Aquí no hay nada, ya nos podemos ir —dijo dirigiéndose al Chiborra.

Hizo incorporarse a Fermín del suelo. Tenía el rostro y el jubón sucios de barro y los pies desnudos.

—¡Esperen! —gritó la mujer. Un par de alpargatas volaron desde la puerta.

El Melchor le acomodó la boina, anudó los cordones y le colgó las alpargatas del cuello; le dio dos golpecitos con la palma de la mano en la cara y, encañonándolo, le hizo caminar delante de ellos.

—Andando. Ya conoces el camino. —El Chiborra se puso un cigarrillo en la boca y lo encendió. La lluvia arreciaba y se lo apagó. Escupió en el suelo con fastidio.

Fermín no solo conocía el camino al cuartelillo, sino que sabía también todo lo que seguiría al arresto. Al llegar, lo tuvieron de pie durante un par de horas, empapado, sin permitirle siquiera apoyarse contra la pared. Luego lo sentaron de mala manera frente a una mesita donde el Chiborra abrió un libro de registro y el Melchor se dispuso a poner a máquina la declaración.

—Nombre.

—Esta sí que es buena —dijo Fermín—. ¿Ahora no sabes cómo me llamo?

—Yo sé cómo se llama aquí hasta el Tato, pero aquí dice «nombre» y tú me respondes con tu nombre o te calzo dos reveses que te vuelvo loco. Así que, nombre.

—¿De qué se me acusa?

—Eso viene después, ahora viene lo del nombre y que me cago en tu puta madre.

—¡Ah, vale! —respondió Fermín—. Entonces que conste que me cago en vuestra puta madre y en todos vuestros muertos.

El Chiborra dio un golpe en la mesa, se levantó con furia y descargó un fuerte revés sobre la cara de Fermín que lo dejó aturdido y sangrando por el labio. Sabía que el ardor de una bofetada humilla y ofende más que un puñetazo. Sus nudillos eran como eslabones de una cadena.

—No, si ya sabía yo que íbamos a empezar calentitos… —refunfuñó—. A ver, pareja, escribe: «En Calabazanos, a 18 de junio de 1931. Se procede a la detención de quien dijo ser

Fermín Aguilar Hernández, vecino de esta localidad, de edad treinta y ocho años, sin oficio fijo, soltero, con seña personal de una cicatriz en el brazo derecho de la que dice no recordar cómo se la hizo por haber pasado mucho tiempo. Se hace constar que el detenido ofreció resistencia al arresto, por lo que en legítimo uso de la fuerza se procedió a reducirle y conducirlo esposado a estas dependencias...».

Melchor tecleaba a buen ritmo, pero se detuvo un momento al escuchar la redacción del atestado. El Chiborra le hizo un gesto para que continuase y él lo hizo sin rechistar:

«... conducirlo esposado a estas dependencias donde ha sido debidamente informado de los derechos que le asisten y puesta en su conocimiento la acusación que por el cargo de robo con fuerza en las cosas formuló el denunciante y propietario de la finca El Pedracho, don Higinio de Mora y Garza, vecino de Palencia, como consta en el expediente...». A ver, un momento —se interrumpió el Chiborra.

El Melchor hizo girar el rodillo de la máquina de escribir y continúo tecleando la última frase mientras el otro rebuscaba los datos en un legajo sobre el escritorio.

—Coño, si estoy seguro de que lo puse aquí... —Revolvió un instante entre los papeles hasta dar con lo que buscaba—. Seguimos: «... como consta en el expediente ciento cincuenta y tres, barra treinta y uno de fecha 11 de mayo de los corrientes y en el que declara el denunciante le fueron robados seis sacos de trigo de seis arrobas, una criba de tamaño grande, una azuela, varias escardillas, chuzos y otros aperos de labor que tenía guardados en el casetón de la mentada finca, y cuyo candado y cadena aparecieron violentados el día previo a formularse la denuncia».

Fermín escuchaba el dictado del atestado con una sonrisa de sorna. Sabía que poco importaba lo que pudiera decir o hacer. Ya se encargarían de dejar en su casa algún objeto que lo incriminase falsamente; y que poco o nada le importaban a don Higinio unas herramientas viejas y unos sacos de trigo. La denuncia había sido sin lugar a dudas instigada y, casi seguro, redactada por el alcalde, Conrado Gusano.

A la negativa de Fermín de firmar una confesión se sucedieron varias horas de golpes, injurias e intimidaciones que no lograron hacer mella en él. Cuando se desmayó, agotado por la paliza, lo arrojaron al suelo de una celda y le dieron dos vueltas de llave. Lo retuvieron en el calabozo durante tres días con sus noches sin dejarle salir siquiera a hacer sus necesidades, echándole de comer sobras y desoyendo sus reclamos de que nada tenía que ver con el robo. Su madre se había asegurado de quemar los pasquines en cuanto los civiles desaparecieron. Al día siguiente le llevó un pantalón de pana, un jubón limpio, el cinturón y una cesta con alguna cosa para comer que los civiles no le entregaron. No la dejaron verlo, y al preso solo le permitieron ponerse el pantalón, pero no el cinto, no fuera a ser que se le pasaran ideas raras por las mientes. Al cabo del tercer día de arresto, justo cuando se lo tenían que llevar para presentarlo al juez instructor de Palencia, llegó al cuartelillo un telegrama con la noticia de que habían aprehendido a los verdaderos autores del robo. Se les había sorprendido intentando vender los aperos en la feria de Saldaña. El trigo nunca apareció, ni los delincuentes quisieron dar razón de qué habían hecho con él. Era habitual que el producto de los robos no se recuperara y que en los días siguientes en las casas del alcalde, de los guardias y de algunos allegados hubiese ración extra.

Al final lo soltaron. El Melchor abrió la celda con una llave del manojo que se colgaba del correaje amarillo cuando tenían detenidos, empujó con el pie un taburete y lo sentó frente a la misma mesa donde le habían «tomado declaración».

Con la mano apoyada en la pistola, el Chiborra observaba en silencio desde una esquina del cuartucho mientras Melchor le quitaba las esposas. Fermín tenía las muñecas laceradas y las manos azules e hinchadas, apenas las sentía. El guardia le puso una pluma estilográfica en la mano y le tendió un papel.

—Que te has creído que te voy a firmar yo nada —dijo Fermín tirando la pluma sobre la mesa.

—No seas idiota, aquí solo dice que te dejamos en libertad porque no hay cargos contra ti —replicó el Melchor.

—Ya, como la confesión que me queríais sacar a golpes el otro día para que la firmase, ¿no?

—A ver, coño, lee; porque si eres tan bueno para dar mítines y escribir panfletos, leer sabrás, ¿no? No tenemos toda la mañana. O firmas o te vuelves a la trena por resistencia a la autoridad.

El guardiacivil tomó la pluma y se la puso con un golpe sobre el papel. Fermín tenía un ojo hinchado, moqueaba y el estómago le daba vueltas por el hambre. Leyó por encima el papel y estampó su firma. Se levantó con intención de marcharse de allí cuanto antes.

—Quieto ahí —dijo el Chiborra—. ¿Te he dado yo permiso para moverte?

Fermín se dejó caer de nuevo sobre el taburete.

—Antes de salir coges el cubo y la escoba y dejas la celda como la patena. ¿Entendido? Y después te bajas al río y te bañas, apestas como la rata que eres.

Fermín asintió levemente con la cabeza. El Chiborra sacó un cigarro, lo prendió y le dio una larga calada, echándole el humo en la cara.

—Como se te ocurra decir una palabra de lo que ha pasado aquí te juro que no voy a ser tan condescendiente. No quiero que vuelvas a aparecer por el pueblo, así que tienes hasta el atardecer para recoger tus cosas, despedirte y largarte para siempre. Esta vez te has librado por los pelos; sé listo, te aseguro que te conviene poner tierra de por medio. Aquí somos muchos los que te tenemos ganas, así que no abuses de tu suerte.

Fermín le sostuvo la mirada hasta que el Chiborra tuvo que apartarla. Apretó la mandíbula y los puños. Se levantó, caminó vacilante hasta una esquina y tomó el cubo de hojalata para llenarlo de agua.

*

A DIECIOCHO KILÓMETROS DE LA VORÁGINE Y EL TRÁFICO INfernal de Roma, Castel Gandolfo se asentaba sobre una colina rodeada por bosques de encinas y castaños con una magnífica vista sobre las aguas azul turquesa del lago Albano. La suntuosa villa pontificia, que fuera en tiempos el palacete de descanso del emperador Domiciano, era incluso cuarenta hectáreas mayor que el propio San Pedro de Roma y contaba con jardines propicios para la contemplación, la meditación y la liberación del alma. A partir del papado de Urbano VIII, se convirtió en la residencia de verano preferida de los papas. Tras las obras de restauración del Palacio Apostólico, Pío XI, quien con la ayuda de un marqués entusiasta del fascismo italiano, Guglielmo Marconi, había fundado Radio Vaticano tres años antes, inició desde Castel Gandolfo las primeras transmisiones. El renovador pontífice pasaba allí la mitad del año.

No era Pío XI hombre que se dejase rebasar por las dificultades ni dado a mostrar emociones, pero esa mañana, mientras miraba por el abierto ventanal que se abría a los jardines de Barberini, su gesto y su tono de voz se mostraban visiblemente alterados.

—*È che non mi daranno un solo giorno di riposo,* segura? Los papas no dejamos de ser humanos, caramba. Parece un ave de mal agüero, solo con verlo aparecer ya sé que es para escuchar malas noticias. Y usted, don Luis, ¿me puede explicar qué les pasa a los españoles? Da la impresión de que en cuanto aprieta un poco el calor se les va la cabeza.

—Su Santidad, le ruego nos disculpe —dijo Luis de Zulueta— la situación nos desborda. Es necesario que el Vaticano tome una postura oficial.

—Santo Padre, no sabe cómo lamento importunarlo en sus vacaciones —intervino azorado el cardenal Segura—, pero hemos considerado necesario ponerle al corriente.

—*Vacanza?* —El Vicario de Cristo se volvió con brusquedad hacia el embajador de España y seguidamente lanzó una mirada asesina al prelado—. *Vacanza!*

El hasta hacía poco cardenal primado de España Pedro Segura y Sáez había sido exiliado a Roma por la República tras unas ácidas declaraciones en la prensa en abierta oposición al gobierno. No era alguien que despertase ninguna simpatía fuera de los círculos de la extrema derecha y, bien al contrario, era conocido por su intransigencia y falta de tacto.

—*Signore:* primero los incendiarios esquilmando iglesias y conventos, ¡y ahora la Santa Madre de Dios no tiene otra cosa que hacer que hablar en vascuence y arrojar rosarios y medallas! *Ma quale demenza è questa?*

—Una demencia, sin duda alguna —se atrevió a recalcar el cardenal.

—Sí, pero una demencia colectiva, Santidad —matizó el embajador—. Más de un millón de personas han peregrinado ya a Ezquioga y las supuestas apariciones brotan por todos lados, no solo en el País Vasco. Mi gobierno desea parar esto como sea, pero tratándose de un tema de fe tan delicado…

—Una locura —repitió el cardenal.

—Segura, por lo que más quiera, cierre la boca si no tiene nada inteligente que decir —le espetó sulfurado el Papa—. Mire cómo a nuestra Madre Santísima no se le ocurre aparecerse aquí y hablar en italiano. Y eso que a más de uno le haría falta un poco de fervor. Respecto a usted, embajador, traslade por favor al gobierno de la República nuestro mayor respeto y nuestra firme decisión de actuar para poner de nuevo las cosas en su sitio. Voy a ordenar al arzobispo de Vitoria una comisión de investigación urgente, tenga la certeza de que se va a actuar con la mayor determinación y presteza.

—Mi gobierno se lo agradece, Santidad. En ningún momento hemos dudado de…

—Ya, ya, ya, señor de Zulueta. Muchas gracias, déjese de pamplinas. *Quid pro quo:* el Vaticano hará pública su posición sobre las apariciones de manera incontrovertible, pero a la vez pedimos que el Gobierno de España se posicione sin género de duda en contra de Ezquioga.

—Me consta que mi gobierno está de hecho actuando para que así sea. No obstante, expondré los términos de Su Santidad con la misma claridad con que me lo está requiriendo.

—No lo dudo, don Luis. Disculpe si en algún momento he podido ser descortés, pero hasta la paciencia de Job tenía un límite. Puede retirarse, agradezco mucho que se haya desplazado hasta aquí. Y usted, Segura, por favor, quédese, que tenemos que concretar aún varios asuntos.

El embajador español se retiró con una cortés inclinación de cabeza. Intercambió una rápida mirada con su paisano y ambos enarcaron las cejas. No hubiera querido tener que soportar el genio lombardo del pontífice como sin duda le esperaba a Segura. Mientras abandonaba el opulento despacho aún pudo escuchar rezongar al Papa:

—*Vacanza!*

*

UN AGRADABLE PASEO DE VEINTE MINUTOS SEPARABA LA CASA DE Leónides, en la calle Juan Bravo del madrileño Barrio de Salamanca, del singular palacete neorrenacentista conocido como Parque Florido, al final de la calle Claudio Coello, residencia de José Lázaro Galdiano. Era un renombrado banquero, empresario, coleccionista de arte y cliente del anticuario desde muchos años atrás. Les unía, además de la pasión por el arte y la literatura, una sincera amistad basada en el pensamiento liberal, cierto grado de rechazo a la casta eclesiástica y, por qué no decirlo, una mutua admiración por la habilidad de ambos para los negocios.

Los intereses de Lázaro Galdiano eran sin embargo de mayor calibre. Si bien los orígenes de su meteórico ascenso social, de mero empleado del Banco de España a una de las mayores fortunas del país, nunca estuvieron claros, su popularidad estaba en la cumbre. Además de fundador y principal accionista del Banco Hispano Americano, había incursionado con éxito en el mercado editorial con la revista *La España Moderna,* en la que colaboraban asiduamente los máximos exponentes de la intelectualidad española: Unamuno, Clarín, doña Emilia Pardo Bazán… junto a políticos de la talla de Cánovas o Castelar, e incluso celebérrimas plumas extranjeras como las de Dostoievski, Tolstoi, Zola o Balzac. Sus negocios abarcaban el arte, las finanzas, una compañía naviera y la administración de la gran fortuna de su esposa, doña Paula Florido y Toledo, una potentada terrateniente argentina.

Los Lázaro eran conocidos entre la élite aristocrática madrileña por las frecuentes fiestas, bailes y saraos en Parque Florido, a los que asistía la *crème de la crème* de la sociedad so pretexto de admirar una de las mejores colecciones privadas de arte clásico de Europa. Los salones del palacete estaban decorados con incontables esculturas, tapices, muebles y una gran diversidad de antigüedades: desde telas de todas partes del mundo hasta armaduras, marfiles, miniaturas o abanicos, estos últimos la pasión de doña Paula. Los techos de las estancias habían sido pintados en *marouflage* por Eugenio Lucas Villaamil y en las paredes colgaban centenares de cuadros: grecos, boscos, goyas, zurbaranes… entre los que José Lázaro presumía, por encima de cualquier otro, la pequeña tabla de *El Salvador Adolescente,* convencido de que era una de las mejores obras de Leonardo Da Vinci. Leónides, con buenas razones para dudar de esa atribución, nunca se atrevió a mencionarle que, a su juicio, más bien parecía salida de los pinceles de uno de sus más destacados discípulos, Giovanni Antonio Boltraffio.

Un estirado mayordomo acompañó a Leónides desde la entrada, flanqueada por cuatro refulgentes armaduras, hasta el antedespacho. Los tres escalones de acceso al vestíbulo principal estaban ideados para que el visitante tuviese que alzar la vista y contemplar el techo decorado con una reproducción de *La Maja Vestida* y otras alegorías a las obras Goya, otro pintor predilecto del coleccionista. Atravesaron el vestíbulo y cruzaron por el salón de baile, que estaba abierto a los pisos superiores y cubierto por una cristalera que le confería gran amplitud y luminosidad al centro del edificio. El mayordomo le invitó a tomar asiento con displicencia como si la espera fuese a demorar varias horas, a pesar de que Leónides era un asiduo invitado de los Lázaro.

—Espere aquí —dijo de manera seca, haciéndole notar que la visita, cualquier visita, le era incómoda—. Don José Lázaro lo recibirá en unos momentos.

La tiesa librea desapareció por los pasillos. Leónides permaneció de pie contemplando los lienzos de Goya que flanqueaban la entrada de la sala de espera. En la antesala destacaban *El Aquelarre* y *Las Brujas*, dos obras espeluznantes. No compartía en absoluto la pasión de su amigo por el artista de Fuendetodos, que le resultaba en exceso tenebroso.

Un sonriente hombretón de paso firme para su edad se le acercó interrumpiendo con un vozarrón sus cavilaciones.

—Te veo más viejo, Sanjurjo —dijo el banquero dándole un abrazo al más puro estilo de oso navarro—. Y eso que te llevo más de una década. Tanto sol mesetario te va a acabar quemando las cejas.

—Tú en cambio se diría que tienes un pacto con el diablo, José, parece que estés viviendo marcha atrás. Como sigas así la próxima vez que nos veamos me vas a hacer pensar que estoy ante el joven Dorian Grey.

A sus setenta años, y pese a la abundante barba blanca, José Lázaro aún mantenía el porte atractivo de la juventud, al que sin duda contribuían la ausencia absoluta de preocupaciones económicas, la vestimenta sobria pero a la última moda y la exquisita distinción adquirida por el roce con las más altas personalidades nacionales y extranjeras.

—No te creas, Leo, no te creas, que ya empiezo a tener achaques más propios de un vejestorio, que lo soy. Además, lo de nuestra familia viene de antiguo, acuérdate de que el mismo Jesucristo rescató a nuestro tatarabuelo de la tumba. Desde entonces los Lázaro somos longevos y nos conservamos relativamente bien.

—Sí, hay que ver lo que pueden hacer las amistades importantes —bromeó el anticuario.

—Pues por eso estás tú aquí, mi buen amigo ¿Cómo sigue tu mujer? Paula me ha dicho muchas veces lo mucho que la echa de menos en las partidas de bridge, aunque después se queja de que siempre le gana. Ese mal perder que tienen los argentinos, a mí me tiene frito…

—Gracias, José. A ti y a Paula, me consta lo mucho que la queréis. —El gesto de Leónides cambió de la sonrisa inicial a otro más grave—. Sigue en Navacerrada, a ver si con los aires logra restablecerse un poco, pero los médicos no son muy optimistas. Ya sabes lo insidiosa que es esta enfermedad, es una lotería siniestra. Es cuestión de tener paciencia y esperar, estas cosas son muy lentas.

—Sí, me hago cargo. Siento escuchar eso. Si necesitas cualquier cosa, lo que sea, ni qué decir tiene que…

La amistad de ambos hombres era sincera e iba más allá de sus mutuas aficiones y negocios. Sus respectivas esposas habían contribuido a consolidarla.

—Ya, ya lo sé, no hace falta que lo digas, sé que cuento contigo, con los dos; pero nos arreglamos bien, no te preocupes. Ojalá pronto pueda traerla. Dile a Paula que se vaya preparando para otra paliza.

—Pobre mía —dijo con expresión compungida el coleccionista—, desde lo de Rodolfo no levanta cabeza. Y luego Manolita. Han sido golpes muy duros, se adoraban. Este caserón ya no es el mismo. Tú lo has conocido en todo su esplendor, pero ahora la única música que se escucha es la de los suspiros. Nos estamos convirtiendo en otro par de estatuas para la colección.

—Lo siento de veras, José, ha de ser terrible sobrevivir a un hijo. No puedo ni imaginar lo que ha de ser perder a dos...

—No se puede tener todo en la vida, es algo que solo se aprende con el paso del tiempo.

—*Gaudeamus igitur iuvenes dum sumus* —respondió Leónides intentando rescatarlo de la melancolía.

—Tienes toda la razón. Disfrutemos de lo bueno de la vida mientras nos sintamos jóvenes, lo seamos o no.

José Lázaro Galdiano lo condujo al despacho y biblioteca, sin duda el lugar preferido de Leónides. La afición literaria del coleccionista le había llevado a hacerse con algunas de las joyas impresas más reconocidas, como *L'Antiquité Judaique* de Flavio Josefo; el *Libro de horas* de Gian Giacomo Trivulzio, otro preciado incunable milanés; o el *Tratado de la Pintura Sabia* de fray Juan Ricci. En las repletas estanterías convivían el *Libro de descripción de verdaderos Retratos, de Ilustres y Memorables Varones*, manuscrito autógrafo de Francisco Pacheco, maestro y suegro de Velázquez, con alrededor de mil libros de Antonio Cánovas del Castillo, gran amigo de José Lázaro, quien los había adquirido tras el asesinato del político en 1897. El anticuario sentía haber ingresado a un peculiar Walhalla y lo habría elegido sin dudarlo para su descanso eterno. Quizás al coleccionista le motivase más la acumulación que la posibilidad de adentrarse y extraviarse hasta el fin de los tiempos en el contenido de aquellos soberbios tomos. Pero los negocios son los negocios y tras unos minutos el coleccionista lo sacó de su ensoñación.

—Bueno, Leo, pues estás en tu casa. Están a tu disposición. Eso sí, de aquí no salen, que bien que me ha costado ponerlos juntos como para tener que ir a Roma a exigir tu excomunión.

—Haces bien en no fiarte, yo no podría dormir tranquilo. Pero en fin, libros aparte, seguro que me quieres aquí para otra cosa, o no nos conocemos después de tantos años. —El anticuario dio una última y fugaz caricia a los lomos de otros magnos volúmenes.

—Así es. Toma asiento, por favor, necesito tu buen consejo en un asunto de suma importancia.

—Pues tú dirás, te confieso que me tienes algo intrigado. Mi intuición me dice que no me has invitado a merendar para hacerme otro encargo, creo ya no te falta de nada ni creo que tuvieras donde meterlo.

—Cierto, cierto. Paula me tiene amenazado. Dice que como entre una sola cosa más, o se va ella o me echa a mí. Pero lleva diciéndolo más de veinte años y ella es igual o peor que yo. Menos mal que en el balneario de Deauville no hay mucho que comprar, pero ya la conoces, es muy capaz de traerse las fuentes y las aguas. En fin, a lo que íbamos, en esta ocasión necesito tu ayuda para algo diferente.

El anticuario dio un sorbo al selecto té de Ceylán y se dio unos momentos para admirar interiormente la finura de la porcelana Ming de la era Chenghua. Nada en esa reunión estaba dejado al azar y supo enseguida que el asunto era más importante que la búsqueda de un nuevo Zurbarán o un Carreño de Miranda.

—No quiero andarme con muchos rodeos. Antes mencionabas lo importantes que son las amistades y desde luego no me faltan. Las más por interés, sin duda, lo cual no es reprochable. No tengo pudor en confesar que me he sabido servir igualmente de ellas. No es tu caso, por supuesto, y bien lo sabes. Si no, no estaríamos hablando ahora.

—Claro que no, hombre, huelga la explicación.

—Pues mira, Leo. Igual que de amigos, en este país se hace uno de enemigos con más facilidad de la que desearía. Algunos no sabes de dónde ni por qué aparecen, pero ahí están, surgen como setas cuando más desprevenido estás.

—La envidia es el mal nacional, bien que lo sabemos ambos. Tú lo tienes todo, o al menos eso pensarán muchos. No te extrañe que no soporten tanto de lo bueno que tienes en la vida, aparte de que tampoco te has preocupado de ocultarlo. Y si me lo permites, hasta de presumirlo.

—Desde luego que no, ni tengo por qué. Me lo he ganado a pulso, no me lo ha regalado nadie. Pero esto va más allá de la envidia, se está gestando una venganza personal contra mí.

—Vaya, me inquietas ¿Qué crees que está sucediendo?

—No lo creo, me consta. Se está urdiendo un verdadero complot. Como sabes, yo me salí de la política hace varios años. Y no llegué a significarme mucho, ni siquiera alcancé escaño con los romanonistas cuando concurría por Madrid, acuérdate. Y en Orihuela solo estuve de sustituto de Valarino, realmente nunca llegué a diputado. De eso hace más de una década y aún lamento haberme involucrado en semejantes componendas.

—¿Algún rival político que surge del pasado te está amedrentando? Ese no es el Lázaro Galdiano que yo conozco.

—No, amedrentarme claro que no. No ha nacido quien tenga bemoles para ello. Pero alguien me está haciendo la cama y no consigo averiguar quién es. Tampoco me parece muy prudente intentar descubrirlo explorando a mis contactos más próximos, sería ponerme innecesariamente en evidencia. Necesito triangularlo de algún modo ¿Me explico?

—Con claridad meridiana. Y ten la tranquilidad de que te haré de triángulo, bisectriz o lo que sea necesario. Lo que no me queda tan claro es el motivo, si es que quieres compartirlo conmigo.

—Dinero, Leo. Bastante dinero. Como no tengo secretos contigo puedes saber hasta la cifra: catorce millones de pesetas.

Leónides estaba más que acostumbrado al manejo de enormes cantidades, por lo general ajenas, de las que él procuraba obtener un buen pellizco en forma de comisión. Pero catorce millones era una cifra para marear a cualquiera.

—Madre mía, creo que más que triangular vamos a tener que poner en juego una enciclopedia de trigonometría o encargárselo a Eratóstenes. Me has dejado tieso.

—Nah, en finanzas eso es una bagatela, pero alguien que no debía se enteró de que ese dinero salió de España y ahora está en Suiza. Me están extorsionando. No de manera abierta, no aún. Sé de buena tinta que me quieren levantar cargos por evasión de capitales. Necesito que pongas a funcionar a tus triángulos, paralelepípedos y trapezoides para llegar de la manera más discreta hasta Ramón Álvarez-Valdés y parar todo esto antes de que me explote en la cara. Ramón ha sido compañero mío en el consejo de administración del banco y sabrá tocar las teclas adecuadas. No solo es secretario general del Banco Hispano Americano sino también diputado por el Partido Liberal Demócrata.

—Bueno, no te voy a decir que no te preocupes, porque tal como me lo planteas el asunto es de gran envergadura, pero cuenta con que moveré Roma con Santiago para que intervenga en tu favor. Y también para averiguar quién está tirando de los hilos de esta sucia maniobra.

—Por supuesto, ni qué decir tiene, no hay límite para lo que necesites gastar y pon tú mismo la cantidad que consideres por la gestión.

—Por supuesto, ni qué decir tiene, mi tonto amigo, que no estoy escuchándote ni voy a mover un dedo por una compensación. Me ofendes con solo insinuarlo. Cuando se resuelva todo el embrollo, me compras un collar de brillantes y esmeraldas para Paula, que ya me encargaré yo de ponerle un precio que también te haga sudar. Así quedas bien con ella, conmigo y con el banco ¿Estamos?

—Estamos. Aunque ella es más de abanicos... —La arrogancia de José Lázaro Galdiano se había atenuado un poco. No era hombre de pedir ayuda, pero ahora estaba en las manos de Leónides.

*

EL BOCHORNO DEL VERANO SE HACÍA NOTAR EN TODA ESPAÑA. Antes del amanecer del diez de agosto, un grupo integrado por varios militares y un puñado de civiles se dirigió a la calle de Prim con la misión de ocupar el Ministerio de la Guerra y tomar como rehén a Manuel Azaña, su titular. Sin embargo, los eficientes servicios de inteligencia habían obtenido información sobre lo que se tramaba y las fuerzas del orden estaban alerta esperando a los sublevados. Hubo un intercambio de disparos y algunos cuerpos quedaron tendidos en la calle. Sobre la misma hora sucedía otro tanto en Sevilla. El frustrado golpe de estado, encabezado por el general Sanjurjo y a todas luces financiado por algunos grandes de España, había precipitado los acontecimientos.

Conrado Gusano sabía que nada refuerza una amistad interesada como una comilona gratis con cargo a los fondos municipales. Se había citado para comer en Villamuriel con algunos de los terratenientes locales para departir sobre la noticia de la que toda la prensa nacional se hacía eco. Uno de los concejales desplegaba el periódico del día.

—«Una intentona revolucionaria...» —leyó en voz alta el titular a toda página de *El Día de Palencia*.

—Cuando las barbas de tu vecino veas cortar... —añadió otro de ellos.

En la mesa, su pequeña cohorte de lameculos esperaba en silencio cualquier comentario para hacerle la clac y respaldarlo sin el mínimo ejercicio de pensamiento.

—«...Esta madrugada se registró en Madrid un movimiento sedicioso, promovido por algunos elementos militares» —continuó leyendo el concejal.

—Sé de buena tinta que la remonta no ha sido solo en Madrid, también en Cádiz y en Sevilla —dijo un tercero.

—Sí, y además en Pamplona... ¡Y en Valladolid! Me consta que han detenido al director del *Regional* y Onésimo Redondo se les ha escapado por los pelos.

—Aquí lo que se impone es otra Sanjurjada, pero bien hecha claro, no ese chafallón andaluz —pontificó el alcalde—. Este país solo aprende por la fuerza, señores, se lo digo yo.

—Palencia será la nueva Covadonga de esta reconquista —dijo muy serio otro contertulio.

Los campesinos comenzaban a exigir sus derechos, muchas veces de forma airada. Los sucesos de Sevilla y Madrid habían acelerado la reacción republicana y la oligarquía de derecha veía tambalear sus prebendas. Socialistas y cenetistas pugnaban por que las Cortes aprobasen una ley de expropiación que permitiese a los labradores ocupar las tierras de origen señorial que sus dueños mantenían abandonadas. Las de don Higinio se extendían por varios municipios de la comarca del Cerrato. Eran unos centenares de hectáreas de páramo de matojo y pedregal con algunas zonas más afortunadas de trigo, lentejas y garbanzos, que la rigurosa horizontalidad del terreno hacía parecer infinitas.

—Mira, Conrado. Tú ahora céntrate en lo tuyo. Me tienes a esos bien controlados y me sabes de cada uno sus nombres y apellidos, por lo que pueda pasar, tú ya me entiendes. Y por lo de la diputación ni te preocupes, que ya nos acordaremos de ti cuando se acerquen las elecciones.

—Quédese tranquilo, don Higinio, ustedes saben que nunca les he fallado.

Gusano acomodó la oronda barriga separando las piernas y desabrochándose el botón de la cintura del pantalón para aliviar la presión. La digestión de las alubias con liebre era lenta como sus cavilaciones. A pesar de azuzarla a copazos de aguardiente sentía que el animal aún daba saltos dentro de su colmada panza persiguiendo a los tocinos de cielo del postre.

Don Setién, otro de los grandes hacendados con tierras en Valladolid y Palencia, compartía la inquietud por los drásticos cambios que se preveían.

—Ya sabes que cuentas con la Guardia Civil para poner orden si hay desmanes. Al Ejército, mejor ni nombrarlo, que ya has visto que no parecen todos claros. Quiero que te comuniques con Onésimo, el abogado de Valladolid; nos está echando una mano para organizarnos con un nuevo partido.

—¿Cuál Onésimo? ¿El de los remolacheros? —dijo Gusano.

—El mismo. Solo que ahora no es del sindicato de remolacheros, sino el que dirige aquí las Juntas de Ofensiva Nacional Sindicalista. Tú te pegas a él y haces todo lo que él te diga. Y te llegará un dinero por si necesitas convencer a algún dudoso. Más te vale administrarlo bien.

—Jamás han tenido queja de mí, ¿o sí? —protestó levemente el alcalde haciéndose el indignado.

—No hombre, no, Conradito, no te pongas así —respondió don Setién dándole una palmada paternalista en el hombro—. Aquí todos sabemos que sabes cuidar bien de tus cosas, así que cuida un poco de las nuestras, que todo este lío nos está costando las perlas de la Virgen.

El alcalde decidió dar por terminada la sobremesa. Se incorporó intentando sin éxito volver a abrocharse el botón superior de los pantalones.

—Bueno, pues con Dios, que esta tarde tengo yo que rezarle a una virgencita —dijo marcando las sílabas y guiñando un ojo.

Los demás contertulios rieron burdamente la gracia dándose un codazo y devolviendo el guiño lascivo al edil. Las bajas pasiones del alcalde eran de todos conocidas y por todos solapadas, cuando no alimentadas con la hija de algún campesino para obtener su favor o aplacar su ira. Incapaz de ganarse a una mujer si no era pagando, gustaba de desfogar sus frustraciones en alguna menor dejándola, como él decía, *casadera* cada vez que no lograba cerrar alguno de sus oscuros tratos. Y también al contrario, cuando deseaba darse un gusto para celebrarlos.

*

COMO LOS DOMINGOS NO HABÍA ESCUELA, DIMAS SE LEVANTAba temprano y se acercaba al bidón de asfalto abandonado junto al camino que nunca se terminó y con un palo sacaba un puñado de pez negra y pringosa, con un olor que le agredía la nariz pero que le gustaba aspirar. Bajaba corriendo a un recodo del río, se metía hasta la cintura en el agua poco profunda y buscaba alguna de las muchas ramas que cruzaban el arroyo. La untaba cuidadosamente de pez, la arrimaba lo más que podía a la corriente y se ocultaba tras unos matojos de la orilla. Con enorme paciencia, del todo impropia para su edad, aguardaba a que el sol de la mañana levantase y comenzase a caldear.

En el escondrijo, para matar el tiempo, se ponía a leer una novelilla de las que cambiaba los domingos en el puesto del tuerto, donde se podía encontrar de todo: pipas, altramuces, tebeos, cromos, petardos y fulminantes. A diferencia de otros zagalejos, que asistían a la primaria pero no sabrían hacer la o con un canuto ni juntar en orden y concierto más de dos sílabas, Dimas había aprendido a leer y escribir desde muy niño, enseñado por la abuela, que le obligaba a hacer interminables planas de caligrafía y cuyo único premio, aparte de un beso y una caricia que lo despeinaba, era poder completar los dibujos punteados de la correspondiente página de la cartilla Rubio. Eso, y la lectura de tebeos primero y las novelitas del oeste de Zane Grey Serie Oro después, lo habían convertido en un lector tan prematuro como voraz, y Dimas disfrutaba de las largas horas de lectura tanto como de su oficio infantil de pajarero.

Las escapadas al río le permitían zafarse de la obligación de ir a misa, a la que la abuela pudo sujetarle durante muy poco tiempo. Se había esforzado en darle una sólida formación religiosa con la esperanza de alejarle del idealismo ateo de su padre, pero sin mucho éxito. Para el inquieto carácter de Dimas no podía haber peor castigo que escuchar el *Dominus vobiscum* con el que iniciaba la tediosa ceremonia. Las casi dos horas en latín eran el único entretenimiento con el que los habitantes de Calabazanos podían matar el hastío, pero desde pequeño el chico estaba mucho más interesado en los asuntos terrenos que en los celestiales.

Al cabo de una o dos horas, un sediento vencejo se posaba en la rama para inclinarse a beber. Pero al intentar despegar el vuelo, las patitas se le quedaban firmemente adheridas en la pecina y comenzaba un frenético aleteo para intentar despegarse. Pronto se cansaba, y tanto el batir de alas anterior como el piar del pajarillo atraía a otras aves, más curiosas quizás que sedientas. Cariblancos, pechiazules, abejarucos, calandrias... Una tras otra iban quedando presas en la rama hasta que se juntaban cuatro o cinco y entonces Dimas salía del camuflaje de su escondrijo, las retiraba de la rama con delicadeza y les daba una rápida sacudida con la mano que les quebraba el pescuezo sin sufrimiento. En un gesto instintivo, las besaba en el pico y las guardaba en el morral.

Más veces de las que quisiera volvía sin nada, pero ese día le había ido bien en el río y en poco tiempo la bolsa de tela se veía ya abultada, por lo que decidió regresar al pueblo. De camino, tomó un albaricoque de una rama baja que sobresalía del huerto, le dio unos cuantos mordiscos y guardó el hueso. Al llegar a Calabazanos, sacó el hueso del bolsillo y lo raspó por el extremo más delgado contra la pared de piedra del convento hasta que se desgastó lo suficiente como para llegar a la semilla blanda. La extrajo con la púa de una alambrada y convirtió el huesecillo de fruta en un potente silbato, que aparte de hacer escandalera, también serviría para imitar el silbido de algunas aves y atraerlas a sus trampas.

Al llegar a la plaza le sorprendió ver a un grupo de los del pueblo frente a un camión del que salía un sonido alto pero rasposo e ininteligible. Se acercó un poco más y detrás del bulto de gente pudo ver un gran letrero rojo y negro en el lateral del camión con las siglas CNT/FAI. Delante se podía ver de refilón al conductor, que mantenía el motor encendido. De pie, en la caja y tras dos grandes altavoces abollados que apuntaban como cañones en direcciones opuestas, un joven y dos muchachas en ropa de faena y con fusiles al hombro gritaban airadas consignas. «¡Hermanos internacionales: Estamos con vosotros para demostrar a esos cabrones de la burguesía y del gobierno que la CNT y la FAI son fuerzas que aumentan con la represión y son más solidarias en la adversidad!...». Los altavoces emitieron un chirrido que hizo a algunos taparse las orejas con las dos manos. El muchacho del camión llegaba al final de arenga: «... ¡Los verdaderos ladrones, aquellos que se lucran del fruto de nuestro trabajo son esos hijos de puta de burgueses! ¡Viva el Frente Popular!». A continuación, sonó una música estridente pero que a Dimas se le hizo bonita y sobre la que los del camión y algunos del grupo entonaban un himno con el puño en alto. Sintió que si lo hacía todo el mundo era lo adecuado para el momento y levantó el puño izquierdo apretando con fuerza el silbato de hueso.

Desde lejos, el Chiborra y su pareja en las armas contemplaban la escena sin inmutarse. Dimas se dio cuenta de que también lo observaban. Se fijó en una de las chicas. Vestía con pantalones de trabajo y llevaba la camisa desabrochada y anudada a la cintura. La buscó con la mirada, pero ella parecía estar inmersa en la canción y con la vista puesta en el joven que acababa de dar el acalorado discurso. Cuando terminó la música, el joven y las dos muchachas saltaron de la parte de atrás, se subieron a la cabina y salieron a toda prisa del pueblo sacando el puño levantado por las ventanillas. La mayoría del grupo devolvió el saludo y se disolvió en silencio. Aunque no pudo distinguirlo con claridad, a Dimas le pareció que el conductor del camión no era otro que Fermín, su padre. Corrió cuanto pudo tras el camión, pero no logró alcanzarlo. Los civiles siguieron su ronda. Dimas, exhausto tras la carrera, notó un olor dulzón que provenía del morral. Se había olvidado por completo, y con aquel calor implacable los pajaritos que había atrapado unas horas antes habían empezado a pudrirse.

Esa noche recordó la canción, que no logró entender del todo, pero de la que sí recordaba la frase «Levántate, pueblo leal, al grito de revolución social». Se imaginó que el camión se detenía y su padre bajaba, lo abrazaba y lo llevaba con ellos. Pensó en los abundantes pechos de la chica y notó como su miembro se enderezaba. Imaginó que se iba con ella a Madrid, o a América y que ella era su novia, como en las novelas de 90 céntimos de Edgar Wallace. Notó que la sábana estaba mojada y sintió una especie de vergüenza y amor y patriotismo, todo nuevo, todo a la vez y mezclado.

*

LEÓNIDES RECIBIÓ CON TRISTEZA LA NOTICIA DEL FALLECIMIENTO de Paula Florido. Había ocurrido unos días antes y ya habían pasado las exequias. Llovía intensamente. Pidió a Benigno que sacara el coche y avisase por teléfono de que iban para allá. En cuanto llegaron le indicó al chófer que lo dejase en la puerta y que esperase lo que fuera necesario. Cruzó con premura la fila de armaduras de la entrada, subió los escalones y se dirigió directamente al salón de música, donde solían reunirse cuando las visitas eran de cortesía. Encontró a José Lázaro solo, sentado en un butacón adamesco, con la mirada perdida tras los ventanales y profundamente abatido.

—He venido en cuanto lo he sabido, no sabes cómo lo siento, querido amigo.

—Gracias, mi buen Leo. Tú siempre tan cerca de nosotros… Disculpa que no te haya avisado, hemos querido despedirla estrictamente en familia. Si no, esto se hubiera convertido en una romería.

—Sabes que no me agradan los pésames, me parecen una costumbre sin sentido que no hace más que revolver el dolor de los familiares. Estoy aquí para acompañarte en este momento tan duro. Y si de algo sirve para aliviarte un poco, te tengo buenas noticias, lamento que sea en estas circunstancias.

—Ya pueden ser buenas, ya. Siento que este caserón se me viene encima. Me entran ganas de cerrarlo bajo siete llaves y dejar que se lo coma el polvo, que al final es el destino de todo y de todos. En fin, discúlpame, estos días han sido terribles y no logro hacerme a la idea…

—Pasarán, José, dalo por seguro. Ahora debes vivir tu duelo. Todos vamos a extrañarla muchísimo y la recordaremos siempre con esa alegría y ese acento tan dulce que tenía.

—Sí, así debe de ser. Gracias por tus palabras, Leo, son un verdadero consuelo. ¿Qué era lo otro que tenías que decirme?

Leónides marcó una pausa, como si necesitase meditar bien las palabras antes de decirlas. Miró unos segundos a los ojos de su amigo y bajó levemente el tono de voz dándole un matiz de confidencia.

—No vayas a pensar ni mucho menos que no me he ocupado del tema tan delicado que me encargaste. Si no te he dicho nada antes es porque me he tenido que mover con total discreción y tocar varias teclas aquí y allá, pero quiero que sepas que tu asunto va por buen camino.

—¿En serio? Con todo esto casi me había olvidado. Un escándalo político ahora mismo es lo último que me faltaba. ¿Qué tan buen camino es? ¿Puedes ser un poco más explícito? —dijo el coleccionista mostrando abiertamente su ansiedad.

—Vas a permitirme que no entre en detalles —se disculpó Leónides—, al menos no hasta que sea un hecho, pero para tu tranquilidad Sánchez-Valdés ya está al corriente de todo y ha prometido ocuparse personalmente.

—Ah, el bueno de Ramón… Otro amigo leal. Y muy capaz, tiene una inteligencia fuera de lo común ¿Qué es lo que está tramando?

—Hasta donde yo sé, que tampoco te creas que me dan toda la información completa, se está trabajando en una Ley de Amnistía para exculpar a los procesados por la Sanjurjada. Me han dado a entender que a la sombra de dicha ley van a intentar aprobar una amnistía fiscal a la que, llegado el caso, podrías ampararte.

—Muy hábil, sí, señor. Taparle el ojo al macho, como dicen en mi pueblo.

—Quienes se están ocupando de esto me han insistido mucho en que te transmita que no lo des por hecho. Lo que se pretende es desviar la atención de la opinión pública hacia el general Sanjurjo.

—Sí, sí, ya veo. Por cierto, ¿alguna vez me confesarás tu parentesco con el general? Cada vez que lo oigo nombrar en quien pienso es en ti.

—No tengo nada que confesar, solo tenemos en común el primer apellido, así que parientes seremos en algún grado, pero tan remotos que no se nos puede encontrar en el mismo árbol genealógico. Y con ese personaje no deseo que se me relacione de ningún modo, no podemos tener ideas más distintas.

José Lázaro se sorprendió al notar a Leónides algo alterado por la pregunta y enseguida intentó relajar la situación.

—Ya sé, hombre. No te ofendas, solo pretendía pincharte un poco. Vamos a ver cómo termina toda esta historia, quiero irme de viaje una buena temporada. En cuanto pase la tormenta, empaco. Quiero alejarme un tiempo de todo esto.

—Haces bien. Ya verás como todo se compone. Poner distancia de por medio es la mejor terapia contra los recuerdos, lo sé por experiencia. Pero no desaparezcas del todo ¿eh? A ti también se te echará de menos. No quiero perder a mi mejor cliente…

—Ni yo a uno de mis pocos amigos de verdad, Leo. Te agradezco en el alma todo lo que estás haciendo. Sabía que podía confiar plenamente en ti. Y no te preocupes, por supuesto que volveré. Le he dado demasiado a esta España desagradecida como para que se libre de mí con tanta facilidad. Y para demostrarte que no me has perdido como cliente, quiero aprovechar para hacerte un encargo especial.

—Sabes que me encanta oír eso. Prepara tu abultada billetera y pide por esa boca. También te vendrá bien darte un capricho.

El rostro de José Lázaro Galdiano cambió levemente de la pesadumbre a un tenue brillo en la mirada y un esbozo de sonrisa.

—No, no es para mí. Es para Paula. Un regalo póstumo —dijo remarcando la palabra con una larga pausa—. Andaba detrás de un Zacarías González, el retrato de una muchacha que le recordaba a Manolita cuando era niña. Por lo visto lo vio en casa de alguien y se quedó prendada del cuadro, pero no me quiso dar más pistas, le gustaba que tuviera que esforzarme un poco en conseguir sus regalos. ¿Crees poder localizarlo?

—Con tan escasa información no me va a ser fácil. Mi especialidad es la pintura flamenca, no los románticos. Y si está en una colección privada pues más difícil aún me lo pones. Vamos, que está en chino.

—¿Todo ese discurso es para subirme la factura?

—¿Te he fallado alguna vez? Sabes que me pondré a ello desde ahora mismo. Y siendo por Paula, pues con más razón aún. Con un poco de suerte, para cuando regreses de tu viaje, te estará esperando.

—Matilde —susurró el coleccionista.

—¿Qué?

—Nada, que me acabo de acordar: Matilde Cobos. Así se llamaba la niñita del cuadro.

*

Sor Anunciación estaba inmersa en la rutina diaria de la comunidad de agustinas canónigas que había repetido sin variación desde que tomara los votos hacía cincuenta y un años. La noche anterior se había ido a dormir a las tantas. A esas edades el sueño tarda en llegar y estuvo entretenida en bordar unas diminutas botitas para el Niño Jesús. Se había levantado a las seis menos cuarto de la mañana y tras el pudoroso y superficial aseo a camisón puesto, se había reunido con las otras hermanas en el coro para la oración de laudes y la hora de tercio. Después de un desayuno frugal se había dirigido a barrer la iglesia del convento, un bello templo barroco desde cuyo retablo mayor la miraban las tallas casi humanas de Francisco Rincón. Al cruzar frente al sagrario se reclinó para santiguarse. Las rodillas le recordaron el paso del tiempo.

—Ya no está una para barridos, cilicios ni genuflexiones —murmuró.

Enseguida apartó de su mente el irreverente sentimiento de la queja y se aprestó a concluir la tarea con pulcritud. Solo se escuchaba la escoba de sarmientos rozando rítmicamente contra el suelo pulido.

Durante los cincuenta minutos siguientes creyó notar que los santos la observaban con disimulo, vigilando que no escondiese el polvo bajo ningún banco ni tras el confesonario. Cuando terminó, se sintió satisfecha. Se incorporó con un suspiro y se arqueó hacia atrás para enderezar la espalda. Sacó el recogedor y tiró en un cubo la escasa basura. Guardó todo en el cuartito de los trastos y se dirigió de regreso al refectorio por el largo pasillo de arcos ojivales del claustro. Las otras hermanas estaban ya en el huerto y no se cruzó con ninguna. Pasó ante la hornacina de la Virgen con el Niño y susurró un *avemaríapurísima*. A punto de regresar a sus pensamientos su interior se removió. Volvió a mirar de nuevo a la Virgen y sintió que el corazón se le detenía. La medalla de San Andrés, el collar de diamantes y aguamarinas y el pectoral de zurita, oro blanco y pedrería de Nuestra Señora habían desaparecido. Se santiguó a toda velocidad tres veces seguidas y salió corriendo en busca de las demás.

Dimas había calculado el tiempo que la monja tardaría en cerrar la cancela de la capilla que da al convento y alejarse unos metros. Pensó que tal vez las religiosas no descubrieran el hurto inmediatamente, pero debía estar preparado para cualquier eventualidad. Ya estaba hecho al latir acelerado dentro de su pecho que acompañaba a la excitación de cada robo y lo tornaba en aventura. Salió de su escondite en el púlpito en que había estado agazapado toda la noche. Se desentumeció lo mejor que pudo, bajó sin hacer ruido la curva escalerita y se dirigió a la puerta principal justo cuando comenzaba a oírse el revuelo. Abrió unos milímetros para atisbar el exterior y comprobó que nadie pasara cerca. Un galgo extremadamente flaco intercambió con él una sucinta mirada y siguió su camino. Esperó a que el animal desapareciese tras la esquina y salió a la calle de Pedro Espina con las manos en los abultados bolsillos. Hornillos de Cerrato apenas se desperezaba antes de salir a los campos.

Nadie prestaba mayor atención al Pajarero en su bici por los caminos. El zurrón, preñado cada vez de más osados latrocinios, recorría un trayecto cuidadosamente estudiado entre almiares y rollizos de paja, pilas de leña de chamizos, palomares de adobe, colchones de borra o tinajones abandonados hasta llegar a las entendidas manos de Leónides. Desde los campos mandados salar por reyezuelos intransigentes y pisados por los cascos de Babieca, hasta la capital del Reino. Y desde Madrid, el cambalache viajaba a Londres, París, Berlín, Washington o Filadelfia. Del lento transcurrir del románico a los inciertos y agitados treinta. Del oscurantismo medieval a la maldad insolente del siglo XX que cantaba Gardel. Del humo de vela de una iglesucha perdida, al *smog* del tráfico de las surgentes ciudades.

*

EL AÑO 1932 HABÍA ESTADO MARCADO POR LAS HUELGAS EN TODAS las industrias. En las zonas rurales surgieron también piquetes con actitud violenta, obligando a muchos campesinos a secundar la huelga contra su voluntad. Mandaba la necesidad por encima de cualquier ideología y eran muchos los que se veían obligados a doblegarse para poder poner al menos un chusco de pan sobre la mesa. En la Tierra de Campos la situación era desesperada. Los jornales no permitían evadir el hambre y la bajada en el precio de los productos agrarios había provocado que los grandes terratenientes dejasen gran parte de sus tierras sin cultivar, propiciando el incremento del paro. Algunos huelguistas habían provocado disturbios, asaltado fincas e incendiado trigales. La Guardia Civil acabó a tiros con los revoltosos que más se hicieron notar y a otros se los llevaron presos.

Tras la última detención en Calabazanos, Fermín se había visto obligado a dejar a Dimas en compañía de la abuela. Sin ninguna expectativa de volver a ser contratado como jornalero en Palencia, ni siquiera en Valladolid, intentó probar mejor fortuna en la huerta murciana. Acostumbrado a la sequedad y el amarillo de la árida meseta, la exuberancia de los regadíos y extensos campos de frutales casi lo trastorna. Llegó a escribirle a Dimas una carta en la que le contaba que los niños murcianos organizaban batallas campales arrojándose manzanas y naranjas y que, para no desperdiciarlas del todo, las mujeres las recogían después para echárselas a los cerdos. Los niños palentinos solo podían arrojarse piedras. Estaba en un vergel, pero con el temor permanente de ser expulsado en cualquier momento del paraíso. Trabajaba muchas horas por encima de la jornada y de vez en cuando, si le iba bien, mandaba un modesto giro a casa, aunque a duras penas ganaba lo justo para mantenerse. Si no hubiera sido por la solidaridad de otros compañeros no hubiera podido siquiera comprarse unas alpargatas o un pantalón decente. Tenía treinta y nueve años, pero el sol y los rigores del trabajo lo habían envejecido hasta aparentar más de cincuenta. Cuando no se estaba dejando la espalda recolectando hortalizas, o las manos recogiendo la naranja, sacaba tiempo para reunirse con el grupo local de la CNT para organizar la lucha. Robaba horas a las pocas de sueño que le quedaban para imprimir volantes y octavillas que luego arrojaban desde el camión en los pueblos. Y los domingos se plantaban frente a las iglesias, a la salida de misa, a gritar consignas anarquistas contra los burgueses y el gobierno, hasta que los guardias a caballo hacían acto de presencia y tenían que salir huyendo.

Salvo lanzar soflamas y algunos insultos a los que casi ningún señorito contestaba ni se molestaba en denunciar, la célula anarquista de Fermín no cometía ilícitos importantes, por lo que cuando los detenían se limitaban a tomarles la filiación, retenerlos la noche del domingo en el cuartelillo y soltarlos al amanecer del día siguiente para que volviesen a los campos. De haber detenido a todos los izquierdistas, los regadíos se habrían quedado sin manos.

En Castilla, las fuerzas del orden actuaban con mucha mayor dureza y no solían rendir cuentas por los frecuentes excesos al reprimir los disturbios. Algunas noches se oían tiros y al día siguiente aparecían cuerpos al borde de la carretera. Nadie pedía explicaciones. Como hormigas, los familiares se acercaban en silencio, recogían los cadáveres y se los llevaban sin que quedase rastro alguno más que una mancha marrón sobre la tierra. Nunca más se volvía a hablar del tema y por Todos los Santos se llevaban flores a las tumbas.

En muy contadas ocasiones se solicitaba la intervención de la policía o de un juez, salvo en el caso de delincuentes conocidos y peligrosos. Por ello, cuando logró que se girase orden de busca y captura contra Fermín Aguilar Hernández bajo acusación de asesinato en la persona de Sebastián Rodríguez Vázquez, vecinos ambos de la localidad de Calabazanos, la cara de Conrado Gusano cambió de su habitual expresión de estulticia a un gesto de triunfo. «Te tengo, cabrón. Ahora sí que te tengo bien cogido por los *güevos*».

La orden de aprehensión se recibió por telegrama en el cuartelillo de Alhama de Murcia, donde Fermín estaba, como tantas otras veces, retenido y sin posibilidad de pagar la multa para salir. Los guardias le notificaron, lo esposaron y lo escoltaron hasta el tren, donde otra pareja de agentes se hizo cargo de la custodia. Le esperaban setecientos kilómetros de ferrocarril: de Alhama a Murcia, de Murcia a Madrid y de Madrid a Palencia. Y bajando del tren, al furgón policial que le conduciría a la Prisión Provincial palentina. Ese sería el más largo y último viaje de un hombre que nunca vio el mar ni el país con el que soñaba.

*

LAS DESIERTAS PLANICIES HABÍAN DADO ORIGEN DESDE SU HISTORIA a la particular toponimia de la meseta, los páramos: Páramo de los Infantes, Páramo de la Torrecilla, Páramo de Castañeda... A partir de Todos los Santos, iniciando noviembre, Castilla se transmutaba en taigas y estepas planas y blancas como leche derramada; gélidas e inhóspitas como las que describía don Cosme cuando hablaba a sus pequeños alumnos de las magnas obras de los escritores rusos. Los niños confundirían de por vida a Trostky con Tchaikovsky y Dostoievski. En España, esa ignorancia basal había sido piedra prima sobre la que edificar odios y envidias. Monumentos erigidos a una estupidez viral, agresiva e implacable. Una palabra escrita capaz de sesgar con fanatismo efervescente una, dos, tres o innumerables vidas. Una cuartilla que corta la yema del dedo al intentar pasar página. Páramos de alma vacía vagando sobre tierra fría. Yerma.

El invierno estaba siendo más duro que otros años, con grandes nevadas que habían cerrado caminos y metido a la gente en sus casas durante semanas, así que se esperaba que el treinta y tres fuera un año de bienes, aunque no estaba comenzando bien. De Barcelona y Valencia llegaban noticias de una insurrección anarquista. En el pueblo gaditano de Casas Viejas, un grupo de campesinos de la CNT había asaltado el cuartel de la Guardia Civil y asesinado a tres guardias y a un sargento. Cuando se mandaron refuerzos para reprimirlos las cosas se salieron de control y al final del día una treintena de cadáveres de uno y otro bando yacían en las calles. Una masacre estúpida que amenazaba con convertirse en hongo fácil de propagar en la siempre fértil humedad política hispana.

Había entre los jornaleros palentinos tantas o más razones para el levantamiento que las de sus iguales andaluces. Pese a ello, soportaban con entereza y humildad el paro, los jornales de miseria y toda suerte de vejaciones por parte de ricos y caciquiles. En toda la región los guardias andaban alterados y temerosos de encontrarse con una situación similar a la de Cádiz, ya que eran pocos y sabían que no podrían contenerla. En el pueblo solo había un puesto de la Benemérita al que relevaba cada semana otra pareja del cuartelillo de Villamuriel, o a veces una dotación mayor si se hacían rondas por la carretera. Vistos de espaldas, desde un poco lejos y recortados contra el blanco inacabable de los campos escarchados, las capas del Chiborra y el Melchor parecían las alas de una obesa polilla y los tricornios de charol sus brillantes ojos negros. De ese pausado caminar de siameses emanaba imparable el humo de un cigarro, lo que convertía a la pareja en un extraño insecto vaporoso que recorría los desolados caminos del páramo buscando vagos y maleantes con que alimentarse.

En Calabazanos solo había una tasca, para los de derechas, y la Casa del Pueblo para el resto. Eran pocos los hogares donde había una radio y cada local reunía a sus contertulios en torno a la aparatosa Phillips de la tasca o la más modesta Marconi de los izquierdistas. Pese a las marcadas diferencias ideológicas, todos escuchaban lo mismo, una plétora de voces atipladas encarnadas en una nueva generación de niños prodigio: la Niña de los Peines, la Niña de la Puebla, el Niño de Marchena… A este furor flamenco se sumaban talentos de la capital como el Canario de Madrid, el Chato de las Ventas o el Canario de Tetuán. Solo de tarde en tarde se prestaba atención a las noticias de Radio Ibérica o Radio España. Unos pocos, alentados por el desbordado entusiasmo del párroco, se esforzaban sin mucho éxito en sintonizar las recién iniciadas transmisiones de Radio Vaticano que se escuchaban en italiano o en latín, y solo a veces en castellano y entre ruidos rasposos y toda clase de interferencias.

Los guindillas, como apodaba Benigno a los civiles, no se mezclaban más de lo necesario ni con los derechistas ni con los republicanos, y cuando terminaban el día se retiraban a la casa cuartel, o se dejaban caer por la tasca, unas veces para pedir información y otras nada más para quitarse el frío con un carajillo.

—Esto no puede seguir así, se debería hacer un escarmiento —comentó uno de los clientes.

—La cosa se está calentando —apoyó otro—. Ahora ha sido en Cádiz, pero cualquier día tenemos a los de aquí quemando iglesias. Esta gente es más bestia que un arao.

—Aquí no pasa nada —cortó en seco el Chiborra—. Y si pasa, no importa.

Ya se sabe que los motes mandan por encima de la genealogía. Cuando mozo, mucho antes de entrar al Cuerpo, el guardiacivil solía participar en las fiestas de paloteros haciendo de chiborra, esa botarga que persigue a los críos con una vejiga colgada de un palo. El Chiborra se quedó de por vida con ese apodo, a pesar de llamarse Segundo de Dios y de haberse dejado crecer el gran mostacho que uniformaba a los tricornios más aún que el extrañísimo sombrero.

El Chiborra conocía a Dimas desde niño. Antes de lo de Fermín le había tomado cariño al chico. A veces lo colaba de gorra en el improvisado cine cuando se cerraba el almacén y pasaban *El demonio es una mujer* y otras películas no aptas para señoritas que por más censura, saltos y recortes con que llegaran, ponían la carne adolescente a hervir con los únicos asomos de piel femenina que podían contemplarse en un pueblo terroso y moteado de negro en sus mujeres. Ahora las tornas habían girado. Dimas y los de la pandilla estaban creciendo, al igual que sus pillerías, que habían ido escalando de gamberradas de adolescentes a pequeños hurtos.

De la conocida pareja de guardiaciviles, el Chiborra era el que hablaba siempre, mientras que el Melchor permanecía a una corta distancia interviniendo únicamente para repetir o subrayar alguna frase. Melchor tenía grabado a fuego el reglamento y, bajo ninguna circunstancia, se hubiera permitido beber en acto de servicio. Él tampoco tenía mayor mérito, porque era abstemio. Además, era pecado. El Chiborra, por el contrario, hacía gala de pasarse el reglamento y las ordenanzas «por los mismísimos cojones». Se acercó a la barra, pidió un anís Castellana con agua y mientras se lo servía, indagó al cantinero.

—¿Has visto al Pajarero?

—Viene de vez en cuando a vender algo, la última vez quedó en traer unos cangrejos, pero llevo tiempo que no lo veo.

—Parece que se está metiendo en líos. Ese es de la misma hechura que su padre, lo lleva en la sangre.

—Pero si es solo un crío, no puede tener malicia ¿Qué se supone ahora que ha hecho el padre?

—Es el Fermín, hombre, si lo tienes que conocer. Uno de esos anarquistas que quieren cargárselo todo: al gobierno, a los curas, a la gente decente. Lo detuvimos hace unos meses por lo de la huelga. Está en la Provincial esperando juicio. Le va a caer un buen paquete.

—Ah, sí, ya me acuerdo de él, Aguilar. Me entero ahora de que era el padre del Pajarero... Solía venir por aquí en septiembre, cuando empezaba la vendimia. Y a veces antes, para la siega o cuando pedían braceros. Siempre andaba buscando trabajo, no se veía mala persona.

—No, si aquí sois todos unos santos, no te digo…

—Unos santos —repitió el Melchor al tiempo que su pareja apuraba el anís.

En la cantina se creó un silencio tenso. A más de uno le incomodaba la presencia de los guardias. Varios habían sufrido los métodos expeditivos de la Guardia Civil en el cuartelillo por matar un conejo en el coto de don Setién o robar unos melones de las tierras de don Higinio. Aguantar, callar y a otra cosa. Aunque no siempre se perdona. Y nunca se olvida. Las palizas no suelen dejar marca, pero quedan.

—¡Con Dios! —se despidió el Chiborra golpeando el culo del vasito de agua sobre el mostrador.

—¡Con Dios! —respondieron los de la tasca levantando los suyos.

En el fondo, el pueblo entero sabía los verdaderos motivos por los que el padre de Dimas iría con toda seguridad a dar con el esqueleto en la trena de por vida, con o sin juicio, y lo poco que en realidad tenían que ver con ello sus actividades políticas. Años atrás se había enfrentado con el alcalde por una mozuela de nueve años a la que intentó proteger de las intenciones de Gusano. Cometió el error de comentarlo con otros hombres del pueblo, que no tardaron en irle con el cuento al alcalde, quien desde ese momento planeó su venganza con esmero. El Mataperros supo esperar a que el campesino se hiciese notar por sus inflamados alegatos cenetistas y, cuando se produjo la huelga, el edil se las arregló para que lo acusaran de organizarlo todo y endilgarle un homicidio que no había cometido. También de mover a todos sus contactos en el gobierno para que la celebración del juicio se demorase todo lo posible y, llegado el momento, dejarle caer encima todo el peso de la ley. No se sabe de ningún proceso legal en el que un campesino hubiera logrado zafarse de la zarpa de un poderoso. La detención de Fermín por un falso cargo de asesinato era, además, un mensaje claro para que todo el que se planteara enfrentarse al alcalde se lo pensara dos veces.

*

Al salir de la escuela, Dimas y sus amigos habían ido al lavadero a llevarse pinzas de la ropa para hacer pistolas. Aprovecharon un momento en que las mujeres estaban distraídas, arrodilladas en la orilla del río sobre las tablas de fregar, y se metieron en el tendedero donde se oreaban las sábanas, tras el que lograron ocultarse un momento. No tardaron en ser descubiertos y huir perseguidos por los gritos de las mujeres. Ya en las afueras del pueblo se toparon con una curiosa comitiva. Por la carretera, precedido de una pequeña cohorte con dulzainero, tamboril y rabel, chicuelos danzarines y algunas parejitas de novios de la mano, al son del pasodoble, entraba a marcha lenta un autocamión que venía de Arévalo con los del teatro. La función había sido anunciada una semana antes con unos carteles pegados que mostraban una rueda con dos caretas de actor sobrepuestas, con la leyenda: La Barraca. Teatro Universitario. Unión Federal de Estudiantes Hispanos. También por el pregonero quien, por insistencia de Federico, el director, aseguró que sería gratis, lo cual era ciertamente el mayor incentivo para una mayoría de pobres de rigor. Sacó la cornetilla y, arrastrando las vocales finales en una cantinela que desde los primeros *praecos* romanos se había convertido en oficial a lo largo de generaciones, anunció: «De orden del señor acalde, se hace saber, que actuará el grupo teatral de La Barraca, el próximo sábado, en la plaza del pueblo… y que no se pasará el platillo».

Horas antes de la anunciada para el inicio de la función, la gente de Calabazanos comenzó a sacar sus sillas a la plaza para contemplar bajo el impenitente rayo del sol de julio cómo los actores descargaban y montaban el escenario. Ancianas con el pañuelo negro en la cabeza, campesinos con sombrero de paja que regresaban con el sudor aún húmedo de la faena, mujeres con uno o dos niños sucios en brazos… todos se iban incorporando ante el escenario. Un poco más tarde llegó el autobús de Valladolid y quedó aparcado frente a la iglesia. Dimas y los de su pandilla aprovecharon para subirse al techo y disfrutar de una mejor vista. En un par de horas podría asegurarse que el pueblo entero había acudido al espectáculo.

Pocos meses antes, Federico García Lorca había estrenado *Bodas de sangre* en el Teatro Beatriz de Madrid, cosechando un enorme éxito. Pero una cosa eran los teatros de la capital y otra muy distinta las actuaciones itinerantes de La Barraca, muchísimo más modestas. Esa tarde se representaba *La guarda cuidadosa* un divertido entremés de Cervantes en el que un soldado y un sacristán pretendían a una misma sirvienta. La gente se mondaba de la risa con las fanfarronadas del militar, la burla del sacristán y los dobles sentidos de la ligera obrita. No les era difícil encarnar en los personajes las pugnas del clero, el ejército y las diferencias sociales, e incluso llegaron a incorporar al lenguaje cotidiano algunas expresiones. De ahí que se escuchara a las mujeres respondiendo *«Tu dixisti»* y a algunos hombres repitiendo en la Casa del Pueblo la frase inicial de «¿Qué me quieres, sombra vana?». Una vez captada la atención de la audiencia la actuación se tornó más seria con la representación de *Fuenteovejuna* de Lope. Al principio, tanto el director como los actores dudaban de si sería una obra demasiado elevada para la comprensión de un pueblo no ya iletrado sino mayoritariamente analfabeto; al final se sorprendieron de la natural inteligencia castellana, que no tuvo la más mínima dificultad en descifrar el profundo contenido político y reivindicativo de la representación. La adaptación de García Lorca prescindía de los Reyes Católicos y se concentraba en el drama social, lo que calaba de inmediato en el ánimo de unos labriegos que en la práctica aún no habían salido de la gleba. La puesta en escena confería a la obra una total actualidad con los decorados del pintor Alberto con el fondo de Castilla, el vestuario con trajes de pana negra para los personajes masculinos y el traje negro con la cruz roja en el pecho para Fernán Gómez. El comendador era la viva personificación del refrán «La cruz en el pecho, el diablo en los hechos». La gente aplaudía cuando Carmen Galán, en el papel de Laurencia, insultaba a los ediles y les llamaba «hilanderas, maricones, amujerados, cobardes».

Menos gracia hizo «el teatrito que nos han *montao* estos» a Gusano, a los caciques propietarios de los inmensos secanos que supieron de oídas sobre la representación y a los guardiaciviles, a los que quedó un regusto de provocación que se comentó mucho en el cuartelillo. Mal leída, pero no tan mal interpretada, la obra podría parecer una incitación al levantamiento. No pocos reconocieron al alcalde Mataperros en el Comendador y a los señoritos terratenientes en los nobles.

Al concluir la representación, mientras el público se retiraba con sus sillas de rafia a cuestas, los actores se quitaban el maquillaje y el vestuario y volvían a ponerse su uniforme: el mono azul con la rueda y la carátula en el pecho como insignia. No faltaban quienes deseaban prolongar el espectáculo observando cómo desmontaban el tablado. En unos minutos se dejaba todo recogido porque al día siguiente había que salir pronto hacia el próximo pueblo del itinerario. Dimas y sus amigos fueron de los últimos en marcharse canturreando el estribillo de «Al val de Fuenteovejuna» que entonara un rato antes el coro de actores.

*

En su abigarrado despacho de Madrid, Leónides Sanjurjo conversaba con un hombre rechoncho, que vestía un chaleco ajustado de colores llamativos. Tenía un marcado acento norteamericano, que en lo más íntimo producía cierto nivel de irritación al depurado inglés británico del anticuario.

—Entiendo que estamos ante una pieza singular —dijo el tratante—, pero cinco mil libras se me hace una cifra exagerada.

—En realidad dije cinco mil quinientas, aunque no vamos a discutir por minucias. Tenga en cuenta que, solo al peso, son más de tres kilos de oro puro. Eso por no hablar de la exquisita orfebrería renacentista y su indudable valor histórico. Espero, desde luego, que no esté pensando en fundirla. En ese caso, lamentándolo muchísimo, me vería obligado a cancelar la operación *ipso facto*.

—No, no, en absoluto. ¿Cómo puede insinuar algo así? Ni se nos pasaría por la imaginación fundir una hechura tan bella y bien conservada. Pero la cotización de estas piezas sin certificado de procedencia ha bajado de manera considerable en el mercado internacional.

El americano intentaba aparentar frialdad mientras daba imperceptibles giros nerviosos al sombrero.

—Mi querido amigo, usted sabe tan bien como yo que esta pieza en ningún caso va a llegar al mercado internacional, sino a una colección particular. Muy particular, diría yo. Puedo comprender que el precio pueda ser demasiado alto para su representado. Si no pueden permitírselo, estoy en condiciones de ofrecerles algún otro artículo también de primerísima calidad, más acorde con su bolsillo; para la corona tengo de hecho varios compradores interesados.

—Míster *Sanhurhou,* me ofende usted. Míster Hildburgh puede permitirse esto y mucho más…

Los verdaderos compradores, los Hildburgh, los Guillaume o los Stein muy rara vez dejaban Nueva York, París o Londres. Preferían preservar su identidad, pagar con generosidad en efectivo y eludir cualquier posible encuentro desafortunado con las autoridades españolas, siempre celosas del patrimonio nacional y poco efectivas en evitar el expolio. El anticuario sabía que en una negociación siempre cede aquella parte que se siente más insegura. También que en la adquisición de arte de dudosa procedencia, los precios que podían manejarse eran incluso mayores que cuando se compraban obras con todos los requerimientos legales.

—Véalo de este modo: la diferencia que intenta regatearme, y que conste que no se lo reprocho, que bien acepto es parte de su trabajo, se la va a ahorrar en impuestos y en trámites engorrosos. Y espero que coincida conmigo en que la discreción también tiene un precio. Pero necesito su respuesta en este momento.

Urgencia y escasez. Orgullo. Las tres claves para cerrar una venta en el punto de hervor exacto, ni un minuto antes ni un segundo después. El agente titubeó un momento. El precio rayaba en lo abusivo, pero de ningún modo podía arriesgarse a presentarse ante su jefe con las manos vacías. Ya pensaría en alguna explicación ante el inesperado monto de la operación. Si algo le sobraba a Hildburgh eran dólares y, más allá de eso, soberbia. Pagaría lo que fuera necesario no solo por hacerse con la corona, sino por el doble placer de que otro coleccionista no la pudiera adquirir.

Leónides supo aguantar, impasible, la tensa espera hasta que el marchante se decidió por fin a tenderle la mano. Tampoco se precipitó en estrecharla. Puso un gesto de resignación, que contenía una parte de real y otra mayor de ensayada teatralidad y la apretó por un tiempo más largo de lo necesario, cuidando de que el dorso de su mano se mantuviese discretamente por encima de la del comprador.

—Lo felicito sinceramente, *my friend*. Ha tomado usted una sabia decisión. Por favor, presente mis respetos al señor Hildburgh en cuanto tenga oportunidad y trasládele mis parabienes. En verdad me alegra que la corona quede en manos de alguien sabrá apreciarla en lo que vale.

—Respecto a la forma de pago…

—¡Ah!, el pago, por supuesto, se me olvidaba… Espero, como siempre, la transferencia al Royal Bank of London, nunca hemos tenido el más mínimo incidente. En cuanto se confirme haremos el envío como «ajuar y mobiliario» en un baúl sellado junto con algunos enseres corrientes. Por los temillas de aduana, usted ya me entiende. De Algeciras a Liverpool y de ahí a Nueva York. Pero por favor, no nos distraigamos con asuntos tan mundanos: póngase cómodo, vamos a celebrar el trato como caballeros.

El Armagnac y los habanos Partagás esperaban en la mesita. En unos minutos los efluvios del mejor licor francés y el auténtico tabaco cubano liado a mano por mulatas sudorosas de pechos duros y manos suaves harían olvidar al amilanado marchante el dolor de soltar una cifra tan abultada. Las concéntricas volutas envolvían sus ensoñaciones sobre mundanos placeres en los que despilfarrar la sustanciosa comisión. Hoy Madrid, mañana Estambul, pasado Marrakech y luego… lo que el destino dispusiera.

*

DIMAS ANDUVO MERODEANDO POR LA IGLESIA DE SAN MARTÍN de Frómista días antes con cuidado de no hacerse notar demasiado, aunque su cabello, tan poco habitual en la morena Castilla, era difícil que pasase desapercibido. Se fijó en que la puerta del campanario se cerraba por dentro con un pestillo vertical que encajaba en un agujero del suelo. Pensó que una moneda podía sellar el orificio y dejar libre el pestillo, pero enseguida se dio cuenta de que cualquier pobre la detectaría con esa vista aguzada que se desarrolla hacia el dinero con la miseria. Iba a tener que resolverlo de otro modo. Estuvo un tiempo dándole vueltas hasta que recordó las canicas a las que jugaba con los de la pandilla. Solían conseguirlas de los tapones herméticos de la gaseosa, pero había una muy especial que hacía pedazos las de vidrio de sus contrincantes. Era una bola de acero de rodamiento que había conseguido en una chatarrería y que en tiempos se había convertido en uno de sus tesoros más preciados. Un par de bolitas o tres del diámetro preciso vendrían al pelo para rellenar el agujero. Se las ingenió para agenciarse unas cuantas de diversos calibres en un taller cercano donde le cayó tan bien al mecánico que incluso le regaló un imán.

Al terminar la misa del domingo, fingiendo gran devoción, se arrodilló y santiguó una última vez antes de salir del templo, aprovechando para introducir las esferas de acero en el lugar indicado. El sacristán esperó a que salieran con su lento caminar los fieles más ancianos y, siguiendo una rutina de décadas, cerró el portón y dejó caer el pestillo. No se ocupó de comprobar que la barra de metal entrase hasta el fondo. Se fue hacia la sacristía y abandonó la iglesia por la puerta trasera, a la que, toda precaución es poca en los tiempos que corren, sí colocó un grueso candado.

La noche diría si la idea había funcionado. Cuando condes y plebeyos de Carrión dormían plácidamente se acercó al pórtico, comprobó que no hubiese ningún trasnochador en los alrededores y se apoyó contra los recios tablones de la puerta aumentando cada vez más el empuje. Nada. No cedía ni un milímetro. Menudo fastidio, habría que pensar en otra cosa. El coraje le hizo apartarse un poco y dejar caer toda la fuerza del hombro, que tampoco era mucha, sobre la puerta. Inesperadamente, esta cedió por efecto del golpe y Dimas entró como tromba hasta frenarse contra el zaguán de madera de la entrada. Un poco atarantado por el impacto, alcanzó a discurrir que el imán le serviría para recuperar los rodamientos del agujero y tal y como le había enseñado el anticuario, no dejar ni una huella, ni la más mínima pista salvo las repisas vacías. Debía tener siempre presente la máxima en que Leónides insistía tanto: Guante Blanco. Clase y distinción. Genialidad y atrevimiento. Dejar a canónigos, parroquianos y autoridades haciendo cábalas sobre cómo diantres se perpetraban los robos.

En esta ocasión el objetivo era una hermosa talla románica del siglo XIII de una Virgen Negra en madera policromada sobre pan de oro, de unos cincuenta centímetros de altura. La Virgen, sedente sobre un trono bajo, sostenía sobre su pierna izquierda al niño Jesús mientras con la mano derecha alzaba una flor. El rostro de la Virgen era bellísimo, con una dulzura y tranquilidad difíciles de extraer de la encarnadura negra de la madera. La cara del Niño, sin embargo, estaba muy poco conseguida. De hecho, le recordó a la del tonto del pueblo. Las enseñanzas de Leónides no habían caído en saco roto. Dimas, más versado ya en asuntos de antigüedades, concluyó que muy posiblemente fuera obra de otro artífice posterior menos dotado que el maestro escultor original. Madre e Hijo estaban coronados con una banda dorada y en el escote ella lucía un broche circular. Ambos estaban cubiertos por un manto cuyos pliegues caían imitando a la perfección la tela natural sobre la grada del trono, decorada con castillos y leones heráldicos. Si las joyas en sí eran toscas y de escaso valor, la talla era magnífica. Las vírgenes negras producían una atracción fetichista en algunos apasionados de estas escasas piezas y no dudaban en aflojarse el bolsillo hasta donde hiciera falta por aumentar sus colecciones. Había otro tipo de maniáticos que asociaban a estas madonas de ébano con poderes ocultos y prácticas de hechicería, pero dispuestos igualmente a gastar fortunas para hacerse con ellas. Era lo que Leónides denominaba «inversión de bajo riesgo y alto rendimiento», aunque cada vez que escuchaba esa expresión, a Dimas le quedaba la sensación de que el riesgo era para él y el rendimiento para el anticuario en proporciones no tan equitativas.

La cubrió con un saco y se echó al hombro el trofeo, que pesaba bastante más de lo que había imaginado; salió campante por la puerta, la cerró tras de sí y escuchó caer el cerrojo con cara de satisfacción.

*

A FERMÍN, QUE ACABABA DE CUMPLIR LOS CUARENTA, LO SENTENCIARON a veinte años y un día. Cuando saliera sería un viejo.

El juez fue generoso al no otorgar la condena máxima que solicitaba la acusación, tomando en cuenta que, a pesar de las falsas declaraciones de los testigos comprados, no se pudo probar de manera fehaciente la comisión del crimen. Si la pena de muerte no hubiera sido abolida por el Código Penal de 1932, de seguro el fiscal la hubiera solicitado. Fermín Aguilar era un hombre con suerte, vaya que sí. El abogado de oficio que le asignaron era un recién licenciado, pulcro, serio en extremo, con un bigotillo dibujado sobre una boca en forma de beso, femenina. Pese a su escasa experiencia estaba muy comprometido con la causa anarquista y puso todo su empeño en exigir la absolución. Solo logró que se cambiase la acusación de asesinato a la de homicidio involuntario y que el hecho de que su defendido no tuviese antecedentes penales graves se tomase como circunstancia atenuante. Resignados, abogado y cliente ignoraban que serían de los primeros en ser paseados durante las sacas de los falangistas tres veranos más tarde. Fermín ya no volvería a ver a su hijo.

*

Cuando Dimas terminó la Secundaria no había muchas opciones en el pueblo mas que el arado o el seminario ni, por supuesto, dinero para mandarlo a estudiar bachillerato a Palencia o Valladolid. Su abuela hubiera sido maestra normalista y era de las pocas mujeres de la provincia con un mínimo de instrucción, misma que duró hasta que la familia vino a menos. Al enviudar no tuvo más remedio que hacerse cargo de la casa familiar a medio derruir en el pueblo, de las deudas impagables como herencia y de un hijo díscolo con pájaros libertarios en la cabeza al que fue siempre imposible sujetar a cualquier autoridad. Hasta que Fermín dio con los huesos en la cárcel, aun con todo el dolor, fue que las cosas se pusieron un poco más en orden. Primero con la nuera fallecida al dar a luz y ahora con el hijo preso, hubo de hacerse cargo del nieto con las menguadas fuerzas que le quedaban después de lavar ropa durante horas para los señoritos. Poco pan y alguna educación elemental era todo cuanto podía darle; y la obsesión porque Dimas asistiera a la escuela, no hiciera novillos y no siguiera los pasos de su padre. Así que cuando Leónides ofreció a la abuela del quinceañero llevárselo a estudiar a la capital obtuvo la aprobación casi inmediata. Le costaba mucho quedarse sola, pero sería una boca menos que alimentar y le dejaría tiempo para visitar a Fermín en prisión más a menudo.

—Tengo algunas influencias en Madrid —presumió Leónides—. Incluso podría entrar en el Instituto de San Isidro, el mejor, sin duda. Quién quita y un día llega a ser licenciado. Por ropa y manutención no se preocupe: tendrá lo que necesite, sin lujos, pero sin carencias. La casa es grande como para que tenga su habitación y su propio cuarto de estudio.

—Pero tiene que prometerme que podré verlo de vez en cuando. Le voy a echar muchísimo de menos, que yo he sido la que lo ha criado y lo ha sacado adelante.

—Sí, sí, estoy al corriente. Y lo ha hecho usted muy bien, señora, no hay más que ver al muchacho. Podrá venir a visitarla en vacaciones y a lo mejor se lo traigo de cuando en cuando si tuviera yo algún otro negocio por la zona. Eso sí, va a tener que darme un acta de nacimiento y firmarme este documento en el que me reconoce como su tutor legal. Lo presentaré como mi ahijado, más que nada para evitar cualquier problema o habladuría, ya sabe usted cómo es la gente.

—¡Ay, Virgen de Fuentes! Que se me va a partir el alma. ¡Ay, San Antolín glorioso! ¿Quién me iba a decir a mí que este barbián se me iba a marchar? ¡Ay San Judas Tadeo…!

Antes de que la anciana agotase el devocionario, el santoral y el martirologio al completo, Leónides le tendió unos billetes.

—Por favor, acepte mientras este modesto anticipo. Yo le haré llegar cada mes una módica asignación para cubrir el trabajo que el chico pudiera haber hecho aquí y para que a usted tampoco le falte lo esencial.

—¡Ay, don Leónides, que Dios me lo bendiga mucho! ¡Que San Pancracio le dé suerte en sus asuntos! ¡Que el santo Niño de Atocha los proteja siempre! ¡Que santa…!

Leónides movió los ojos hacia arriba creyendo ver el cielo que se abría y a santos de blanco, ánimas del Purgatorio de luto y querubines desnudos y gordinflones tocando largas trompetas celestiales. Por un momento temió que la mismísima Virgen de Ezquioga se apareciera en la salita. La mujer firmó el papel y se guardó los billetes en el holgado sostén. El anticuario hizo un leve gesto a Dimas para que cogiese la maleta de cartón con sus escasas pertenencias y se subiera al coche. El chico dio un par de besos rápidos a su abuela y ella apenas alcanzó a meterle apresuradamente en el bolsillo una estampita de la Virgen de la Calle y una foto de su padre de cuando tenía más o menos su misma edad. Ambos emprendieron el camino hacia la Villa del oso y el madroño.

*

ENTRARON A LA CAPITAL POR EL CAMINO DE FRANCIA Y SIGUIERON por todo el Paseo de la Castellana hasta la plaza de Castelar. Leónides se lamentó de la barbaridad que había sido derribar el hipódromo y de que todo cambio en España era para peor. Doblaron a la izquierda y se detuvieron unas manzanas más adelante. La casa de los Sanjurjo estaba al final de la calle Juan Bravo. Era un bello edificio de fachada *art decó* con una soberbia escalera de mármol blanco y ascensor. El segundo piso entero estaba destinado a la vivienda del matrimonio y en el primero tenía el anticuario su despacho, el almacén y sala de exposición. Salvo Leónides, Benigno, «hombre de mi más absoluta confianza», y dos mucamas de servicio a las que estaba terminantemente prohibido entrar ahí, el edificio no tenía más habitantes, por lo que la discreción estaba garantizada.

Siempre que entraba a su *sancta sanctorum*, el anticuario tenía por costumbre enderezar con delicadeza el retrato de su esposa, una esbelta y pálida dama vestida al estilo victoriano, con un abanico en la mano, de mirada lejana y sonrisa tristona. La señora de Sanjurjo llevaba ya dos años en el Real Sanatorio del Guadarrama con la vana esperanza de que el aire de la sierra la curase de la tisis. Su marido iba a visitarla con menos regularidad de lo que ella desearía pero entendía que los negocios son los negocios. No había podido darle hijos y hasta cierto punto, eso la tranquilizaba, ya que no dejaría huérfanos cuando la tuberculosis al fin se la llevase. Dejaría a su marido unos ahorros, algunas fincas y joyas familiares, segura de que su pródigo cónyuge no tardaría en convertirlas en dinero contante y sonante en cuanto ella faltara.

Las habitaciones de la primera planta estaban atiborradas de muebles y objetos apilados, configurando un estrecho laberinto por el que había que deambular con cuidado de que no se le viniera todo a uno encima. El anticuario se colocaba un delantal y durante un rato se dedicaba a cambiar el polvo de lugar. El chico se tronchaba al verlo tan circunspecto y vestido de esa guisa.

—¿Y para qué tantas cosas viejas?

—¿Viejas? Viejo yo, en todo caso. Estas son antiguas, que es muy distinto. Y son para venderlas, por supuesto.

Mientras agitaba el plumero sobre los objetos, le iba describiendo algunos de los que él consideraba auténticos tesoros: el piano de cola Steinway sobre el que reposaba una estatua de madera del arcángel San Gabriel de Juan Imberto, de dos metros de alto, con su espada flamígera desenvainada rozando el alto techo. Una especie de cañón de bronce bruñido sobre un trípode que resultó ser un aparato para mirar de cerca las estrellas; el dormitorio estilo imperio con cama de dosel y mosquitera sobre la que yacían varios abrigos de pieles a los que parecía que les habían sacado las personas de dentro; la cómoda de madera de raíz Luis XV con cubierta de mármol de Carrara sobre la que reposaban varios daguerrotipos, pequeñas esculturas de dioses egipcios y una botella con un velero tipo clíper en su interior, de la que el anticuario confesaba ignorar cómo habían podido introducirlo con los cinco mástiles y el velamen desplegado a todo trapo; un paragüero de cerámica con varios bastones de diferentes empuñaduras, una de las cuales escondía una pistola; un sinnúmero de relojes de todo tipo, todos funcionando, cada uno con una hora diferente. Iconos rusos, medallas militares, y sables de la guerra de Cuba…

—¿Ves este bargueño? Me lo vendió una viuda en una bicoca y cuando me puse a limpiarlo, detrás de uno de los cajoncitos secretos había oculta una bolsa de piel llena de monedas de oro.

El recorrido proseguía con la advertencia reiterada de no tropezar con nada que pudiera romperse. Otra de las habitaciones tenía las paredes tapizadas de cuadros renacentistas cuyos santos observaban desde dentro las feísimas máscaras africanas colgadas en la pared de enfrente. Básculas romanas, astrolabios, vajillas de porcelana que habían pertenecido a una familia noble escocesa, cajas de cuberterías y candelabros de plata y ocho muñequitas matrioska, deterioradas, ordenadas de mayor a menor, que fascinaron al chico. Un arcón abierto lleno de láminas de animales. Sobre un atril, un voluminoso cantoral gregoriano de pergamino con una gran letra G policromada.

A Dimas le llamó la atención una obesa caja de caudales semiabierta con documentos en su interior.

—Obvio, esta es una Rudy Meyer un tanto anticuada que conservo solo para practicar —aclaró el anticuario—. No le voy a enseñar la verdadera caja fuerte al primero que pase por aquí.

La sala oriental, bautizada de forma un tanto rimbombante, albergaba piezas chinas, japonesas y de otras latitudes asiáticas. Todo el recinto olía a naftalina y sándalo. Varios tríos de espadas niponas de funda lustrosa, cada una de diferente longitud. Jarrones de la dinastía Quianlong sobre los que se le insistió eran valiosísimos y a los que estaba prohibido acercarse a menos de un metro. Había dos grandes armarios lacados incrustados de motivos florales. Apoyado contra uno de ellos, un timón que no era de barco sino de un dirigible alemán. Extendido sobre una de las paredes, un largo papiro egipcio del Libro de los Muertos con una escena que, según le explicó, se titulaba «El pesaje de las almas», en la que un faraón iba de la mano de un ser con cabeza de perro. Dimas se quedó observando intrigado una vitrina llena de figuritas de diferentes culturas, antiquísimas, todas en posturas obscenas. El pasillo atravesaba el arco que formaban dos imponentes colmillos de elefante tallados con admirable minuciosidad en forma de samuráis inclinados hacia un lado, como si hiciesen una reverencia a quienes pasaban por debajo. En un caballete, cubierto por una tela, había un cuadro que al chico le intrigó.

—Caramba, caramba: se ve que tienes buen instinto ¿Sabes qué es esto?

—Ni idea. Un cuadro, ¿no?

—Un cuadro, un cuadro... En efecto, un cuadro, pero no cualquier cuadro. Nada más y nada menos que ¡un Greco! Vale una fortuna, míralo bien. Y ni se te ocurra acercarle ni un dedo.

A Dimas le pareció que el pintor no era muy bueno. El fondo era difuso y al santo se veía alargado, azulado, grisáceo y con los ojos llorosos. Leónides esbozó un gesto de decepción que enseguida transformó en sonrisa. —*Tempus regit actum* —se consoló—. Tiempo al tiempo.

Frente al maremágnum de la colección, el único espacio desahogado era el ostentoso despacho en el que el anticuario recibía a los compradores y que originalmente debía haber sido concebido como salón de baile, algo aún habitual en los palacetes de la zona. Era una estancia de más que amplias dimensiones, con el suelo de baldosas de mármol blanco y negro dispuestas en forma de damero. Cubrían el piso dos alfombras persas con motivos vegetales. Las paredes estaban pintadas de azul y en el centro de cada una de ellas, a excepción de la que comunicaba con la biblioteca, unas robustas columnas de madera, emulando respectivamente el estilo dórico, jónico y corintio, aparentaban sujetar el lujoso artesonado del techo. De él colgaba una gran lámpara de araña de relucientes cristales sobre el amplio escritorio y tras este una auténtica silla capitular de Petit Juan profusamente ornamentada, traída sin duda del coro de algún monasterio y, con certeza, sin permiso. Detrás de la silla, un enorme marco barroco dorado, vacío, que convertía al anticuario en el personaje retratado cuando se sentaba al escritorio. A unos metros de la mesa de despacho, sobre otra alfombra más pequeña cuajada de arabescos, había un sofá de estilo isabelino tapizado en rojo, dos vetustos butacones de cuero y una mesita baja sobre la que estaba dispuesto el servicio de fumar y una botella de coñac de vidrio tallado. Todo pensado para cerrar los tratos como en el mejor casino francés o el más selecto club privado londinense. Los clientes, siempre de apariencia distinguida aunque por lo general se tratase de meros representantes, no merecían menos.

Sobre una de las paredes del despacho destacaba un cuadro con el escudo de armas de los Sanjurjo. El anticuario le explicó que procedía de un antiguo linaje galaico, cuyo blasón era el león de oro rampante sobre campo de gules, con bordura de plata cargada de siete flores de lis en azur, todo ello rematado por un yelmo con volutas y lambrequines. Ante la cara de estupefacción del chico le tradujo ese galimatías lo mejor que pudo:

—Gules, quiere decir simplemente «rojo». Rojo sangre. Pero estarás de acuerdo conmigo en que suena más distinguido decirlo así, para que solo los entendidos lo comprendan. Algunos apellidos ilustres, como los de la familia del orfebre y numismático Amschel Moses Bauer tuvieron su origen en un blasón tan sencillo como un Rothschild, un escudo rojo.

—Y lo de su nombre… ¿es por el león?

—Me temo que lo del rey de la selva es más fruto de la tradición que de ninguna otra cosa. En la familia ha habido bisabuelos, tatarabuelos y tastatarabuelos con ese nombre, así que no me extrañaría nada, pero te confieso que a mí me hubiera gustado llamarme Jorge, como el santo. Si te das cuenta, Sanjurjo no es otra cosa que una variación de San Jorge.

—¡Ah, ya, el del dragón!

—Ese mismo, San Jorge de Capadocia. Aunque no lo creas, ha habido otros grandes personajes que han luchado contra dragones: Sigfrido; San Marcelo, obispo de París; el Arcángel San Gabriel...

—Ese que tenemos en exposición, con la espada.

—Sí, «socio», ese que «tenemos» tú y yo a medias. No te digo... Y bueno, Tristán, el novio de Isolda; el príncipe japonés Gozu y hasta una mujer matadragones, Santa Margarita de Antioquía.

—Y las cosillas esas como puntas de lanza son las flores de lis, ¿no?

—En efecto. La flor de lis es uno de los mayores símbolos de la nobleza, pero va más allá: en los mapas indica el norte y a la vez representa la perfección y la iluminación de los alquimistas, la piedra filosofal.

—Entonces, si usted tiene siete debe ser don perfecto —concluyó Dimas en son de broma.

—Ya quisiera yo, ya —respondió el anticuario. Me conformo con ir puliendo mis imperfecciones, que no es tarea fácil. Además, el blasón pertenece a toda la familia, no quiere decir que uno de sus miembros no pueda salir torcido.

—El casco sí se entiende lo que es: es como el de la armadura del almacén.

—Cierto, no andas muy desencaminado, pero no se llama casco sino yelmo o celada. Y lo que ves aquí adornándolo se llama cimera. Es el distintivo de las órdenes de caballeros, solo los nobles tienen derecho a colocarlo en sus armas, o sea sobre su escudo. Y tú a ver si dejas de jugar con la armadura, ¿eh? Que ya no tienes edad para esas cosas. A ver si te piensas que no me entero de que te la has intentando poner a escondidas y luego no has sabido armarla.

—¿Y los *alambrines?* —intentó escabullirse Dimas.

—No, no, lambrequines, que son estos adornos a los lados. Provienen de la costumbre de los antiguos caballeros de poner hojas y cintas de colores en su yelmo para proclamar su victoria en la batalla o en un torneo.

—O sea, que sus antepasados peleaban en torneos, como en la novela de *Ivanhoe,* ¡qué chulo!

—Un poco chulos sí que imagino que debían ser, sí. Anda, ve a terminar tus deberes, no creas que has logrado distraerme con lo de *Ivanhoe*. Y no estaría de más que leyeras a Sir Walter Scott de primera mano y no solo en tebeos.

*

El barquito atómico
Que marcha con alcanfor
En un plato o zafa con agua,
Él solo, toma la marcha y no para.
Y vale la peseta.
Dos el submarino y dos el avión.

La multitud de vendedores ambulantes era parte de la fascinación de la capital, donde había de todo: desde el barquito atómico salmodiado por el sacamuelas hasta los transistores de galena que permitían escuchar la BBC. Aunque casi nadie entendía una palabra de lo que decía la BBC a excepción hecha de Leónides y sus amigos de importación a quienes, para bella paradoja, era a los que menos importaba.

Algunos ancianos venidos de provincia declaraban sin mayor pudor que Madrid solo era «un Valladolid más grande». La mayoría de los madrileños paseaban a pie por los bulevares. Algunos alcanzaban a pagarse el tranvía y otros se tenían que conformar con colgarse peligrosamente por fuera en la parte de atrás para esquivar al revisor. Muy pocos, como Leónides, disponían de coche a motor cuando en las calles aún convivían los automóviles con las carretas y coches de caballos. Cuando se acercaba un automóvil, los niños que jugaban en pantalón corto a la pelota en las calles semidesiertas gritaban «¡Coche!» y se apartaban con una mezcla de respeto y curiosidad intentando reconocer al pasajero.

Pero lo que en verdad fascinaba a Dimas era el metro. La primera vez que bajó al subterráneo y vio llegar el tren le causó una impresión imborrable. Solo había visto pasar los mercancías de Valladolid a Palencia y el tren correo con sus vagones de pasajeros y coche cama, pero nunca había subido a uno. Le maravillaba que el suburbano pudiese llevarle en un santiamén por las tripas de la ciudad casi a cualquier parte. Leónides le había prevenido contra los rozadores, frotadores y tocadores de chicos y también contra los carteristas, de los que Madrid podía presumir de contar con los más hábiles del mundo porque, se decía, se entrenaban con un maniquí sacándole la billetera de una chaqueta con cascabeles, sin hacer sonar ninguno.

Todos los días entre semana hacía Dimas el trayecto de Cuatro Caminos a Progreso para ir al instituto y luego en sentido inverso, de regreso a casa. Le gustaba meterse en el estrecho espacio del vagón reservado para el empleado encargado de abrir y cerrar las puertas y en una ocasión no pudo resistirse a tocar el botón del silbato de alarma, a riesgo de multa y reprimenda. Los fines de semana se daba una escapada hasta el Retiro, Ventas o el Puente de Vallecas para explorar nuevos territorios. Gozaba las calles madrileñas por sus olores. La manteca de cerdo mil veces refrita de las gallinejas en Embajadores. El aroma pestilente del matadero de Lavapiés. Las castañeras del invierno frígido en Atocha. Las pajilleras del cine Pleyel y las putas de a duro, perfumadas y calentitas, de Antón Martín y Tirso de Molina. La modorra veraniega del Retiro y el hedor penetrante de la Casa de Fieras. El aroma a pábilo consumido de Las Descalzas Reales a donde se va a dar las gracias o a pedir el favor divino y también a echar un ojo al sagrario, por lo que pudiera deparar el incierto futuro.

A unos metros de la Plaza Mayor, los barrios populares de la Latina y Tirso participaban del bullicio que creaban los alumnos del San Isidro, cuyas frecuentes gamberradas les habían hecho merecedores de una coplilla popular: «En la calle de Toledo hay un colegio famoso, donde van todos los chicos a aprender a hacer el oso». Pero con independencia de los normales excesos juveniles, como el de sujetar entre varios a algún compañero bajo el chorro de lluvia que manaba de las gárgolas, por el claustro del instituto y su patio con pozo central había desfilado durante años la élite intelectual española, ya fuera como docentes o estudiantes: desde Larra a Baroja; desde Julián Besteiro a Eduardo Dato y Jacinto Benavente; José Echegaray, Juan de la Cierva y los hermanos Machado, entre otros muchos.

En el San Isidro Dimas tuvo que aprender a defenderse de las novatadas y discriminación que padece en la capital todo chico provinciano y más de un día llegó a casa desgreñado y magullado. Pero pronto supo conquistar su sitio lanzándole un doloroso chinazo de tiragomas a uno que quiso apodarle el «paletillo» en vez de su gentilicio palentino.

Pasaba por las clases de bachillerato sin pena ni gloria, aprobando ramplonamente, aunque hubiera podido sacar nota si hubiera querido. Pero pronto destacó en otros campos de conocimiento que más tenían que ver con su vocación y oficio. Leónides le instruyó en detectar las falsificaciones con cuentahílos por perfectas que estas parecieran; en envejecer réplicas de pistolas antiguas metiéndolas en estiércol hasta que el orín les echaba un par de centurias encima. Aprendió los entresijos de la cerrajería, disciplina en la que se reveló sumamente diestro y paciente sin rendirse nunca hasta lograr abrir cualquier candado, ni siquiera ante los dificilísimos mecanismos ingleses. Descubrió cómo la química, que en el instituto le aburría hasta el sopor, en la práctica servía para amalgamar la plata con mercurio, niquelar monedas o probar con ácido nítrico el oro en la piedra de toque. Y que la historia y el arte tienen el lado ameno de encontrar barcos hundidos, tesoros enterrados o al menos iglesias semiabandonadas de las que llevarse todo lo que se pueda y sacarse buenos duros.

*

BENIGNO ERA UN HOMBRE HOSCO TANTO EN SU FISONOMÍA como en sus modos. Una de esas personas que solo habla lo necesario, incluso menos si puede escatimar unas palabras. Alto, derecho, impecable en su vestir, en particular las largas botas de montar, siempre impolutas. Ni siquiera en los días de calor abrasador lo vio Dimas con el uniforme desabrochado, que llevaba abotonado hasta el cuello. Pareciera ser uno con el uniforme y nadie en particular si se lo quitase, un coloreado soldado de plomo. Fumaba como un descosido, pero nadie le vio jamás tirar una colilla al suelo. Usaba un cenicerito portátil que llevaba en el bolsillo y que desplegaba sobre el capó del coche mientras acortaba las largas esperas entre el humo, sumido en sus pensamientos. Enjuto, moreno, fuerte. Cualquier mujer diría que era un hombre nada guapo, pero sí apuesto.

Llevaba años al servicio de Leónides y era su sombra, pero tan sutil que no se tomaba conciencia de él si no se hacía un esfuerzo para reparar en su presencia. Su lealtad bien podría poner a prueba la de un lazarillo.

A Dimas le agradaba y aunque tuviese que sacarle las palabras con sacacorchos se sentía protegido por él como si contase con un guardaespaldas personal. Solo una vez pudo verlo mientras se cambiaba de camisa y quedó impactado por las terribles cicatrices de quemaduras que cubrían casi la totalidad de su cuerpo. Entendió entonces la obsesión por ocultarlas bajo el uniforme de chófer, pero nunca se atrevió a preguntarle. Esperó sin prisa a que Leónides se lo confiara a título estrictamente confidencial.

—No se te vaya a escapar nunca un comentario sobre esto, ¿me lo prometes?

—Usted sabe que soy una tumba, don Leónides.

—Sí, claro, como la de Ramsés II, con la momia dentro y todo. En fin, algún día tenías que saberlo…

El anticuario le relató que de joven Benigno trabajaba en la Telefónica. Era un técnico tan excelente que pronto lo habían ascendido a jefe de equipo y nombrado responsable del mantenimiento de las líneas. Ya había obtenido el título oficial de perito eléctrico y si el infortunio no se le hubiera cruzado en el camino hubiera llegado a ser un brillante ingeniero. Un día muy lluvioso llamaron de urgencia a la cuadrilla porque se había cortado el servicio entre Madrid y Valencia. Acudieron al lugar de la avería y comenzaron a reparar un relé, con tan mala suerte que le cayó un cable de alta tensión encima y lo electrocutó. Se podía ver una gran chispa azulada que le entraba por el hombro y le salía por la pierna, abrasándole a su paso todo el cuerpo. El grueso cable parecía querer enrollársele como una anaconda, pero alguien tuvo el valor de agarrar una pértiga y con ella separarle de las intensas descargas que lo convulsionaban. Salvó la vida de milagro, pero estuvo meses en la unidad de quemados del hospital, donde le ponían miel en los vendajes para intentar sanarlo. La recuperación fue muy penosa y lenta. La corriente le achicharró también sus partes de hombre y parece ser que a raíz de eso se le quitaron las ganas de hablar. Bueno, de eso y de que ya no pudo reincorporarse al servicio activo, aunque le quedó una modesta pensión de invalidez.

—Ese alguien que lo salvó… ¿fue usted?

—Sí, abejaruco, yo fui. No es nada de lo que haya que presumir: simplemente estaba allí y reaccioné por instinto. Te aseguro que si me detengo a pensarlo un segundo ni loco se me ocurre acercarme, le tengo mucha prevención a la electricidad y, desde entonces, mucho más.

—¿Y cómo es que andaba usted por ahí?

—Mmm… la caja de relés está muy cerca de la iglesia de San Torcuato. ¿Hace falta que te dé más detalles, niño curioso, repelente y preguntón?

Los dos rieron. Leónides siguió contándole que tiempo después del accidente, ya recuperado, Benigno fue a visitarle y no encontraba la manera de agradecerle. Cuando le ofreció quedarse con él como chófer Benigno lloraba de gratitud. Desde entonces, aparte de su nuevo oficio de conductor, se ocupaba de todo lo relativo al mantenimiento del coche y de la casa, desde la más mínima chapuza a las reparaciones más complejas. Y por extraño que parezca, a todo lo que tuviera que ver con la electricidad, a la que aseguraba haberle perdido definitivamente el miedo. Era frecuente que se fuera la luz y de inmediato estaba el hombre en la caja cambiando los plomos.

También reparaba el ascensor cuando se quedaba entre dos pisos. Y de ahí a convertirse en un factótum: contestar el teléfono, hacer los recados, recibir a los visitantes… y no pocas veces cargar al hombro y meter en la cama a Leónides después de alguna borrachera.

*

Los horarios en el hogar de Juan Bravo eran estrictos. Se madrugaba y había que recogerse temprano. Las comidas se servían siempre a la hora en punto a la señal del carillón de péndulo del pasillo, cuyas pesas mantenía el anticuario siempre en tensión con una diminuta manivela, sincronizándolo con su reloj de bolsillo, carraspeando dos veces en señal de conformidad y cerrando cuidadosamente después la portezuela de cristal. A Dimas le gustaba observar la rutinaria operación de darle cuerda a semejante trasto con agujas, y el rigor con que se realizaba. Después se quedaba un rato viendo su rostro deformado en el reflejo oscilante e hipnótico del péndulo.

El comedor era un cuarto poco luminoso con una mesa central de álamo de más de cuatro metros de largo, flanqueada por dos recios aparadores de amplios cajones para manteles y cuberterías. Una vitrina contenía las múltiples piezas de la vajilla principal y una acrisolada cristalería de todas las formas y tamaños imaginables. La primera vez que Dimas se sentó a la mesa se sintió abrumado por todo lo que tenía ante sí. Varias copas en altura decreciente, cucharas, tenedores, cuchillos e instrumentos metálicos rarísimos circundando una pila de platos de diferente concavidad y diámetro. Servilletas bordadas con las iniciales SJ en cursiva inglesa los cubrían en un nudo que asemejaba la silueta de un cisne. Flores secas, recipientes con salsas de colores, saleros, pimenteros, lavamanos de agua con rodajas de limón, dos decantadores de vino tinto y blanco y una jarra de agua sudando su frescura en el empañado del metal.

—En la mesa y en el juego se conoce al caballero —sentenció el anticuario—. Esta será una de las partes más importantes de tu instrucción. No te preocupes, que yo a tu edad estaba igual que tú y hubiera preferido mil veces un buen bocadillo que toda esta parafernalia.

—¿Quién es Parafernalia?

—¿Esa? Una señora muy estirada y desagradable que solo se ocupa de llenar de cosas todos los sitios por dónde pasa. A mí, si te digo la verdad, ya me tiene un tanto harto, pero para moverte en sociedad tienes que conocerla y respetarla.

—¿Va a venir por aquí?

—Por aquí viene muy seguido, pero no le hacemos caso. Tú ahora preocúpate de aprender para qué es cada cosa que nos ha dejado sobre la mesa. Vamos a empezar de fuera hacia adentro: tenedor de pescado, paleta de pescado, plato llano. ¿Vamos bien?

—Psé...

—¿Algún problema?

—Es que esto es para zurdos. Yo tengo un amigo, el Julián, que come con la izquierda. Y en la escuela don Cosme le castigaba con un reglazo en los dedos por escribir con la otra mano porque decía que eso es de subnormales y degenerados. Y el Julián erre que erre que lo hacía todo con la zurda.

—No, mira, no te confundas. Aquí todo está en su sitio: lo correcto es tomar los tenedores con la izquierda y cortar y empujar suavemente los bocados con el cuchillo o la paleta con la derecha. Reconozco que es una cosa muy tonta, pero se llama etiqueta. Y junto con parafernalia y protocolo, que a mí siempre me han sonado a enfermedades de la piel, son cosas que vas a aprender y pronto.

—O sea que el Julián era un poco protocolo.

—Un mucho, diría yo. Todo un caballero en ciernes, lo mismo que tú. Solo os hace falta puliros un poco. ¿Se te hace muy gracioso?

—No, es que es cuanto lo vea se lo voy a soltar: «Eres el zurdo protocolo».

—Anda, come y calla un rato, que te hará bien al cuerpo y al espíritu y tampoco le vendrá mal a mi cabeza. Y no me pongas los codos en la mesa.

—Zurdo protocolo.

Las fámulas habían dispuesto la mesa del comedor bajo las estrictas indicaciones de Leónides: cuatro servicios. Dos eran para él y para el chico. Otro para que la señora de Sanjurjo estuviera siempre presente. Y el cuarto por si se presentaba alguna visita intempestiva a la que la ley universal de la hospitalidad obliga a ofrecer alimento y cobijo, eso sí, por un máximo de tres días, a riesgo de que la generosidad se torne en abuso. Lo suyo, según se le explicó, sería sentarse elegantemente a ambos extremos, marcando las distancias. Leónides prefirió acomodarse al centro, a un par de metros de su tutelado, no tanto para instruirle sino para poder observarle y escucharle con mayor claridad. Los ausentes quedaban así en lugares de honor, pero sin interferencia. Para Dimas era como estar sentado a la mesa con dos fantasmas con los que a veces jugaba a establecer conversación ante el enfado aparente de su tutor.

—Hazme el favor de no hacer chistes con las cosas serias y de no meterte semejantes pedazos en la boca, muchacho, que parece que no hayas comido nunca. Un caballero, aunque se esté muriendo de hambre, nunca lo demuestra. Es más, deja pasar por delante algunas viandas sin abalanzarse sobre ellas. Es una muestra de clase y distinción.

—Y usted qué va a saber lo que es el hambre.

—Vaya, me has pillado por sorpresa, yo no quería…

—¿Puedo contarle algo?

—Tú puedes contarme siempre todo lo que quieras. Pero antes pásate ese bolo del carrillo y bebe un poco de agua. No hagas buches y no hables con la comida en la boca, no hay muchas cosas tan desagradables como esa.

—Sí que las hay. Cuando metieron a padre en la cárcel la abuela tuvo que hacer de todo para poner un mendrugo sobre la mesa. Yo ayudaba con lo que podía y traía pajaritos de freír, o algún melón o unos melocotones o lo que fuera, pero había días que no alcanzaba. Muchos.

—Caray, muchacho, me estás dejando de piedra. Yo pensaba que lo de Pajarero era por afición y no por necesidad.

El anticuario se sintió incómodo al escuchar el relato de Dimas mientras observaba las abundantes viandas sobre la mesa.

—Abuela hacía milagros con lo que sacaba lavando ropa, a veces pidiendo lo que quisieran darle. Sabía hacer durar un cocido una semana. Hacía ropa vieja y croquetas con las sobras del compaño. Pero en invierno se nos acababa todo y a veces solo nos quedaban algunas cebollas que ya echaban raíces. Les quitábamos lo que se había puesto malo por el frío y nos las comíamos lo más despacio que podíamos. A veces la veía llorar y ella disimulaba diciendo «Estas sí que han salido recias», pero yo sabía que ella se comía lo feo y me dejaba a mí lo poco que podía aprovecharse. Y también me decía que me las comiera despacio, para que luego no las fuese a vomitar.

Leónides detuvo la cuidadosa masticación y sintió que un nudo en el esófago le impedía tragar.

—Perdóname, yo no podía imaginar...

—No, mire, si no le paso cuentas yo a usted. Nadie puede imaginar lo que muerde el hambre, pero no es su culpa. A ustedes nunca les ha faltado de nada y les sobran las parafernalias y los *protoculos* ¿no? Pues deje que le cuente que a veces nos daban una naranja, la partíamos en dos y yo me pedía los hijos, los gajos pequeños del centro y la cosa blanca que usted me dice que se tira. Pues no se tira. Se come despacio y luego uno se va a sus cosas e intenta olvidarse, aunque a veces no lo consiga. Que el hambre es muy mala, que se lo digo yo.

—Lo siento, Dimas, te lo digo de corazón. Yo quiero que tú no vuelvas más a verte en esas y que te formes como un hombre completo. Y que todo eso que tú sabes y que nadie más que el que lo ha sufrido puede comprender te sirva para ayudar a los demás.

—¿Y esta cosa para qué es?

—Es una cucharilla de caviar, pero no la vamos a usar hoy.

A las lecciones de etiqueta en el comer, el vestir y, el expresarse, se añadieron otras muchas habilidades no tan explícitas y formales sino ciertamente más sutiles: escuchar antes que hablar, decir lo que se espera oír, callar lo que se desea decir, variar con inequívoca sutileza según el soplo de los vientos. Adaptar discurso a circunstancia. Ser parco en prometer, más aún en firmar y lejos de todo en reconocer.

*

LEÓNIDES RECIBIÓ LA NOTICIA DE LA CONDENA DEL PADRE DE Dimas por mediación de un contacto en el Ateneo de Palencia. No encontraba el momento ni la forma de informar al chico de la desproporcionada sentencia que había recibido Fermín y que significaba literalmente que el chico no podría ver a su padre en muchos años salvo por alguna visita esporádica a la Prisión Provincial. Al final se lo dijo de la forma más suave que pudo. Para su sorpresa, Dimas tomó la noticia con gran entereza.

—A padre se la tenía jurada el alcalde desde hacía tiempo, era la comidilla del pueblo. Y no paró hasta hundirlo de la peor manera.

—Mira que lo siento, de veras, pero ¿tú por qué crees que fue todo eso?

—No sé. Bueno sí, por envidias, por disputas de chicos que luego se fueron haciendo más grandes hasta convertirse en odio. Padre contaba que desde niño al Gusano le hacían burla por el apellido y por ser el gordo. Y ya de mayores por la que se montó con lo de la Gustinita, la hija del Sebas, una niña muy guapa que a veces se juntaba con sus amigas con los de mi pandilla, aunque no les hacíamos ni caso.

—Un lío de faldas, vamos.

—Sí, de faldas, pero es que cuando lo de la Gustinita todos teníamos nueve años o así. Padre me contó que la encontró en el camino corriendo como si se la llevara el diablo, llorando y llena de mocos que no podía ni hablar. La recogió y la llevó a casa con la abuela. Yo apenas entendí que la niña sangraba mucho y que había que llamar a un médico ¡Un médico! Eso en Calabazanos es imposible. Allí, ya se imagina usted, lo más que hay es la partera, el barbero sacamuelas y lo que cada cual pueda hacer por sí mismo para curarse una herida. Si alguien se pone muy malo se lo llevan en carro a Villamuriel y el que no palma en el camino se suele morir en Palencia por no haber llegado a tiempo.

Por más que el anticuario conociese la dramática realidad del campo español, le resultaba difícil escucharla en primera persona por boca de su protegido.

—¿Y qué hicieron entonces?

—Abuela consiguió pararle la hemorragia después de un rato en que yo solo oía pedir agua caliente y sábanas, como cuando alguna va a parir. Pasaron varias horas en las que perdió el conocimiento varias veces: me acuerdo porque la abuela gritaba «Ay, que se nos muere» todo el tiempo. Ya era de noche cuando la Gustinita volvió en sí y pudo hablar unas palabras. La abuela logró con mucho esfuerzo sonsacarle lo que había ocurrido.

—¿Y tú estabas ahí escuchándolo todo?

—Estaban tan nerviosos que ni se dieron cuenta de que yo estaba allí. Me gritaban de vez en cuando trae esto o llévate lo otro, pero yo estaba en un rincón tan asustado que creo que ni me veían. El caso es que la Gustinita acabó contando que su padre la había dejado con el Mataperros y que este la había forzado. Que ella le mordió y le arañó y se resistió como un gato y logró zafarse del gordo y salir corriendo, pero como que perdió el rumbo de a dónde ir.

—Pobrecita mía…

—Sí, la pobre debió correr un buen rato muy desorientada porque padre se la encontró lejos del pueblo cuando volvía de los campos y contaba que cuando la cargó en brazos se le desmayó. Que estaba muy fría y temblaba. No sabía qué hacer y se la llevó a la abuela. En fin, la cosa es que cuando la oyó decir que el propio Sebas se la había llevado al alcalde cogió la escopeta, la cargó y salió jurando que los dos cartuchos de postas eran uno para cada uno de esos dos cerdos.

Leónides estaba atónito por el relato del chico. A pesar de su carácter alegre, Dimas era más bien retraído y a veces le costaba imaginar qué es lo que pasaba por su mente. Se dio cuenta con pesar de toda la dureza que contenía una vida tan corta aún.

—Caramba, para lo callado que sueles ser hoy sí que te estás explayando. Anda, desahógate, sigue contándome.

—Ya no sé yo bien qué pasó después, si se fue directo a casa del Sebas a meterle un tiro y no lo encontró o qué, pero sí que terminó en la Casa del Pueblo contándoles a todos lo que había pasado y ahí lograron calmarlo un poco, que es que padre tiene un carácter que *p'a* qué, que eso también, pero la cosa es que a otros chivatos que estaban ahí les faltó tiempo para irle a contar al alcalde.

—¿Y qué hizo entonces ese personaje asqueroso?

—A saber... Desapareció del pueblo un tiempo. Seguro que inventándose asuntos en Palencia o más lejos hasta que todo se aplacase. Ese siempre se las ha arreglado para escurrir el bulto y echarle la culpa a otro. Pero usted no sabe cómo es la gente en el pueblo. Ni perdona ni olvida.

—Créeme si te digo que tengo bastante imaginación respecto a cómo pueden ser las personas, pero termina de contarme. ¿Qué pasó con el tal Sebas, el padre de la niña?

—Pues lo que tenía que pasar. Pasó algún tiempo, como si todo hubiera quedado atrás. Pero vaya que no. Cuando la revuelta esa grande de los anarquistas, que decían que si habían quemado las iglesias y habían incendiado las cosechas... Yo le juro que todo eso es mentira, que padre nunca le ha hecho mal a nadie, pero tampoco se dejó pisar y por eso le tenían ojeriza...

Las lágrimas afloraron al rostro del chico.

—Venga, hombre tranquilo, que yo te creo. A mí no tienes que darme explicaciones.

—Sí, sí, quiero explicarle, porque padre es un hombre bueno y que siempre ha dado la cara por los demás. Y no es justo lo que le han hecho.

—No lo dudo, desde luego, pero termina de contarme lo del Sebas…

—Sí, a eso iba. Cuando la huelga y todo eso aparecieron varios cuerpos. Todos sabían que la mayoría eran por la Guardia Civil y eso no sorprendía a nadie. Todas las casas tienen sus muertos, eso ha sido de siempre. Las familias recogían los cadáveres, se les lloraba un día con viejas pagadas, se les daba sepultura y no se volvía a hablar de ello hasta los Santos de cada año, cuando se iba a limpiar las tumbas. Pero al Sebas lo encontraron atado con alambre de púas a un árbol, degollado y con sus partes en la boca.

—Vaya, coño, digo, perdón, caramba, eso sí que es fuerte, me has cogido por sorpresa.

—Pues mire usted que allí no le sorprendió a nadie y que la mayoría se alegraron. Sentían que se había hecho justicia y a nadie importaba de qué mano viniera. Al menos parte de justicia, porque para poner las cosas en orden quedaba aplicársela al alcalde. Pero como siempre, aunque tenía sus enemigos, eran más sus partidarios.

—Sabes demasiado de política para tu edad.

—Yo solo sé de lo que he visto. Y he visto cómo a padre le culpaban de un crimen que él no ha cometido.

Hablaba con una frialdad que estremeció al anticuario. La imagen de niño se le desdibujaba a medida que proseguía la conversación. Leónides se inclinó hacia él en señal de confianza.

—Quiero que sepas que yo estoy de tu parte, o de la de él, pero tal como lo pintas las evidencias parecen acusarle.

—Sí, él siempre ha sido muy bravo y muy imprudente. Cuando entró en la Casa del Pueblo estaba ciego de ira, se tomó sus vinos y no paró de gritar que no cejaría hasta cargárselos a ambos. Los compañeros lograron contenerle y apaciguarle un poco hasta que soltó la escopeta y luego se emborrachó y lo trajeron de vuelta a casa, desecho y con el arma abierta. Pero todo el mundo lo había oído despotricar contra el Sebas y contra Gusano y jurar que no pararía hasta sacrificarlos como marranos.

—No puedo evitar preguntarte entonces cómo estás tan seguro de que no fue él.

—Muy fácil. Cuando sucedió todo eso, lo de la quema de campos y los muertos al borde de la carretera, cuando encontraron al Sebas así, comido de hormigas y de la guisa que le dije, padre estaba muy lejos. Y encima, preso. Estaba en la cosecha del melocotón en Murcia. Andaba dando mítines con la CNT a los jornaleros y lo encarcelaron justo en los días en que en Calabazanos se habían soltado las tornas. Nadie puede estar en dos sitios a la vez, ¿no?

—Que se sepa, solo lo hizo una persona… y aun así con muchas dudas. Tu padre, desde luego, no.

—¿Verdad que no? Dígame entonces cómo el alcalde pudo hacer creer a todo el mundo que había sido él.

—Esa gente poderosa tiene sus mañas. Alguien debió avisarle de que le habían detenido en Murcia y se le hizo fácil cuadrar las cosas para que lo trasladaran y culparle del asesinato. Perdona si soy tan crudo, sé muy bien que estamos hablando de tu padre, pero es que estoy cansado de ver estas situaciones. Por supuesto, no me atrevería a decir que me duele igual que a ti, pero créeme que me indigna que estas cosas sigan sucediendo con total impunidad. Parece que el mundo no avanza y que este país retrocede cada día un paso.

—Dígame que me cree lo que le estoy contando.

Dimas se secó las lágrimas con la manga. Por una vez Leónides omitió corregirle.

—Por supuesto que sí, abejaruco, no me queda un ápice de duda. Pero es que, aunque esa infame acusación fuera cierta, tampoco soy yo quien para culparle. Y aunque desapruebo que alguien se tome la justicia por su mano, cuando en un país como el nuestro se cometen tantas arbitrariedades el pueblo clama por justicia y cuando la obtiene, la aplaude. ¿Sabes cómo le llamaban a eso los griegos? Con una palabra hermosísima: «homeóstasis», que significa equilibrio.

—Homeóstasis.

—Sí, todo igual, en un mismo plano, detenido y en balance perfecto. Un sueño, una quimera, un imposible. Los hombres rompemos continuamente ese equilibrio y hacemos que todo se tambalee.

—¿Sabe algo? Yo escuché a padre hablar de esas cosas alguna vez. No tan fino como usted lo dice, pero también me hablaba de la igualdad, de que todos estuviésemos a un mismo plano. Y que para eso hay que acabar con el gobierno y con los que mandan.

—Sus razones tendrá, a su manera. Lo que pasa es que él, con toda su buena intención y sin darse cuenta, también ha roto el equilibrio. Y eso hay algunos que no van a querer perdonárselo.

—¿Me está diciendo que lo van a matar?

El desvalimiento regresó a los ojos de Dimas, pero esta vez sin lágrimas, solo un velo de tristeza honda y antigua. Leónides intentó abrir una brecha de esperanza.

—No, no, ni muchísimo menos, esperemos que no sean tan brutos. La justicia del hombre es lenta y defectuosa, pero actúa. No te engañes: de que se lo van a poner difícil, no te quepa la menor duda. Estamos en España, Dimas. Aquí ninguna buena acción queda sin castigo. Un hombre digno tiene que pasar un calvario si planta cara y por lo que me cuentas tu padre no es de los que se agachan.

—Me acuerdo de una cosa que me recitaba. ¿Se la digo?

—Sí, por favor, me encantaría escucharla.

—«Jamás delante de un hombre mi alta cerviz incliné. Ni he suplicado jamás ni a mi padre ni a mi rey».

—Hombre, eso sí que es la definición del anarquismo. Qué Bakunin ni qué leches cuando nuestras mentes preclaras han alumbrado al Burlador de Sevilla... Creo que me voy haciendo una idea de la clase de hombre de la que me hablas. Y tú eres muy como él: orgulloso, impulsivo, idealista. Que sepas que eso me da gusto. Sois el tipo de hombres que hacen falta en esta España feudal de vasallos tibios y acomodaticios.

—Me va a perdonar, pero no le he entendido ni una palabra.

—No, si ya me lo imagino, pero seguro que has pillado el sentido. Entender, lo que es entender, ya entenderás, aunque te duela. Todo a su momento. Todo a su momento.

—Don Leónides...

—Dime.

—¿Puedo llamarle padrino?

—Pues claro que sí, eso de tutor suena igual de estirado. Entre Benigno con lo de jefe para arriba y para abajo y tú con lo del don, la verdad es que ya me tenéis un poco mareado. Como si no nos fuésemos conociendo. ¿No te llamo yo a ti de todo, abejaruco, rubiales y todo lo que se me ocurre? Ya sabes que es de cariño. El respeto se muestra de muchas otras formas, no solo con los tratamientos. Anda que no sobran en España las vuecencias, excelencias e ilustrísimas. Además, ya me había yo adelantado, a todo el mundo le he dicho que me traía a Madrid a mi ahijado y nadie ha puesto cara rara.

*

LEÓNIDES SANJURJO NO PODÍA OCULTAR LA CARA DE FELICIDAD que denunciaba una buena venta, por lo general en cuatro veces o más el valor real de la pieza. Se había reunido con el barón Cassel, un judío belga banquero y conocido coleccionista de piezas selectas en los círculos de anticuarios de Barcelona y Madrid. La operación debía haberle dejado un buen remanente de divisas y se mostraba más ufano de lo habitual tras cerrar un trato. En verdad amaba su profesión y quería despertar en Dimas esa misma pasión por la belleza.

—Quiero que aprendas algo importante: estos no son simples objetos, no son cosas vulgares. Cada pieza posee una historia propia, a veces milenaria. En ocasiones la grita a voces y otras más, la mayoría, la oculta en un profundo secreto —dijo el anticuario.

—No veo yo cómo puede gritar una porcelana o qué secretos puede callar una estatua de piedra —replicó con cierto desinterés Dimas.

—No, aún no, es normal. Antes debes prepararte bien para que eso suceda. Pero te garantizo que dentro de poco serás capaz de hacerlo.

—Sí, que me trastorne las entendederas como usted y me encuentre hablando solo como yo le he visto muchas veces.

Por fin había vuelto a la cara del chico la misma expresión desenfadada de siempre. Leónides sintió un gran alivio interior tras la preocupación de los días pasados, en los que lo había visto triste y desganado intentando asimilar el aciago destino de su padre. Intuía que era buen momento para continuar compartiendo con él algunos de sus trucos y conocimientos.

—No, solo no. Con el arte. Con las manos que lo crearon, lo poseyeron, lo acariciaron. Toda obra de arte tiene su modesta o insigne biografía. Contiene el conocimiento y los sueños de su creador, la ambición o admiración de sus sucesivos dueños. Historias de consecución y pérdida, de obsequios y disputas. Son libros, aunque hechos de un material diferente: tallas, repujados, bordados, esmaltes, arquitectura... de marfil, metal, piedra o madera, eso importa menos. La historia y sus pequeñas historias se escriben sobre cualquier superficie.

—Ya, y usted sabe cómo leerlas.

—No todas. Y no siempre, ya me gustaría. Pero cuando vas descifrando algunas, pareciera como que las demás compiten por ser escuchadas también y muestran alguna pequeña pista.

—A mí se me da muy bien seguir pistas. Puedo saber si un zorro ha estado rondando por la noche con solo ver unos pelos sueltos pegados en una rama. O qué pájaro anda cerca por las huellas de las patitas en el barro.

—Esto es muy similar: ves una cierta marca en una talla y puedes deducir con qué herramienta se ha hecho. O qué tan antigua puede ser por el color que le han dado los hongos, o si está comida de carcoma por el montoncito de serrín que dejan los bichos mientras la devoran por dentro. Además, los grandes maestros tenían por costumbre dejar una pista para la posteridad. No es necesario que una obra lleve una firma para saber con toda certeza quién la pintó, la esculpió o la moldeó. Basta con saber ver y encontrar esa huella dejada intencionalmente. Mira, deja que te enseñe algo.

Tomó un paño y agarró con él un jarrón de mediano tamaño de una estantería. Sopló fuerte para quitarle el polvo, lo puso bajo la luz y se lo mostró al muchacho. La porcelana del jarrón brilló mostrando unos finos dibujos azules.

—Cuéntame todo lo que ves aquí.

—Hay mucha gente en una mercadería. Veo puestos de fruta y pescado. Un árbol junto al que hay un anciano apoyado. Parecen todos muy pobres. Un perrito, varios pájaros... un lago, o el mar, y unas montañas al fondo.

—Esfuérzate un poco más —dijo el anticuario girando lentamente el jarrón—. ¿Qué otras cosas aparecen?

—Un pavo real. Unos soldados con un estandarte con unas letras en chino... y debajo unos niños... que sostienen una cajita. Parece que están contentos.

—Lo están, tienen un grillo en la cajita que no para de hacer ruido. Un regalo muy valioso en aquella época. Y no te estoy hablando de hace poco, este jarrón tiene más de cinco siglos. Quinientos treinta años, para ser exactos.

—¿Cómo puede saber eso? ¿Por qué está tan seguro?

—Mira muy bien lo que voy a hacer con él. Con cuidado, ¿eh? que como se caiga al suelo se nos borran de golpe cinco siglos... Y miles de duros.

Sostuvo el jarrón por la boca con el paño y con la mano izquierda por la base. Lo volteó cabeza abajo.

—Ahora vuelve a observar detenidamente el arbolito junto al que duerme el anciano. ¿No hay nada que te llame la atención?

—No sé, la cara del viejo... es distinta. Al revés se ve como la de un hombre joven. ¡La barba del viejo ahora es la coleta!

—Excelso, socio, excelso. Lo has encontrado a la primera. El hombre en cuestión es Liu Tsang, uno de los más grandes alfares de todos los tiempos. O no se resistió a la tentación de incluir su autorretrato en la escena o, lo que es más probable, dejó este guiño a la posteridad para que quien supiera descifrarlo pudiera estar plenamente seguro de quién fue su autor. De hecho, este jarrón es una rareza, lo que lo hace más valioso. La mayoría de las vasijas se decoraban con motivos florales o dragones y solo han sobrevivido hasta hoy unos pocos ejemplares con escenas como esta.

—Si solo quisiera haber puesto su cara no tenía que haberse complicado tanto, ¿no?

—Tienes razón, mozalbete. Aunque tal vez al emperador Zhu Zhanji de la dinastía Ming no le hiciera la menor gracia que un jovenzuelo de la corte, por muy artista que fuera, aprovechase los encargos imperiales para hacerse propaganda por su cuenta. Si le pillaban, directamente le cortaban la cabeza. En aquellos tiempos no se andaban con chiquitas, créeme. Era una época en que la gente del pueblo estaba muy oprimida por los grandes señores y había grandes revueltas sociales. Los ceramistas y los artesanos en general eran tan siervos como los campesinos y no estaba permitido que personas ajenas a la nobleza tuviesen imágenes de sí mismos, ni siquiera firmar sus obras. Claro que pocos sabían escribir, pero no es el punto… Nadie podía igualar en importancia al emperador, a un hijo del cielo, ni siquiera acercarse ni remotamente a ello so pena de tortura y pena de muerte.

—¡Uf! Anda que no se arriesgaba el tal Liu ese por un jarrón, ¿no?

Leónides comprobaba con satisfacción que había logrado despertar el interés en Dimas, si bien sabía que debía esmerarse para no cansarle con demasiados datos técnicos. Ya habría tiempo de pasar del juego y de los cuentos al oficio.

—Así han sido siempre los artistas: retadores, inmodestos, rebeldes y osados. No puede haber arte sin cuestionamiento y rebeldía. A un genio hasta se le tolera un toque de soberbia. Todo lo demás es artesanía: es la diferencia entre un simple cacharro de terracota y esta maravilla que sostengo entre las manos. Y no es por estar tan finamente elaborado, ni por el magnífico trabajo de esmalte de asbolana, sino porque el alma del artista, su insolencia, su crítica, están ahí. Igual de vivas que el mismo día en que esta vasija salió del horno y se colocó frente a la cara del emperador Xuande, que es el nombre con el que Zhu Zhanji ha pasado a la historia. Y si estoy seguro de que fue creado para él es porque se le conocía con el sobrenombre del Emperador de los grillos, dada su desmedida afición a organizar batallas con estos animalitos en el palacio imperial. Seguro que tenía a medio pueblo hambriento buscando estos bichitos y Liu Tsang quiso dejar su crítica social a través del jarrón. Claro que Xuande solo fue capaz de ponerle atención a los grillos. Solo puede oír el que tiene los oídos abiertos y no puede ver quien camina con los ojos tapados.

—Eso suena como bastante claro, ¿no?

—Puede que te parezca una perogrullada, pero la mayoría de las personas, aunque aparenten estar en plenitud de sus sentidos, son ciegas y sordas. Si tú quieres, yo puedo enseñarte a observar y escuchar todo de un modo diferente.

—¿Se refiere a poder entender la historia de las cosas?

—Como te dije antes: la historia y las historias, que pueden ser muchas. ¿Te gustaría?

—¡Claro, qué pregunta!

—Pues hemos empezado hace un rato y aún no te has dado cuenta…

*

DE LA MANO PACIENTE DE LEÓNIDES, DIMAS IBA CRECIENDO EN edad, dignidad y gobierno, como establecían los cánones, aunque algunos de estos fuesen bastante laxos.

—Pero entonces, lo que nosotros hacemos…

—Lo que nosotros hacemos se llama desamortizar. Es recuperar lo que la Iglesia lleva siglos robándole a la gente con la falsa promesa del cielo o el temor a las llamas del infierno.

¿A ti te parece justo que los campesinos se estén muriendo de hambre y que los altares estén llenos de riquezas? ¿O que los clérigos vivan en la opulencia dando la espalda a la miseria de sus fieles?

—No claro, que no. Pero la abuela dice que robar es pecado —dijo Dimas bajando la voz.

—Vamos aclarando una cosa, muchacho, que te noto muy confuso en algunas cuestiones importantes. El pecado es una invención de los curas para tener sometida a gente. Nosotros lo que hacemos es restablecer un poco el equilibrio. Que sepas que la Viuda y los Tres Hijos donan en secreto miles de duros a personas en situación de necesidad. Pecado es adorar imágenes, que lo dice de manera diáfana la Biblia, y mira a toda esa gente sin cultura pelándose las rodillas delante de vírgenes enjoyadas y santos con manto de oro. Además, recuerda lo que me contaste cuando viste cómo era en realidad la Virgen de San Benigno del Real, son solo objetos.

—Bueno, visto así... —El chico se mostró algo más convencido, aunque no entendió lo de la viuda y sus hijos. Supuso que era otra de las extravagancias verbales del anticuario y prefirió no preguntar más.

—Piensa bien y te darás cuenta de que no hay otra manera de verlo. Los obispos de media España llevan décadas malbaratando las obras de arte de las iglesias, conventos y catedrales. Y ellos las recibieron como regalo de nobles y de comerciantes acaudalados, o las costearon con las limosnas de los pobres.

Al menos en esa parte Leónides decía una dolorosa verdad. Las empobrecidas diócesis españolas y en particular los conventos de clausura castellanos acostumbraban a malvender obras de arte a marchantes, chamarileros y anticuarios de medio pelo o a cambiarlas por ornamentos religiosos modernos de muy inferior valor. Y esta sangría de arte sacro en forma de pinturas, sillerías, tapices, artesonados, retablos, joyas, cerámicas o esculturas sucedía de manera imparable desde hacía más de un siglo. La Iglesia era la propietaria legal de aquellos bienes y no dudaba en enajenarlos a precios muchas veces ridículos en los que una cadena de avezados intermediarios se iba enriqueciendo hasta su venta en los mercados de arte de París, Londres o Nueva York.

—Los curas, nunca mejor dicho, se curan en salud y le llaman «oculta compensación». Te aseguro que no es invención mía, sino de teólogos muy sesudos. Y los de birrete y sotana bien que se aplicaron el cuento, llevan haciéndolo toda la vida.

—No entiendo yo por qué la gente regala sus cosas a los curas —dijo Dimas.

—Mira, tiene su explicación: cada joya que veas en el manto de una Virgen o en la tiara de un obispo es de alguien que ha querido pagar por sus malos actos en la tierra y que cree comprar así su derecho a otro terrenito en el cielo. A ellos los engañan los curas y nosotros le aplicamos al clero la *occulta excambium*.

La conversación había tomado el giro erudito que tanto gustaba a Leónides y que despistaba por completo a todo el que intentase seguir su razonamiento. Pero a partir de entonces, pese a todas las admoniciones morales que la abuela le inculcara de niño, la conciencia de Dimas campó impoluta y tranquila por los mullidos pastizales de la compensación oculta y la desamortización.

*

DIMAS ANDABA BUSCANDO A LEÓNIDES POR LA CASA Y LE sorprendió no hallarlo como de costumbre en la biblioteca, sumergido en algún tratado de alquimia o absorto en otro libraco en alguna lengua extinta. Serpenteó por los pasillos del almacén y lo encontró casi escondido, sentado en un taburete frente a un arcón tallado que estaba restaurando. Estaba tan concentrado que cuando el chico apareció por detrás se sobresaltó.

—Caray, abejaruco, qué susto, parece que caminas con babuchas de moro, no te he sentido llegar.

—Perdón, padrino, pensé en que igual le había pasado algo.

—Vaya, hombre, no seas agorero. Aunque no está mal que se preocupen un poco por uno de vez en cuando… —contestó mientras seguía concentrado en el lateral del arcón gótico sin apenas girar la cabeza para mirarle.

—¿Qué lo tiene tan enfrascado?

—Ah, nada, mira: los arañazos en muebles oscuros pueden disimularse con unos granos de café molidos. Basta con pasar un algodón con el café por la zona afectada y dejar actuar unos diez minutos. Luego se limpia con otro paño de algodón y listo. Como nuevo. No te imaginas lo que se le puede sacar a esto.

Para el anticuario, comprobar la sana curiosidad de su joven colega y poder compartirle algún secreto del oficio se convertía en el mejor momento del día. Sabía que su tutelado absorbía cada detalle por más que pretendiese siempre mostrar un aparente desinterés.

—Pensé que a los clientes lo que les interesaba eran las estatuas y los cuadros —dijo Dimas.

—Uy, qué va… Ya descubrirás que hay coleccionistas de todo: desde insectos hasta marfiles pasando por monedas, memorabilia, cucharillas… y de muebles, muchísimos. Hay verdaderos fanáticos de muebles como este.

—No veo que tenga nada de especial, aparte de que como no lo encole bien se va a caer en pedazos.

—Créeme que sí lo tiene. Es un arcón de novia gótico, una delicia. Era parte de la dote: cuando una doncella medieval se casaba llevaba aquí todo su ajuar. Ropa de cama, básicamente, que al buen entendedor… Los padres de la novia empeñaban la mayor parte de su fortuna en colocar a la muchacha con otra familia noble y así, a la larga, aumentar su patrimonio. Y los arcones tenían que verse muy lujosos para impresionar a la suegra y que no pensara que su hijo se casaba con una menesterosa. Había que aparentar, eso ha sucedido siempre, desde los antiguos persas hasta los aborígenes de Nueva Guinea y las tribus africanas, pasando por las lánguidas damiselas medievales hasta llegar al último españolito de a pie de hoy en día.

—O sea, que los padres tenían que pagar para que la chica pudiera casarse.

—Y mucho. Siempre ha habido más doncellas casaderas que nobles jóvenes suicidas —bromeó Leónides.

—¿Y si a la suegra no le gustaba el arcón?

—Si a la madre del insensato, mentecato y pacato candidato a marido no le agradaba la futura familia, o a la señora no le cuadraban las cuentas de la dote, o había un mejor postor… la princesa del cuento se quedaba *p'a vestir santos,* uséase, al convento.

—Ahora entiendo que haya tanta monja.

—Ni te creas, porque si no lograban casarlas y tenían que colocarlas en el convento la dote había que entregarla a la superiora. Dinero, lo que se dice dinero, no ganaban, pero creían comprar una parcelita en el más allá con la niña rezando todo el día por la salvación de sus fenicias almas. Imagínate, al tomar los votos se casaban con Jesucristo, no con un timorato cualquiera. Por eso los conventos han llegado a acumular grandes fortunas en tierras, dinero, obras de arte, joyería…

—Las guapas a palacio y las feas al convento —concluyó Dimas.

—¿Ves como no escuchas, abejaruco? De eso nada. La suerte de la fea la guapa la desea. No tienes idea de las bellezas que debe haber por ahí tras el torno de clausura. Y cómo les sienta el hábito, que parecen vírgenes vestales del Templo de Salomón. Claro que yo solo puedo hablarte de alguna novicia, porque ya de profesadas, o sea, monjas, monjas, imposible. Y a todo esto… ¿Tú ya tienes novia? Seguro que las matas callando.

—No, qué va, novia no. Un par de amigas del Ramiro, pero sus padres no las dejan salir nunca. Los únicos culos que se pueden ver son los de las estatuas. Y todavía no he visto a ninguna novicia de esas que a usted le privan.

El instituto femenino Ramiro de Maeztu ocupaba los terrenos conocidos como la Colina del Viento, delimitados por las calles de Serrano, donde estaba la entrada principal; la de Jorge Manrique, llamada popularmente «calle de los culos» porque se veían las espaldas de las estatuas del campo de fútbol desde dicha calle; y la de Vitruvio que lindaba con el Museo de Ciencias Naturales y la Residencia de Estudiantes.

—A ver, Dimas, intenta no ser tan explícito, mantengamos las formas. Pero bueno, ya que entramos en cuestiones escatológicas y sicalípticas, los Sanjurjo somos de culo de toda la vida. Y si hay buena pechuga tampoco es de despreciar, ya sea noble, novicia o plebeya.

A juzgar por la grácil pose victoriana del cuadro, la señora de Sanjurjo no reunía ni de lejos ninguna de las mencionadas cualidades genéticas. Leónides se sintió en descubierto y carraspeó eludiendo entrar en mayores profundidades eróticas.

—Mejor dejemos estos temas prosaicos y volvamos a lo del coleccionismo, ¿te parece?

—Padrino, yo nunca estoy muy seguro de cuándo habla en serio o en broma. ¿De verdad hay gente que colecciona cucharillas?

—Como lo oyes: recuerditos de plata en forma de cucharita de té de las ciudades que visitan. O para presumir diciendo que las han visitado, aunque nunca hayan salido del barrio. Últimamente se han puesto muy de moda y son carísimas.

—La gente está loca. Lo de los cuadros y las tallas lo puedo entender, pero lo de las cucharillas es ridículo.

—Ya te irás dando cuenta de que lo importante para el coleccionista no suele ser la obra de arte en sí, o los objetos que acumula, sino satisfacer su propia obsesión. Al final da igual qué es lo que se pretenda reunir, se convierte en una adicción que no tiene fin y nunca termina de satisfacerse. Y no está de más añadir que nosotros vivimos de esa obsesión y creo que no podemos quejarnos de cómo nos va, ¿verdad?

—No mucho.

—En casos extremos la acumulación es una verdadera manifestación de locura. Se llama enfermedad de Diógenes. La gente acaba enterrada entre las pilas de objetos que amontona.

—Entonces como nosotros, que cualquier día se nos viene todo esto encima.

El buen humor de Dimas refrescaba la conversación.

—Bueno, sí, no niego que esto se parezca un poco, pero quiero creer que aún no hemos perdido del todo el seso, ya le iremos dando salida. Ten en cuenta que esto es arte, y del mejor. Hay gente que acumula periódicos, basura... y están firmemente convencidos de que son poseedores de un inconmensurable tesoro.

—¡Ja! Usted cucharillas será lo único que no tiene, porque anda que cosas, hay de todo. Por no hablar de los libros.

—Mira, ahí sí que me has pillado, reconozco que lo mío con los libros puede no ser del todo normal. He comprado más de los que podría leer en dos vidas... y sigo comprando. Es que, en el fondo, todos tenemos un afán de rodearnos de objetos que nos den seguridad, pero hay que intentar no aferrarse a las cosas. Todas las religiones y filosofías coinciden en que es más libre el que menos tiene.

—Yo le aseguro que los pobres no son nada libres. Y vaya si conozco yo gente que no tiene nada de nada.

El anticuario presintió enseguida el riesgo de verse cuestionado por el chico. No quería volver sobre temas tristes, sobre los que tampoco podía hacer gran cosa para remediarlos.

—Hombre, ya, tampoco es eso. Se trata de no reemplazar otras cosas importantes de la vida como el amor, o la amistad con un objeto, por bello o caro que sea.

—Eso lo dice usted porque es rico.

—¿Rico yo? No, rubiales, no te engañes. De fortuna y santidad, la mitad de la mitad. Ya sé que no vivimos en la indigencia, precisamente, pero mantener todo esto cuesta. ¿O a poco te crees que andaría yo vendiendo antigüedades si pudiese darme mejor vida?

—Yo pensé que su señora...

—Ya, por lo de la dote que te conté antes, ¿no? Para que lo sepas, la dote fue buena, aunque tampoco para echar cohetes. Cuando te casas con un apellido, te casas también con sus deudas, así que, de tierras y castillos y cultivos, nada de nada. Por no hablar del tratamiento en Navacerrada, que se come casi todo lo que entra. No quiero parecer ingrato, ha sido una buena esposa, pero aquí nadie vive chupando del frasco. Nos toca trabajar como al que más.

El anticuario continuaba hablándole sin dejar de aplicar café al arcón. Estaba quedando irreconocible. Mantenía su aspecto medieval, pero a la vez adquiría una pátina que resaltaba los relieves y cubría los defectos. El olor impregnaba el almacén, aunque le aseguró que en unas horas desaparecería por completo. Solo otro experto podría detectar la restauración.

—Oye, hablando de otra cosa: lo de los pajaritos sé que es tu especialidad, pero ¿qué tal se te da la pesca?

—No sé, creo que bien. En el arroyo de Valdesanjuán sacábamos buenas truchas de vez en cuando. Cogíamos una vara larga de chopo, la limpiábamos de ramitas y corteza y le atábamos un hilo en la punta. Le poníamos una masita de pan con saliva o una mosca en un alfiler doblado y picaban muy bien. Bueno, no siempre, las truchas son muy listas y si ven la vara desconfían y se escapan. ¿Por qué me lo pregunta?

—Ah, no, por nada, solo una idea que se me ha pasado por la cabeza. Me acabo de acordar que por aquí en algún rincón del almacén hay una caña de bambú con su carrete y todo que alguien se trajo de Filipinas y que debe estar empolvándose ahí sola, muerta de aburrimiento. ¿Tú sabías que si mezclas seda de gusano con tela de araña consigues un cable finísimo más resistente que el acero? Los chinos lo llevan usando miles de años.

*

La angosta escalera de caracol ascendía hasta las inestables cubiertas de la iglesia de San Miguel. El aire en el interior del cilindro espiral era denso, sofocante. Ascendió sudando y a oscuras los inacabables peldaños con sensación de mareo hasta perder la cuenta del número de escalones. Alcanzó una portezuela de madera que por su fuerte encaje en el marco debía hacer siglos que no se abría. La empujó con fuerza varias veces. Logró por fin salir, justo detrás de la espadaña, y respirar con alivio una fuerte bocanada del fresco aire nocturno. Desde ahí podían verse infinidad de estrellas y algunas tímidas lucecitas dispersas de las casas de alrededor. Incluso alguna hoguera perdida en los montes.

—Al menos no está lloviendo —se consoló—. Un resbalón aquí y no lo cuento.

Caminó en equilibrio como un gato por el filo a lo largo del espinazo de la nave central hasta llegar a la parte superior del ábside. Varias tejas estaban descolocadas y algunos matojos traídos por el viento habían logrado anidar entre ellas, desplazándolas y provocando goteras de las que se quejaban a menudo los feligreses. Todo amenazaba con venirse abajo al más mínimo paso un poco más fuerte que el otro.

Logró llegar como equilibrista de carpa circense hasta la linterna que remataba la cúpula. Había contenido el aliento más que un buzo. Apoyó por fin la espalda contra la sólida pared de piedra y pudo darse un respiro. Tuvo un mal pensamiento pasajero hacia don Leónides por embarcarle en otra de sus locuras, pero el ulular de un búho en el campanario lo disipó de inmediato y le recordó su misión.

Unir los dos tramos de bambú fue la parte sencilla. Hacer pasar el sedal a tientas por las anillas le exigió mayor paciencia, chupando el hilo como la costurera que enhebra una aguja. Empató como pudo el anzuelo y unió unas bolitas de plomo al extremo apretando con los dientes. El sabor gris a metal se le quedó en la boca un buen rato. Todo estaba a oscuras y como no era muy ducho en ello se pinchó un par de veces. Profirió sendas maldiciones en voz baja, pero logró salvar la situación sin clavárselo. Introdujo la punta de la caña por una de las troneras y liberó todo lo lento que pudo el sedal intentando que la plomada se balancease lo menos posible.

La virgen estaba apenas iluminada por la tímida luz de dos velones y algunas candelas penitenciarias embutidas en vasos de color rojo. Lo suficiente como para que la aureola de plata sobredorada rutilara en la oscuridad. El anzuelo descendió hasta el rostro de la impasible madona. Desde la altura, más que ver, Dimas tenía que adivinar lo que estaba sucediendo doce metros más abajo. Creyó escuchar los plomos chocando contra el metal y comenzó un suave movimiento de vaivén hacia arriba y hacia abajo. Era mucho más difícil que con las truchas. Después de un buen rato notó que la punta de la caña se doblaba: el anzuelo había enganchado. Ahora era cuestión de darle unos tironcitos hasta lograr sacar la corona de la cabeza. Se resistía. Tiró un poco más fuerte y notó que el anzuelo se desprendía. Una lógica blasfemia y otra vez a empezar de nuevo. Cuando había perdido la cuenta de los intentos y casi del todo la paciencia sintió por fin el enganchón.

—Ahora sí que no te me escapas —susurró.

La imagen quedó descoronada y la soberbia tiara de oro con rayos flamígeros describiendo amplios círculos alrededor de la divina cabeza de la Inmaculada. Esperó un poco más hasta que se detuviese del todo antes de izarla. La carraca de la bobina hacía ruido en cada vuelta, pero seguro que no había nadie para escucharlo. ¿Soportaría el fino sedal el peso de la corona? El viejo carrete de cedro y latón funcionaba bien y con suaves y continuados giros de la manivela fue recuperando el filamento del que pendía el trofeo haciéndolo subir hasta la cúpula. La caña se arqueaba peligrosamente amenazando quebrarse por la carga. Estuvo a punto de dejar caer la corona al intentar sacarla por la tronera, pero logró cazar la pieza al vuelo y meterla en el saco. Su morral no hubiera sido suficiente en esta ocasión. Se sintió tentado de intentar una nueva lanzada a por la coronita del niño Jesús, pero había pasado arriba más horas de las previstas y el tiempo apremiaba. Esbozó un fastidio, desmontó la caña, clavó el anzuelo en un corcho y deshizo el trayecto de funambulista por el tejado y la retorcida escalera. La Virgen de las Candelas, con su rostro eternamente afligido y la peluca desgreñada, tenía ahora un nuevo motivo de desconsuelo.

*

La cofradía clamaba consternada. El párroco y los cofrades de San Miguel estaban decididos a denunciar el robo, pero el obispo intentaba convencerles de la conveniencia de no hacerlo.

—Mis amados en Cristo, sé que es difícil de aceptar, pero debemos actuar con suma prudencia; estas cosas es mejor que no se aireen demasiado.

—¡Excelencia! ¿Cómo puede decir eso? ¡Han desvalijado a Nuestra Señora! ¡Y no se trata solo de la corona, es una afrenta, un ultraje intolerable, una apostasía! —protestó el cofrade mayor.

—Sí, sí, un agravio imperdonable; que Dios se apiade de los que lo han hecho, porque esos herejes van a ir de patitas al infierno, eso segurísimo. Pero ahora se trata de ser muy prácticos —dijo el obispo.

—¿A qué se refiere con ser prácticos? ¿A dejarnos robar en la cara y no hacer nada? —protestó el párroco.

—No, por supuestísimo que se va a hacer, y enseguida. De momento, vamos a cerrar la iglesia con la excusa de unas obras inminentes. Y le vamos a traer a Nuestra Señora otra corona idéntica.

El obispo, ducho en lidiar con feligreses indignados, trataba de poner calma. Si la conciliadora sonrisa fallaba, le quedaba el recurso de la autoridad con un leve cambio de tono y de gesto.

—Pero por todos los santos, monseñor. ¿Y eso a cuento de qué?

—A cuento, cofrade mayor, de que estos robos se han hecho muy frecuentes últimamente y a que la santa madre Iglesia está protegiendo su patrimonio lo mejor que puede. Si se corre la voz de que han podido robar aquí, otros desaprensivos caerán en la tentación de expoliar más ermitas y templos. Corren tiempos muy difíciles y carecemos de los medios para proteger todas y cada una de las capillas de España de las hordas marxistas.

—¿Y de dónde va a salir la corona? ¿Quién va a poner el dinero para pagarla? —dijo otro de los cofrades.

—Dios proveerá, hermano, Dios proveerá. De momento, le mandaremos hacer una réplica de latón con lámina de oro. Nadie notará nada.

—Su excelencia, eso es inaceptable. ¡Esto clama al cielo! —dijo un tercero.

—Eso es lo que ha ordenado el señor arzobispo y sanseacabó. Es exactamente lo que se hará. Ah, y una última cosa: en cuanto terminen las «reformas» y resolvamos todo este feo asunto quiero que organicen una procesión por todo lo alto.

El cofrade mayor vio la oportunidad para sacar algo de provecho de la situación.

—Al menos su excelencia mandará reparar las goteras, que ya llevaban tiempo, ya... ¿Puedo anunciárselo a los parroquianos?

—Miren, amados hermanos, hagan lo que tengan que hacer con tal de que esto se mantenga entre nosotros. Tomaré su palabra de honor como un auténtico secreto de confesión. Al que se le ocurra abrir la boca lo excomulgo. A los fieles los pueden mandar a misa a Villamuriel. Ya verán como más de uno se va a alegrar de ver el cartel de cerrado por obras en la puerta. El cantinero, más que ninguno.

El prelado tendió su mano derecha a los presentes y uno tras otro besaron reverencialmente la ostentosa amatista engarzada en el anillo pastoral.

*

DIMAS ECHABA BUFIDOS DE IMPOTENCIA. IBA YA POR LA CUARTA vez en que intentaba pasar a tinta los deberes de geometría, y el tiralíneas del compás le emborronaba la hoja justo en el último momento, al intentar desprender la aguja del papel. Leónides le había exigido especial dedicación a esa asignatura.

—Cada cantero —le explicaba el anticuario— poseía una señal distintiva que debía grabar sobre alguna de las caras del bloque de piedra que había labrado. Era la única manera de poder cobrar por su trabajo cuando estaba contratado a destajo. Al principio eran figuras geométricas simples como triángulos, pentágonos, herramientas de piedra y así. Pero como una catedral involucraba a decenas o centenares de canteros, las marcas se fueron haciendo cada vez más complicadas. Los padres debían de transmitir sus marcas a sus hijos y estos, en toda una vida de trabajo, solo podían agregar un pequeño trazo.

—Seguro que a ellos les era mucho más fácil tallarlo a cincel que a mí con este maldito tiralíneas —protestó Dimas.

—No te creas: las siglas lapidarias de la época gótica son a veces extraordinariamente elaboradas, lo cual nos indica que estamos ante un maestro cantero que ha heredado su arte desde generaciones. Algo para lo que a ti te falta aún. Y, por favor, no maldigas. Al menos no lo hagas delante de mí.

—Lo siento, es que… no me sale —dijo compungido.

—Persevera y te saldrá, no te preocupes. Vamos a hacer un descanso, que van a dar las cinco, luego terminas con eso. Y reserva tu mal genio para mejor ocasión.

Desde su juventud en Londres, Leónides jamás perdonaba el *five o'clock tea,* que servía con ceremonial digno de la baronesa de Brighton. A Dimas no le hacía mucha gracia el té, pero disfrutaba las pastitas que lo acompañaban. Mientras daban sorbos, muy tiesos y compuestos, en un gramófono de aparatosa bocina, escuchaban arias de ópera y otras veces orquestas americanas que brotaban de unos discos de baquelita que ponían VICTOR y tenían un perrito.

Dimas estaba hurgando en la colección de grandes discos de 78 r.p.m. cuando sacó uno que lo dejó atónito. En la parte trasera se veía un gran coro de unas doscientas personas. La portada tenía el retrato de Verdi de Giovanni Boldini.

—Pero ¡si es usted!

—Hombre, menudo honor me haces, qué más quisiera yo que parecerme ni de refilón al gran Giuseppe Verdi. Tal vez un poco por la barba, pero nada más.

—Padrino, es usted, es clavadito. La expresión, sobre todo la expresión de su cara. Vamos, que aún no me lo creo. ¿Nunca se lo han dicho?

—No, eres el primero; aunque tampoco me extraña, los pocos melómanos con que trato que pudieran tener el mismo disco son muy educados y si han notado algún remoto parecido desde luego se han abstenido de hacer un comentario así.

Dimas contemplaba el retrato como si fuera capaz de leer en el rostro del músico.

—Tiene la mirada un poco triste.

—Sus razones tenía. Hasta donde yo sé tuvo una vida muy difícil. Primero lo rechazaron en el Conservatorio de Milán. Cómo es la vida, con esa genialidad... Luego se casó y tuvieron dos niños, pero la mujer y los hijos murieron de meningitis antes de que él cumpliera treinta años. Estaba prácticamente arruinado cuando estrenó una ópera en el teatro La Scala y el público lo abucheó, pateó y silbó en el estreno. Un desastre.

—¡Uf! Por lo que cuenta, estaba gafado —dijo Dimas soplándose el flequillo.

—Sí, la mala suerte parecía haberse cebado con él. Pero no se rindió. Desesperado, cuando había ya decidido dejar de componer y estaba a punto de abandonar, le hicieron un encargo: musicalizar el libreto de una ópera, *Nabucco*, que con el tiempo sería una de las más importantes de la historia de la música. Ni más ni menos que la que tienes en las manos.

—Pobre hombre. Y eso de ¿melómanos? Suena como a los que recogen los melones.

—Ya, y *Nabucco* seguro que te suena a la recolección de nabos, no te digo... En fin, más de un melón habrá, no lo dudes. Pero la palabreja significa «amante de la música». Ven, vamos a ponerlo, a ver si logro convertirte a ti en algo más refinado que un melonero.

Pusieron el gran disco negro de baquelita en la gramola, Leónides colocó con precisión la aguja de zafiro en el primer microsurco y una gran orquesta dejó escuchar toda su fuerza en el inicio del acto III del *Nabucco*.

—Escucha esto, abejaruco, cierra los ojos y déjate llevar, ya verás qué maravilla.

Unos minutos después comenzó a escucharse el aria *Va Pensiero*. Leónides aprovechó para contarle un poco más sobre el artista.

—Verdi fue también muy importante para la independencia italiana de la tiranía del Imperio austríaco. Se convirtió en el símbolo del *Risorgimento*. Los soldados coreaban esa parte del estribillo que dice «¡Oh, mi patria, tan bella y perdida! / ¡Oh, recuerdo tan querido y fatal!» Y su nombre se utilizaba como contraseña de los monárquicos: las siglas se interpretaban como *Vittorio Emmanuele Rege D'Italia* y aparecían pintadas en las paredes de todos los pueblos italianos apoyando a Víctor Manuel de Saboya.

—Es que es muy bonito. Toda esa gente cantando a la vez. Como los frailes, pero diferente. Me gusta.

—Es más que bonito. Es la expresión del alma oprimida luchando por la libertad. Una obra cumbre. Por eso ha tenido el éxito que ha tenido. Una pieza inmortal.

En el disco se sucedían los coros y solos de la magnífica ópera. Dimas podía observar cómo su tutor movía los labios en sincronía con la canción, de la que no entendía ni una palabra, pero cuya música resultaba muy pegadiza. Años después se sorprendería a sí mismo entonando el *Va pensiero* y descubriendo su propia Tierra Prometida.

*

PADRINO Y AHIJADO SE HABÍAN CONCEDIDO UN AGRADABLE PAseo sabatino por el parque del Retiro. El tiempo primaveral acompañaba y proporcionaba la excusa perfecta para que las damas luciesen sus sombreros y los jóvenes intercambiasen miradas galantes. Los niños morían por apostar en la ruleta cargada del barquillero, en la que siempre, después de unos céntimos, lograban obtener su premio. Frente al monumento de Alfonso XII, multitud de barcas se deslizaban pausadas sobre el estanque. Era una de las pocas diversiones sanas al alcance de la mayoría de los madrileños, pues el acceso era restringido y algunos guardas se encargaban de filtrar a los visitantes. Leónides había estado varios días de viaje y le había prometido a su tutelado una excursión en barca a su regreso. Eso sí, a condición de que fuese Dimas quien remase todo el tiempo.

—Pero en qué quedamos: ¿Isidro o Isidoro?

—Isidoro, Isidro, Isauro... es lo mismo, son variaciones de un mismo nombre en honor a la diosa Isis. ¿Se puede saber de qué carámbanos te ríes ahora? ¿Es que no eres capaz de tomarte nada en serio por un minuto?

—Perdón, de verdad... —Dimas no podía seguir de la risa—. Es que lo de Isauro me ha recordado a los saurios. Cocodrilos, dinosaurios y todo eso.

—Vaya hombre, al final me vas a hacer reír a mí también. ¿De verdad crees que los grandes saurios se han extinguido? Pues mira tú que no. Eso queda para los libros de Ciencias Naturales del instituto draconiano, ese al que dices que asistes, que a veces me haces dudar.

—Sí que voy. Y la señorita Hermilda nos enseña lo de los grandes reptiles que había en Gondwana.

—Anda que lo de Hermilda... Eso sí que parece nombre de cuento medieval. Que sepas que los grandes reptiles poderosos siguen aquí dando mordiscos y coletazos a todo el que se les pone por delante. Son el símbolo del inmovilismo, la obcecación, la concentración del poder omnívoro e implacable. Tienen su territorio marcado con heces y orines y algún que otro cadáver y arremeten a ciegas y sin miramiento contra el que pretende traspasarlo, así que cuídate de esos seres contemporáneos con escamas y dientes afilados. Te vas a encontrar más de uno y más de dos, así que acuérdate de lo que te digo.

Dimas remaba animoso y sin duda se sentía un valeroso capitán corsario.

—No temo que me devore ningún dragón, ni grifo ni dragante ni nada de eso.

—Ni tendrías por qué. Es ley de vida: al final no gana el que parece tener los colmillos más grandes, sino el que piensa mejor y se mueve con mayor agilidad.

—Ya, bueno, en fin, gracias por la explicación, padrino. Lo que pasa es que yo en realidad le preguntaba por lo del monasterio de Dueñas.

En medio del lago artificial sólo habitado por patos, lucios de largos bigotes y parejas enamoradas, las barcas proporcionaban absoluta discreción para hablar de cualquier tema.

—Ah, vaya, caray. Disculpa entonces por la digresión, que sigue siendo plenamente válida, ¿eh? Es que me he perdido en ciertos subterfugios de feudos con dragón incluido que he visitado muy recientemente.

—¿Castillos con dragones y princesas?

—Princesas pechugonas y de largos tirabuzones dorados de esas que te imaginas ni una, ¡bueno fuera! Mausoleos a cielo abierto. Fuegos de San Telmo en la arboladura del barco sin necesidad de circundar Cabo de Hornos. En el corazón de Sevilla, para ser más exactos. Y precioso lugar, por cierto, aunque con un puñetero olor a cirio que aún me tapa la nariz. El mejor para alojar a una damisela lánguida y deprimida y matarla de aburrimiento.

—No sé por qué, pero lo noto enfadado.

—Enfadado es poco. Cabreadísimo. Sé que te va a costar creerlo, pero me intentaron vender un curso para anticuarios.

—Eso sería como enseñarle al Papa a decir misa —bromeó Dimas.

—No exageremos, no exageremos. Es que el personaje en cuestión tenía muchas menos barbas que yo. Me resultó indigno. No me sorprende que los curas encabronen a tanta gente con sus ínfulas. Y perdón por lo de *ínfulas*. En fin, olvidémoslo. El punto es que el sitio al que vas a entrar es propiamente el de San Isidro de Dueñas, La Trapa, en la Mesopotamia castellana, donde confluyen el Pisuerga y el Carrión, en el corazón dinosáurico de Palencia. Jurásico puro, si se me permite el parangón.

—Igual un día llego a entender todas esas palabras raras que utiliza. Solo me queda claro lo de Dueñas. Y ya me estoy temiendo otra de las suyas.

—Que no hombre, que no. Que te digo yo que esto es coser y cantar, que si algo bueno tienen los frailes es que no se enteran ellos mismos de la misa la media y están más *atontaos* que un zángano con los sahumerios del incensario.

La tarde comenzaba a caer y, tras contemplar la incomparable puesta de sol sobre el agua, un silbato recordó a todos los navegantes que era momento de regresar al embarcadero.

*

SEGÚN EL SABER POPULAR, SI POR UN AGUJERO CABE LA CABEZA, puede pasar el cuerpo entero. Nadie habla, sin embargo, del terror que causa la posibilidad de quedarse atorado sin remedio al intentarlo. Y, además, la teoría es inexacta: para poder pasar al otro lado a través de un orificio es preciso que al menos un brazo extendido y la cabeza entren a la vez. Tener un cuerpo ágil y delgado puede significar la diferencia entre lograrlo o acabar como reo medieval en el cepo, expuesto al escarnio de las gentes de buena hacienda y pasear.

Con quince años y el físico esmirriado de una sardinilla, Dimas jugaba con cierta ventaja, lo que no evitó resoplidos y angustias para atravesar la gatera horadada en los recios tablones del portón. Más, sin saber si al otro lado algún monje podía observar sus contorsiones o escuchar sus jadeos mientras, como en un parto a la inversa, se colaba desde el exterior al zaguán posterior de la abadía.

Sucesivas generaciones de felinos habían pulido con sus lomos los bordes evitando que las astillas mantuvieran su filo. Y aunque de manera imperceptible, habían ensanchado el boquete lo suficiente como para que la rubia cabeza del chico cupiese con el mínimo de holgura, no sin presentir que sacrificaría una oreja en la tentativa. Tras superar la parte más difícil, consiguió hacer pasar el hombro, el otro brazo, empujarse con ambos codos y luego con las palmas de las manos contra las tablas hasta lograr deslizar a su través la cintura, las caderas y por fin las piernas. Volvió a sacar la mano al otro lado para recuperar el morral. Reptó unos centímetros y se incorporó. No parecía haber ni un alma. El olor a hogaza recién horneada que provenía de la tahona le recordó que no había comido más que un pedazo de queso horas antes. Cuando el olor del pan se mezcló con el aroma del chocolate hirviendo las tripas empezaron a reclamarle, pero al igual que un Ivanhoe o un Ricardo Corazón de León tenía una misión que cumplir y nada debía distraerle de su objetivo.

La rígida regla monástica de la Trapa establece que «de la misma manera que un arte no se realiza sino en un ambiente adecuado y los mejores instrumentos son inútiles en un medio poco apropiado, así también el arte de la oración y de la unión con Dios no será posible para el monje sin la clausura y la estabilidad». Esa noche, la presencia de Dimas amenazaba con romper la rigurosa clausura cisterciense de San Isidro de Dueñas, pero no iba a permitirse ser detectado. Avanzó pegado como salamandra a la pared y con pasos tan livianos que pareciera caminar sobre las aguas. Si la información de don Leónides era correcta, al cuidado de los mudos frailes trapenses el santuario guardaba no solo la receta secreta de su famoso chocolate, sino una de las preseas más codiciadas por los coleccionistas.

Accedió a un largo corredor flanqueado por una serie de puertas idénticas, cada una resguardando una celda. Eran poco más de las seis de la mañana y todos los frailes se habían reunido para la oración de laudes, por lo que la zona estaba desierta. Aun así, no podía permitirse el más mínimo descuido y prosiguió con la misma cautela gatuna hasta el claustro. Comenzaba a despuntar el día y ya no era necesario forzar la vista para intentar adivinar la silueta de alguien. En breve los hermanos se reunirían en el refectorio, por lo que había que estar alerta.

Al dar la vuelta en la esquina se topó con dos monjes rezagados y tuvo que recular con rapidez y sin ruido. Los trapenses convivían bajo un severo voto de silencio y salvo para la oración y lectura de los evangelios solo tenían permitido intercambiar una frase al cruzarse.

—Hermano, *morir habemus*.

—Hermano, ya lo sabemos.

Tras el agorero saludo, continuaron hacia otra sala. El claustro volvía a estar vacío. Las primeras luces del día dibujaban sobre el suelo la curva silueta de los arcos de medio punto que sostenían sus bóvedas. Las arcadas románicas lobuladas que integraban la galería enmarcaban sublimes cristaleras que filtraban las primeras luces del alba creando coloridos espejismos sobre las paredes.

Dimas caminó de puntillas hasta un sepulcro de mármol colocado hacia la mitad de la crujía. Había espacio más que suficiente para ocultarse con relativa comodidad, cualquier cosa sería cómoda a partir de ese día en comparación con la gatera, y decidió esperar ahí. Pasado un rato, comenzó a escuchar un bellísimo canto gregoriano que procedía de la capilla. Aquella entonación mística le relajaba y le transportaba a una sensación etérea. Las voces graves de los bajos se combinaban melódicamente con las de los barítonos, los tenores y las más agudas de los contratenores, que parecían de mujer, aunque se tenía por seguro que ninguna persona del género femenino había pisado la abadía en un siglo. Se dejó llevar tanto por la armónica vibración de la música que hasta olvidó por un momento que había entrado allí con un único objetivo: apropiarse del Lignum Crucis.

Cuando concluyó el cántico se escuchó un rumor de movimiento, se abrieron las dos hojas de la puerta y el grupo de monjes comenzó a salir en fila, dejando colgado en el perchero de la entrada el alba blanca con la que cubrían sus hábitos para el coro. Ahora volvían al atuendo habitual: las cabezas cubiertas por la caperuza de una cogulla negra sin mangas y la túnica de un blanco resplandeciente ceñida por un cinturón de cuero. Como sacados de los cuadros de Zurbarán que le había mostrado Leónides. El último hermano de la fila colgó su alba, se puso la capucha y cerró al salir las puertas con un golpe que retumbó en el silencio. Los veintisiete miembros de la comunidad se dirigieron a buen paso al refectorio para el primer alimento del día y el claustro volvió a quedarse solo. Esperó un minuto más para asegurarse y salió de detrás del sarcófago. La capilla mayor se hallaba al final del pasillo y la pequeña puerta de acceso recortada en las grandes jambas del portón estaba por fortuna sin llave. No podía demorarse: para evitar el deleite pecaminoso en placer mundano alguno, los desayunos monacales eran temperados y breves y en pocos minutos regresarían a sus celdas para la *lectio*.

La iglesia estaba alumbrada por unos cirios que conferían movimiento a las volutas del retablo y hacían danzar las imágenes de los santos en sus hornacinas. Tal como le había descrito el anticuario, a la izquierda del conjunto un relieve ocultaba el sagrario jansenista. Había ensayado hasta el aburrimiento con Leónides la manera de abrirlo sin violentarlo practicando horas y horas con los cierres de un viejo secreter con cajones ocultos, por lo que, llegado el momento, el sagrario ofreció poca resistencia.

Si bien la *Ordo Cisterciensis Strictioris Observantiae* era célebre por su rigurosa observancia de los votos de silencio y pobreza impuestos por la regla primitiva de San Benito, los monjes de la Trapa eran depositarios de algunas obras de arte excelsas. El anticuario hubiera querido hacerse con la meritoria talla de la Piedad, pero tendría que conformarse con lo más portable: el cáliz eucarístico, la patena de oro y la cruz de doble travesaño que se colocaba sobre el altar para oficiar las misas solemnes.

Dimas introdujo un alambre plano por la juntura de las portillas del sagrario y en solo un par de intentos escuchó el clic de la cerradura al ceder. Pan comido. Las abrió con cuidado. Como si la pareja de ángeles de oro que lo resguardaban hubieran desplegado sus alas para mostrarle el tesoro, la luz de los cirios le devolvió el resplandor del interior bruñido de la caja. Los tres objetos parecieran haber estado esperándole. Los sacó del sagrario, los envolvió con estropajo para que no chocasen entre sí y los cubrió por separado con unos lienzos de tela como si aplicase un vendaje. Era de suma importancia que no se rayaran, lo cual hubiera hecho descender notablemente el precio final de venta. El zurrón, aunque abultado, tenía el tamaño justo para contener las tres piezas. Cerró el sagrario y levantó la vista hacia las estatuas de David y Salomón, que parecieran lanzarle una severa mirada de reproche. En su estatuaria magnificencia ignoraban que perecerían poco después consumidos por un gran incendio. Dimas se sopló el flequillo, les devolvió la mirada adusta y abandonó la iglesia.

Desanduvo el trayecto en dirección al refectorio. Los cenobitas estaban ya desayunando con la atención puesta en el hermano que leía en voz alta el pasaje de las Escrituras en el que San Cristóbal cruza al niño Jesús por un río caudaloso. «Qué sabrán estos de cómo atravesar un río», pensó. Solo tenía que aprovechar su concentración para pasar por delante de la puerta sin ser notado. Miró de refilón, contó hasta tres y... Al momento, su mirada se cruzó fugazmente con la de uno de los frailes que estaba mojando pan en el chocolate caliente y que con la boca llena comenzó a gruñir y a hacer aspavientos señalando hacia donde acababa de ver pasar al chico como si se le hubiese aparecido un íncubo, una gorgona o algún otro ser de los avernos.

Tras el mutuo pasmo inicial, Dimas reaccionó de inmediato saliendo disparado hacia las cocinas. Atravesó el gran espacio lleno de cacerolas, peroles y pucheros de cobre martillado como alma que lleva el diablo. Corrió cual ratoncillo de despensa sorprendido al roer un queso añejo. El morral le golpeaba en las rodillas, pero ni siquiera lo sintió. Se agachó sin detenerse para intentar que la larga mesa de trabajo lo ocultase de sus ya numerosos perseguidores. Iba a salir por el otro lado de los fogones cuando su cabeza impactó de lleno en la inflada barriga de uno de los monjes que se encontraba manipulando trabajosamente la descuajeringada maquinaria de un molino de manubrio. El cabezazo dejó al pobre fraile sin aliento, pero en la confusión del impacto logró asir al chico por la ropa.

—¡Lo tengo! ¡Lo tengo! —gritó sin saber qué era exactamente lo que había atrapado. Una alimaña o, peor, un basilisco u otra suerte de acechante espíritu del abismo.

—¡Sujétalo! ¡Que no escape! —gritó a su vez otro hermano.

Dimas se revolvía como la cola arrancada de una lagartija, pero no consiguió zafarse del grueso hermano cocinero. Años y años de moler cacao y amasar chocolate habían dado a las manazas del lego una fortaleza de titán de circo austrohúngaro. Viendo que no habría manera de soltarse, dejó de resistirse. Los monjes entraron a la carrera en la cocina y quedaron perplejos por la escena. Durante unos momentos nadie dijo nada.

—¡Pero por el amor de Dios, hermanos, si es un niño! —exclamó el abad.

—Un botarate, eso es lo que es —dijo el hermano lego—. Un corsario en miniatura. Mire lo que trae en la bolsa, Nono. Menudo filibustero.

El cocinero tendió el morral al superior. En el forcejeo, los trapos y estropajos se habían movido dejando asomar la cruz de oro.

—Suéltalo —ordenó sereno el abad—. Y tú, acompáñame, que tenemos que hablar de muchas cosas, compañero —le dijo a Dimas—. Tráete la bolsa. Los demás, cada uno a lo suyo.

Los hermanos permanecían atónitos, pero no dejaron escapar un solo comentario mientras observaban cómo el chico se componía la ropa desarrapada por el agarrón, cargaba el morral y seguía sin rechistar al anciano monje. El cocinero aún se dolía del encontronazo como de una mala digestión.

Viejo y joven se perdieron al fondo del corredor y entraron en una de las celdas. En la pared colgaba un crucifijo sin imagen, tan solo unas aspas de madera superpuestas. Frente a la cruz, un reclinatorio. El resto del mobiliario consistía en un jergón y una tosca silla coja y sin respaldo junto a una mesita sobre la que reposaban una biblia gastada y un rosario. Con un gesto, el anciano invitó a Dimas a sentarse en la silla y él hizo lo propio en el camastro. Emanaba una aureola de bondadosa autoridad. Hizo una larga pausa antes de iniciar la conversación.

—¿Tienes algo que decirme?

El chico no abrió la boca, pero no dejaba de observar de frente los vívidos ojos del abad, su larga y blanca barba y las profundas arrugas de su rostro. La tonsura era una breve banda de canas que circulaba la calva, en la que se diseminaban unos pocos cabellos rasurados. Le imponía, pero a la vez le generaba confianza.

—Eres muy joven para hacer voto de silencio. En serio, te lo desaconsejo; no imaginas lo difícil que es sobrellevarlo. Más que trabajar en el huerto o contener el hambre.

—Nada es más duro que el hambre —replicó instintivamente Dimas.

—Bueno, bien pensado, tienes razón. El hambre debería estar prohibida por Dios en esta tierra. Pero hay cosas peores.

—No puede haber nada peor.

—Uy, sí que las hay peores: los mordiscos de la conciencia, esos no se calman con nada y no te dejan en paz en ningún momento. ¿Cómo sientes la tuya ahora?

Dimas se encogió de hombros y apartó la vista de las inquisitivas pupilas del venerable anciano.

—Vaya por Dios. Con lo bien que habíamos empezado. No te encierres en ti mismo, muchacho, que eso sí que es malo para el alma. Te propongo algo: vamos a hablar tú y yo aquí solos, delante de Dios, y te doy mi palabra de honor de que nadie nunca, jamás, sabrá de esta conversación privada entre los dos. Bueno, entre los tres. ¿Te parece?

El chico asintió con la cabeza.

—A ver... Tienes que ser muy hábil para haberte colado en la abadía e irte derechito hacia lo único de verdadero valor que tenemos. Eso me lleva a pensar que ya lo habías hecho antes, ¿me equivoco?

—No.

—Lo suponía... Como también supongo que no ha sido idea tuya. Más bien de alguien que conoce muy bien los tesoros de la orden. ¿Voy bien?

—Más o menos.

—Más más que menos, probablemente... Mira, jovencito: lo que te acaba de pasar hoy es lo mejor que te podía haber sucedido. Si sigues robando, acabarás en la cárcel y lo que es peor, en el infierno. Hoy te hemos pillado nosotros, pero mañana te atrapará la Guardia Civil y lo menos que te puede pasar es que te peguen una soberana paliza, aparte de consignarte a la autoridad para ponerte entre rejas. Y todo por esos maleantes con los que seguro andas ahora. No se lo merecen. Tú puedes aspirar a hacer de tu vida un propósito mejor. ¿Confías en lo que te digo?

—Sí señor.

—Deja que te cuente una historia. Cuando los romanos pusieron a Cristo Nuestro Señor en la sagrada cruz, en el monte Gólgota, que significa calavera, a ambos lados habían crucificado antes a dos ladrones: Dimas y Gestas.

El chico se estremeció al escuchar su propio nombre en la persona de un condenado a muerte en la cruz.

—Cuando los malhechores estaban a punto de morir suspendidos de los maderos, uno de ellos imprecó a Jesús gritándole: «¿No eres acaso tú el Cristo? Sálvate a ti mismo y a nosotros». Pero el otro ladrón le contestó reprendiéndolo: «¿No temes a tu Dios ni aun estando en pleno suplicio? Al menos nosotros, con justicia, porque recibimos lo merecido por lo que hemos hecho; pero este no hizo nada malo». Entonces se volvió a Jesús y le suplicó: «Señor, acuérdate de mí cuando llegues a tu reino». Y Jesucristo le contestó: «En verdad te digo que hoy estarás conmigo en el Paraíso».

—Debían estar aco…, o sea, muertos de miedo.

—Muchísimo, ni te lo imaginas, la crucifixión es el tormento más horrible. Y a Nuestro Señor le dolía aún más, porque Él cargaba con todo el dolor del mundo.

—Pero al final palmaron los tres.

—Sí, pero Cristo y el Buen Ladrón solo murieron en carne, porque su espíritu ascendió a los cielos para la vida en dicha eterna. Dimas se salvó por su fe y su arrepentimiento.

—¡Ja! Así que al final el Buen Ladrón se salva.

—Exacto. Y eso es lo mismo que tú tienes que hacer, cambiar cuanto antes de vida antes de que te conviertas en un delincuente y te la arruines. Y el primer paso es arrepentirte de corazón por lo que has hecho y prometer ante Dios que no lo harás nunca más. Si tu arrepentimiento es sincero Dios te perdonará y yo también, callado está dicho. Te daré mi absolución, podrás salir libremente y en paz hacia tu casa y aquí no ha pasado nada. Ahora, te pregunto: ¿Estás arrepentido de esta mala acción y deseas el perdón?

—Sí, padre, lo estoy —respondió contrito Dimas con la mirada baja.

—*Deus, Pater misericordiarum, qui per mortem et resurrectionem Filii Sui mundum Sibi reconciliavit et Spiritum Sanctum effudit in remissionem peccatorum, per ministerium Ecclesiae indulgentiam tibi tribuat et pacem. Et ego te absolvo a peccatis tuis in nomine Patris, et Filii, et Spiritus Sancti* —pronunció el superior al tiempo que describía con ampulosidad sobre él la señal de la cruz.

—Amén.

—Concédeme un momento de oración, hijo, quiero dar gracias al Señor por esta alma inocente que acaba de encontrar su camino hacia la salvación.

El anciano, con los ojos arrobados en lágrimas, tomó el rosario de la mesita y con inmenso esfuerzo se postró de rodillas en el reclinatorio. Si tanto le había costado arrodillarse, levantarse le supondría un reto mucho mayor. Dimas no se lo pensó dos veces: agarró el morral y salió a la carrera de la celda volando literalmente por el pasillo, esta vez en dirección contraria.

—¡Condenado diablejo! ¡Canalluca!... ¡Gestas!

Dimas, sin detener su huida, replicó a voz en grito:

—¡Yo no creo en Dios!

Chocó con varios monjes que transitaban en meditación por el deambulatorio. Pasó ante las espaldas dobladas de los que acababan de iniciar su jornada en el huerto con sus grandes delantales y buscó apresuradamente la salida. Había entrado por una tranquera posterior y un angosto agujero, pero ahora no le iba a quedar más remedio que salir por la puerta grande.

Menos mal que había estudiado de memoria la disposición de la edificación. Una cosa era un plano y otra el edificio real, pero logró orientarse.

Corrió hasta la puerta principal sin dar tiempo a reaccionar a ningún fraile. Abrió la reja del torno, la volvió a cerrar tras de sí para contener a sus seguros perseguidores y descorrió el enorme cerrojo de la puerta principal. Sintió que el brutal peso del portalón iba a superarle, pero la premura por escapar le dio una fuerza inusitada. Por fin pudo salir bajo los arcos de la portada románica de la iglesia. Desde uno de sus cuatro capiteles fueron testigos mudos de la huida una mujer de piedra a la que mamaban dos serpientes que ella misma empuñaba y un hombre barbado esculpido abriendo sus ropas para mostrar su desnudez.

Se subió de un salto a la bicicleta que había dejado oculta tras el empalizado de la entrada. Creyó escuchar a lo lejos algunas imprecaciones mientras pedaleaba como nunca dejando atrás los impávidos muros herrerianos de La Trapa.

Frente a su fachada principal, a la otra parte del Carrión y lamiendo las estribaciones de los montes Torozos, discurrían las vías del ferrocarril que unían Valladolid con la capital de la provincia y, unos metros más adelante, la caudalosa Acequia de Palencia. Tomó el sendero lateral de las vías del tren y rodó sin parar hasta llegar a Venta de Baños. De algún modo sintió que traspasaba una frontera y podía sentirse relativamente seguro lejos de los airados frailes. Además, si el abad respetaba la palabra dada en secreto de confesión, no podría denunciarle.

El superior de San Isidoro se debatiría los días siguientes ante un grave dilema de conciencia. La inviolabilidad del secreto de confesión es tal, que en ningún caso imaginable, ni ante un daño gravísimo que sobrevenga al confesor ni a toda la humanidad, puede infringirse, ni de palabra, ni por escrito, ni por señal, ni por reticencias. No podía pues el cándido abad mencionar a su superior mayor quién había sido el autor del expolio, aunque tal vez declarándose ignorante del autor, lo cual hubiese sido otra mentira ominosa, pudiera limitarse a informar del hecho estricto del robo. La regla daba autoridad de patriarca al abad, pero al mismo tiempo establecía la obligación de consultar con el resto de la comunidad los temas más importantes. Los demás hermanos fueron informados por el superior de esta circunstancia, por lo que se encontraban igualmente sujetos al sagrado *sigillum sacramentale.* Decidieron, como es norma de la orden, confiar también bajo secreto de arcano sus dudas al hermano más joven, dado que entre los jóvenes, según decía la *Regula Sancti Benedicti,* suele habitar la verdad. La inspiración llegó efectivamente por vía de uno de los novicios, quien sugirió que el hermano lego, no sujeto a los votos monásticos y testigo de primer orden de lo acontecido, fuese quien informase del robo al arzobispado, para que este a su vez lo pusiese en conocimiento de la autoridad civil competente. Además, con singular clarividencia, sugirió que el *sigillum* amparaba el primer robo y subsiguiente confesión, pero no así el segundo una vez que el chico volvió a robar la bolsa estando en la celda del prior, demostrando nulo arrepentimiento y ni el más mínimo asomo de dolor de atrición ni contrición. Todos convinieron en ello, votando por habas blancas.

*

TAN IMPORTANTE COMO LA PERFECTA PLANEACIÓN Y EJECUCIÓN de los robos era mover las piezas en el intrincado mercado del arte. En los años que siguieron, Dimas tendría muchas oportunidades de aprender de las habilidades de su maestro observándolo en acción, poniendo precios desorbitados a piezas que un rato antes de que entraran los incautos compradores había calificado de «filfa, farfolla y faramalla», haciendo como que se dejaba regatear con dolor de corazón y colocando las filfas y farfollas en cuatro o cinco veces su valor, si es que la chatarra tenía alguno. Por el contrario, el anticuario mostraba enorme respeto hacia quienes en verdad entendían de la materia y examinaban escrupulosamente las tallas románicas o las tablas flamencas antes de aventurarse a hacer una oferta, por lo general espléndida. Previamente, eso sí, les había servido una copa exageradamente abundante de buen coñac francés para ablandarlos, acompañándola de una cautivadora sonrisa y de una de sus frases favoritas, que Leónides atribuía a Goethe y que el chico memorizó pronto: *Life is too short to drink cheap wine*. Dimas aprendió también a no mostrar jamás un interés evidente por una pieza, distrayendo la atención del vendedor hacia otros objetos alrededor, pidiendo varios precios y señalando en el último momento con displicencia la que en verdad le interesaba. La vida en verdad es demasiado breve como para distraerla en baratijas, mal humor o un mal vino de garrafa.

En una de tales transacciones con un dandi inglés, Leónides dio salida a una de las piezas que el chico había sustraído meses atrás de San Isidro de Dueñas. Tomó de un armario una caja de madera, extrajo de ella un bulto envuelto en terciopelo rojo y lo abrió ante los ojos del comprador.

—*Oh my God!* ¡La Cruz de Caravaca! —dijo con admiración el marchante.

—*Well… yes… and no* —respondió el anticuario.

—¿Qué quiere decir con sí y no?

—Que esta que tiene usted en las manos es la única y verdadera Lignum Crucis, confiada a los caballeros templarios, la que contiene las astillas auténticas de la cruz en que murió Cristo.

En el mercado del arte hay que saber esperar el momento más propicio. Solo unas semanas antes, entre el Martes de Carnaval y el Miércoles de Ceniza, unos peculiares ladrones habían escalado el muro del Real Alcázar de la Vera Cruz en el pueblo murciano de Caravaca y serrando la Puerta de San Lázaro practicaron un butrón por el que lograron introducirse y hacer desaparecer la reliquia de la basílica. Su objetivo era tan concreto que despreciaron el relicario, un estuche de la cruz de oro y piedras preciosas, obsequiado por el duque de Alba en 1777, así como el resto de las riquezas que atesoraba el templo, llevándose solo los pedazos de madera.

Varios dedos acusadores se dirigieron hacia los masones. Otros, hacia presuntos descendientes de los templarios. Otros señalamientos apuntaban a que la reliquia podía haberse sacado del país con destino a México. No faltarían quienes afirmasen con pleno convencimiento que el robo había sido perpetrado por miembros de la propia cofradía y que ellos mismos simularon el hurto según instrucciones directas del nuncio de su Santidad. Según esta teoría, nada infundada, el Papa, sabedor de la superchería que se había mantenido durante siglos, no podía tolerar semejante idolatría ante una reliquia falsa. De este modo, Pío XI pretendía acabar de una vez por todas con la centenaria adoración profana del objeto.

No contaban con el fervor murciano. Para los habitantes de Caravaca, el robo blasfemo significaba privarles de la parte más importante de su historia y tradición secular. Tal como publicaba *La Verdad de Murcia,* el pueblo creyó enloquecer. En su edición del 15 de febrero de 1934 podía leerse: «Caravaca está de duelo. Una mano criminal y profana ha arrebatado del sagrario en que se veneraba su joya más preciosa». El suceso, nunca resuelto, daría mucho que hablar en las décadas posteriores a través de artículos, cartas y voluminoso sumario judicial. El colofón del caso fue que hasta el juez instructor se inhibió del caso tras ser amenazado de muerte y que su suplente fue asesinado de un tiro en circunstancias jamás esclarecidas. El interés de los coleccionistas de todo el mundo por hacerse con la Cruz de Caravaca se había disparado y también su cotización.

El crucifijo de Dueñas tenía apenas diecisiete centímetros de altura. Era en realidad una cajita de oro con un eje principal atravesado por dos vástagos, de diez centímetros el más largo y siete el menor. Pese a sus reducidas dimensiones, estaba decorada con diamantes, un filo de rubíes e incrustaciones de esmeraldas y zafiros. En el centro, sobre fondo de lapislázuli, el anagrama JHS en brillantes. Tras unos vidrios transparentes en el brazo más largo se conservaba una de las reliquias más importantes de la cristiandad.

—Disculpe, míster Sanjurjo, pero no le sigo del todo. ¿Estamos o no ante la Cruz de Caravaca?

—Permita que le explique brevemente. En el siglo XIII, los murcianos se inventaron una leyenda del todo inverosímil alegando que unos ángeles se la entregaron al clérigo Ginés Pérez Chirinos, cautivo del rey almohade Ceyt Abuceyt, para celebrar una misa ante sus captores. Estos quedaron tan conmovidos que se convirtieron al cristianismo y obtuvieron su liberación. La presunta cruz del patriarca de Jerusalén quedó en la ciudad de Caravaca, de donde tomó el nombre.

—Entonces, ¿la que acaban de robar en Murcia era una falsificación?

—Absolutamente, como tantísimas otras repartidas por ahí. Sin ir más lejos, en España, la de Santo Toribio de Liébana, la de la Cofradía de la Santa Vera Cruz de Valladolid o la de Caspe en Zaragoza. Y eso por no mencionar las estaurotecas de Limbourg, la de la Catedral de Cosenza, la de Nápoles o la de la Catedral de Génova. No faltan trocitos de la cruz en México, en Honduras, Guatemala... Le puedo asegurar que no hay país latinoamericano que no reclame tener uno. Y cómo no, los más grandes están en el Vaticano y en Jerusalén, que, tras ser recuperada por los cruzados, tomó el apelativo de «civitas crucis». Son tantos los que se han peleado por poseer un supuesto fragmento de la Vera Cruz que el propio Calvino llegó a decir en su *Traité Des Reliques,* que «con toda esa madera podría construirse un barco de gran tamaño».

—¿Y cómo podemos estar seguros mi inversor y yo de que esta es la auténtica?

—Por favor... Porque usted está muy lejos de ser un ignorante y por puro sentido común. Consta documentalmente que, en el año 1104, cuatro después de la conquista de Jerusalén, el conde Hugo I Champagne regresó de combatir en Tierra Santa. Diez años después, se unió después junto con otros ocho caballeros cruzados a la *Militia Christi*, más conocida como Orden del Temple.

—Los custodios del Santo Grial...

—Lo del Santo Grial y el Arca de la Alianza vamos a dejarlo en un quizás porque, aunque nos agradase la idea, no tenemos constancia de ello y bien pueda tratarse de un mito. Pero esta Lignum Crucis la podemos tocar, es una certeza. ¿A quién iba a entregar un *milites Christi* un tesoro como este? ¿A la orden cisterciense o a unos musulmanes conversos que vivieron cien años después y a más de mil kilómetros de allí? Concluirá conmigo, *my dear friend,* que contra esta evidencia tangible el mito de los ángeles y los reyes moros no se sostiene por ningún lado.

El experto británico seguía con admirado interés la pormenorizada explicación del anticuario sin apartar los ojos de la valiosísima pieza.

—Tengo una curiosidad, ha mencionado usted la palabra estauroteca. Me temo que mis conocimientos no sean tan amplios como los suyos, míster Sanjurjo.

—Ah, le ruego que me disculpe, no pretendía parecer erudito —dijo con falsa modestia Leónides—. Me refería a esos estuches en forma de cruz que se prodigaron en la Edad Media para guardar tanta supuesta reliquia de la verdadera cruz. Su único mérito son las piedras preciosas que se ponían encima para evitar la visión directa de los restos, que se ofrecían a los fieles como milagrosos. Ya sabe que la gente tiende a creerse lo que sea. Menos mal que usted y yo no somos de esos.

—*Oh, no! Of course we are not!* —se sintió forzado a decir el inglés—. En fin, no le oculto mi interés. ¿En cuánto, más o menos, estaría usted pensando?

Anticuarios y marchantes habían desarrollado la costumbre de ocultar los montos de las transacciones mediante un código en el que los números se sustituían por letras. Leónides tomó un pedazo de papel de su escritorio, anotó sobre él «RPTNXN», una cifra astronómica, y se lo tendió al marchante.

—Espero que no esté hablando en serio —dijo palideciendo el inglés.

—Me temo que no he hablado más en serio en toda mi vida.

—Entenderá que debo consultarlo antes de darle una respuesta definitiva. Sinceramente, no esperaba…

—Lo comprendo perfectamente, no se inquiete. Tómese su tiempo, haga sus llamadas. En este caso especialísimo me veo obligado a solicitarle una señal que respalde su interés. Puede darme su respuesta definitiva en cuarenta y ocho horas.

—¡En dos días!

—Sí, no deseo presionarle más de lo necesario. Tampoco exponerle a usted y a la persona que tan dignamente representa a que cualquier desaprensivo pueda sorprenderles con una falsificación. Están apareciendo cruces de Caravaca como hongos en París, en Roma, en Berlín, en Barcelona... Más de un incauto morderá el anzuelo.

El marchante dejó una abultada señal en metálico y se despidió con cortesía sin aceptar la obligada invitación al puro ni al coñac. La operación se cerró al día siguiente en libras esterlinas, por lo que Dimas nunca estuvo muy seguro de cuál era la comisión que le correspondía y por prudencia tampoco se atrevió a preguntar. El anticuario era justo y aunque el que parte y reparte se lleva la parte del león, la leona y los cachorros, el joven tenía dinero de sobra para sus caprichos.

Como tutor, no solo sobre el papel sino en un rol que se tomaba muy a pecho, Leónides le enseñó las virtudes del ahorro. Usando una libreta similar a la de un banco le abrió una cartilla casera en la que por cada imposición que Dimas hacía, él le aplicaba el cien por cien de intereses a favor, depositándole la misma cantidad y duplicando así el valor de su inversión. Le repetía la nemotecnia de que «carrete» significa «capital, rédito, tiempo», y le insistía en que nunca gastase más de lo que tenía, nunca dijera todo lo que pensaba y nunca creyera todo lo que oyese. Y más allá de dineros, intereses y beneficios, se obsesionaba porque su pupilo entendiese el verdadero valor de lo que se traían entre manos. Y en honor a la verdad, lo que transformó al pilluelo de quince años en conocedor experto en arte del siglo XVI no fue tanto su habilidad para simular ser el último en confesarse y esconderse en las iglesias cuando las cerraban, sino sus dotes para regatear con los compradores y sacarse una buena tajada. Un don heredado sin duda de los genes judaicos que sin preocupación venérea ni mesura se desperdigaron por la meseta muchas centurias antes de la Reconquista.

Las lecciones de ahorro concluyeron el día que Dimas comprendió el alcance de la expresión «reintegro total» y exigió su saldo al completo, mismo que le fue entregado sin discusión aunque con gesto huraño por su banquero personal.

—Está bien, es tu dinero. Pero no te lo gastes todo en fuscas, que debilitan la médula espinal y el buen pensar. Te necesito con todas tus luces para un buen negocio que me andan ofreciendo.

—¿Qué tan bueno?

—El mejor que hayas imaginado, socio.

*

El día de su decimosexto cumpleaños Dimas recibió un inesperado obsequio de Leónides, ya que no recordaba que nadie le hubiera regalado nunca nada. A partir de entonces lo esperaría con ansiedad desde días antes. Arrancó emocionado el papel que lo envolvía. Era un estuche de piel con un juego completo de afeitar que incluía navaja, brocha de tejón y un pedazo de piedra pómez para los cortes. Además, un frasco de *after shave* Floïd mentolado, que en la etiqueta mostraba al sonriente y engominado cliente de una barbería.

—Anótate esto, Dimas: un hombre debe oler a hombre. Y el mejor perfume de una mujer es ninguno —sentenció el anticuario.

—Todas las mujeres que yo conozco se ponen perfume, padrino, aunque sea del barato. Y es verdad, hay algunas que cuando pasas a su lado te marean.

—Cierto. Ya irás distinguiendo la clase de cada persona por detalles como ese. En su momento te ayudarán a distinguir a una verdadera dama de una advenediza. Aunque aún te falta un poco para inquietarte por eso. Por ahora, afeítate ese bozo de quinto cuartelero y procura no llevarte el labio en el intento. Dile a Benigno que te eche una mano para que no te degüelles tú solo.

El chico bajó entusiasmado con el estuche y la loción al cuartito de Benigno para solicitar su ayuda. Un rato después estaban los dos frente al espejo con la cara llena de espuma. Dimas se esmeraba en replicar los movimientos exactos del chófer.

—Oye, Beni.

—Suenas a prosti melosa, chaval, a ver si creces de una puñetera vez. Mira que eres cansino…

—Benigno.

—Dime —replicó el chofer con tono de hastío.

—¿Por qué a todos los viejos les da por contar historias?

—Ni idea.

—¿Cómo que ni idea?

—Bueno, no sé, porque se van a morir.

—También te vas a morir tú y nunca cuentas nada.

—Lo mío es distinto. Yo no tengo nada interesante que contar. Y para ellos es a veces la única manera de dejar huella. Las cosas acaban destruyéndose, todo es una mierda, pero las historias se quedan para siempre. Uno se la cuenta a otro, ese otro a otro más, que le va quitando y poniendo lo que quiere… y así se va pasando de unos a otros por los siglos de los siglos.

—Amén —respondió canturreando en tono burlón Dimas.

—Sí, sí, amén y todo lo que tú quieras. Pero al final nadie es capaz de reconocer la historia inicial. Va cambiando tanto en cada paso que se vuelve completamente distinta. Es el problema de la verdad de las cosas. Se distorsiona tanto que se vuelve irreconocible.

—Nunca te había escuchado hablar así, pareces mi padrino.

—Tu tutor, que no es tu padrino y bien que lo sabes, y mira que te gusta cambiar la verdad a conveniencia, me ha enseñado muchas cosas. Y me ha dado a leer muchas otras. Yo no tengo sus luces, claro está, y a veces me pierdo entre tantas filosofías y tantas cosas raras. Pero una cosa sí te digo: será un viejo un poco pesado, como toda la gente de su edad, pero es un *mahatma*.

—¿Y eso qué significa?

—Un hombre grande. En todo: en edad, en sabiduría, en dignidad. Un hombre bueno, en el buen sentido de la palabra. De los que ya no quedan, que te lo digo yo, que soy un ignorante. Con sus cosas, no te digo yo que no, que nadie es perfecto, pero la persona más generosa que he conocido jamás. ¿Quieres que te cuente algo que vi con mis propios ojos? Pero tienes que prometerme que no le dirás que yo te dije.

—Prometido —dijo Dimas haciendo como que sellaba sus labios con una cremallera y llevándose un dedo de espuma.

Benigno estiraba con la mano izquierda un cinturón de cuero que había colgado de una escarpia mientras con la derecha deslizaba una y otra vez la navaja para asentar el filo.

—Te cuento: estábamos un día de viaje en Toledo. No veas qué frío hacía, estaba el Tajo tan congelado que se podía cruzar a pie. Nos detuvimos a la entrada del Puente de Alcántara. Él acababa de bajarse del coche y se le acercó una mujer muy pobre, con las manos llenas de sabañones, gimoteando, diciendo que tenía hambre y frío. No dudo que fuera pobre de verdad, pero vamos, la típica que hace el papel del llanto para conseguir limosna de cualquier visitante con pinta de rico.

—¿Y qué pasó entonces?

—Yo vi por el retrovisor que don Leónides se abría el abrigo y, lógico, pensé que sacaría un par de duros del bolsillo. Pero no, lo que sacó fueron sus guantes de piel y en vez de ponérselos él... —El chófer hizo una marcada pausa—. ¡Se los dio a la mendiga!

—Ya me dirás que hace una vagabunda con unos guantes de piel caros —dijo extrañado Dimas.

—De momento, quitarse el frío. Luego... venderlos, seguro. Ni siquiera le dio las gracias. Pero a él no le importó, ni mencionó nada. Y como esto que te cuento, mil cosas que hace siempre con la mayor discreción. Nunca le verás presumir de nada, salvo de algún libro u objeto raro. Por lo demás ya lo has visto, es generoso a morir. Él piensa que me ha salvado la vida una vez, pero en realidad me la ha salvado muchas veces. Yo siempre estaré en deuda con don Leónides —dijo emocionado Benigno.

La luz en el estrecho cuarto de baño era exigua y había que esforzarse en ver bien en el reflejo del espejo del lavabo.

—Bueno él también te estima mucho —dijo Dimas con una nube de espuma aún sobre a cara—. ¿Y ahora qué hago?

—Muy fácil, pasa la cuchilla muy suave por el lado derecho y repite conmigo: «El matrimonio es el demonio».

—El matrimonio es el demonio.

—Ahora por el izquierdo: «Una vez te casarás y mil lo lamentarás».

—Una vez te casarás y mil lo lamentarás.

—Bien. Ahora por el centro: «Te casaste, la cagaste».

—Creo que me he cortado —dijo Dimas.

—Entonces ya sabes todo lo que tienes que saber sobre cómo afeitarse como un hombre. Toma la piedra pómez y apriétala sobre el corte. Espero que no se te olvide.

Acabaron la sesión iniciática de afeitado y compartieron la loción. Al chico el rostro recién rasurado primero le escocía por el alcohol, pero después la menta le hizo sentir que se le congelaba como en la más dura ventisca de Calabazanos. Fue dejando el olor a mentol por toda la escalera.

*

RECIBIERON LA VISITA DE UN ACAUDALADO COLECCIONISTA DE Luxemburgo interesado en un libro muy especial. Leónides, recuperándose a duras penas de una soberana resaca con epicentro en la cogorza de brandy, tabaco y señoritas de la noche anterior no tuvo más remedio que encargarle a su tutelado atenderlo personalmente. Le previno ante el carácter prepotente del visitante y le encomendó tratarlo con extrema cortesía y diplomacia. Aunque Dimas era aún un adolescente y no se sentía del todo seguro, había visto tantas veces en acción al anticuario que creía haber adquirido y mejorado algunas de sus más adelantadas técnicas y destrezas de negociante. Había llegado la ocasión para la que tanto se había preparado.

El luxemburgués era un hombre de mediana estatura, pálido como el papel y de ojos hundidos detrás unas ojeras moradas. Llevaba el escaso cabello cruzando de un lado a otro de la cabeza, aplastado y con ingentes cantidades de gomina para asegurarse de que ni un pelo abandonase el impuesto trazo. Portaba una capa de alpaca doblada sobre el brazo derecho y un fino bastón con mango de marfil que claramente no necesitaba y que usaba como detalle decorativo de su esmerado atuendo. Si no fuera por la sensación de tristeza que emanaba, hubiera quedado perfecto como maniquí en la sección de moda masculina de unos grandes almacenes

—Bienvenido, *Monsieur* Van der Berk, le ofrezco una disculpa, don Leónides se encuentra indispuesto y me ha pedido que sea yo quien le atienda, soy su ayudante.

—Oh, qué contrariedad. En fin, esto es muy irregular, yo desearía hablar con él directamente.

—Lamentablemente, creo que tardará unos días en recuperarse, ya sabe, estas gripes veraniegas pueden complicarse y muy a su pesar tendrá que guardar cama unos días. Me ha insistido en que no permita que tenga usted que regresar al Gran Ducado con las manos vacías.

—¿Al menos habla usted mi idioma? —preguntó el coleccionista con gesto de visible fastidio.

—Lo siento, solo unas palabras básicas de cortesía en mal francés —se disculpó Dimas.

—*Sacre bleu*. Una gran contrariedad.

—En desagravio por mi imperdonable ignorancia, ¿me permite invitarle a un coñac? Tenemos uno excelente, *mise en bouteille à la propriété* —dijo Dimas recordando la frase que había estado practicando largamente—. Nada que pueda adquirirse en una vulgar tienda al público, faltaría más.

—Jovenzuelo, se ve que su jefe no le ha informado acerca de mí, jamás bebo una gota de alcohol, enturbia la mente, trastoca la lengua y confunde los afectos. —Tosió.

—¿Un puro habano quizás? —ofreció Dimas abriéndole la aromática caja humidificadora de sándalo—. Estos son traídos directamente de Santiago de Cuba, una delicia. Por favor, no me pregunte si son de contrabando, me pondría en un aprieto.

—No, muchas gracias, fúmeselo usted si gusta, aunque preferiría no verme obligado a mantener esta conversación tras una cortina de humo tóxico, insalubre y, por si no lo sabe, cancerígeno —insistió entre tosidos esdrújulos antes siquiera de que se insinuase la posibilidad de encender un fósforo.

La reunión no podía empezar peor. Benigno había abrillantado sus zapatos, le había ayudado a elegir sus mejores galas y ahora Dimas desplegaba sus más destilados, aunque recién adquiridos modales para estar a la altura del estirado Alphonse Van der Berk, uno de los mayores entendidos del mundo en códices. El hombre debía tener poco más de los cincuenta, pero aparentaba ser mayor, tal vez tempranamente envejecido por alguna oculta enfermedad que agriaba su carácter.

—De acuerdo. Si desea cualquier cosa solo tiene que pedirla. Al fin que ninguno de los dos estamos aquí para malgastar el tiempo, ¿verdad?

—Pareciera que empezásemos a entendernos —respondió con sequedad el luxemburgués.

—Entremos entonces, si le parece, de lleno en el asunto —propuso con aplomo Dimas—. Si no me equivoco hay un libro en particular en el que podría usted estar interesado.

—El *Codex Aureus Escurialensis*, impertinente joven, ningún otro.

—Evidentemente, no pensé que pudiera referirse a ningún otro. —Dimas marcó una larga pausa hasta casi exasperar al comprador.

El *Codex Aureus Escurialensis*, o *Codex Aureus* de Espira, era un precioso manuscrito sobre pergamino del período otoniano que contenía los cuatro Evangelios y las tablas tradicionales del Canon. Creado en Luxemburgo en la Abadía de Echternach por encargo del Emperador Enrique III, allá por el año 1046, estaba cuajado de las más bellas iluminaciones creadas por expertas manos benedictinas. Lo que lo hacía único es que además de las finísimas miniaturas con pigmentos azules y dorados, todo el texto de los Evangelios fue escrito con auténtica tinta de oro. Otro detalle era el extraordinario tamaño del manuscrito, de más de treinta por cincuenta centímetros y trescientas cuarenta y dos páginas iluminadas sobre la más selecta vitela de placenta ovina. A lo largo de sucesivas generaciones el *Codex Aureus* o Evangeliario dorado de Enrique III pasó por las imperiales manos de Maximiliano I; las de su hija, Margarita de Austria y las de su más ilustre cortesano, Erasmo de Rotterdam, hasta llegar en 1566 a Felipe II por mediación de María de Hungría, hermana de Carlos V y gobernadora de los Países Bajos. Felipe II lo donó finalmente al monasterio de El Escorial.

—¿Puedo verlo? —dijo ansioso Van der Berk.

—Por supuesto que puede verlo. Solo tiene que desplazarse al monasterio de San Lorenzo el Real de El Escorial, visitar la biblioteca y contemplarlo expuesto, como un visitante más. —El novato estaba poniendo en práctica algunas mañas leoninas para sacar de quicio a la otra parte.

—¿Se puede saber… —Tosecilla. Breve espacio. Otra tos— …a qué diantres está jugando?

—Nosotros, señor mío, y presupongo que si está aquí es porque ya lo ha verificado antes, no jugamos con estos temas. Si no quiere conformarse con mirarlo de lejos a través del cristal de una vitrina, si en verdad quiere poseer el *Codex*, tendrá que pagar por adelantado.

—¿Me está dando a entender que aún no lo tienen en su poder?

—Se lo estoy diciendo con toda claridad. Y también que para que regrese a Echternach, donde siempre debió estar, o que llegue a sus venerables manos donde sea, ahí ya no me meto, tendrá usted que pagar por adelantado.

Dimas se sentía orgulloso de haber sabido intercalar con éxito en la frase los abstrusos términos «presuponer» y «venerable», que había ensayado con Benigno hasta volver loco al paciente chófer.

—*Amaai! c'est incroyable!* —el coleccionista trafulcaba el flamenco y el francés sin dar crédito a lo que estaba escuchando. Dejó escapar otra afectada tosecita.

—Increíble o no, esa es la mejor oferta que estoy autorizado a hacerle. Medítela sin apresuramiento. —Dimas se esforzaba al máximo en mantener el gesto serio—. En caso de que finalmente se decida, debe usted realizar el depósito en francos suizos en la entidad bancaria y número de cuenta que están en este sobre… Le suplico que entienda que me es muy incómodo hablar de cuestiones pecuniarias no estando presente don Leónides. —El joven le tendió un sobrecito del tamaño de una tarjeta de visita—. También está anotada la cantidad y un par de indicaciones. Tengo instrucciones de aclararle que no es negociable. A partir de contar con la transferencia, estaremos en condiciones de entregarle su pedido en un plazo no mayor de tres semanas.

Los ojos de Van der Berk expresaban una mezcla de incredulidad y odio feroz hacia Dimas. Nunca, jamás, en toda su vida de coleccionista y experto documentalista se había atrevido alguien a hablarle con semejante insolencia.

—Esto es inaudito. ¿Y qué garantías ofrecen de que cumplirán con su parte? —De inmediato se dio cuenta de que haciendo esa pregunta estaba aceptando tácitamente la oferta y se maldijo por haber caído en el juego del joven—. Me refiero, naturalmente, en el muy remoto caso de que considerase admitir una propuesta tan descabellada.

—En ese remoto caso, señor Van der Berk, la única garantía es que todos tenemos que morir un día y algunos habrán sido dueños del *Codex Aureus* y otros no.

—Debe usted estar loco si cree que alguien va a enviarle ni un céntimo a ciegas.

—Sí, ya lo he escuchado antes —respondió Dimas sin inmutarse—. No vaya a perder el sobrecito… Por si llegara a cambiar de opinión. Debe disculparme, don Leónides requiere de mi atención —dijo Dimas con fingida cortesía.

El valón estaba descompuesto. Tomó la capa, el bastón y su sombrero y se dirigió hacia la puerta. Un súbito ataque de tos le interrumpió antes de despedirse.

—¿Desea un vaso de agua?

—No, no. —Volvió a toser—. Estoy bien, muchas gracias.

—Permita entonces que le acompañe hasta la salida. Ha sido un placer.

—Por favor, traslade a Monsieur Sanjurjo mis más sinceros deseos de una pronta recuperación —dijo intentando evitar que se le escapara otra tos o responder que el placer en absoluto había sido mutuo.

—Lo haré de su parte con sumo gusto. *Bon voyage*! Y tenga usted también cuidado con estos cambios bruscos de temperatura. A su edad, hay que cuidarse.

Cuando Leónides se levantó, aún con un fuerte dolor de cabeza, la lengua blanca y pastosa y el aspecto de haber librado sin armas una feroz batalla contra el dragón ancestral de los Sanjurjo, su pupilo le trasladó los pormenores de la entrevista con Van der Berk. Casi vuelve a caer desmayado de la impresión.

—Pero Dimas, ¿tú sabes quién es el que ha salido por esa puerta?

—Ni idea. Un extranjero muy amargado y antipático que muere por tener el códice y que hará cualquier cosa por conseguirlo.

—Madre mía, exigirle pago por adelantado ¡A Van der Berk! El mayor experto mundial en codicología. Vamos a ver si no lo perdemos de por vida como cliente.

—A ver, confíe en mí, padrino. Ya verá cómo pasa por el aro, se lo he visto en la mirada.

—No te confíes tú, rubiales: dominar este oficio requiere años y apenas te estás iniciando en este negocio, que de fácil ya te irás dando cuenta que no tiene nada. Estás tratando con gente de mucho colmillo y más que acostumbrada a negociar y a dominar las situaciones. Que también fueron jóvenes y ambiciosos y que, para cuando tú vas, ellos están dos veces de vuelta. Vale que hayas nacido con esa puñetera flor en el culo y que todo parezca siempre salirte bien, pero ninguna suerte es eterna. Ni de la mala ni de la buena, así que procura no abusar de ella. Prepárate para el batacazo cuando te toquen malas fichas en la vida. De aquí no sale nadie vivo ni sin pagar tributo. Y te prevengo, jamás sale barato.

—Igual y me confundo con otro tipo de persona, pero le aseguro que ya he visto antes ese tipo de mirada codiciosa en hombres poderosos. —Dimas recordó fugazmente al alcalde Conrado Gusano.

—No dudo de tu intuición, pero nos has puesto en una situación muy comprometida. Vamos a ver qué pasa. Además, si llegara a aceptar, cosa que veo más que improbable, nos veremos obligados a conseguir el *Codex*. Ya se te podía haber ocurrido una mejor idea que pretender asaltar El Escorial.

—No se preocupe. Llevo un tiempo dándole vueltas y tengo un plan.

—Ay, a ver qué se te ha venido ahora a las mientes, socio, que te temo. No sé si me estoy haciendo viejo para estas cosas.

—Bueno, se lo contaré solo en caso de que el luxemburgués pague.

Van der Berk no se lo pensó demasiado. Tenía claro que el robo iba a producirse de todos modos y que de no ser él quien aprovechase la oportunidad que se le presentaba no faltaría quien ofertase incluso más de la disparatada cifra que iba a costarle con tal de hacerse con el *Codex Aureus*. Además, ¿para qué sirve el dinero si no es para invertirlo en valores seguros? Le molestó sobremanera que Leónides le delegase a *un laquais,* pero la seguridad que el lacayo demostró en la entrevista era en cierto modo una garantía de la decisión con que acometerían la operación. Por otro lado, no había que olvidar que Sanjurjo era respetado en todo el mundo del coleccionismo de arte por su seriedad en los tratos y la exclusividad de sus piezas y había tenido la deferencia de ofrecerle el códice a él antes que a ningún otro. Se esforzó en no mostrar precipitación, pero la incertidumbre le corroía. Tras unos minutos de duda levantó el auricular y dio instrucciones al banco para transferir el dinero del *Antwerps Beroepskrediet* de Breda al *Credit Suisse* en Ginebra y confirmar por cablegrama el depósito a Madrid.

*

NO HABÍAN PASADO SETENTA Y DOS HORAS DESDE LA AZAROSA reunión cuando Dimas entró en el despacho como un torbellino, sacudiendo triunfal en el aire el papelito azul con las tres cintillas pegadas del telegrama. La alegría del anticuario, por más que intentase contenerla ante su eufórico colega, no era menor. Pero tras la celebración inicial había que ponerse manos a la obra sin demora.

—A ver entonces, lumbreras, que me tienes en ascuas como al Tostado —dijo Leónides.

—¿El Tostado ese es otro de sus clientes? ¿Algún tostonazo hindú que yo no haya visto venir por su despacho?

—El Tostado es San Lorenzo, Dimas, hombre, que parece mentira. Cuando le estaban dando martirio en la parrilla, misma que a la sazón sirvió a Juan de Herrera como inspiración para diseñar la planta de El Escorial, el santo dijo a sus torturadores: «Volvedme del otro lado que de este ya estoy tostado».

—Eso sí que es tener sentido del humor —rio Dimas—. Humor negro chamuscado.

—No veas. Si su martirio hasta ha dado lugar a disquisiciones teológicas que tardarán siglos en resolverse. Pero a ver, ¿vas a dejar de marearme? ¿Me vas a decir o no cómo has maquinado sacar un códice de más de sesenta kilos de uno de los mayores baluartes de la cristiandad?

—Padrino, parece mentira que sea usted quien me lo pregunte. Usted fue quien me invitó a pensar en la cuadratura del círculo y me tuvo meses mareado con el tema, ¿o no?

—Meses son poco tiempo para un problema que ha tenido a mentes más preclaras dándole vueltas, valga la redundancia, a las cuatro esquinas, valga la segunda redundancia, del problema. Y valga la tercera redundancia, Dimas, carámbanos, porque vaya problema en el que nos has metido con Van der Berk.

—Pues que sepa que la he liado aún más.

—De todo esto, abejaruco, fíjate que es lo que menos me sorprende. Vamos, que no diría que te conozco si no me esperase alguna demencia.

—Qué va. Si es muy lógico.

—Como no me digas qué nueva barbaridad has pergeñado, la agarro a bastonazos contigo. ¡Habla de una vez!

—La *circularización* del cuadrado.

—Lo sabía.

—¿El qué?

—No, nada. Si esto tenía que pasar... No me comes bien, te pasas las horas encerrado en ti mismo. No sé si te has dado cuenta de lo poco que hablas últimamente. Si hasta Benigno me ha dicho. Él, con lo que te quiere, porque ya ves que no es de demostrar mucho los sentimientos, pero vaya si se preocupa por ti. Y yo, en cierto modo, también me siento culpable. Sé que a veces te presiono demasiado con lo de los estudios, pero es que tienes que entender que…

—Padrino…

—¿Qué?

—Pare, que parece usted mi abuela, hombre. ¿Me deja que le explique?

—Adelante, perdona, tienes razón. Es un petardo esto de hacerse viejo. Pero es que no sé a dónde pretendes llegar.

El plan, aunque de compleja preparación y nada exento de riesgo, era en esencia simple. Dimas explicó con lujo de detalle a su tutor cómo las lecturas sobre los egipcios en la enciclopedia le habían inspirado para concebir su creativa idea. A partir de un grabado en el que se mostraba cómo trasportaban los constructores de las pirámides los inmensos bloques de piedra acoplándoles una rueda desmontable, concibió un mecanismo similar para mover el pesado códice. Todo a escala mucho más reducida y con la ligereza y sencillez de un par de ruedas de bicicleta modificadas.

—Sabemos las medidas exactas del *Codex Aureus*: treinta y tres centímetros y medio de ancho por cincuenta punto siete de alto y doce de grueso. Es lo bueno que tienen los folletos explicativos. Dan la información gratis —dijo Dimas.

—Yo no me fiaría demasiado de cómo se hacen esos panfletos para turistas. Prefiero recurrir a fuentes más solventes.

—Como sabía que me iba a salir con eso, ya lo he verificado en varias fuentes y todas coinciden. ¿Sabe cuál es el diámetro de una rueda de bicicleta?

—Ni idea, pero adivino que me lo vas a decir tú.

—Veintiséis pulgadas, casi, casi, cincuenta y seis centímetros.

—Estupendo. Y ahora viene la parte en la que tú me explicas qué tiene que ver la vieja bicicleta de tu padre con un códice del siglo XII.

—Pues que el tamaño nos viene perfecto. Aunque no va a ser la de mi padre, que debe estar cogiendo óxido en Calabazanos. Vamos a necesitar otra para desmontarla y hacerle una pequeña chapuza. Créame, padrino, las cosas van a rodar muy bien para nosotros.

—Más nos vale. Como esto no funcione vamos a tener que echar el cierre y desaparecer muy lejos de aquí.

Las ruedas iban a tener en su interior un recorte rectangular de las mismas medidas que el perfil exterior del códice, con un leve margen de holgura para una funda que lo protegería del roce. Los treinta y dos radios tirarían de los bordes de un rectángulo soldado y en su interior se alojaría otro paralelepípedo desacoplable en cuyo centro giraría el eje. Benigno dedicó un par de días de arduo trabajo de sierra metálica y soldador hasta lograr crear las ruedas con las especificaciones exactas que le había proporcionado Dimas. La bicicleta resultante era un engendro de aspecto informe, pero con plena funcionalidad, que solo llamaría la atención al detenerse, pero no en movimiento, donde pasaría por un velocípedo como cualquier otro. El problema de cómo desplazar el pesadísimo libro estaba, al menos en teoría, resuelto. Pero aún quedaba por solucionar el cómo entrar al recinto, extraer el libro de la urna, burlar la vigilancia y salir indemne de la osada aventura.

*

EL FERROCARRIL DE LA COMPAÑÍA DE CAMINOS DE HIERRO DEL Norte de España, de muy ampuloso nombre para el madrileño común, tardaba una hora en cubrir el trayecto entre la estación de Príncipe Pío, pasando por Villalba, hasta llegar a El Escorial y luego proseguía por las tripas de la sierra de Guadarrama atravesando Segovia y Valladolid para concluir viaje finalmente en Santander. Las vías terminaban literalmente en el puerto, con ganas de beberse el Cantábrico. La 410, una potente locomotora de vapor, arrastraba un vagón de primera clase y cuatro más de pasajeros vulgares y corrientes. El único lujo notable era disponer de mayor espacio y acomodarse en butacones de maderas torneadas en los que algunos aprovechaban para dar una cabezada antes de llegar a destino.

—Bueno, no dices nada. Esto es mejor que el metro, ¿no?

—Como siempre que viajamos lo hacemos en coche…

—Sí, pero esto no puede calificarse de viaje, viaje. Vamos a dejarlo en una excursión cultural. Además, hay una buena razón para dejar el coche en casa, es mejor no llamar demasiado la atención. Nunca se puede pecar de ser demasiado prudente, así que aplícate el cuento. Hoy seremos dos turistas más.

—Sí, dos turistas de primera.

La estación de El Escorial, de inspiración francesa, como la mayoría de las de su época, era mucho más modesta en comparación con la de la capital, pero aun así hacía honor a la importancia del Real Sitio. Caminaron la prolongada cuesta arriba que asciende desde la estación hasta la imponente mole del monasterio. Leónides lo hizo sin quejarse pese a que se notaba que le costaba un poco el empinado paseo. Dio una sucinta explicación a Dimas sobre la construcción sin lograr que el chico cambiase la cara de fastidio.

—Bonito no es, eso sí te lo concedo. La arquitectura de Juan de Herrera intentaba romper con los excesos barrocos y renacentistas.

—¡Vaya si lo consiguieron! Parece igual de aburrido por todas partes.

—No te creas, por dentro es otra cosa. Y a ver, listillo, ¿no hay nada que te llame la atención? ¿Ningún detalle?

Dimas recorrió con la mirada las monótonas paredes de granito de la lonja norte, solo rotas por la repetición uniforme de los ventanales y la entrada lateral, donde compraron las entradas, sin descubrir nada relevante. Contó el número de ventanas intentando descubrir algún tipo de mensaje numerológico oculto, pero no detectó ninguno. Alzó la vista hasta el tejado de pizarra intentando localizar la teja dorada de la que le había hablado el anticuario, sin éxito. Al final del muro, justo en la esquina noroeste, su mirada se detuvo sobre lo único que rompía con la cuidada armonía de la edificación. Su gesto cambió a una sonrisa contenida.

—La piedra, ¿a que sí?

—Efectivamente, ya sabía yo que no se te iba a escapar.

El pedrusco era la nota discordante del complejo. El defecto de la obra perfecta. Por alguna razón hubo alguien que no quiso dejar este lugar en el olvido y lo marcó con un bloque de piedra: la piedra de Santa Teresa, llamada así porque supuestamente fue utilizada por la santa para reponer fuerzas en una visita que hizo a Felipe II. Contaba la leyenda que Dios quiso favorecerla con una ráfaga de viento fresco en pleno verano y que desde entonces siempre corría el aire en este lugar. A Dimas esa explicación no le convenció lo más mínimo.

—Esa piedra no está ahí por casualidad. Seguro que es una señal, una marca.

—Me gusta esa manera de pensar —dijo Leónides—. ¿Y qué crees tú que señala?

—Tiene que ser una broma de alguno de los canteros. Lo que no me explico es que el emperador le permitiese dejarla ahí.

—A lo mejor la broma era del propio emperador. Quizás quiso dejar ese burdo elemento de contraste para realzar la magnificencia de su obra. O tal vez sea lo que tú dices, una marca de algo. Quizás un detalle que no se aprecia a simple vista. O el sitio indicado desde donde observarlo.

Dimas se subió sobre la roca y oteó a los tres puntos cardinales que no tapaba la mole del edificio. Vio la altiva cumbre del Abantos, la carretera que ascendía camino de Ávila y los edificios circundantes, como si estuvieran cortados por el mismo gran cuchillo que dio forma al monasterio. Nada en particular.

—Venga, vámonos, que ya es la hora de la visita —dijo el anticuario—. Luego esto se llena de gente y no hay quien pueda ver nada a gusto.

Se incorporaron a un abultado grupo de visitantes en el que había no pocos extranjeros deseosos de contemplar con sus propios ojos la grandeza de San Lorenzo el Real. Recorrieron el Palacio de los Austrias, el Palacio de los Borbones, el Colegio de Alfonso XII y las Salas Capitulares por pasillos y salones decorados con delicados tapices, alabastros selectos, muebles lujosos, estatuas y cuadros egregios. Se detuvieron en la recogida solemnidad del Panteón en el que estaban enterrados en círculo en sarcófagos de mármol pardo y bronce casi todos los monarcas de España. Algunos como Felipe V habían preferido la bucólica paz de la Granja o yacer junto a su amada esposa, como Fernando VI, en las Salesas Reales.

Ambos hicieron el paripé como si escucharan atentos la documentadísima explicación de la guía, una cincuentona muy vivaracha, con el pelo tan recogido que cumplía la función de estirarle el rostro y forzarla a sonreír y que aparentaba saberlo todo acerca del lugar, su historia y las muchas supersticiones que la rodeaban: desde el mito de que el monasterio estaba asentado sobre la boca del infierno hasta el del perro negro que aullaba por las noches. Entre sus pormenorizadas descripciones incluía una leyenda según la cual todos aquellos que vivían en el monasterio y tenían en su poder alguna llave de las mil doscientas puertas del recinto debían abrirlas dando hasta tres vueltas en la cerradura, mientras que Felipe II abría con una única llave todas las puertas dando una sola vuelta a la misma. Claramente, el monarca contaba con una llave maestra, pero en aquellos tiempos a la gente le resultaba un truco rayano en lo mágico.

Mayor interés prestaron a la disposición exacta del lugar, escaleras y accesos a las diferentes áreas y, en particular, a las medidas de seguridad con que contaba el santuario: vigilantes, posibles sistemas de alarma y eventuales vías de escape por si la cosa llegara a ponerse fea. Grabaron en la memoria los posibles recorridos para llegar a su objetivo y cualquier cosa que pudiese suponer un obstáculo. La biblioteca, que cobijaba más de 45.000 libros, códices, mapas y pergaminos, se encontraba justo sobre la puerta principal.

Leónides sabía bien que las bibliotecas contienen mucho más que viejos libros empolvados que son un depósito inagotable de información llamada a caer en el olvido que a veces grita para ser escuchada. Y que a veces, por azar, o quién sabe si con toda intención, desvelan algún secreto guardado con celo durante siglos. Un ajado documento de finales del XVIII les dio la clave para entrar y salir del santuario. Eran los bocetos de un maestro de obras para la construcción de un túnel.

Los inviernos en El Escorial eran extremos. Gélidas ventiscas descendían del Abantos y barrían con afilados estiletes de hielo la planicie sobre la que se decidió asentar el soberano sitio de San Lorenzo el Real. Por exigencia directa de Felipe II, le fue encomendado al arquitecto jerónimo fray Antonio de San José Pontones la construcción de un pasadizo subterráneo que uniese el Palacio con la Segunda Casa de Oficios. Ello permitiría tanto al monarca y su corte como a algunos sirvientes y trabajadores cruzar ese tramo bajo la congelada Lonja Norte sin exponerse a los rigores de las atroces tormentas. Conocido como La Cantina y también como Cueva de Montalvo ya que se atribuye al conde de Montalvo la ideación del subterráneo, el túnel diseñado por Pontones se realizó entre los meses de marzo y octubre de 1770, si bien fue mejorado con posterioridad recubriendo el intradós de la bóveda con placas de piedra y enlosando el suelo, quedando concluido dos años después.

Para ser un simple pasadizo en el subsuelo, el interior tenía la ampulosidad arquitectónica del resto de la basílica:

tras bajar unas escaleras, un trazado rectilíneo con un techo en arco carpanel de tres metros de altura, diez pies de alto y siete de ancho en sección, unía ambos edificios. Entre telarañas y humedades, cinco lucernarios iluminaban el trayecto. Comenzaba en el zaguán o Patio de Coches de Palacio y tras ascender otra serie de escalones para alcanzar el nivel de la calle terminaba en una impersonal puerta de salida en la calle Grimaldi. Con el tiempo fue cayendo en desuso y en el olvido. Salvo por los bocetos del proyecto, que quedaron en la misma biblioteca que Dimas iba a saquear ciento sesenta y dos años, dos meses y cuatro días después de la fecha que figuraba en elegante letra gótica en el plano. También se anotó su precio: 158.666 reales y 10 maravedíes.

*

SI ALGO HABÍA APRENDIDO DIMAS EN SU CORTA PERO INTENSA trayectoria delincuencial es que cuanto más grande es un edificio, por más que se trate de una fortaleza, más vulnerable resulta por algún mínimo detalle dejado al olvido. Tras la nada turística visita de inspección con Leónides, en la que ubicó la situación precisa de la vitrina donde se encontraba el manuscrito y el tipo de cerraduras que cerraban pasillos y biblioteca, levantó un croquis detallado. Recordó las explicaciones de la guía y escrutó por encima algunas de las cerraduras. Pensó que no le sería en exceso difícil desentrañar los rudimentarios mecanismos del siglo XVI y crear una llave maestra él mismo, pero se dio cuenta de que se estaba dejando llevar por un reto personal que podía poner en peligro el éxito de su misión por una mínima eventualidad. Prefirió no arriesgarse.

Unas semanas después recorría de nuevo los escasos cincuenta kilómetros que separan Madrid de El Escorial para asestar el golpe. Era ya noche cerrada. Benigno lo había dejado con la bicicleta a la entrada del pueblo. Pedaleó cuesta arriba sin encender el foco de la bici hasta la Casa de Oficios y se detuvo en la calle Grimaldi, bajo el arco de piedra frente a la olvidada puerta que daba acceso al corredor subterráneo de la Cueva de Montalvo.

Introdujo un fino alambre en la ranura inferior y con otro terminado en forma de gancho comenzó a manipular arriba y abajo los dientes superiores de la cerradura. La ganzúa, guiada por la pericia de Dimas, hizo su trabajo a la perfección y la puerta metálica se abrió sin excesiva dificultad pese a llevar décadas clausurada. Hizo un ruido un tanto lúgubre que hubiera podido llamar la atención de algún noctámbulo. Mejor tener cuidado. Metió la bicicleta, cerró tras de sí la cancela y encendió la linterna. Descendió los escalones con la bici y se dio el lujo de recorrer el amplio túnel montado en ella, con lo que el trayecto se le hizo aún más corto. Le sorprendió que el corredor estuviese impoluto, aunque las humedades y el haber estado cerrado por décadas producían un denso olor a alcantarilla. Cuando llegó al otro extremo, desmontó las ruedas y desbloqueó los ejes. Se las echó a la espalda por encima de la mochila y subió la escalera que daba al zaguán. De nuevo la ganzúa liberó la aldabilla de la otra puerta. Para evitar sonidos delatores untó de grasa los goznes antes de abrirla. El Patio de Coches estaba, como suponía, desierto y aunque en el interior del palacio se veían algunas luces encendidas estas no alcanzaban el patio, por lo que la oscuridad le concedía el mayor sigilo.

No había tiempo que perder. Se encaminó siguiendo el borde de las paredes por detrás de la basílica hacia el Panteón de Reyes. Había elegido el sitio idóneo para colocar el artefacto que portaba en la mochila. Pegada a la antesacristía, justo bajo las habitaciones de Felipe II, estaba la entrada hacia el real mausoleo. Depositó la caja en una esquina, y activó el temporizador sincronizándolo al segundo con su reloj de pulsera. Era la primera vez que actuaba de artificiero y sintió un escalofrío que le recorrió toda la espina dorsal hasta el cerebelo. Cuando terminó, y tras un suspiro liberador al comprobarse entero, enfiló hacia la entrada.

De las cuatro mil habitaciones del monasterio, solo estaba interesado en una. Recorrió poco más de un centenar de metros hacia el oeste por el lateral de la basílica, cruzando la Sala de los secretos y el Patio de los Reyes hasta llegar al segundo porche anexo a la entrada. Ascendió por las escaleras hacia el Salón Principal de la biblioteca, pero en vez de entrar directamente lo hizo en el Salón de Verano, perpendicular a ella. Esta pieza supletoria, tal como señalaban con exactitud los escritos de fray José Sigüenza, medía quince metros de largo por seis de ancho y contaba con siete ventanas orientadas hacia el Patio de Reyes y otros siete ventanales a la Lonja de Poniente. En la visita de inspección que había realizado antes con Leónides, ambos comprobaron que ningún cable eléctrico asomase del marco de la puerta. Al menos en ese salón, considerado de menor importancia por los cuidadores, no habría que preocuparse de ninguna alarma.

Pese a tan notorio descuido, la sala albergaba códices y tratados de gran entidad. La sala estaba dividida en dos partes, con el propósito de organizar los manuscritos por idiomas. Cualquiera de ellos, muy apetecible. Quizás en otra ocasión. De momento, debía esperar. Había entrado con pasmosa facilidad, por lo que tenía aún por delante una prolongada espera. La escrupulosa ordenación de Sigüenza solo hacía una excepción: los códices más preciosos se expondrían protegidos por vitrinas en el centro de la biblioteca principal.

Consultó el reloj y dudó de si el otro mecanismo que controlaba la bomba que había dejado frente al Panteón, perfectamente sincronizado con el suyo, activaría el explosivo en el momento previsto. Miró el segundero recorriendo cada espacio exacto de la esfera hasta que llegó a las 03:33:33 en punto. Nada. El iniciador o el multiplicador debían haber fallado. ¿Cuánto tiempo puede caber en un segundo? La fina aguja superó exactamente un paso cuando escuchó el estruendo. La bomba de humo había estallado en el momento justo y el sonido había tardado en recorrer los ciento cincuenta metros entre los gruesos muros de granito justo ese medio segundo de infinita duda. Tal como había planeado, la potente traca, incapaz de causar mayor daño que el de atronar los oídos de todo ser vivo dentro el monasterio y en un amplio radio a la redonda, le dio un susto de muerte a todos. Todas las alarmas saltaron a la vez causando una debacle acústica y provocando una confusión total.

Asomado por un resquicio de la puerta pudo comprobar cómo los vigilantes abandonaban la biblioteca, linterna en mano, y corrían atolondrados escaleras abajo en dirección hacia la densa columna de humo que brotaba del Panteón y extendía su negra masa gaseosa por los varios recintos y patios, acabando con la mínima visibilidad que concedían la cerrada noche y los focos de los guardias.

Seguro de no cruzarse con ningún vigilante, salió del Salón de Verano y atravesó el pasillo hacia la biblioteca principal. Los vigilantes, como suponía, aturdidos por la situación, ni siquiera se habían preocupado de cerrar la puerta, lo que hizo innecesario recurrir a las ganzúas. El portón de acceso estaba flanqueado por dos pedestales de maderas finas con su correspondiente columna en espiral, sosteniendo una cornisa con frontón abierto. Encajada en el frontón, una fingida lápida negra mostraba una inscripción amenazante en la que se prevenía de la fulminante excomunión a cualquiera que sacare un libro u objeto del real archivo.

Entre las estanterías y ventanales, a estas horas asegurados con gruesas contraventanas y pestillos de hierro, había varios cuadros de Carlos V y Felipe II nacidos de los pinceles de Juan Pantoja de la Cruz y Juan Carreño Miranda. A su lado destacaba un busto de bronce de Herculano, así como un singular mueble monetario del siglo XVIII conteniendo dos mil doscientas monedas entre denarios, sueldos, maravedíes, escudos, doblones y otros cuños extraordinarios.

Allí se mostraban también *Las Cantigas de Santa María* de Alfonso X, obras autógrafas de Santa Teresa de Jesús, breviarios de los Reyes Católicos, códices mozárabes, capitularios, manuscritos bizantinos y persas, la *Crónica Troyana*, libros de horas, el *Libro de los Dibujos* de Francisco de Holanda, un *Comentario del Santo Beato de Liébana al Apocalipsis de San Juan*, el *Códice Virgiliano* relatando la Eneida y, entre todos, el sublime *Codex Aureus.*

Bajo una imponente bóveda de cañón cuajada de frescos a diez metros de altura, la Real Biblioteca, a la que su creador Fray Sigüenza llamó originalmente «Salón de Impresos», albergaba en un magno espacio de cincuenta y cuatro metros de largo y nueve de ancho, una vasta colección de libros hebreos, griegos y latinos que el fraile ordenó colocar con los cantos dorados hacia fuera para lograr una mayor sensación de uniformidad y esplendor. Los frescos del techo, pintados por Pellegrino Tibaldi y sus discípulos Bartolomé Carducci y el dorador Francisco de Viana representaban las siete artes liberales: retórica, dialéctica, música, gramática, aritmética, geometría y astronomía. Pero ahora no había suficiente luz ni tiempo para deleitarse en su contemplación.

Iluminó fugazmente el salón con su linterna; debía evitar ser visto desde el exterior. La luz recortó el perfil de la gran esfera celeste armilar de Antonio Santucci. En medio de la sala se asentaban cinco mesas de mármol pardo con cercos de bronce, colocadas sobre un zócalo y pilastras también de mármol y jaspe sanguíneo, cada una con dos plúteos llenos de libros y sosteniendo globos terráqueos. Las estanterías, mobiliario y apliques estaban todos realizados en maderas nobles: caoba, ébano, cedro, nogal, terebinto, naranjo y boj que aún después de los siglos dejaban emanar sus penetrantes aromas en el aire. La vitrina objetivo era la que estaba justo sobre la mesa central de la nave. En su interior, el *Codex Aureus* estaba abierto sobre un atril cubierto por una tela de terciopelo rojo, mostrando las que se consideraban sus páginas más bellas. Lo alumbró y el impacto de la luz sobre el pan de oro sobre la suave vitela lo hizo resplandecer.

Dio la vuelta a la mesa. La vitrina era una caja trapezoidal de gruesos cristales unidos por un marco de sólida madera de encina, anclada a la mesa por su base y rematada por una tapa con esferas redondeadas en cada esquina. Era impensable romper los vidrios de protección a martillazos, a riesgo de que los fragmentos pudiesen dañar el delicado trabajo del códice. Dejó caer la mochila en el pavimento de mármol gris y blanco, colocó las ruedas modificadas a ambos lados y sacó un estilete de latón con punta de diamante. Adhirió al vidrio posterior una ventosa de caucho después de embadurnarla profusamente con saliva, la sujetó con la mano izquierda y con la derecha realizó con precisión de cirujano los cortes exactos sobre el cristal. El durísimo filo parecía no haber dibujado siquiera una línea sobre la superficie, pero bastó un decidido tirón sobre la ventosa para que la parte recortada saliese entera de una pieza sin quebrarse. La extracción produjo un sonido similar a un gong que se repitió por estanterías y bóveda, pero por fortuna solo estaba él para escucharlo. Afuera seguían las carreras y los gritos. Plegó el segmento de madera que mantenía elevado el atril y cerró el códice sobre sí mismo. Los dorados sobre cuero rojo de la portada brillaron. Colocó un paño de gamuza encima para no rozarlo con las manos y extrajo el preciosísimo *Codex Aureus* de Enrique III. Desde arriba, el dios Pan, con sus patas de carnero y en un escorzo admirable, celebraba la limpieza de la operación tocando alegremente los siete tubos de su siringa.

El libro pesaba como un demonio obeso. Una especie de gran lápida de piedra que tuvo que manipular con gran esfuerzo. Si sacarlo de la urna le supuso no pocos sudores, envolverlo en otra tela más basta y acoplarlo en las ruedas le estaba costando mucho más que con la réplica de madera con la que junto a Leónides y Benigno había practicado un centenar de veces la misma maniobra. Debía proceder con el máximo esmero para no dañarlo. Al cabo de unos gruñidos, resoplidos y estertores, el otro extremo del libro quedó encajado en la segunda rueda. Comenzó a hacer rodar el artilugio hacia la escalera. Se movía sin resistencia alguna, incluso con riesgo de tomar velocidad por iniciativa propia.

La angosta escalera era el punto crítico. Al contario que las amplias escalinatas que abundan por todo el edificio, la de la biblioteca parecía haber sido intencionalmente diseñada para desanimar a cualquiera a subir o bajar por ella. Como alguna vez oyó decir en el pueblo: «Ahí es donde la puerca va a torcer el rabo». El códice podía rodar sin control hacia abajo y estamparse contra los muros. Afianzó un extremo de la cuerda en un sólido adorno de piedra y el otro cabo al centro de una correa de cuero sujeta al centro del gran libro. Fue controlando el descenso lentamente, sin pensar en el barullo que se escuchaba a causa de la potente explosión de la bomba de humo que mantenía ocupados a todos los elementos de seguridad de San Lorenzo. Aguantó a pulso la tensión de la cuerda mientras esta se iba enrollando sobre el libro al mismo ritmo de giro del descenso. Si perdía el control, la soga le abrasaría las manos. A lo lejos se escuchaba la campana de un coche de bomberos.

La extraña silla de ruedas llegó al primer rellano sin mayores problemas. Sin apresurarse, repitió la operación hasta el segundo, luego el tercero, hasta depositarla al final de la escalera. Soltó el cabo de su atadura y lo enrolló sobre el libro. Se escuchaban voces detrás de la puerta y el humo se había extendido por todas partes como una neblina azulada. Oyó que el portalón principal de acceso se abría y un grupo de gente comenzó a correr alrededor de él. La psicosis del brutal incendio de 1671 o del más reciente de 1872, que a punto estuvo de acabar por completo con la biblioteca, permanecía en la memoria colectiva de reyes, frailes y por lo visto, de los bomberos. Un potente foco le iluminó.

—¡Alto! ¿Quién va?

Dimas desechó de inmediato la opción de intentar escabullirse e improvisó lo mejor que pudo.

—¿Pues quién va ir, coñe? ¡La manguera!

—Vaya, ya era hora, hemos llamado en cuanto se ha oído el zambombazo.

—Y nosotros hemos venido perdiendo el culo —replicó entre la humareda Dimas—. ¿Se puede saber dónde está la llave del agua?

—En el siguiente patio ¿Le ilumino? Aquí no se ve un carajo.

—No, no hace falta. Ustedes pónganse a lo suyo, que ya nos hacemos cargo. Asegúrese de que no hay nadie en apuros, creo haber oído gritos en la zona de dormitorios del convento.

—¡Vamos enseguida!

Disfrutar el control en una situación de caos absoluto es un placer reservado a dioses del Olimpo y Dimas estaba bajo los efectos de esa sensación de poder unida a la descarga de adrenalina del golpe que estaba perpetrando. La guerra debía ser muy parecida: humo, explosiones, carreras, gritos, desconcierto... y soldados perfectamente adiestrados cumpliendo con su heroico cometido.

Mientras los azorados vigilantes se confundían con agustinos, bomberos, policías y paisanos en pijama y camisón, ya fuera por curiosidad morbosa o deseosos de ayudar en perfecta descoordinación, gentes aparecidas de todas partes como cucarachas al mover un mueble de cocina corrían sin rumbo de un lado a otro atizando la singular orgía humana.

Dimas, transfigurado en bombero improvisado con la falsa manguera, conocía a ciegas la ruta de regreso y, mientras empujaba con seguridad las dos ruedas hacia la boca del pasadizo, se permitía incluso contribuir a la confusión dando algunas instrucciones.

—¡El hacha! ¡Que cuatro hombres acudan con el hacha al Panteón! ¡Pero ya!

Cuando metió la mangucra *aúrca velocípcda* en el cuartito del túnel y cerró tras de sí la puerta revestida de hierro de la Cueva de Montalvo dio un suspiro de satisfacción. El humo había penetrado las rendijas y le hizo toser y llorar los ojos. No era momento de lagrimeos. Se dispuso a bajar el invento poniéndose delante a riesgo de que le pasara por encima, pero no había tiempo que perder con florituras. Lo empujó a razonable velocidad a todo lo largo del subterráneo hasta tocar pared. Subió a toda prisa y golpeó con los nudillos tres veces y enseguida dos veces más en el metal de la puerta. Del otro lado le respondieron dos y tres. Abrió.

—¿Todo bien? —preguntó Benigno.

—Sí, ha salido perfecto. Pero deprisa, que hay que desmontar el transporte y dejarlo todo como estaba.

Bajaron hasta donde estaba el cachivache, le sacaron las ruedas y entre los dos lo alzaron y lo subieron; lo llevaron en andas por la calle Grimaldi hasta la esquina con Floridablanca, frente al Real Coliseo de Carlos III, donde esperaba el coche con el motor encendido. A esas horas la calle estaba vacía, sin el barullo que suele formarse frente al teatro. Metieron el bulto en el maletero y cerraron con un portazo de satisfacción.

—Anda, Beni, ley, que ya podías haber estado ahí conmigo. Me dejado los brazos y el espinazo para cargarlo.

—Te he dicho mil veces que no me digas Beni, que eso de los diminutivos es de putita malpagada y pegajosa. Y vaya que no pesa ni nada el tocho raro este.

—Las cosas del padrino. Que «solo un hombre dentro» y que no hay quien le apee del burro.

—Bueno, por algo lo dirá, que sabe más que tú y que yo. Así que «hombre dentro» tienes cuatro minutos y cuarenta y tres segundos para volver a ensamblar y sacar la bicicleta, más te vale correr.

Agotando el límite de tiempo, el Pajarero salía con su ligero vehículo, cerraba la puerta y no dejaba mayor rastro tras de sí.

—Tres minutos y medio, felicidades.

—Podía haberlo hecho en menos, pero quise relajarme. ¿Te molesta?

—Un día te van a pillar por ser tan presumido, pimpollo. Ten cuidado. Y por cierto, don Leónides me encargó que te dijera que te quiere dedicar una pequeña sorpresa.

—Miedo les tengo a sus sorpresas. ¿De qué va esta vez?

—Le escuché decir no sé qué cosa de Valencia o de Alicante y de moros o chinos o yo que sé, ya sabes lo raro que habla. Y que justo ahora, cuando pusieras tu típica cara de sabelotodo y te soplases el flequillo te preguntase si sabías qué es una *mascletá*.

—Será algo de comer, seguro. Con anises. Estas cosas dan un hambre…

—Anda, cierra la boca, luego zampas. Ahora escucha.

Faltaba poco menos de un minuto para las cuatro de la mañana. Los bomberos habían logrado a duras penas mitigar la incontenible fuente de humo que lo invadía todo y que tenía llorosos y tosientes a cuantos deambulaban por el santuario vigilando, apagando, rezando, cuchicheando o simplemente rellenando el espacio existencial. De súbito, una sarta de petardos, correcalles, gironinas, saltadores y buscapiés explotaba como voraz ametralladora por todos los rincones del patio.

—¡Al suelo! ¡Son los anarquistas! —ordenó muy en su papel uno de los policías.

—¡Sálvese el que pueda! —se escuchó a otra voz que confundía San Lorenzo con el naufragio del Lusitania o las trincheras de Verdún.

—¡Fascistas robaniños! —chilló una imparcial voz de mujer.

—¡El juicio de Dios! ¡El fin de los tiempos! ¡Armagedón! —gritaba otra garganta meliflua y canturreante.

Desde fuera, entre los clamores apocalípticos y los estruendos de la pólvora, Benigno y Dimas contemplaban los fuegos artificiales.

—Oye, Dimas, una cosa. Me encargó el jefe que te dijera que no te refocilases.

—¿Y eso qué se supone es?

—Ni idea, pero mejor vámonos ya, ¿no?

—Bueno. Oye, Beni…

—Beni tu madre, con perdón. ¿Vale ya con eso?

—Benigno…

—¿Qué?

—Que a lo mejor en La Curva ya están preparando desayunos.

—Un poco pronto sí que es, no creo que abran hasta las seis, pero lo que ordene el señorito.

—Nos lo hemos ganado. Hoy sí que nos lo hemos ganado pero que bien, bien, bien.

—Vamos, en marcha. Cada uno por su lado y Dios en la de todos. Te bajas en la bici hasta la Silla de Felipe II y ahí te recojo en menos de lo que canta un gallo.

*

El teléfono sonó una sola vez al fondo del pasillo. Benigno estaba listo para descolgarlo.

—Don Leónides, ya está lista su conferencia con Luxemburgo.

—Gracias, Benigno, enseguida me pongo.

El sobrecito que Dimas había entregado a Van der Berk contenía, aparte de los datos para el pago, una clave convenida en caso de que surgiese algún problema y otra para el momento en que la operación se cerrase con éxito.

—Aló, ¿monsieur Van der Berk?

—*¿Oui?*

—Erasmo de Rotterdam.

Un incontenible ataque de tos se escuchó al otro lado de la línea.

*

El anticuario estaba en la biblioteca, retrepado con placidez en su butacón de lectura, en zapatillas de cuadros escoceses, batín de seda y con las antiparras para ver de cerca. Bajo su mirada, en apariencia despistada pero vigilante, Dimas ocupaba una mesita de ala plegable que usaba muchas veces para hacer los deberes, intentando grabarse la lista de los treinta y tres reyes godos.

—... Alarico, Atanagildo, Leovigildo, Recaredo I, Witerico, Gundemaro, Sisebuto...

—Maldita sea, chico, date un respiro, que me estás volviendo loco con esa retahíla —protestó Leónides levantando la vista del libro y quitándose las antiparras.

—No me corte que si no, tengo que empezar otra vez todo desde el principio. Mañana tengo examen y me los tengo que saber de memoria.

—Deberían enseñaros a ejercer el raciocinio y no a repetir como loros esas sandeces.

—... Recaredo II, Suintila, Sisenando, Chintila, Chindasvinto, Recesvinto, Wamba, Égica, Witiza... ¡y Rodrigo! —exclamó triunfal el chico al completar la interminable relación.

—Enhorabuena. Con eso seguro que ya puedes entrar en la universidad y llegar a diputado a Cortes. ¿Al menos sabes quién fue Wamba?

—Ni idea, pero es el que tiene el nombre más raro, de ese sí que se acuerdan todos en clase.

—A ver, anda, ven conmigo, a ver si de una vez aprendes algo útil.

Leónides se levantó, puso un señalador de plata en la página del libro que estaba intentando leer, lo dejó en la mesita y se dirigió a un armario del que sacó dos tubos largos de cartón. Los destapó y de cada uno extrajo un rollo de planos arquitectónicos trazados sobre papel sulfurizado que desplegó sobre la mesa del despacho. Los planos parecían empeñarse en no querer mostrar sus líneas, enrollándose de nuevo sobre sí mismos. Con la ayuda de Dimas sujetó los extremos con lo primero que tenían a la mano: un pisapapeles, un cenicero y un par de libros. El rostro del anticuario se iluminó.

—¿Qué es lo quiere enseñarme? —preguntó Dimas.

—Esto es… el summum.

—¿Son los planos de su casa?

—Bueno fuera. Más bien son los de la casa de Dios. Vamos, una de las muchas que tiene. Y de las grandes, lo que estás viendo aquí es ni más ni menos que una catedral.

Leónides le ayudo a entender y poder levantar con la mente, sobre el trazado geométrico de la planta, el alzado del magnífico edificio. Y también a hacerse una idea de las proporciones: la tercera más grande de España, después de la de Toledo y la de Sevilla. Era la seo de Palencia. Le explicó que Pallantia, había sido encrucijada de dos grandes calzadas romanas y por tanto paso obligado del Apóstol Santiago, que encontró en este punto mansión y descanso en su predicar por Iberia, allá por el siglo II. Que por ello, el santo eligió este lugar en el estratégico centro del todo y de la nada para asentar la primera iglesia palentina. Y que dos siglos después Constantino erigió un segundo templo sobre el primero.

—A ver si es cierto que te lo sabes. ¿Quién reinó después de Turismundo?

—Qué fácil: Teodorico —respondió Dimas sin vacilar.

—Ajá, pues ese Teodorico, el II ¿eh?, no contento con incendiar el templo decidió arrasar toda la ciudad para no dejar rastro de la que él consideraba bastión de la herejía arrianista.

—Ya me he perdido…

—Nada, por una minucia, porque los arrianistas se empeñaron en que Jesús no tenía la naturaleza divina del Padre.

Pero, en fin, como las ciudades no se levantan solas, sino que son sus hombres y mujeres los que vuelven a colocar una piedra sobre otra, los ciudadanos de Palencia reconstruyeron la urbe de sus escombros en los siglos que siguieron.

A Dimas la explicación se le estaba haciendo soporífera. Leónides se dio cuenta de que tendría que abreviar.

—Mira con atención, no te distraigas: este recuadro grande es el claustro, y el rectángulo de aquí, que en sus orígenes fue una simple caverna, es la cripta.

—Ajá, la cripta.

—Sí, la palabra viene del griego *kryptē,* que significa «esconder».

—No entiendo que una cueva escondida debajo de una iglesia tenga nada de interesante. —Dimas se mostraba notoriamente menos entusiasmado que él.

—Ya aprenderás que la soberbia del hombre no tiene límites. Cada nueva civilización tiene la manía de destruir o sepultar todo lo que han hecho sus predecesores. Los conquistadores españoles levantaron sus iglesias encima de las pirámides aztecas y los cristianos le pusieron un remate espantoso a la Giralda solo porque era árabe. A la pirámide de Keops, unos siglos después, los mismos egipcios le despellejaron el recubrimiento de caliza brillante para construir sus casas… En fin.

—Qué tendrán que ver los egipcios con una aburrida catedral —dijo Dimas con desinterés.

—Más de lo que supones, pero eso te lo explicaré en otro momento. Como te decía, los primeros en construir un templo en ese preciso lugar fueron los romanos. ¿Has oído hablar del oráculo de Delfos? Al igual que a los aztecas y a los griegos, a los romanos les encantaban las cuevas, porque creían que los dioses salían por ahí para darse un garbeo por la Tierra y hablar con ellos. Consultaban a los sacerdotes y adivinos sobre amores, negocios y batallas y a cambio de conocer el futuro les dejaban una buena propina.

—Estaban locos esos romanos…

—Puede que sí. Aunque locos o no, les encantaba la arquitectura y llenaron la península ibérica de acueductos, calzadas y templos. Pero ¿qué crees que pasó después?

—Seguro que alguien vino y les plantó otro templo encima, ¿a que sí?

—Mismamente, señor mío. Y no fue otro que tu amigo Wamba, el visigodo, quien construyó una iglesia para albergar las reliquias de San Antolín, que se había traído de Narbona. Eso fue en el año 672, así que estamos hablando de hace más de mil doscientos años. Es el pequeño hueco este que está justo bajo el coro.

A medida que apuntaba sobre el papel, el índice de Leónides se iba tiñendo de azul por el ferroprusiato del plano.

—Ah, vale, ya lo voy entendiendo —dijo Dimas siguiendo con la vista el dedo de Leónides recorriendo el plano.

—Pasó el tiempo, y cuando digo tiempo me refiero a tres siglos y medio, ¿eh?, que no fue ayer, y el templo visigótico de Wamba estaba abandonado y olvidado. Aún estaba España llena de moros con trinchetes y al rey Sancho III el Mayor le apeteció salir de cacería, como suele apetecerles de cuando en cuando a todos los reyes.

—Como a don Alfonso XIII.

—Como a Alfonso XIII, que ahora mismo debe estar muy a gusto cazando patos en Marsella. Pero no perdamos el hilo, que estábamos con Sancho. A este le gustaba la caza mayor como se hacía entonces, con lanza, y andaba persiguiendo a un jabalí por el monte. El animal, asustado, buscó refugio en las ruinas del templo de Wamba. El rey Sancho se dijo «esta es la mía» y lo acorraló. Pero cuando levantó su poderosa lanza de rey para dar muerte al bicho con su venablo sintió un dolor agudo en el brazo y se le paralizó. Entonces, igual que dicen que la gente solo se acuerda de Santa Bárbara cuando truena, el buen Sancho se encomendó a San Antolín y le juró que si se curaba le construiría una iglesia en su honor.

—Me la veo venir… Se curó, ¿a que sí?

—La historia no lo aclara, pero es de suponer, porque a estas notables piedras visigodas don Sancho III de Navarra, le anexó en el año 1035 el *narthex*, un atrio de mayores dimensiones. Le endilgó al obispo Ponce el encargo de construirla y se la dedicaron al santo con mucha pompa y boato. Levantaron un templo de piedra que, en su pretendida modestia, constaba de tres naves con artesonados de madera, varias capillas adosadas, torre, claustro y sala capitular… y una portada al oeste que estaba más o menos aquí. En fin, una señora iglesia.

El anticuario esbozó sobre el plano la silueta en cruz del templo románico y prosiguió con la descripción.

—En el 1210 se consagró la *lapidum honestissima domus,* pero su construcción con muros de adobe y cubiertas de madera no resistiría ni cien años. Así que ya tenemos la cueva, el templo romano, la cripta visigótica y la iglesia románica, cada una encima de la anterior.

—Más capas que una cebolla —dijo Dimas.

—¿Te acuerdas de esas muñequitas rusas que tanto te llamaron la atención? Es parecido: un templo encima de otro, y de otro, y de otro más hasta perder la cuenta. Y aún queda el último, que es la catedral gótica que hoy conocemos. Pero esa ya se la tomaron con más calma: tardaron otros dos siglos en terminarla. Aunque estas cosas no acaban nunca; luego le hicieron muchas reformas y apaños, que de todo este rollo patatero son los que a nosotros realmente nos importan.

—Ya me dirá por qué.

—Cada cosa en su momento y los nabos en adviento. Ahora concéntrate en tu lista de reyes godos y en tu examen, que bastante te he distraído ya. Por cierto, no te he contado que Teodorico era el abuelo de San Antolín y que por eso Wamba…

—¡Nooo, ya no más, por favor! —Dimas se llevó las manos a la cabeza simulando que le iba a estallar.

Pasó, sin dificultad el examen y olvidó a Recesvinto y a Leovigildo en cuanto cruzó la salida del instituto, pero no la clase práctica de historia de Leónides. Durante algún tiempo, el anticuario lo estuvo llevando a varias iglesias de Madrid que el chico tenía que medir contando los pasos, esbozar discretamente un bosquejo a lápiz y luego dibujarlo en casa con la mayor exactitud posible, como si fuera un joven príncipe renacentista instruyéndose en el trívium y el cuadrívium. En poco tiempo, el arte y la arquitectura románica y gótica españolas tenían pocos secretos para él.

Leónides terminó contándole que, con un par de generosas propinas en el Registro de la Propiedad de Palencia, a las que eufemísticamente calificaba de «impulso procesal», se había hecho no solo con los planos de la *honestissima lapidum domus* sino con un arsenal de planos de las cloacas, de cambios en el trazado de las calles, modificaciones hechas a edificios aledaños y hasta un croquis detallado de la cripta de San Antolín. Dimas tuvo que pasar por la tediosa tarea de memorizar cada una de estas cartas de navegación arquitectónicas hasta ser capaz de reproducirlas sin error en cuestión de minutos. El chico mostraba una excepcional capacidad de absorción de conocimientos, aunque en opinión de su tutor, «solo para lo que al señorito le gusta, claro está».

*

Si en Madrid el Hispano Suiza era llamativo, en Palencia podía con facilidad convertirse en un acontecimiento. Siguiendo las indicaciones de Leónides, Benigno había dejado el automóvil en la Plaza de Cervantes y se quedó con Dimas esperando en un café. Afuera nevaba. Pese a ello el anticuario eligió recorrer a pie la distancia desde la plazuela hasta el número cinco de la Calle del Prado. Era un caserón discreto muy próximo a la iglesia de San Martín, sin mayor seña de identidad que una sobria placa con el rótulo Ateneo de la Amistad en el lateral derecho del dintel de la entrada.

Leónides tocó la puerta dos veces primero y luego otras tres más. Se escucharon unos ruidos y algunas voces dentro y desde la ventana del primer piso alguien dijo: «Un momento, bajo enseguida». La logia Amistad, núm. 441, dependiente de la Gran Logia Regional del Centro de España, federada al Grande Oriente Español, acogía a los hijos de la luz palentinos en la ciudad del Pisuerga, oculta para los profanos tras la apariencia de una aburrida entidad cultural.

—Qué rasca, ¿no? Pasa, pasa, hermano Nemrod —dijo el anfitrión usando el simbólico nombre masónico del visitante—, te estábamos esperando.

—No debes quejarte de la nieve en el tejado de tu vecino cuando también cubre el umbral de tu casa —refraseó muy circunspecto Leónides frotándose los brazos.

—Sí, claro, eso dice el libro, pero como no entres rápido yo cierro, que se escapa el gato. —El anfitrión le tocó de modo apenas perceptible en la mejilla y en el hombro—. ¿Qué tal el viaje?

Quien había bajado a recibirle, pese a su avanzada edad, era Eugenio del Olmo Salinas, decano de los masones vallisoletanos e inspirador de sus compañeros palentinos en el universo del Gran Arquitecto.

El anticuario sacudió los copos de nieve del sombrero y de los hombros del abrigo y colocó las prendas en el gran perchero con espejo del recibidor. Dentro el aire era caliente y el contraste con la temperatura exterior le produjo un intenso rubor en la nariz y las orejas. En la sala se encontraban otros caballeros de la alta sociedad liberal que se aprestaron a saludar al recién llegado: el farmacéutico, Enrique Arangüena Arangüena; el abogado y alcalde Matías Peñalba Alonso de Ojeda; José Vales Failde, ingeniero; Ampelio Trigueros Rincón, topógrafo de profesión y Fernando de Unamuno Lizárraga, que desempeñaba el cargo de arquitecto.

Ninguno de ellos estaba aquejado del extendido mal de la pobreza. Muy al contrario, conjuntaban patrimonio, inteligencia y poder de la manera menos llamativa posible. En el sexteto, todos ostentaban sobrenombres para proteger su identidad. Del Olmo adoptó el nombre simbólico de Nietzsche. Peñalba el de Bolívar. Arangüena prefirió tomar el nombre de Padilla. Trigueros se remontó a Fidias y Vales Failde se inventó el de Anego.

Del alcalde Matías Peñalba, decían sus convecinos que era uno de los siete sabios de Grecia. Otros, sin embargo, opinaban que no pasaba de ser «el culto de la latiniparla». Todos, convenían, eso sí, en que don Matías no se había quedado en marido de la Díez-Quijada, dama de notable familia palentina, como malas lenguas murmuraban en un principio acusándole de haber dado el braguetazo. Poco más de un año después, tendría ocasión de demostrar su valentía e inmensa altura humana.

Tres golpes de mallete del Gran Maestre Del Olmo dieron inicio la tenida en el Ateneo palentino.

—Hermano Primer Vigilante, ¿sois masón?

—Venerable Maestro, mis hermanos me reconocen como tal —respondió Enrique Arangüena.

—Hermano Primer Vigilante, ¿cuál es el primer deber de un Vigilante en la logia?

—Asegurarse de que la logia está cubierta interior y exteriormente.

—¡Aseguraos de ello, hermano! —gritó el Venerable Maestro.

—Hermano Segundo Vigilante, ¡aseguraos si la logia está cubierta! —ordenó el Primer Vigilante.

—Hermano Guarda del Templo, ¡ved si la logia está cubierta! —ordenó a su vez el Segundo Vigilante.

Ampelio Trigueros entreabrió la puerta y el Hermano Experto, armado de su espada, salió del recinto comprobando el exterior y sus accesos. Entró de nuevo y saludó colocando la espada con la punta hacia arriba:

—Hermano Segundo Vigilante, la logia está cubierta exteriormente.

—Hermano Primer Vigilante, estamos a cubierto exteriormente —repitió este.

—Venerable Maestro, la logia está a cubierto —confirmó Arangüena con un golpe de su mallete.

—Hermano Segundo Vigilante, ¿cuál es el segundo deber de un Vigilante en logia?

—Venerable Maestro, asegurarse de que todos los presentes sean masones —dijo trasladando el mandato—. Hermanos Primer y Segundo Vigilantes, cumplid este deber, cada uno sobre vuestra columna. Y dadme vuestro informe.

Tras situarse todos los asistentes en sus respectivos lugares el Primer Vigilante, con otro golpe de martillo, tomó la palabra.

—Hermano Segundo Vigilante, hermanos de la columna del sur, por encargo de nuestro Venerable Maestro os invito a que nos unamos a él para abrir los trabajos de esta respetable logia en Primer Grado.

Matías Peñalba, precedido por José Vales, el Maestro Experto, se dirigió al oriente con su espada, pasando por occidente y por el norte, provisto de una vela y encendiendo con ella la que estaba en la mesa del Venerable Maestro. Con la nueva vela encendida, el Maestro de Ceremonias y el Experto se acercaron a la columna jónica de la Sabiduría alumbrando su estrella.

—¡Que la Sabiduría presida la construcción de nuestro templo! —subrayó la invocación con un nuevo golpe de su macillo.

Los presentes coreaban.

—¡Que la fuerza lo sostenga!

—¡Que la belleza lo adorne!

A continuación, Peñalba encendió las luces de la menorah. Primero la vela central, después la última de la izquierda y, finalmente, la última de la derecha. Seguidamente encendió la vela del Primer Vigilante y, por último, la del Segundo Vigilante. El Experto, dando tres ligeros golpes con la empuñadura de su espada sobre el reverso del libro de la logia, lo desplegó sobre el pavimento entre las columnas. El anterior Venerable Maestro abrió el volumen de la Ley Sagrada en el capítulo primero del evangelio de San Juan, poniendo encima el compás abierto y sobre ambos, la escuadra.

—Ante el Gran Arquitecto del Universo, en nombre de la Francmasonería Universal, bajo los auspicios de la Gran Logia de España y en virtud de los poderes que me han sido conferidos, declaro abierta, en el grado de aprendiz, esta respetable logia ¡A mí, hermanos! ¡Por el signo! ¡La batería! ¡Y la aclamación escocesa! —arengó acompañando cada llamado con golpes de su martillo.

—*¡Huzze! ¡Huzze! ¡Huzze!* —aclamaron los presentes haciendo con la mano derecha el signo de consentimiento.

—Hermano, ya no estamos en el mundo profano. Hemos dejado nuestros metales en la puerta del templo. Elevemos nuestros corazones en fraternidad y nuestras miradas hacia la luz. ¡Sentaos, hermano!

La tenida continuó con el elaborado y reiterativo rito francmasón durante más de dos horas. A su término, Leónides Sanjurjo, Nemrod, abandonaba el Ateneo con tres objetos: la cuerda, el lápiz y el compás dorado que lo convertían en Maestro de Sublime Grado. Fuera, la nevada arreciaba.

*

En la residencia de Parque Florido se recibía un nuevo embalaje de discretas dimensiones a la atención personal de don José Lázaro Galdiano. Era costumbre que cuando no se tratase de grandes piezas, que se bajaban al sótano para su apertura, fueran llevadas directamente a su despacho. En cualquier caso a nadie le estaba permitido desembalar nada sin él estar presente y, salvo que la ayuda fuese imprescindible, prefería encargarse de ello a solas. A pesar de haber repetido ese acto cientos de veces, sintió ese cosquilleo erótico de cada nueva adquisición. No recordaba bien de qué obra se trataba en esta ocasión. A veces los envíos procedían de lugares remotos y tardaban semanas y hasta meses en llegar a España, pasar la aduana y ser entregados, por lo que lo mismo podía tratarse de una talla de marfil que de un bronce oriental o una frágil porcelana austríaca. La caja no tenía mayor signo distintivo que un sello de la Royal Post Office, el servicio de correos británico, el pedimento aduanal y un sobre color sepia lacrado y con varios matasellos pegado en la parte exterior. Lo arrancó, le dio la vuelta y vio que no tenía remitente. El coleccionista se sentó en su escritorio, hizo un espacio entre las pilas de libros y lo abrió con el estilete italiano con mango de nácar que usaba para la correspondencia. Extrajo un ejemplar del número 115 de la Gaceta de Madrid y comprobó que no hubiera nada más en su interior. Lázaro la hojeó rápidamente y se detuvo sobre una página subrayada:

MINISTERIO DE JUSTICIA.
EL PRESIDENTE DE LA REPUBLICA ESPAÑOLA.
A todos los que la presente vieren y entendieren, sabed:
Que las CORTES han decretado y sancionado la siguiente
LEY

Artículo único. A) Se concede amnistía por los hechos a los que se refieren los apartados siguientes:

Seguían 12 párrafos en los que se exculpaba a los responsables de los delitos de sedición y rebelión, huelgas o paros patronales, ofensas al Jefe del Estado, desertores y varios más. El número 13, marcado en tinta roja rezaba:

«Delitos de evasión de capitales a que se refieren los decretos de 29 de mayo y 18 de julio de 1931, siempre que se acredite que se ha reintegrado al territorio español la cantidad exportada. Esta obligación de reintegrar solo alcanza a los autores de delito consumado.»

Mando a todos los ciudadanos que coadyuven al cumplimiento de esta Ley, así como a todos los Tribunales y Autoridades que la hagan cumplir.

Madrid a veinticuatro de Abril de mil novecientos treinta y cuatro.

Firmaban la publicación de la ley el presidente Niceto Alcalá-Zamora y Torres, y Salvador de Madariaga Rojo como ministro de Justicia.

Lázaro Galdiano dejó escapar un profundo suspiro. Un gesto de satisfacción le vino a la boca y movió la cabeza ligeramente a los lados en señal de aprobación. Se incorporó, tomó un punzón de acero con mango de bronce con la cabeza de Hermes y levantó la tapa del cajón de madera. Extrajo con cuidado un marco envuelto en varias capas de papel de seda. En el envoltorio venía adherida una tarjeta anónima con un escudo de armas dorado grabado en la esquina y una nota manuscrita en cuidada letra inglesa que decía: «Para Paula, por la eterna amistad». Retiró la protección y alzó ante sus ojos el cuadro con ambas manos. La sonrisa pícara de Matilde Cobos llenó el recinto de luz. Desde entonces, el retrato de la niña ocuparía un lugar preeminente en su despacho junto a sus obras más queridas.

*

Al día siguiente de la ceremonia de nombramiento de Leónides en el Ateneo con uno de los mayores grados de la masonería, de lo que no compartió ni una sola palabra con nadie, aún quedaban cosas por hacer en Palencia. El anticuario le propuso a Dimas dar un paseo para conocer algunos otros lugares destacados de la capital palentina. Al cabo de un rato comenzaron a callejear por el barrio viejo, que aún conservaba el sabor de la antigua judería aunque no quedaba prácticamente nada de una de las aljamas más importantes del Reino de Castilla.

Caminaron por la Calle de San Marcos, que antaño se llamase de la Sinagoga, en dirección a la Plaza del Cordón, llegando casi al final para ingresar por una puerta desvencijada bajo un soportal. El anticuario le había comentado a Dimas que irían a visitar a un pintor extraordinario, pero el lugar era lo menos parecido al estudio de un artista famoso.

El taller era un espacio angosto, de techos muy altos, con un gran ventanal del que colgaban unos mohosos cortinajes entre los que se filtraba un chorro de luz que sesgaba la opacidad del ambiente. Contra las paredes se apilaban lienzos y marcos de todos los tamaños y por las telarañas que los cubrían era evidente que no se habían movido en décadas. Se respiraba un penetrante olor a humedad, u orines, o ambas cosas mezcladas en proporción irregular con el aroma de los afeites, barnices y charoles. Reinaba el desorden y era difícil aventurar un paso sin que algún bote o escobón o borriqueta corriese riesgo de desplomarse sobre ellos con estruendo. Lograron alcanzar milagrosamente el fondo del estudio sin provocar una avalancha. Un personaje escuálido y frágil estaba sentado de espaldas y simulando no haber notado su presencia, tardó un buen rato en volverse de reojo hacia ellos para, acto seguido, volverlos a ignorar y continuar con su trabajo. El hombrecillo era un anciano malencarado de largas canas ralas, con gruesos anteojos, vestido con ropa que nunca fue nueva y cubierto por un guardapolvos harapiento, salpicado de todos los colores del espectro cromático. Estaba encorvado frente a un enorme caballete que sostenía una elaborada tabla de estilo flamenco y parecía totalmente abstraído en su tarea.

El cuadro era más grande que él y con un marco mucho más estrecho en la parte superior, en forma de arco de medio punto en torno a una esbelta torre que destacaba en la composición. La torre pertenecía a un castillo gótico en el que gobernaba una especie de pope sentado en el trono, con un cordero a sus pies, de donde brotaba un manantial; flanqueado a su derecha por una dama leyendo y a la izquierda por un escribiente anotando unas líneas con una plumilla en otro libro.

El anciano se afanaba en retocar los caracteres hebreos de un estandarte que portaba un obispo con los ojos vendados mientras otro personaje intentaba de manera evidente arrancárselo. Los demás se rasgaban las vestiduras y peleaban entre sí. De este lado, el autor se había esmerado en representar los rostros para producir en el espectador la máxima repulsión. Ambos grupos estaban separados, justo en el centro del cuadro, por una fuente de agua transparente de la que manaban monedas de plata.

—*La fuente de la vida* —dijo Leónides con admiración.

—No, ni muchísimo menos —replicó el nonagenario con un gruñido—. Se titula *El triunfo de la Iglesia sobre la Sinagoga.*

—Ah, vaya, caramba; otra gracia que debemos al hereje de Jan Van Eyck, sospecho.

—Eso si fuera de alguno de los Van Eyck, que por supuesto no lo es.

Leónides se volvió hacia el chico con una sonrisa.

—Mira, Dimas, te presento al maestro Liberman, Simón Liberman.

—Mucho gusto —dijo Dimas.

El viejo no le devolvió el saludo. Leónides le hizo discretamente el gesto que se aplica a los locos, restándole importancia.

—Pero maestro, ¿a qué demonios huele aquí? —dijo el anticuario llevándose el pañuelo a la nariz con cara de repugnancia.

—Ah, es por el óleo viejo —respondió el hombre sin volver la vista—. La imprimación que cubre la tabla de roble es un preparado a base de cal, así que para que parezca antiguo hay que emulsionar el aceite de trementina y la esencia de elemí con clara de huevos podridos y urea, si no, se notaría la diferencia. No se preocupe, se acostumbrará.

—Urea son orines, ¿no?

—Sí. Al menos de ese ingrediente nunca estamos desabastecidos —rio desdentado el judío.

—¿Cuándo cree que lo tenga terminado? —dijo Leónides, seguro de que jamás se acostumbraría al vomitivo olor.

—Cuando lo acabe —respondió el anciano con evidente enfado—. El detalle. La clave de todo está en el detalle. Hoy en día la gente no pone atención al detalle, por eso estamos como estamos.

—Desde luego, maestro, tiene usted toda la razón. El problema es que me lo prometió para hace un par de meses y no es que quiera yo meterle prisas, desde luego, pero ¿cómo le diría?... Tengo clientes muy impacientes a los que ya no puedo dar más largas.

—El detalle —repitió sin inmutarse el pintor mientras redibujaba con exasperante meticulosidad la finísima línea de una letra.

—Maestro...

—Sí, sí, ya sé. Ya sé que prometí entregarlo hace semanas pero, aunque sea una copia, tiene que ser absolutamente perfecta. Y han surgido problemas. Acabo de decirle que no es de Van Eyck. Ni de Jan ni de Hubert. Ni siquiera de ningún alumno suyo. Acérquese.

Leónides se colocó las antiparras y se aproximó a la tabla hasta casi tocarla con la nariz. Le llegó la fuerte halitosis del copista.

—¿Qué vemos aquí? —inquirió Liberman señalando la escritura del estandarte.

—Mmm... no estoy seguro, maestro. Yo diría que es ha-Kodesh. ¿Masorético, quizás?

—Cerca, amigo mío, cerca. Aunque lo cierto es que solo unos pocos de estos caracteres son de hecho hebreos. La mayoría son fruto de la imaginación del artista. O de otra intención: el que escribió esto ha construido un nuevo lenguaje que es pseudohebreo y que nada tiene que ver con el texto primigenio. —El anciano estaba en verdad gozando con la explicación—. Olvídese del hebreo... ¿Qué alcanza a leer aquí?

El anticuario comenzó a recorrer los símbolos con detenimiento moviendo los labios, intentando pronunciar en silencio alguna palabra coherente.

—¿Asco? ¿Casco?... No. ¿Basco? ¿Masco?

—¡B-asco, maldición, B-asco! —deletreó Liberman alzando la voz como si hablase con un retrasado mental.

—Excelente. Basco, naturalmente. Está clarísimo: Basco... ¿Un vasco? ¿Y eso qué? —dijo Leónides sin lograr descifrar el acertijo.

Simón Liberman soltó con brusquedad la paleta y el fino pincel de marta sobre una mesita auxiliar llena de frascos y colores y levantó sus bracitos de pájaro herido hacia el cielo. No pudo elevarlos demasiado por la artritis, pero lo suficiente como para hacer notoria su indignación ante el espeso raciocino del anticuario.

—El detalle, por los siete libros, el detalle: B-asco es B[el]asco. Cristóbal de Belasco, es su firma, con la be medieval, indistinta de la uve. Más clara que el agua de la fuente de la vida. La tabla de la capilla de San Jerónimo es una copia. Una copia excelente, por cierto. Y con seguridad, de Cristóbal de Velasco.

—Entonces, ¿la tabla que robaron los franceses en 1813 es falsa?

—Como dirían ustedes los gentiles: más falsa que Judas. A lo peor hasta la devolvieron por eso.

Dimas observaba cómo ambos estaban enfrascados en la conversación, olvidados de que él estaba en el taller.

—¿Y tú qué miras? —le dijo de manera antipática al chico enfocándole con sus espesas gafas.

—¿Yo? Al del gorro azul…

El anciano murmuró unas palabras ininteligibles con las que el anticuario pareció estar en total acuerdo mientras ambos lo miraban con gesto torcido. Inmediatamente volvieron a olvidarse de él y a involucrarse en un curioso ritual en el que Leónides le entregaba un fajo de billetes, a lo que seguía una serie de imprecaciones del anciano en una lengua antigua a las que el anticuario respondió añadiendo más dinero y que continuó por unos minutos con renovadas lamentaciones y más billetes.

—Suficiente. El resto, contra entrega —cortó.

—*Shalom* —dijo por fin el viejo mientras se limpiaba las manos huesudas y tintadas de pintura con un trapo mugriento y hacía desaparecer el fajo bajo el mandil.

Abandonaron el taller con el mismo temor a ser sepultados por un alud de trastos. Dimas se veía divertido, no tanto así el anticuario.

—Condenado carcamal codicioso… Si no se lo va a poder gastar. ¿Se puede saber qué es lo que te hace tanta gracia? —dijo Leónides.

—Nada, es que me recuerda a uno del pueblo que tenía unas gafas iguales y le decían el Ruedas.

—¿Y eso?

—Rueda, rueda, rueda… ¡Y al final el ojo!

Los dos se carcajearon.

—En fin, ha merecido la pena. Si todo sale según lo planeado, vamos a cerrar un buen, pero que muy buen negocio.

—¿Puedo hacerle una pregunta un poco tonta?

—Adelante, mozalbete, no hay preguntas tontas sino tontos que no preguntan. ¿Qué es lo que quieres saber?

—El viejo hace copias de los cuadros, ¿no?

—Efectivamente. Simón Liberman es el mayor experto en reproducir y envejecer a la perfección las tablas flamencas de los retablos.

—Pero solo tenía delante un cuadro… Entonces, ¿de dónde lo copia?

—Te dije antes de entrar que era alguien bien diferente, ¿verdad?

—¡Vaya que sí!

—Pues ahí donde lo ves, detrás de esas gafas de culo de botella y esos andrajos miserables se oculta un ser con una mente y unas habilidades prodigiosas: visita unas cuantas veces el lugar donde está el cuadro original y lo reproduce de memoria. Hasta el más mínimo detalle. Aunque se eternice por ese afán de perfeccionismo, llevo esperando el cuadro ni se sabe, y en cada visita, como los médicos, me saca el parné.

Dimas estaba realmente sorprendido.

—Y ahora usted va a vender la copia.

—Sí y no. Lo que tú y yo vamos a vender, socio, es el original. Bueno, como ya has escuchado, es un original que tampoco es muy original, pero es la supuesta tabla auténtica de Velasco que está en la capilla de San Jerónimo. Y ya tengo pensado quién te va a ayudar a dar el cambiazo.

*

BENIGNO, QUE HABÍA CAMBIADO EL UNIFORME DE CHÓFER POR un sencillo mono de limpiador, conversaba con el sacristán en la Capilla de las Reliquias. La parte trasera del retablo estaba llena de cagadas de paloma y de botellas vacías.

—Ratas aladas.

—¿Cómo dice?

—Las palomas —aclaró Benigno con gesto de asco—. Son una peste. Por algún motivo inexplicable a la gente le gustan. En especial a los viejos. Se sientan al sol en un banco, les dan de comer y creen que por verse rodeados de alas su generosidad farisea los va a llevar al cielo o a algún lugar mejor que este, donde les come a ellos el reúma, pero son peores que las ratas.

—Nunca había oído a nadie hablar mal de las palomas. No parece usted una buena persona —dijo el sacristán.

—No he dicho que lo sea, pero eso no está en discusión ahora. Me pagan por quitar mierda de pájaros, con perdón, no para caerle bien a nadie. Asómese, por favor.

El sacristán parecía reticente a mirar detrás del altar y le dedicó un rápido vistazo con cara de desagrado.

—Esto está hecho un asco —dijo el hombre.

—¿Lo ve? Las palomas pueden parecer el Espíritu Santo, pero son más bien pequeños diablos. Se reproducen como conejos, comen todo lo que encuentran, defecan entre las piedras o detrás de los retablos y cuando llueve, el guano, las cagadas, para que me entienda, se convierte en un ácido muy potente capaz de corroerlo todo.

—Virgen Santísima.

—Menos mal que nos han llamado —dijo Benigno—. Esto no hubiera aguantado ni un mes más. Por no hablar de las botellas.

—Ah, las botellas... Sí, claro, son de agua bendita —improvisó el sacristán—. Los fieles vienen aquí por San Antolín, las llenan en el pozo, se las beben y no encuentran un sitio mejor donde dejar los cascos. Va a haber que hacer un apercibimiento en toda regla, esto es intolerable.

—Intolerable, usted lo ha dicho. En fin, déjenos a nosotros y quédese tranquilo, que esto lo arreglamos en un pispás. Bueno, es un decir, porque esto, y reproduzco sus palabras, que no es que yo lo diga, pero tampoco lo niego, está hecho una asquerosidad; se ve que no lo han limpiado nunca, ¿sabe? Creo que nos vamos a quedar toda la noche sacando mierda, con perdón de usted, para que mañana antes de la misa de siete esto esté ya como la patena y no molestar a los fieles. ¿Quiere que le guardemos las botellas?

—No, no, no es necesario. Tiren todo. Yo los dejo trabajar.

—Con Dios, pues. Voy a decirle a mi ayudante que meta una carretilla con paja para sacar esto y que no huela a excremento toda la catedral. Ah, oiga, si no le parece mal, le doy los cascos al chico para que se los venda al chamarilero y se saque unas perras.

—Que sí, hombre, que sí. Haga lo que le venga en gana pero póngase ya en faena. Y cállese de una vez, que me está volviendo el estómago. Con Dios.

Benigno acompañó al hombre hasta la Sacristía. Se asomó por la puerta de Los Novios y le hizo una seña a Dimas, que esperaba afuera. Abrió una hoja del portón para permitir la entrada del carro. Entre ambos lo izaron para librar el bajo del marco y lo metieron al interior. La carretilla de dos ruedas debió ser tirada en tiempos por un burrito o una mula, pero era lo suficientemente liviana como para que el chico la moviera sin excesivo esfuerzo. En ella, bajo una capa de pajizo, unas espuertas de rafia y una pala, se escondía la obra maestra de Simón Liberman.

Ocuparon las siguientes horas en desescombrar sin prisa la parte trasera del retablo hasta estar seguros de que estaban solos. Luego, con la mayor delicadeza, desclavaron la tabla de la Fuente de Vida de su sitio y la reemplazaron por la copia del anciano judío. Dimas se encargó de hacer el suficiente ruido con las botellas para tapar los martillazos de Benigno al sujetarla de nuevo con los clavos. Envolvieron la que habían quitado en unas telas, la colocaron en el fondo del carro, volvieron a poner la paja encima y cumplieron a cabalidad la limpieza de guano y botellerío hasta dejarlo todo impecable.

De tan humilde transporte, la tabla original saldría con destino a Alemania y nadie notaría que la de Palencia era una falsificación hasta medio siglo después, cuando los frailes del Monasterio del Parral de Segovia pugnaran por defender la autenticidad de la que obraba en su poder desde el siglo XV, como obsequio del rey Enrique IV. Solo Liberman sabía que lo que los monjes protegían con devoción era otra de sus copias maestras. Se frotó las huesudas manos. Apenas unos días antes, la tabla de *Los Jueces Justos* había desaparecido del retablo del Cordero Místico de la catedral de San Bavón de Gante. La obra más emblemática de Hubert y Jan Van Eyck y orgullo de los habitantes de la ciudad belga. El robo había causado conmoción mundial.

Liberman comprobó instintivamente que no hubiese nadie mirando a un lado y a otro del caótico estudio. Tampoco hubiera podido verlo si es que alguien lo estuviese espiando. Removió unos bastidores entre maldiciones talmúdicas. Cortó las ataduras de un embalaje de metro y medio de alto por medio metro de ancho y retiró la lona que lo protegía. Examinó la parte posterior de la tabla. En una borrosa inscripción en forma de cuartetos alejandrinos en latín, alcanzó a descifrar un verso: «*maior quo nemo repertus…*». Pensó para sí mismo: «el detalle: más grande que cualquier otro…». Se sentó sobre una caja de madera y comenzó a llorar de emoción. El anciano sintió que podía morir en paz.

*

EN EL ALMACÉN, LEÓNIDES REVISABA UN DESTARTALADO ROPERO que amenazaba desarmarse con solo mirarlo.

—Jopé, vaya trasto ¿De verdad cree usted poder restaurarlo? —dijo Dimas.

—En absoluto, no tiene remedio, por eso lo compré. Un regalo. Ojalá encontrásemos muchos como este.

—Como no sea para hacerlo astillas y quemarlo, no sé yo. Se está rompiendo a pedazos.

—Sí, pero hay unos pedazos que nos interesan mucho. Vamos a desmontarlo y a llevarle las tablas a un artífice excepcional. Todo un talento. Así haces amigos más provechosos que esos con los que debes andar.

—¿Para que lo restaure él? No entiendo nada.

—No, ya has visto que como armario no tiene ningún futuro ¡Pero tiene mucho pasado! Resulta que es una pieza de álamo muy aprovechable como tabla, una tabla que va a servir de base a una pintura flamenca.

—Sí, para montar un tablao y bailar encima, no te digo…

—Ya sabía que me ibas a salir con el chistecito fácil. Anda, mira y aprende: estas maderas tienen la misma antigüedad que las que han servido a algunos célebres pintores que tú ya vas conociendo: Hans Memling, Petrus Christus, Pieter Brueghel el Viejo… Cuando un experto va a certificar una pieza, lo primero en que se fija es en el soporte. Luego en la imprimación, las tintas, el craquelado de la pintura... Todo tiene que ser auténtico. Bueno, ya me entiendes, lo más auténtico posible.

—Una auténtica copia falsa.

El vetusto mueble crujía con los últimos estertores mientras Leónides le arrancaba las últimas maderas aprovechables.

—Vamos a utilizar mejor el término «réplica»; es más… profesional. Y se la vamos a encargar a un genuino Ladrón.

—No, si ya me imagino que no va a venir El Bosco a hacerla él mismo, tiene que ser alguien del oficio.

—Te equivocas, no se trata de un manilarga cualquiera…

—Entonces se la va a encargar al viejo hediondo ese. Aún no se me quita de la nariz la peste de aquel estudio.

—Ah, ¿te refieres a Simón? No, el maestro Liberman tiene su propia especialidad. Es buenísimo en lo suyo pero para este trabajo necesitamos otro tipo de habilidades. Además, Liberman es carísimo… no sé si compensa. Y no sabe respetar un plazo, puede llegar a exasperarme. Este trabajo lo va a hacer el mejor.

El anticuario dio un resoplido final y apoyó el tablón sobre una mesa.

—Hay quien nace con un don para la música, otros para las matemáticas… Rafael es un genio con los pinceles, te va a dejar bizco. Ya lo han admitido en la Academia de Bellas artes de San Fernando, no te digo más. Y en los ratos libres me pinta algún encargo. Es muy tímido, no habla mucho. Más bien se expresa con los óleos. Él sí que es cumplidor a más no poder, si se compromete a algo, lo entrega en fecha, o antes. Y cualquier cosa que se le pague le parece bien. Tiene alma de artista, no de comerciante. ¡Ah!, y solo tiene trece años, así que no te ensañes con él con tus bromas.

—¡Un crío de trece años!

Dimas parecía haber olvidado repentinamente que él mismo tenía un año menos cuando le hizo el primer encargo al anticuario y que solo habían pasado tres años desde entonces. Tres intensos años. Una leve brisa de celos lo recorrió por dentro.

—Rafael... Tiene nombre de pintor.

—Rafael Ladrón, así se llama. Un apellido ilustre. Quién te iba a decir que ibas a conocer a un auténtico Ladrón. No en el sentido que te imaginas, claro. A un Ladrón de Guevara.

—¡Venga ya! ¿Cómo puede alguien apellidarse así? ¿Me está tomando otra vez el pelo?

—No, no. No esta vez. Ya sé que suena un poco raro, pero su etimología no está directamente relacionada con el muy noble y antiguo oficio de hurtar y robar, al que solo aventaja en mérito e historia el del comercio carnal. Pero a lo que vamos: «Ladrón» procede del latín *latro, latronis,* que no tenía nada de peyorativo y significaba «sirviente pagado».

Dimas resopló hacia arriba aireando el flequillo con gesto de aburrimiento.

—Usted debía haber vivido en la Antigua Roma, no conozco a nadie a quien le gusten más los latinajos y entomologías que a usted.

—Etimologías, Dimas, que lo otro es lo de los insectos.

—Como sea, pero lo de llamarse Ladrón suena fatal.

—¡Pues no ha habido nobles ni nada con ese apellido! Así, de bote pronto, me vienen a la mente Diego López Ladrón, que acompañó al Rey de Aragón Alfonso I el Batallador en sus luchas contra los moros. O Pedro Ladrón, señor de Belchite, que fue alférez del rey Pedro II y señor de Teruel. Y, en fin, ya que de apellidos curiosos hablamos, tenemos a otra excelsa colaboradora.

—¿Una mujer? —dijo Dimas con gesto de sorpresa.

Era menos que habitual que en el gremio militase alguna fémina, aunque de cuando en cuando surgía alguna que otra destacable amiga de lo ajeno.

—Así es, una gran mujer, la señora Hurtado, que es maestra y tiene una caligrafía digna de encomio. Entre sus habilidades está la de imitar cualquier escritura o firma a la perfección, en especial la paleográfica, esos textos antiguos tan enrevesados que para muchos son indescifrables. Ha debido ser monje cluniacense en una vida anterior. Y es quien, por un nada módico precio, nos puede extender el certificado de autenticidad de cualquier obra y que parezca del puño y letra del mejor experto del mundo. Leónides le confió que solía requerir los servicios de la maestra para falsificar cualquier tipo de documento oficial, desde un pedimento aduanal a un pasaporte, aunque los certificados eran la especialidad de la profesora.

—Los americanos no suelen comprar nada sin certificado y los de la maestra Hurtado son perfectos, hasta en el papel que utiliza. Las firmas son imposibles de diferenciar de las autógrafas hasta para el mejor grafólogo: el flujo de tinta, la presión, los trazos...

—Uf, la caligrafía, la aborrezco. Yo sí que he hecho más planas que un monje. Mi abuela no me perdonaba una.

—Hacía muy bien, ya se lo agradecerás algún día. Una buena letra denota una sana conciencia.

—Pues la suya parece de médico —rio Dimas—. Muchas veces no la entiende ni usted mismo. Si es por la letra, seguro que usted se condena.

—Si hay algo que me gusta de ti es esa agilidad mental que muestras para sacarle punta a todo. Si llegaras a emplearla para cosas constructivas te auguraría un futuro en la política, o en el periodismo. En fin, que te lo he puesto en bandeja.

*

EN LA CATEDRAL DE PALENCIA, EL NUEVO OBISPO, QUE HABÍA estado de espaldas a los fieles durante la mayor parte de la eucaristía, se volvió una última vez ante los asistentes.

—*Ite, misa est.*

—*Deo gratias* —respondieron con un devoto murmullo los feligreses.

El órgano, un imponente monstruo de trescientas noventa y dos trompetas, construido en 1716 por el maestro Fray Domingo de Aguirre, dejó sonar sus largos tubos inundando de música sacra la catedral de San Antolín. Don Manuel González García se había incorporado a su puesto de pastor de la diócesis palentina muy poco antes, con solo unos días de reflexión y ejercicios espirituales en San Isidro de Dueñas, previos a la nueva responsabilidad que acababa de asumir. Atrás quedaban sus sueños de regresar a Málaga y la orden inapelable del Papa, por vía del nuncio, de hacerse cargo de Palencia. Sevilla, Huelva, Gibraltar, Ronda... En su amada Andalucía dejaba las ruinas humeantes de su iglesia, su seminario arrasado a manos de los anarquistas y la sede del palacio episcopal en llamas. También su salud, que llegaba minada por el miedo y un voto de pobreza llevado al extremo.

Su predecesor le había hecho entrega en persona de toda la documentación importante, le había aconsejado sobre cómo tratar con las peculiaridades de los palentinos y le había prevenido acerca de algunas personalidades difíciles con las que convenía aplicar la máxima diplomacia, ya que ellos, haciendo un juego de palabras, se encargarían de aplicar mano izquierda. También le había confiado una de las dos llaves de seguridad que abrían la cámara principal del tesoro catedralicio. La otra permanecía en todo momento en poder del director de la sucursal palentina del Banco Urquijo Vascongado, don Luis Polanco, «varón de intachable probidad y fe cristiana».

No era hombre don Manuel en absoluto afecto a joyas ni tesoros, pero recibió la encomienda de cuidar el patrimonio de la seo y hacer uso de él para goce de los fieles en cuanta ceremonia fuese de protocolo exhibirlo. Y de tenerlo después a buen recaudo con la incondicional colaboración del banquero, el sacristán y la policía, si es que llegara el caso de, «Dios no lo mande», tener que recurrir a ella. Don Manuel tomó la bolsita de cuero con la llave que le tendió su antecesor y se la colgó al cuello junto al escapulario, donde ya habría de llevarla siempre hasta que la enfermedad lo llevó a acabar sus días en Madrid.

Pese a los rigores del incipiente invierno y a los rumores que el nombramiento del errabundo arcipreste andaluz había levantado entre los chismosos habituales, los castellanos viejos y algunos de los más jóvenes recibieron con afecto a su recién estrenado obispo, aunque ignorantes aún de que ante ellos tenían a un santo. Él resumiría sus primeras impresiones en una lacónica frase: «En Palencia, mucha nobleza y mucho frío».

Mientras tanto, en Madrid, Leónides se reunía con un agradable caballero mexicano que acudía en representación de Lord Garryson, uno de los más conocidos coleccionistas de arte británicos. El hombre era de talla más bien baja, pero su delgadez y el elegante traje gris oscuro le hacían parecer estilizado. Tenía un rostro pequeño, de frente despejada, la tez ligeramente morena. En la tarjeta que le entregó al comienzo de la entrevista podía leerse: José Oviedo de la Mota. En la siguiente línea, en un cuerpo menor, PERLES, BRILLANTS, ÉMERAUDES. Y en letra manuscrita, *Montmartre 1336 - 12 Rue Saint Isaure, R.C. 47 4656*. El anticuario sonrió para sus adentros al leer el nombre de la calle. Los Isauros parecían reproducirse sin control.

En ese momento Leónides ignoraba que al mexicano, que según el caso se autotitulaba Barón o Conde de la Mota, se le había encontrado en una ocasión dentro del fuelle de uno de los órganos de la catedral de Milán, listo para perpetrar un golpe. De vasta cultura artística y arqueológica, actuaba con gran desenvolvimiento. El propio Cabildo de Pamplona le había designado como cicerone de la catedral para atender a los visitantes más distinguidos, a los que podía entretener en el templo hasta tres horas con largas explicaciones sobre arte y arquitectura. Su gran facundia, notables recursos dialécticos, libros, viajes y el permanente esfuerzo por codearse con personas ilustres lo introdujeron en el reducido entorno de la delincuencia aristocrática. Bajo su tarjeta de tratante internacional de alhajas escondía su más lucrativa actividad de ladrón de arte. Un merodeador habitual de las catedrales que ya había pasado por la cárcel en Suiza y en Italia por breves períodos de tiempo y se había librado de la prisión mayor en varias ocasiones por falta de pruebas. Y con el descaro de calificar sus robos como cleptomanía, una semienfermedad mental que unos años más tarde alegaría ante un juez como «manía religiosa» en su defensa.

Leónides le condujo a su despacho con el habitual agasajo de tabacos y bebidas.

—Veo que viaja usted mucho, señor Oviedo. ¿Cómo es que un distinguido *gentleman* mexicano termina en París?... Si me permite la indiscreción.

—Oh, bueno, espero no haber terminado aún —bromeó—. París es como todo el mundo sabe la capital mundial del arte, pero mis negocios de joyería me traen de acá para allá: Estados Unidos, París, Londres, Madrid, Milán… ¿Conoce usted Italia?

—Estuve tiempo atrás en Roma. Impresionante lugar, la cuna de nuestra civilización. Lástima que en estos tiempos esté tan convulsionada.

—He vivido muchos años en Italia. Mi esposa y mis hijos son italianos y en mi profesión cuento con numerosos contactos del más alto nivel. Le aseguro que el gobierno italiano está hoy día a la vanguardia europea, la prensa parece empeñada en no hacerle justicia. Europa necesita líderes enérgicos, sanos de espíritu y que ejerzan un poder bienintencionado como Mussolini y Hitler en Alemania.

—Comprendo, comprendo —respondió escéptico el anticuario.

El mexicano se refirió en términos de gran admiración al régimen fascista, haciendo una entusiasta apología de Mussolini y de los métodos expeditos de su gobierno.

—Mi hijo mayor es canciller del gobierno del Duce en el consulado italiano en París —comentó orgulloso.

—Entonces debe ser un joven preparadísimo.

—No porque yo sea su padre, pero créame que sí. Imagínese, recibe un sueldo de cuatro mil francos al mes.

Leónides simuló estar impresionado, a pesar de que su larga experiencia en los negocios le había enseñado que quien mucho habla de dineros es porque no los ha tenido nunca.

—Un orgullo, menudo prestigio. ¡Un cónsul romano! Ahí es nada… —dijo Leónides dando coba.

—Bueno, ya se imaginará usted que hoy en día estas cosas son mucho menos rimbombantes y que nadie acude con la *toga praetexta* a la oficina. Es un simple funcionario agobiado de trabajo burocrático que apenas se inicia en los rigores de la diplomacia, pero muy entregado a la causa.

El anticuario intentó contenerse y no replicar con un alegato democrático que hubiera chocado de frente contra la obcecada fascinación que el *fascio* ejercía en Oviedo de la Mota. Prefirió cambiar de tema e intercalar un halago.

—Enhorabuena. Como le digo, un orgullo. Pero cuénteme, he sabido de su libro sobre arte religioso. No le oculto que me encantaría tener un ejemplar, dedicado de su puño y letra a ser posible. Si no fuera mucho pedir…

—Me lisonjea usted, señor Sanjurjo. Solo he logrado publicar un primer tomo, pero aún es un proyecto inconcluso en el que intento avanzar a duras penas entre mis muchas obligaciones; pero cuente con que cuando se publique la nueva edición, que vendrá con magníficas ilustraciones, tendrá usted una mención especial en los agradecimientos. No puedo prometerle que suceda pronto, ahora estoy dedicado a temas más perentorios que los literarios.

Leónides comenzaba a cansarse de tanto circunloquio y decidió reconducir la diletante conversación.

—Pues bueno, usted me dirá a qué debo el grato honor de su visita y de qué manera podemos… ¿Cómo dicen los políticos de ahora?... Crear sinergia.

—Si me permite hablarle con franqueza —dijo el mexicano entrando demasiado pronto en el terreno de las confidencias—, yo provengo de una familia con posibles. Heredé una buena suma de mis padres, más de doscientos mil dólares, que no sé muy bien cuánto sean ahora al cambio, pero para que usted se haga idea.

—No, no, vaya, desde luego, no está nada mal.

—En fin, para no hacerle el cuento largo, como decimos en México, avatares de la vida acabaron con mi fortuna y me vi obligado a ganarme el sustento. Estuve mucho tiempo convaleciente de una mala caída de caballo en la que me fracturé la cabeza. Viví un tiempo en los Estados Unidos antes de venir a Europa y decidirme a trabajar en lo único que conocía y amaba: el arte. Me especialicé en joyería exclusiva, solo para entendidos. Diamantes, esmeraldas... Pero tallados clásicos, arte sacro, alhajas de las de antes, no esa bisutería vulgar de ahora. En fin, no puedo quejarme, he logrado remontar.

De toda aquella perorata, lo único cierto era que la caída del caballo en México y la fractura del cráneo resultante le habían abierto el cerebro para los fructíferos negocios ilegales del arte.

—Sí, las piedras preciosas son un negocio próspero, pero no exento de dificultades. Supongo que habrá mucho contrabando de esas piezas en España —dejó caer Leónides.

—Oh, no, en absoluto. Eso es lo que me tiene tantas veces por aquí. Los derechos aduaneros son una insignificancia, el mercado español importa muy pocas gemas. Mire lo que acabo de pagar por un lote de brillantes.

El mexicano trataba de ganarse la confianza de Leónides. Le mostró una bolsita que contenía varios diamantes de buen tamaño entre algodones y el correspondiente recibo de la aduana española por un importe insólito. Muy pocas pesetas para semejante mercancía. Leónides procedía con cautela: los examinó con un monóculo de joyero. Tanto la transparencia como la tonalidad y el tallado eran perfectos. Sin duda, por ese precio merecía la pena importarlos legalmente.

—En fin, ¿qué puedo yo decirle? Creo que ha venido al lugar indicado. No me refiero a esta casa, que como gustan decir ustedes, es la suya y le aseguro que no se abre a cualquiera. Podemos conseguirles cualquier joya que haya en cualquier lugar de España, siempre que esté dispuesto a asumir que no son ni mucho menos baratas.

—Mi representado, Lord Garryson, y un servidor, tenemos las mejores referencias de usted, no faltaría más. De otro modo no me hubiera desplazado hasta aquí. Y la solvencia de *milord* está fuera de toda duda.

—Mire, señor Oviedo, y por favor no me lo tome a mal, es que ustedes tienen esa merecida fama de educados... y en pro de esa educación que yo tanto admiro y aprecio le dan demasiadas vueltas a las cosas antes de entrar al fondo del asunto. ¿Puede decirme exactamente cuál es la joya que desea Lord Garryson? Porque intuyo que no se trata de una pieza cualquiera sino de una muy especial para lo que ha delegado en su pericia como experto.

—*Pos* pues como decimos en mi Morelia, Michoacán, «a calzón quitado»: mi representado ofrece dos millones de libras en efectivo por la arqueta de Leyre.

A pesar de sus modestas dimensiones, menos de treinta centímetros de cada lado, la arqueta hispanovisigótica del monasterio benedictino de San Salvador de Leyre, en Navarra, estaba considerada como una de las más exquisitas obras de arte de todos los tiempos. Era una caja elaborada con placas de marfil de elefante africano delicadamente decorada con motivos vegetales, animales, y lo que era sumamente inusual en el arte islámico, con figuras humanas. Una de ellas representaba al propio califa cordobés Hisam II sentado a la turca sobre un trono sustentado por leones, portando el anillo de sello real y asistido por dos sirvientes.

—¡Cáspita! —dijo sorprendido el anticuario—. Es evidente que Lord Garryson no se conforma con un simple *souvenir* para turistas.

—Antes de que se haga una idea equivocada de mi representado, permítame decirle que ha intentado adquirir la arqueta por todas las vías legales. Por mediación de su servidor se le hizo una oferta sumamente generosa al cabildo, pero no se pudo llegar al deseado acuerdo.

—Corríjame, por favor, si me equivoco —dijo pensativo Leónides—. Si no recuerdo mal, la arqueta ya no está propiamente en Leyre sino que se conserva bajo doble o triple llave en la catedral de Pamplona.

—El que no se equivocó al elegirle fui yo, señor Sanjurjo. Demuestra usted ser un verdadero experto.

—Pamplinas, deje de adularme, eso lo sabe cualquier bachiller con solo abrir un libro de texto. ¿Dice usted que se intentó comprar la arqueta?

—Así es. En su momento Lord Garryson llegó a proponer la mitad de lo que yo le estoy ofreciendo ahora.

—Aprecio la determinación de su cliente, señor Oviedo. Y créame que soy muy consciente de los números que estamos manejando, pero esta operación tiene un particular nivel de riesgo. Necesito meditar su propuesta, no estamos hablando de una fruslería. Y en otro orden de cosas… esos brillantes que me ha mostrado… ¿Tiene usted ya un comprador para ellos?

—Tenerlo, lo tengo. Y no uno, sino varios clientes a los que atiendo con regularidad. Claro que si usted estuviera interesado en alguno no tendría ningún inconveniente en ofrecérselo, ya que vamos a ser socios.

—Los quiero todos —contestó con seguridad el anticuario.

Arreglaron un precio conveniente. Leónides se excusó unos minutos y regresó con un fajo de billetes. El mexicano se mostraba satisfecho por la venta y Leónides intuía que en los tiempos difíciles que se avecinaban el dinero tendría poco valor y se viajaría mucho más ligero con diamantes que con efectivo. Continuaron degustando con flema sibarita los habanos, debatiendo sobre el futuro de la naciente nueva Europa, encomiando la sutileza de la perspectiva en las anunciaciones del pincel rafaeliano y debatiendo sobre la muy poco creíble existencia del ornitorrinco darwinista. Ambos sabían que no era correcto volver a mencionar de manera explícita la arqueta. Leónides le prometió reconsiderar la arriesgada propuesta y darle una respuesta en unos días. El mexicano le pidió un momento la tarjeta que le había dado antes, sacó una estilográfica del bolsillo de su chaqueta y anotó «Hotel La Perla. Pamplona» y un número de teléfono. Se despidieron cortésmente.

Leónides estuvo recapacitando durante varios días antes de tomar una decisión. Décadas de trato con personas de toda clase y condición habían desarrollado en el anticuario un sutil discernimiento. No era únicamente la natural desconfianza inculcada por su abuelo, que llegó a centenario y pocos días antes de morir le seguía previniendo: «No aceptes jamás nada que te ofrezcan. Si quieres cualquier cosa, búscala tú mismo». Aunque no supiera explicarlo con exactitud, algún detalle no cuadraba. Demasiado dinero. Demasiado ambicioso. Nada fácil, por otro lado. Casi seguro los curas estaban sobre aviso. Y Pamplona era un objetivo complicado. No se podía dar el golpe con limpieza ni sin riesgo de matar a alguien en el intento. O de acabar en chirona. Además, si se hiciera con la arqueta sabía que no podría soltarla ni por todo el oro del mundo. No. La arqueta no podía salir de España. No era una simple caja de marfil, era historia. Nuestra historia. No otra corona enjoyada de una virgen de cara triste entre cientos de vírgenes tristes en centenares de templos tristes. Era un símbolo tangible de una lucha larga y sangrienta, de una reconquista. No podía adornar el salón de un estirado lord inglés, seguro descendiente de los Drake, los Hawkins, los Morgan, los Raleigh o los Rackham. Corsarios petulantes y avariciosos sin otro placer que el poseer por poseer y sin otra motivación que la de humillar al contrario, robarle y hundirle el galeón y la enseña. Había tomado una decisión. Tomó la tarjeta del mexicano y se la dio a Benigno.

—Benigno, mira, busca este número y di que te pongan con el señor Oviedo de la Mota.

—Sí, jefe.

—Dale con lo de jefe… ¡Recórcholis! Que te tengo dicho que eso es de castas hindúes.

—Sí, don Leónides.

—Cuando te lo pasen le dices que sintiéndolo mucho, pero que no va a poder ser.

—De acuerdo, jefe.

Benigno se perdió por los pasillos. A lo lejos se oían los ecos de una conversación casi a gritos por la mala conexión telefónica. Benigno regresó al despacho con la cara larga.

—Y bueno, a ver, ¿qué ha dicho?

—Jefe, que mire que me gustan a mí poco estas situaciones en las que me pone, ¿eh? Que conste que uno lo pasa mal y tiene que dar la cara, que digo yo que, si tienen cualquier cosa que decirse, que se lo digan entre ustedes, que a mí no sé por qué cruz bendita me toca estar siempre en medio.

—A ver, hombre, a ver, cálmate, que tú de cruces benditas nada. ¿O no eras ateo hasta ayer mismo? Por lo que me dices parece que se lo ha tomado mal.

—Mal no, fatal. Se lo notaba hecho una furia.

—Pero algo te habrá dicho.

—No le he entendido del todo bien porque entre que la línea se medio cortaba y que el señor habla un poco diferente, por no decir rarísimo... pero ya que me lo pregunta, pues parece como si usted le hubiera ofendido en lo más profundo de su ser, que ya se yo que eso no puede pasar, ¿verdad? Pero se puso a gritar como una no voy a decir qué.

—Ya me imagino, pero en resumen, ¿qué te dijo?

—Que no sé qué de no sé qué y de no sé qué y que de la chingada. Eso sí lo entendí perfecto.

—Y yo también, Benigno. Gracias. Y perdona por el mal rato. Se ve que el presunto caballero resulta no serlo tanto.

—A mandar, jefe.

*

CUANDO DIMAS CUMPLIÓ LOS DIECISIETE, EL REGALO FUE MUY distinto. Ese nueve de marzo recibió una cajita negra.

—Bueno, no dices nada, ¿qué te parece?

—Es que no sé para qué pueda servir la cajita esta.

—Es una Brownie. Una máquina de retratar.

—¿Puedo hacer mis propias fotos?

—Para eso es, ni más ni menos. Y es solo una parte del regalo, mañana nos vamos de viaje para que puedas estrenarla.

—¿De viaje? ¿A dónde?

—A dónde va a ser, hombre, a Palencia. Vamos a hacer turismo y de paso saludas a tu abuela, que seguro que te echará mucho de menos.

A la mañana siguiente salieron temprano en el coche y, con la diestra conducción de Benigno, en poco más de cuatro horas estaban en tierras palentinas. Dimas iba asomado por la ventanilla fotografiando el paisaje, casi idéntico en cada toma: campos de trigo y más campos de trigo se sucedían sin un accidente en el terreno; si acaso un insolente ciprés, o la mancha verdosa de una hilera de chopos sobre un río. Cada cierto tiempo, la silueta en ruinas de un castillo. Tras el breve paso por Calabazanos, en el que su tutor soportó estoicamente las admoniciones, invocaciones y jaculatorias, aprovechó para dejarle otro sobre a la abuela y continuaron camino hacia la ciudad.

Se alojaron en el hotel Iberia, comieron un magnífico menú con perdices y langosta en el restaurante y, por la tarde, se encaminaron directamente hacia la catedral. Leónides le hizo notar una curiosa gárgola que representaba a un fotógrafo, puesta allí por el arquitecto Jerónimo Arroyo en 1931 en honor a Albino Rodríguez Alonso, un conocido artista local de la cámara que realizó numerosas instantáneas del patrimonio artístico de la región como fotógrafo de la Comisión Provincial de Monumentos. El hombre murió haciendo instantáneas en el tejado de la catedral. El chico a su vez inmortalizó la gárgola con su Brownie.

Trasponer la Portada de los Reyes supuso una intensa emoción que invadió a Dimas causándole una impresión indeleble. Aquello no aparentaba ser una obra posible para el hombre sino creada por la mano de dioses o gigantes mitológicos. La construcción, de austeridad cisterciense en el exterior, se convertía en una enorme nave gótica de unos cincuenta metros de alto y ciento treinta de largo atravesada por otra más corta para darle la característica forma de cruz latina. Incapaz de sustraerse al imán que le atrapaba la vista hacia las alturas, por instantes tuvo la sensación de que podría caer vertiginosamente hacia arriba, hacia la panza de aquella espléndida nao invertida.

La visión inicial se fue transformando en los minutos siguientes en curiosidad por entender la profusión de formas esculpidas en la piedra, su armonía y solo en apariencia precario equilibrio. Recorrieron las siete capillas del ábside, admirando los trece ventanales con cristaleras, las gárgolas y pináculos, archivoltas y tornalluvias. Contemplaron la terraza que recorría capillas y girola, los robustos botareles y dobles arbotantes, la crestería. Y luego las naves laterales. Arcos, triforios, ventanas, muros, columnas, nervios de piedra, luz, diafanidad, grandeza monumental. Los elegantes arcos ojivales del claustro, sostenidos por aéreos contrafuertes, habían sido cegados con sillares de piedra en el siglo XVIII, lo que convertía en prácticamente inexpugnables las salas que lo rodeaban y que albergaban las muchas riquezas de la catedral.

En uno de los muros se exhibía el Martirio de San Sebastián de El Greco, ante el que Leónides permaneció extasiado un buen rato. Más adelante, un cuadro de Santa Catalina de Siena pintado por Zurbarán, al que dedicó elogiosos comentarios. El chico prefirió el curioso retrato anamórfico de Cranach en el que mirando por un orificio en el lateral izquierdo del marco se podía descubrir la efigie del emperador Carlos V.

El claustro albergaba además soberbios tapices y gran cantidad de esculturas de Berruguete, de Alejo de Vahía y de Felipe Vigarny. Y entre otras muchas obras sacras de sublime manufactura, un bellísimo crucifijo filipino de marfil. Un poco más adelante, el templete y relicario de San Antolín, de plata maciza, que no podrían cargarlo ni entre cuatro hombres.

Abandonaron el claustro y continuaron el recorrido por la seo de Palencia. Dimas se distraía con algunos detalles más pedestres, como el reloj de carillón con un negrito papamoscas de grandes ojos con una chistera, entre un león y un guerrero, que marcaba las horas con una campanada que recorría las soberbias nervaduras de la crucería multiplicando el sonido. O el relieve de un trasplante que la leyenda afirma realizaron San Cosme y San Damián en el siglo XVI quitándole una pierna a un criado negro muerto y poniéndosela a un blanco. Pero cuando entraron a la cámara principal del tesoro, en una sala aledaña a la sacristía, se le abrieron los ojos como platos.

El tesoro de la catedral se componía de piezas de distinta índole y hechura: el manto de terciopelo bordado en hilo de oro y pedrería de la Virgen, cuajado de exvotos; las casullas y mitras de gala para las diferentes ceremonias; incensarios de plata del Potosí y de México; una arqueta enjoyada con minios de los doce apóstoles, también dorada e incrustada de maderas olorosas; un descendimiento de marfil, laboriosamente tallado en una sola pieza; varios relicarios con cabellos, falanges o pedacitos de tela manchados de sangre reseca y marrón de mártires y santos entre los que destacaban algunos restos del propio San Antolín; una custodia procesional renacentista de plata de Juan de Benavente, y otras de oro, más pequeñas pero no menos ostentosas; una serie de crucifijos, cadenas, cálices, patenas y copones relucientes como si jamás hubieran sido rozados por labios ni dedos humanos sino abrillantados con las alas de los ángeles. A un lado, sostenido por una base de madera, sobresaliendo por encima de las custodias, el báculo.

Todo meticulosamente dispuesto en diferentes niveles sobre peanas cubiertas de labor de encaje de bolillos. El conjunto estaba iluminado por unas bombillas que matizaban de amarillo el color de los metales y que los hacían parecer aún más valiosos, si cabe. Salvo las urnas con las casullas y las mitras, las de los enormes cantorales y la pesada custodia procesional de plata de San Antolín, el resto del tesoro estaba dentro de una gran caja rectangular de acero reforzado con remaches, con gruesos vidrios triples a prueba de balas a cada uno de los lados. La parte trasera era en su totalidad de acero y pegada a los macizos sillares de piedra del muro.

—¿Ve usted lo que yo?

—Yo veo lo que veo, y eso es suficiente.

—El anillo, ¿qué me dice del anillo? Por lo menos vale diez mil duros.

—El báculo, Dimas, el báculo… ¿Es que no te has fijado en los diamantes?

La *virga pastoralis* era una larga y brillante barra de ébano, ligeramente sobada a la altura por la que generaciones de obispos la habían agarrado en las procesiones y misas solemnes. Rematada por una gruesa espiral de oro viejo repujado sobre el profundo azul del lapislázuli que se enroscaba sobre sí misma en forma de reptil, estaba festoneada de gemas de variados colores y tamaños, desde ópalos a jades y amatistas. Y en el centro, rodeado por cuatro rubíes, una representación de San Jorge dando muerte al dragón, cuyos ojos eran dos destellantes diamantes del tamaño de una almendra. Dimas ya conocía algunas de las piedras preciosas por las explicaciones de su tutor, e incluso este le había enseñado un reloj de oro de bolsillo con la esfera rodeada de brillantes, pero era la primera vez que veía la magia de la descomposición de la luz en todos los tonos y direcciones al atravesar un diamante. Estaba mesmerizado y con la boca más abierta que la del Papamoscas. Tanto que don Leónides tuvo que sacarle de la ensoñación con un codazo.

—¡Reacciona, leche! Y no lo mires así, que estás llamando la atención —le apercibió por lo bajini.

Al tiempo que Dimas se iba haciendo un hombre, Leónides se hacía cada vez más niño, en un intento no deliberado de hallar un punto exacto donde encontrarse. Seguro lo hallaron en el preciso momento en que se dieron cuenta de que el tesoro cardenalicio que se exhibía ante ellos les hacía unos guiños descarados, retándolos a cambiar de lugar y, sobre todo, de manos. Dimas no pudo evitar volver la cabeza un par de veces hacia las joyas a riesgo de ganarse sendos pescozones de Leónides que, aunque tentado, recordó el pasaje bíblico de la mujer de Lot y logró resistirse a mirar atrás.

Salieron de la sala capitular con la recalcada indicación de hacer tiempo para no dar sensación de premura. En la capilla mayor apenas había media docena de ancianas moviendo en sincronía los labios, aunque en riguroso silencio. Ambos se santiguaron piadosamente, de manera que pareciese lo más contrita posible, se levantaron del reclinatorio y se dirigieron a la nave de la derecha. El anticuario había estado consultando de cuando en cuando su reloj, como si estuviera esperando con expectación. Le pidió a Dimas que lo acompañase hasta el fondo de la nave epistolar, a la altura del crucero antiguo, entre la capilla del sagrario y la de San Pedro.

—Prepárate para contemplar algo inolvidable.

El Papamoscas marcó cinco campanadas que parecieron sincronizadas a la perfección con el acontecimiento que estaba por suceder. Varios rayos de sol comenzaron a filtrarse a través del rosetón como si se encendiesen potentes focos multicolores que hicieron restallar el interior de la catedral en luces polícromas que recorrían muros, fustes, capiteles, bóvedas y arquerías. El chico estaba hipnotizado por la danza de tonos luminiscentes.

—Todos los templos cristianos tienen el ábside orientado hacia el sudeste y la fachada hacia el noroeste. El crucero las atraviesa de nordeste a sudoeste formando los brazos de la cruz. —Señaló con las manos—. Esta orientación es invariable, con el de fin de que tanto los fieles como los profanos, al entrar en el templo por occidente y dirigirse al santuario, miren hacia donde sale el sol, en dirección a Jerusalén, la cuna del cristianismo. De ese modo sus almas resurgirán de las tinieblas y se encaminarán a la luz.

—Es... Es... maravilloso —alcanzó a decir Dimas sin salir del hechizo.

—Sí, sí lo es. Y tanto más el cómo está concebido que suceda: el sol va evolucionando en círculo sobre toda la construcción a lo largo del día. Por la mañana penetra tímidamente por las vidrieras y los rosetones laterales manteniendo el interior en una semipenumbra que invita al recogimiento. Y luego, el gran rosetón de la fachada occidental, mayor en dimensiones y esplendor, se ilumina al inicio del atardecer para extinguirse después por completo tras la puesta. De esta manera se completa un ciclo que va desde las tinieblas del pecado a la bendición de la luz y de regreso a la oscuridad para comenzar de nuevo.

—¿Y cómo sabía usted a qué hora iba a suceder esto?

—Si te soy sincero, en realidad no lo sabía. Lo calculé sobre el plano y con un almanaque. Para qué te voy a decir una cosa por otra, hemos tenido suerte. Ni siquiera es hoy el día más propicio: estamos ya en marzo y para apreciarlo en toda su grandiosidad tendríamos que observarlo durante el ocaso del solsticio de invierno, el 21 de diciembre. Ese día las luces son una fiesta, por más que esté archidemostrado que Jesucristo nació en septiembre.

—No me vaya a salir ahora con que la Navidad no es la Navidad...

—Lamento de corazón quitarte la ilusión, pero ya no eres un niño para creer en esas pamplinas de belenes y reyes magos. Yo te hablo de un fenómeno natural que los curas se han esforzado en engarzar en sucesivos calendarios a toda costa... Y mira que han corrido con mala suerte retorciendo fechas e intercalando años bisiestos a capón. Si hubieran hecho caso de la cuenta larga de los mayas les hubiera cuadrado todo sin mayor complicación, pero esto ha venido siendo la eterna pugna entre ciencia y oscurantismo.

*

LA BIBLIOTECA DEL ANTICUARIO, A LA QUE SE ACCEDÍA POR UNA puerta de doble hoja, ocupaba un cuarto contiguo al despacho, no muy amplio, pero bien nutrido de obras en diferentes idiomas y de grandes tomos encuadernados en piel. La *Encyclopaedia Britannica* ocupaba varios estantes y el desgaste de los lomos y las rozaduras de los estantes denotaban el intenso uso que se hacía de ella. En treinta volúmenes, cuarenta millones de palabras que versaban sobre quinientos mil temas. Aparte de la magna enciclopedia, algunos otros libros antiguos estaban resguardados en una librería con cristalera y bajo llave. La salita contaba con un confortable sillón de lectura y una lámpara baja y constituía la única área medianamente ordenada. Era el espacio idóneo para la disciplina con la que Leónides se entregaba un par de horas al día a la lectura y el estudio.

Dimas lo observaba en ocasiones semihundido en el butacón consultando los pesados volúmenes en inglés, otras veces en griego o en latín y haciendo anotaciones en los márgenes o en una libreta. El anticuario sabía que no pasaría mucho tiempo antes de que el chico comenzase a interesarse por libros más serios que las novelitas de bolsillo.

—Es increíble que todo este conocimiento esté en riesgo de caer en el olvido —dejó escapar haciendo como que pensaba en voz alta.

—Usted siempre con esos mamotretos —replicó Dimas intuyendo que al comentario seguiría una clase de historia o filosofía.

—No, qué va; mira, acércate, si este es un libro de dibujos.

El tomo era un ejemplar de hojas ya amarillentas y aroma avainillado llenas de símbolos. El anticuario le mostró un emblema con muchos elementos que a Dimas le recordaron las barajas de tarot a las que Leónides era tan aficionado.

—Eso sí que es raro —dijo el chico intentando dar sentido a la ilustración.

—Sí, he de reconocer que parece raro, pero es como todo: solo hay que observar con detenimiento para que el significado comience a aparecer, igual que cuando se revela una foto. ¿Qué es lo que ves aquí?

—Uf... un montón de cosas. Una copa de la que salen el sol y la luna, unos signos parecidos a los del zodiaco... Los escudos unidos por una cadena... Uno de los escudos lleva el león, como el de su despacho. ¡Y unas manos de cura a cada lado echando la bendición!

—Hombre, Dimas, ¿de dónde sacas que son curas? —dijo riendo Leónides.

—Como llevan sotana y salen de las nubes, ya me dirá usted qué son... ¿Y qué es lo que pone alrededor?

—Es una frase, en latín, un lema: *Visita interiora terrae rectificando invenies occultum lapidem* —respondió Leónides sin necesidad de mirar el libro.

—¿Y eso qué significa? A usted lo que le pasa es que le divierte que no le entienda —dijo con un mohín de disgusto.

—No sé yo para qué diantres tenéis latín en el instituto, que se ve que no has pasado del *rosa rosae rosarum*.

—¿Me lo va a traducir o se va a estar haciendo de rogar toda la tarde?

—Voy a hacer algo mejor que regalarte el pescado: te voy a enseñar a pescar.

Leónides dedicó esa tarde y otras muchas más a irle descifrando el significado profundo del acrónimo VITRIOL, el lema de los masones rosacruces: «Visita el interior de la tierra; rectificando encontrarás la piedra oculta». Le contó cómo todas las grandes culturas, asirios, egipcios, incas o aztecas, erigieron pirámides; la indagación incansable de los alquimistas por encontrar la Piedra Filosofal; cómo los masones iniciaron en el gremio de canteros y fueron los artífices de las catedrales. Le explicó que las llaves que aparecen en el escudo papal son en realidad las de Salomón y que todo el conocimiento había sido dado al hombre por Hermes Trismegisto miles de años atrás. Y la razón de que el más elevado conocimiento del hombre, desde los egipcios hasta los caballeros templarios, se hubiera transmitido durante generaciones en el más absoluto secreto, el mismo que Dimas tendría que guardar a partir de entonces.

—Quiero que estés convencido de que no hacemos nada malo. Al contrario. Somos depositarios y protectores de un saber sagrado y debemos preservarlo de la ignorancia. El poder siempre ha temido al conocimiento verdadero y por eso siempre lo ha perseguido.

—Lo entiendo, padrino. Yo nunca diré nada.

—Corren muy malos tiempos para el pensamiento libre. La mejor manera de que nadie pueda quitártelo es que no lo compartas con desconocidos. Y que incluso seas muy reservado con las personas que te ofrezcan su confianza. Hay mucho lobo con piel de cordero. Recuerda que el silencio será en todo momento tu mejor aliado, intenta no significarte y pasar desapercibido, aunque me temo que con ese carácter inquieto que tienes eso va a serte muy, pero que muy difícil.

Pronto aquellas clases particulares se convirtieron en mucho más atrayentes que las del San Isidro. Dimas salía trotando por las escaleras del metro y llegaba a casa con la lengua fuera, con el tiempo justo de engullir un bocado para enfrascarse en la lectura de algunos de los libros que Leónides le iba dosificando. Pasado un año de aquellas primeras lecciones, el anticuario tomó la llavecita que llevaba en la cadena del reloj y abrió la vitrina de la librería, pasó el dedo índice por encima de los libros y escogió el que tenía en el lomo las siglas AMORC. Sopló por encima, lo sopesó en sus manos como si dudase, y mirando al chico a los ojos se lo tendió.

—Toma, Dimas. Este día marca un principio. Si deseas seguir, es tu decisión; una decisión que conlleva una enorme responsabilidad, pero a la vez una recompensa importante.

—Gracias, padrino. Yo jamás le defraudaré.

—Acostúmbrate a no decir «de esta agua no beberé» ni «este cura no es mi padre». Solo prométeme que a partir de ahora pensarás bien todos tus actos y que no serás tan alocado.

—Se lo prometo —dijo con gesto circunspecto.

—Este libro no lo has elegido tú, sino que te ha elegido a ti. Es la obra fundamental de la Antigua y Mística Orden de la Rosa Cruz. Para que te hagas una idea, como nuestra Biblia, aunque ya descubrirás que tiene poco que ver con cualquier otro libro que conozcas. Debes estudiarlo con dedicación, pero no lo comentes mas que conmigo y nunca lo saques de aquí. ¿Me lo prometes?

—Prometido —dijo dimas poniéndose la mano sobre el corazón.

—Anda, ven, abejaruco, dame un abrazo, que nos hemos puesto demasiado serios. A veces me cuesta creer que ya te estás haciendo un hombre hecho y derecho.

*

Era raro ver a Leónides enfadado o seriamente alterado por algo. Por lo general, un semblante más grave de lo habitual, solo indicaba que estaba más concentrado en alguna tarea que requería especial atención o alguna idea a la que no paraba de dar vueltas, pero ahora Dimas lo notaba tenso, preocupado.

—Padrino, ¿puedo decirle algo?

—Me lo vas a decir de todas formas, así que venga, te escucho.

—Nada, que lleva unos días como que no es usted. ¿Se encuentra bien?

—Hombre, bien, bien... Pues más o menos. Me encontraría mejor con veinte años menos, para que te voy a engañar. A veces este negocio se me hace bastante cuesta arriba. Pero como no sea con una nueva reencarnación, no sé yo... Anda, acércame las gafas que quiero ver una cosa en estos papeles.

Dimas no era fácil de engañar y no iba a permitir que se le escabullese con una escaramuza.

—A ver, que a usted le falta mucho para viejo. Y no me refiero a eso, es que lo veo bastante agobiado. Y ni se piense que me chupo el dedo, ¿eh? ¿Me va a decir lo que le pasa o no?

—De verdad, Dimas, a veces pareces una esposa sonsacadora, y mira que es molesto eso, caramba. Pero está visto que a ti no se te puede ocultar nada, así que te contestaré como socio: tenemos un problema gordo con el pedido de la galería de Londres. Nunca les hemos fallado, pero la réplica del Brueghel que esperan a finales de este mes no veo cómo vamos a poder entregarla en plazo. No voy a tener más remedio que devolver el anticipo y vamos a quedar muy mal con esta gente. No es tanto el dinero lo que me inquieta, sino que pueda dañar nuestra reputación.

—¿Y qué pasa con Rafael? ¿Por qué no se lo encargamos a él? —preguntó Dimas.

—Es el primero en el que había pensado, pero los problemas nunca vienen solos: parece ser que iba camino de la academia y desapareció. Desde hace meses nadie sabe dar razón de él. Existe la sospecha de que algún extraño lo haya secuestrado —dijo Leónides—. No te dije nada antes porque imaginé que la noticia te entristecería y quise esperar a que diese señales de vida, pero nada hasta ahora.

—Pero si solo solo es un chaval. ¡Pobre! Ojalá que no, me cae muy bien.

—Sí, un chaval muy majo. Pero su enorme talento puede haber sido su perdición. Quién sabe si algún desalmado lo tenga encerrado o si se lo hayan llevado a otro país obligándole a copiar obras de arte para alguna banda de desaprensivos. Y quién sabe cuántas obras que pasan por auténticas hayan salido de su mano y cuelguen en la pared de algún coleccionista incauto o de cualquier pinacoteca importante. No me sorprendería en absoluto. Me lo dice un sexto sentido, porque tengo buenos contactos en la policía y me consta que no tienen ni una pista. Están más perdidos que Carracuca. Vamos, que ni la más remota idea de qué pueda haber sido de él —dijo con preocupación el anticuario.

—Prefiero pensar eso a que le haya pasado algo mucho peor.

—Nunca se sabe, así que tú ten cuidado, Dimas, que no están los tiempos para bromas. Hay mucha gente mala suelta campando por sus respetos. En este país no hay autoridad. Es preferible navegar con bandera de bambarria o de despistado que andar presumiendo y llamando la atención. Hay buitres al acecho. Y yo no me perdonaría que te llegara a pasar nada malo.

—Después de en las que mete… Ahora resulta que se le está ablandando el corazón —dijo el chico.

—Vale, lo reconozco, siempre hay un riesgo. Pero es un riesgo muy controlado. Tu seguridad está antes que todo y para mí vale más que un Greco o la joya más preciosa. Además —dijo Leónides guiñando un ojo—, sin un poco de riesgo no hay emoción, ¿verdad?

*

El plan de asalto a la catedral de Palencia seguía su curso. Dimas tendría que abrir la reja y la cámara de seguridad de la sacristía y después la reja de la cripta, custodiada por un cerrojo y un grueso candado con forma de corazón. Pero eso no sería mayor problema para alguien que había convertido en afición personal desentramar los resortes y mecanismos ocultos de cualquier cerradura.

—Desde el pozo, el túnel corre paralelo a la Bajada de Puentecillas, justo debajo del Noviciado de las Hermanas de la Caridad, donde también hay un acceso —aseguró Leónides—. Claro que por ahí es impensable entrar porque son monjas de clausura y no veas cómo se las gastan… De ahí desemboca en el río, al lado del puente romano, justo enfrente de la isla del Sotillo de los Canónigos. Son doscientos veinte metros exactos en línea recta, no se tarda más de seis minutos en recorrerlo. El pasadizo desemboca directamente al Carrión por la alcantarilla del convento, una abertura apenas visible entre la maleza. Solo tienes que tener mucho cuidado de no caerte al río.

—¿Cómo puede saber todo eso? ¿Acaso se ha metido usted ahí?

—No, no ha hecho falta. Lo he recorrido con la mente una y mil veces.

Dimas no salía de su asombro. No podía creer que la planeación del golpe dependiese casi enteramente de la imaginación del anticuario. Leónides le explicó con detalle cómo había llegado a tales conclusiones:

—Todas las iglesias tienen túneles secretos, el caso es encontrarlos y tener la suerte de que no estén cegados. No era difícil imaginar que hubiera uno que uniese la catedral con el palacio arzobispal y estoy seguro de que existe, ya que todavía se puede apreciar que alguno de los arcos fueron entradas a la cripta que luego cerraron. También es probable que hubiera un pasadizo hasta el convento, pero tardé mucho en dilucidar de qué parte de la catedral saldría. Al principio pensé que de la sala capitular y estuve merodeando por allí sin encontrar ningún indicio. Hasta que se me ocurrió pensar que el agua que alimenta el pozo debía de ser parte de una red subterránea.

—Sí, eso suena lógico. Toda Palencia está llena de cuevas y recorrida de ríos bajo tierra, pero ¿cómo pudo comprobarlo?

—Ahí te va, no te me pongas nervioso. Cada 2 de septiembre, desde hace siglos, es tradición bajar a la cripta después de la misa mayor y beber un vaso de agua del pozo. Se dice que es un agua milagrosa y, desde luego, va a serlo para nosotros. Pero no nos desviemos… Hace unos años, el día del santo patrón, soporté estoicamente la castaña de la misa mayor como un feligrés más y me situé a la cola para beber el agua. Había muchísima gente y tardé varias horas en poder bajar a la cripta, que estaba hasta los topes, pero intencionalmente entré de los últimos, cuando ya estaban avisando de que iban a cerrar y apremiando a los que aún quedábamos dentro. De paso, aproveché para fijarme en la cerradura de la reja. En la confusión, sin que se notara, dejé caer en el pozo un paquetito que llevaba preparado. Temía que se escuchara el chapoteo, pero con ese barullo nadie se dio cuenta. Yo sí lo oí, y por eso calculo que el pozo debe tener unos cinco o seis metros de profundidad, no más.

—¿Y qué tenía el paquete?

—Era un envoltorio de papel de arroz que en el interior contenía polvo de añil.

El anticuario ya había hecho unas pruebas y calculaba que en pocos minutos el papel se desharía en el agua sin dejar rastro y liberaría el añil que, al disolverse, tiñe el agua de un azul intenso. Continuó con el relato de sus descubrimientos.

—En fin, después de tirar al pozo el paquetito como si nada bajé caminando hasta el río. Desde el puente de Puentecillas me quedé observando a ambos lados. No tuve que esperar mucho, un rato después empecé a ver el Carrión como si fuera el Danubio Azul. Bueno, exagerando un poco, claro: solo se veía un leve cambio de color en el margen del río que provenía de unos arbustos. Me fijé un poco más y descubrí la salida de la alcantarilla manando el azur elemento.

—Entonces solo nos queda robar el tesoro, después la llave de la cripta, intentar no ahogarnos en el pozo y que no nos agarre la Guardia Civil…

—No podría yo describirlo mejor, socio, ni con tan ponderadas palabras.

*

LA MAÑANA DEL 12 DE AGOSTO, EL TELÉGRAFO DE LA COMISAría de Pamplona echaba humo. Transmitía a la Dirección General de Seguridad, a la red de comisarías de toda la península y a las policías europeas la noticia de un impactante robo en la Catedral de Santa María la Real.

La noche anterior, unos individuos se colaron por el ventanal y accedieron a la sacristía mayor. Registraron atropelladamente todo el recinto, volcando muebles, sacando cajones y tirándolos al suelo hasta que dieron con el juego de llaves de uno de los canónigos. A partir de ahí, todo fue coser y cantar. La puerta de la cámara del tesoro se abrió como la famosa Sésamo de Alí Babá dejando al descubierto sus riquezas. Los ladrones tuvieron suficiente como para permitirse revolver y seleccionar las piezas más valiosas. Arramblaron con todo aquello que podían cargar: el Toisón de Oro, del que Alfonso XIII llegó a decir: «¡Si es mejor que el mío!». La corona de la Virgen del Sagrario sobre el que prestaban juramento los antiguos reyes de Navarra; relicarios, esmaltes, alhajas… Y con el verdadero objetivo de toda la operación, la arqueta de marfil hispanoárabe de Leyre. No contentos con ello, forzaron la puerta de la sala donde se exhibían las monedas de oro y se llevaron todas las que pudieron. Aún les sobró tiempo para sentarse a comer unas pastas que encontraron en la sacristía y regarlas con vino de consagrar. Salieron por el mismo sitio por donde habían entrado sin preocuparse de la debacle que dejaban tras de sí. Una vez consumado el robo, se separaron y cada uno se llevó una parte del tesoro. Uno de ellos, fue directamente con un saco de joyas a un piso de la calle Arrieta, mientras que el otro se encargó de esconder la arqueta, envuelta en un impermeable, en una cuneta de la carretera de Irurzun.

La noticia fue un mazazo para todos los habitantes de Pamplona. Una ola de indignación recorrió la ciudad, Navarra y España entera. Poco de valor quedaba del magnífico tesoro de Santa María la Real: las coronas cuajadas de esmeraldas, la Virgen y el Niño, ramos de oro y diamantes, ricos broches, anillos, cadenas, sortijas, cálices... Junto a estos tesoros, habían sido robadas también dos joyas arqueológicas de gran valor: la reliquia del Lignum Crucis que el emperador de Constantinopla le había regalado al rey Carlos III el noble y la arqueta hispanoárabe de Leyre del siglo XI. El valor de lo robado ascendía a siete u ocho millones de pesetas, uno de los importes más elevados de la época. Unas horas después los principales diarios y emisoras de radio informaban del robo en la catedral de Pamplona.

—No hay tiempo que perder, nos están comiendo la carnada —dijo Leónides.

—¿El qué?

—No seas bruto, Dimas, no se dice «el qué», no te estoy pagando los estudios para que hables como un cateto. Quiero decir que se nos están adelantando. Tenemos que ponernos manos a la obra hoy mismo.

El plan maestro era arriesgado, pero sencillo. Entrarían como cualquier feligrés en la Catedral de San Antolín para asistir a la misa solemne y se quedarían después de que concluyera en una de las capillas, haciendo como que rezaban el rosario. Cuando el señor obispo estuviera cambiándose en la sacristía, causarían una distracción que lo obligara a salir y en ese momento sustraerían el báculo y todo lo que pudieran cargar.

—¿Y la alarma? Está claro que saltará en cuanto alguien se acerque demasiado.

—Ya he resuelto ese tema. Tú no te preocupes, que de eso se encarga el mayor experto en seguridad del mundo.

Leónides le mostró algunas fotos que se había dado el lujo de tomar con la Brownie de Dimas como cualquier turista, solo que en vez de sacar capiteles góticos, se había enfocado en la alarma y en el recorrido del cableado. El aparato era un Holmes, uno de los sistemas más modernos, que se conectaba por los mismos cables del teléfono a la Comisaría de Investigación y Vigilancia de Palencia. Una alarma de cierto muy sensible, aunque no infalible.

—A estas alturas ya deberías saber que no hay sacristán en España que no robe las limosnas de los cepillos o que no sea un borrachuzo. A este, mira tú, lo he visto yo ya en la tasca poniéndose ciego a chatos de blanco de Cigales y seguro que por la noche continúa la fiesta con el vino de consagrar.

—Entonces le quitamos la llave cuando esté piripi y ya está.

—No es tan simple. La vitrina solo puede abrirse por el lateral con dos llaves diferentes y ambas cerraduras están acopladas a la alarma, que conecta directamente con la policía. Las llaves no las tiene el sacristán, él solo maneja las que abren la puerta de acceso a la cámara del tesoro. Las de la vitrina están una en el arzobispado y la otra en el banco. Y se necesitan las dos simultáneamente para abrirla.

—Lo de abrir la caja acorazada, sí que está en chino —comentó Dimas con cierta preocupación.

—Ya puedes suponer que llevo mucho dándole vueltas. Y no parece tarea fácil, desde luego. Pero no hay ningún sistema de seguridad que haya inventado un hombre y que otro no pueda vulnerar. Olvídate de la fuerza, esto es una tarea de pura inteligencia. A cualquier palurdo lo primero que se le pasaría por la cabeza es volarla, pero eso destruiría las piezas, haría un destrozo espantoso y en el mejor de los casos dejaría las joyas regadas entre los escombros y los vidrios. Además, sería la garantía de que nos atrapasen en el acto y eso si saliéramos ilesos de la explosión, así que ni hablar del peluquín. Nosotros somos caballeros de guante blanco.

—¿Y romper solo los cristales?

—¡Ja! A ver si te crees que esos cristales se rompen con uno de tus chinazos o a pedradas. Son a prueba de balas.

—A lo mejor podríamos cortarlos con diamante, como en El Escorial.

—Nanay. Estos son vidrios blindados, imposible cortarlos. Lo haremos al itálico modo.

—¿Y eso cómo es?

—Durante la misa mayor, con la catedral repleta de gente y todas las autoridades y la Guardia Civil dentro.

—No, si con razón su familia lo abandonó por loco…

—A ver, abejaruco, que te tengo por listo. No me hagas enfadar. En primeras, soy yo el que se fue de la familia o ahora mismo sería cura (o cardenal, pensándolo bien…). Y de loco, todos tenemos un poco, ¿no? Pero no divaguemos. ¿Acaso no nos hemos llevado lo que hemos querido de cualquier convento o iglesia?

—¿Hemos? Eso es mucha gente. ¿Quién es el que se ha colado en las capillas a riesgo de que lo agarren y lo maten a palos? ¿Eh, quién?

—Está bien, te concedo una parte de razón. Tú eres el músculo y yo el cerebro. Admito que no lo hubiera podido hacer si ti. Y ahora tampoco.

—Sí, pero esto es la catedral. ¡La ca-te-dral! No una iglesucha perdida en el campo de la que salir pitando de un sacristán carcamal. Con toda la benemérita en uniforme de gala y con sable.

—Confía en mí, lo tengo todo pensado.

—Sí, claro. Confía, confía. Como cuando me agarraron en Santa Marina y usted se dio el piro en polvorosa.

—Eras un niño y la libraste con un tirón de orejas. Por cierto, que desde entonces te quedaron bien grandes, así que escucha con atención. Se les ha escapado un detalle muy, pero que muy importante. Entraremos los dos y abriremos la caja acorazada sin necesidad de llaves.

—¿Los dos? ¿Y qué pasó con su máxima de «solo un hombre dentro»?

—¡Ah! ¿Eso? Pues que sigue vigente al cien por cien.

Ante la insistencia de Dimas, Leónides se vio obligado a ceder y la estrategia tuvo que variar ligeramente. No actuarían de día, sino amparados en la soledad de la noche y en la distracción causada por las fiestas. Por lo demás, el ingenioso plan de Leónides habría de seguirse al pie de la letra.

*

BENIGNO HABÍA CAMBIADO SU UNIFORME DE CHÓFER POR UN mono azul con el escudo y las siglas CTNE, que era el traje de trabajo de los empleados de la Compañía Telefónica Nacional de España. Se cruzó con unos obreros que al verlo levantaron el puño y lo saludaron con el «¡Salud, camarada!» El chófer dio por sentado que los obreros habían confundido las letras del emblema con las de la CNT. Devolvió despreocupado el saludo. Se sentía feliz de volver a operar un circuito de teléfonos. Este era mucho más nuevo y con infinidad de cables de colores, muchos más que los del que estuvo a punto de costarle la vida, pero enseguida reconoció los circuitos principales y se dispuso a puentearlos. Conectó una de las clavijas del auricular en un borne, se lo llevó a la oreja y comenzó a tantear algunos de los otros con la clavija suelta. En algunas se escuchaba un pequeño ruido rasposo, en otras el tono de línea normal. Separaba rápidamente la clavija para no dejar sonar el teléfono al otro lado. En una de ellas, por fin, el tono característico de una línea de doble paso, la de la alarma. Aseguró la pinza de la clavija en el borne e inició la llamada.

—Oficina de policía y vigilancia, buenas noches.

—Aló ¿se encuentra la señora de Hontiyuelo?

—¿La señora de Hontiyuelo? ¡Esto es la comisaría!

—¿No es la funeraria Viuda de Hontiyuelo? —Benigno tuvo que hacer un esfuerzo para ocultar la risa.

—Le digo que esto es la comisaría y no son horas para que esté abierto ningún comercio decente. ¡Y menos una funeraria, hombre de Dios! ¿Se puede saber quién llama? Como sea una broma le va a caer un paquete.

—Disculpe, he debido marcar el número equivocado.

Colgó y acto seguido cortó el cable correspondiente dejando el puente conectado. Solo había que liberarlo para deshabilitar la alarma y después volverlo a dejar todo como estaba. Únicamente un experto podría detectarlo y, para cuando eso sucediera, el trío estaría a muchos kilómetros de Palencia.

*

El día de San Antolín de 1935 caía en lunes, por lo que el arzobispado decidió de común acuerdo con el ayuntamiento inaugurar la celebración la noche del domingo, con un pasacalle de la banda municipal, desfile de gigantones y cabezudos y disparo de bombas de artificio. La ciudad presentaba ya un animado aspecto. El inicio de las fiestas patronales culminó con un banquete en el Central Hotel. Eso despertó algunas quejas airadas entre obreros y empleados, pero pronto se disolvieron en la felicidad de convertir en festivo el primer día de la semana.

Las relaciones entre la iglesia y el gobierno no andaban del todo bien. En la memoria de todos estaban recientes los sucesos de Madrid, la quema de los conventos a manos de extremistas republicanos y los abusos hacia el clero, por lo que era preferible contemporizar y celebrar a san Antolín de la mejor manera posible. A los seis toros de Tabernero de la corrida de la tarde del lunes, con Barrera, Domínguez y el Soldado en cartel, había que sumar la función de cincuenta aniversario de la compañía del Gran Circo Feijoo, «de colosal fama mundial», por lo que la máxima pretoriana de «al pueblo, pan y circo» se estaba aplicando a cabalidad. La gran afluencia de personas a los festejos era terreno abonado para pillos y ladronzuelos. La policía actuó con eficacia aprehendiendo a ocho habilidosos carteristas que pernoctaron en los calabozos de la Comisaría de Vigilancia y que al día siguiente fueron conducidos a la Cárcel Modelo para cumplir quince días de arresto gubernativo, pena a todas luces insuficiente para su reinserción en la sociedad que acababan de vulnerar.

La catedral estaba abarrotada de fieles. Toda Palencia, sin consideración de ideología, se había volcado en la fiesta del patrón. Centenares de peregrinos que hacían el Camino de Santiago recalaban en la capital palentina como etapa obligada del viaje. Monjas y frailes de todos los conventos de los alrededores se mezclaban con locales y foráneos en una multitudinaria y fervorosa celebración. Entre tanto hábito, dos figuras vestidas de franciscano, con la basta tela marrón, sandalias, un largo cayado en la mano, un macuto a la espalda y un grueso cordón anudado con varias vueltas a la cintura, se acercaban al templo entre la marea de gente. En el bullicio y barahúnda de locales y forasteros, nadie hubiera podido sospechar ni reconocerlos. Incluso Dimas aprovechó para hacer burla de que Leónides, por su redonda calva, no necesitaba tonsura.

El confesonario era un kiosco gótico de madera de generosas dimensiones, suficientes para contener las culpas de los cientos de miles de pecadores que se habían reclinado a cada uno de sus lados. Suficiente, también, para que Leónides y Dimas esperasen sus buenas tres horas ocultos tras la espesa cortina, enfundados en sendos hábitos y en riguroso silencio, entregado cada uno a sus meditaciones. Incluso si alguien se hubiese asomado, o alguna anciana se hubiese arrodillado a última hora para recibir el sacramento de la penitencia, dos franciscanos encapuchados no hubiesen desentonado con la penumbra del ampuloso cajón. Para Dimas no fue muy diferente de las largas sesiones de acecho de las aves cuando salía de cacería, solo echaba de menos alguna de sus novelillas para matar el rato y su único temor era quedarse dormido. Para Leónides, sin embargo, la escueta banqueta de madera pasó de incomodidad a tortura a los pocos minutos. «Se me va a borrar la raja del *ruler*», pensó para sus entumecidos adentros. Se sumergió en sus pensamientos y, por primera vez, tomó conciencia de que la vida se le estaba pasando con mayor rapidez de la que hubiera deseado. Intentó contener el impulso de sacar el reloj del Chopin, entre otras cosas, porque rebuscarlo en el chaleco por debajo del hábito era lo más parecido a intentar zafarse de una camisa de fuerza.

El tumulto y el ruido en la catedral fueron decayendo poco a poco y los últimos sonidos se extinguieron con los del cierre de las puertas, los pasos cansinos del sacristán y los de un par de monaguillos apagando las filas de velas de las capillas laterales y los descomunales cirios centrales, apenas consumidos a pesar de los largos oficios religiosos. La oscuridad fue cediendo territorio al silencio y pronto la catedral entraba en plácida somnolencia. Dimas también. De cuando en cuando, el anticuario le daba un par de toques con los nudillos en las tablas para impedirle caer en los brazos de Morfeo o en los de alguna de las *morguapas* con las que el chico gustaba entrar en ensoñaciones, nada convenientes para esa noche que exigía la máxima concentración.

Las posaderas de Leónides parecían las responsables de llevar la cuenta del tiempo. El anticuario se revolvió en el estrecho recinto, encendió un segundo el mechero y miró el reloj: faltaban aún cuarenta minutos. Comenzó a reflexionar sobre lo que implicaba la eternidad, más si había que pasarla en el Purgatorio con otros millones de almas en pena; o en los pisos inferiores donde, como sugirió Dante Alighieri, sin duda habría muchísimas más. Concluyó que no podía haber mayor tortura que estar encajonado y con el trasero sobre una tabla y que agradecería que un demonio de buen corazón le diese un buen pinchazo con el tridente en salva sea la parte, al menos para activar la circulación, porque las piernas se le empezaban a dormir. Creyó escuchar al sacristán unos metros más allá, seguro que empinando el codo en soledad y presto al abandono total de la consciencia. Se aseguró de que la cortina estuviese perfectamente echada, encendió el mechero un par de segundos y comprobó la hora una vez más. Diez minutos.

—*Longum est per patientiam expectamu*s —musitó con otro dc sus latinajos.

Larga es, en efecto, la espera del que espera. A las once cuarenta y cinco exactas, golpeó tres veces con los nudillos y abandonó con un resoplido la pequeña prisión. Dimas salió unos instantes después para que nadie pudiese extrañarse de verlos salir al mismo tiempo si es que anduviera alguien por ahí. Se dirigieron con paso presto a la sacristía y escucharon los ronquidos alcohólicos del sacristán, apoltronado en un vetusto sillón, con la botella de Lacryma Christi a medio vaciar y sin que la luz vacilante de la palmatoria encendida sobre la cómoda lo perturbase lo más mínimo. Con cristiana caridad y para contribuir al buen dormir del hombre, Leónides le aplicó un pañuelo con cloroformo bajo la narizota hasta que los músculos del cuerpo se abandonaron a una total laxitud. Dimas se encargó de tomar prestado el manojo de llaves entre las que no fue difícil dar con las tres que abrían los cerrojos de la reja cruzada primero y de la puerta acorazada después, tras las que estaba su objetivo. Leónides miró de nuevo el reloj, sincronizado al segundo con el de Benigno en el exterior.

—Dos minutos más y adentro —susurró el anticuario.

—Dos minutos —repitió Dimas con evidente excitación.

Cuando la manecilla del segundero pasó sobre las doce introdujeron cada llave en su respectiva cerradura, las giraron con decisión y empujaron la maciza puerta, que cedió sin mayor resistencia.

—Venga, a lo que hemos venido. Recuerda: seis minutos exactos, ni un segundo de más. A mi señal salimos con lo que tengamos.

—*Sórdenes,* mi comandante —respondió jocoso el chico.

Entraron en la sala, encendieron las linternas y siguiendo los cables dirigieron los chorros de luz hacia la alarma. El cajetín estaba ahí arriba, impasible e inanimado. El chófer había hecho bien su parte, al menos hasta el momento. Dejaron caer las mochilas al suelo, sacaron las herramientas, desplegaron los odres y los abrieron por el cuello, listos para engullir lo más posible. Desenrollaron cada uno el cíngulo de la cintura y se despojaron de los hábitos, quedando en ropa de calle. Doblaron las vestiduras monacales y pusieron los cordones encima. Colocaron las linternas sobre las vitrinas laterales apuntando al tesoro principal.

Dimas hizo palanca con la alzaprima lo suficiente como para que Leónides introdujese la lengüeta de los gatos mecánicos bajo cada esquina de la vitrina blindada. Comenzaron la tarea estrictamente coordinada de dar cinco vueltas a cada manivela por vez hasta que las dos toneladas de cajón de acero y vidrio templado comenzaron a elevarse. Cuando los gatos alcanzaron los dos palmos, al límite ya de su extensión, crearon el hueco justo para que Dimas se colara en su interior bajo la mesa que sostenía las piezas.

—Mucho cuidado, Dimas, que como se te venga la caja encima te quedas como trucha en pecera y de ahí no te saca ni la paz ni la caridad si no es la policía… y para meterte por los restos en otra caja.

—Gracias, es justo lo que necesitaba escuchar ahora. Recuérdeme que le dé las gracias al salir… si salgo.

—Eso si no te cae encima la caja y te corta por la mitad.

—Lo dicho, mi comandante: nadie como usted para animar a la tropa.

Dimas se deslizó como culebra bajo el borde del inestable cajón y se introdujo bajo la tablazón que sostenía las piezas. Leónides esperó unos segundos hasta que vio asomar la mano del chico desde atrás. Con la linterna comenzó a guiar los movimientos de la mano que empezó a retirar, en estricto orden de valor, primero el báculo, después las dos custodias de oro y pedrería, los cálices enjoyados y las patenas lisas pero de oro puro. Y el descendimiento de marfil. Por el hueco de la amenazante y pesada vitrina comenzaron a salir las piezas más valiosas y fáciles de transportar, dejando atrás otras de no menor riqueza y valor, al menos artístico, pero imposibles de extraer y mucho menos de trasladar por solo un hombre o dos, como el imponente relicario de San Antolín, que contemplaba impotente el saqueo. El anticuario iba envolviendo con premura en trapos cada objeto para evitar que se dañase.

Las manos de Dimas revoloteaban hacia donde señalaba la precisa linterna de Leónides, que con el reloj en la mano izquierda comenzó la cuenta atrás.

—¡Un minuto y fuera! —indicó.

—¡Oído!

Dos medallones de oro desaparecían por detrás, afloraban por el hueco y entraban en un odre.

—¡Treinta segundos y fuera! —señaló el anticuario.

—¡Oído!

Un crucifijo mediano cubierto de ágatas, jaspes, jades y turquesas salió por debajo de la vitrina y entró en el otro odre.

—¡Diez segundos y fuera! —marcó con autoridad el anticuario.

—¡Oído!

Los dedos de Dimas pajareaban entre las piezas restantes resistiéndose a abandonar la cueva de Alí Babá llena de maravillas. De repente, un diente del engranaje de uno de los gatos saltó e hizo bascular la caja acorazada con un amenazante gruñido.

—¡Maldita sea, chico, fuera! ¡Ahora! —gritó Leónides.

—¡Que ya voy, coñe!

Algunos objetos desaparecieron de la mesa. Dimas rodó bajo el borde del cajón y emergió sudoroso al otro lado.

—Ahí dentro hace un calor de mil demonios —dijo Dimas con un tono de voz diferente, como si le costase trabajo hablar.

—Más calor va a hacer en el Puerto de Santa María como no nos demos prisa. Ya hablaremos luego. Ahora... ¡Afuera!

Volvieron a girar el manubrio de los gatos en sentido inverso comprobando con extremo cuidado que los cuatro lados bajaran justo un centímetro cada vez. El ciclópeo cajón blindado regresó con lentitud a su lugar, aunque ahora debidamente aligerado de su valiosa carga. A primera vista, había incluso que esforzarse un poco para notar las piezas faltantes. Leónides miró una última vez a la vitrina con cierto dolor por lo que no podría llevarse, como la cruz de altar de cristal de roca y plata dorada mexicana del siglo XVI, pero con la satisfacción de tener el báculo por fin en su poder.

Envolvieron los gatos en los hábitos y los metieron en las mochilas. Cargaron cada uno un fardo, salieron de la sala de seguridad y cerraron la puerta y la reja con sus respectivas llaves justo en el preciso instante en que un foco rojo sobre la caja de la alarma comenzaba a parpadear. Volvía a estar conectada. Metieron las llaves en el llavero del sacristán, que seguía brindando en sueños con Baco y tres o cuatro vestales mitológicas ligeras de ropa que le acariciaban la peluda barriga.

Desde la puerta de la sacristía, seis pasos a la derecha, luego cincuenta y cuatro pasos en dirección a la entrada principal y otros cuatro pasos a la derecha. Setenta y tres metros exactos. Podrían hacer el recorrido en total oscuridad, llegado el caso. Pero incluso en la soledad de la noche, la catedral tenía una tenue luminosidad interior, más atemorizante, que agigantaba cualquier sombra como queriendo adaptarla a la enorme altura de la nave lateral. Las alpargatas de esparto no deberían sonar sobre el mármol de las lápidas del suelo, pero hasta el más leve roce de la ropa o el apoyar por descuido el cayado producía un sonido amplificado que se repetía por las bóvedas y capillas con sensación de estruendo. Dimas podía escuchar el latido de su corazón y la sangre golpeando con prisa en las orejas. Todo iba bien, no había motivo para inquietarse ni nadie a quien despertar si no fueran las damas y caballeros medievales que reposaban en eterna placidez bajo sus pies por los siglos de los siglos amén. Más que temor, era la excitación de estar consumando otra obra de arte: el robo del siglo.

Continuaron hasta la cripta. Leónides había propuesto en un principio forzar la reja con uno de los gatos, pero Dimas le recordó sus propias normas respecto a la limpieza de ejecución de un golpe de guante blanco. Además, no podía resistirse al reto de desvirgar el candado que bloqueaba el cerrojo. La cerradura no ofreció excesiva resistencia. Había practicado cientos, miles de veces con las ganzúas abriendo candados y cerrojos mucho más difíciles. Hasta los *Squire* ingleses y los *No-Key* americanos, que tenían fama de inviolables, se habían convertido en un juego de niños. Y desde luego, él ya no lo era. El anticuario lo alumbró mientras Dimas, de rodillas y con total fervor, metía por el ojo una varilla con una mano y un alambre con la otra hasta escuchar el característico clac al hacerlo saltar. Cargaron de nuevo los flácidos corambres con el tesoro y descendieron los veintitrés peldaños labrados en mármol hasta el interior del sótano. Arrojaron los macutos con los gatos por el labrado brocal y escucharon el chapoteo al tocar el agua mientras se precipitaban hasta el fondo del pozo.

—A partir de aquí sigues solo, abejaruco, así que ten muchísimo cuidado.

—Quédese tranquilo, padrino. Nos vemos en la salida.

Leónides volvió la vista atrás y subió los escalones de regreso sin encender la linterna. Cerró la reja tras de sí y puso de nuevo el candado. No habían dejado ni una huella. Se dirigió hacia la Puerta del Hospital, que como se cerraba por dentro sin candado, podía impedir la entrada, pero no el salir como Pedro por su casa. Cruzó la Plaza de Cervantes y por la calle de

Puentecillas tomó camino hacia el río, donde le estaba esperando Benigno. Si por mala suerte se topaba con el sereno, no le costaría simular ser un caballero que regresa con unas copas de más de una escapada nocturna con las señoras de la vida galante. Pese a la severa prohibición republicana, las conocidas casas de tolerancia de la zona hacían su agosto durante el magno festejo septembrino.

*

EN LA CRIPTA, A TIENTAS, DIMAS SACÓ UN PAR DE OBJETOS DEL bolsillo. Hizo saltar unas chispas con la yesca y el eslabón y encendió el carburo. La luz era suficiente para no tropezar y, en cualquier caso, había memorizado el espacio al centímetro, pero no estaba preparado para las singulares sensaciones que le produjo encontrarse solo allá abajo.

Hacía frío. O quizá no tanto, pero la humedad se le metía hasta la médula de los huesos. Sentía el inmenso poder de la catedral comprimiendo el aire en sus entrañas de piedra. La cripta era el útero de una poderosa fémina violado por su presencia. Podía sentirla moviéndose con disgusto entre las tinieblas. Era un lugar de vida y muerte: el embrión visigodo del altivo edificio y al mismo tiempo su catacumba. El silencio aumentaba la sensación de opresión de la bóveda achatada. No llegaba ningún sonido del exterior y sería casi imposible que ningún otro eco pudiese escapar de aquel antro oscuro que bien pudiese ser la boca de acceso a un infierno dantesco. En cualquier momento esperaba escuchar las voces de almas en pena consumiéndose en eterno martirio en la ciclópea caverna. Angustia, misterio y temor se combinaban ralentizando sus movimientos.

Leónides le había enseñado cómo la mente puede jugar esas malas pasadas y se dio cuenta de que ahora estaba siendo víctima de sus propios fantasmas. Solamente era una galería subterránea, ningún osario siniestro habitado de otros espíritus más que el suyo.

Llenó de aire los pulmones y comenzó a insuflarlo en cada uno de los pellejos de vino, hasta que se inflaron del todo adquiriendo la forma de dos orondos cerdos decapitados. Ató con varias vueltas los extremos para que el aire no pudiera escapar. Se sintió un tanto mareado. Unió con firmeza las dos cuerdas que habían sido el cinturón de los hábitos haciendo unos nudos cada medio metro y sujetando fuertemente los odres al extremo de la soga. Los introdujo por la boca del pozo y la fue desenrollando despacio, haciendo bajar ambas corambres hasta que las sintió flotar en el fondo y la tensión de la cuerda disminuyó. Atravesó el cayado sobre el brocal del pozo, tensó la soga y comenzó el descenso por ella apoyándose en los nudos. Leónides había calculado la profundidad casi de manera exacta. A ras del agua pudo ver el hueco del pasadizo, imposible de apreciar desde arriba. Se introdujo en él sin esfuerzo. Con un par de movimientos ondulantes del brazo logró zafar el cayado y la soga, que cayeron al agua. Recuperó los pesados sacos y el improvisado equipo de espeleólogo para no dejar rastro y se adentró por el túnel.

Era mucho más estrecho de lo que suponía. El agua le llegaba por debajo de las rodillas y avanzó un tramo recto con cierta dificultad. Unos metros más adelante el túnel se inclinaba hacia abajo y el nivel del riachuelo comenzaba a aumentar, primero hasta la cintura y luego hasta el pecho, fluyendo con densa lentitud. Los odres flotaban como salvavidas y se dejó llevar por la suave corriente asido a ellos. Continuó así el trayecto durante un buen trecho dejando atrás la oscuridad del pozo y adentrándose en la nueva negrura apenas rota por la exigua luz de la lamparita de minero. Afuera, sobre los ampulosos arcos del puente romano, Leónides miraba cada minuto el reloj de su chaleco, sin explicarse por qué tardaba tanto.

Dimas y los inflamados cerdos flotaban despacio. Comprendió la expresión de sentirse «con el agua al cuello», aunque su mayor temor no era ahogarse sino atascarse y no poder continuar ni retroceder. Prosiguió unos metros más hasta que un tufo apestoso le dio en la nariz.

—Mierda —dijo en voz baja—. Las letrinas.

Intentó no tocar los evidentes escurrimientos de las paredes. Alumbró con el carburo y vio un grupo de ratas que, lejos de huir, lo observaban con ojillos relucientes. Un poco más adelante, una reja de hierro bloqueaba el túnel.

Inspeccionó la reja. Estaba muy oxidada por el río y las aguas negras de las monjas, pero no lo suficiente como para romperse con un simple empujón. Intentó patearla con todas sus fuerzas, pero el agua le restaba impulso y el hierro no tenía intención de ceder. «Ahora sí que la hemos fastidiado», pensó. Sin rendirse, observó que la reja estaba sujeta a cada lado por unos gruesos goznes. Usando la palanqueta intentó hacer presión contra la pared en la parte más débil. Imposible. La reja crujía, pero sin ceder. Solo le quedaba una última opción: intentar sacar los pernos de los goznes. Comenzó a golpear desde abajo con la palanqueta, confiando en que el rumor del agua y lo profundo del pasadizo amortiguaran el ruido de los golpes.

—¡Maldita sea! ¿Cómo no se me ocurrió traerme uno de los gatos? Cualquiera regresa ahora a por ellos… Un rato después, el primer perno asomaba la cabeza apenas medio centímetro, lo suficiente como para hacer palanca y extraerlo por arriba. Le dolían las manos por el frío, pero no podía detenerse. Repitió la operación con los otros tres goznes, que gracias a la herrumbre y al paso del tiempo se habían desgastado lo suficiente como para salir tras unos cuantos golpes. Liberada de sus anclajes, la reja cedió por fin y pese a su gran peso cayó sin estruendo al fondo. Aterido y al borde del agotamiento, Dimas respiró hondo y se dejó llevar por el agua un poco más hasta que notó que los pies volvían a tocar con el suelo. Se incorporó y recorrió la última sección de la alcantarilla, que en el tramo final manaba mucho más lenta y espesa con un hedor penetrante. Al final, como un insignificante punto que se iba agrandando, pudo ver la luz incipiente del amanecer. Apagó el carburo y dio un resoplido de satisfacción.

—¡Con un demonio! ¿Se puede saber dónde te habías metido? ¿Por qué no salías? Un poco más y nos vamos sin ti —dijo Leónides.

—Otro encarguito fácil de los suyos —dijo Dimas con sorna al tiempo que resoplaba y dejaba los odres en el suelo—. Me ha faltado un tris para ahogarme.

—Cualquier día me da un infarto por tu culpa. Además, hueles que apestas.

—A mierda de monja —puntualizó muy serio Benigno sin descomponer el gesto.

—Venga, marchando que es gerundio. Ya te bañarás después.

El chófer desinfló de un navajazo los pellejos y metió los pesados bultos en el maletero. Subieron apresuradamente al coche y emprendieron el camino de regreso.

Los rotativos locales daban cuenta de cómo Palencia continuaba inmersa en sus juegos florales y distraída de todo lo que no fuera el partido de futbol, los alambristas, malabaristas y *clowns* del Circo Feijoo, o la recepción del nuevo obispo, el mismo que había tenido que salir por piernas de Málaga tras el incendio del palacio episcopal.

*

LAS FIESTAS CONCLUYERON EL MARTES CON LA VERBENA DE LOS horticultores, fuegos artificiales y traca final. El robo se descubrió a primera hora de la mañana del miércoles. El teléfono de la comisaría rompió la modorra del policía de guardia.

—Póngame con el señor Enríquez inmediatamente.

—¿De parte de quién? —replicó una anodina voz anónima.

—Del obispo González García.

—¡Don Manuel! —reaccionó la voz—. Precisamente viene llegando en este momento. Enseguida se lo paso.

—Sí, dígame, don Manuel, ¿en qué podemos ayudarle? —contestó solícito el jefe de policía.

—Venga inmediatamente, ha ocurrido una desgracia.

El comisario Salvador Enríquez se personó en la sacristía de la catedral con media docena de agentes y se encontró con los rostros descompuestos del obispo y de don Luis Polanco, a quien don Manuel había avisado segundos después de hablar con la gendarmería.

—A ver, tranquilicémonos. Cuéntenme exactamente lo que ha pasado.

—Esta mañana, el sacristán, como todos los días, estaba preparando mi casulla para la misa de siete. Yo empezaba justo a revestirme acomodándome el alba y entonces se me pasó por mientes que como íbamos a recitar el *Te Deum* en maitines tal vez fuera buena idea que vistiese la mitra obispal plateada y el bastón apostólico.

—¿Podemos ir directamente al grano? —interrumpió sin disimular su impaciencia Enríquez.

—Sí, perdón, claro que sí. Llamamos a don Luis para que trajese su llave y abrir la cámara y cuál fue nuestra sorpresa y pavor al descubrir que faltaban muchas piezas, entre ellas, el báculo, varias custodias y copones... ¡Ay Dios mío, qué soponcio!

—Don Luis —dijo el comisario dirigiéndose al banquero—, quiero un inventario completo de todo lo que falta. En cuanto lo tenga, haga el favor de traerlo a la comisaría para levantar el atestado e integrar la denuncia correspondiente.

—Cuente con ello, don Salvador. Nos ponemos en este mismo instante. ¡Qué barbaridad! ¡Qué atropello! ¿Pero cómo han podido hacer una cosa así? Se supone que la cámara es inexpugnable. ¿Y cómo es que han podido burlar el sistema de alarma? ¿No nos lo vendieron carísimo asegurando que era infalible?

—Estamos, sin duda, ante profesionales. Créame, ningún sistema de seguridad es perfecto.

—Esto tiene toda la pinta de ser cosa del Sieteveces y sus secuaces —cuchicheó uno de los agentes.

—No sea bruto, Blázquez —respondió el comisario—. Sieteveces ya está en chirona en Pamplona. Esos eran unos chorizos de poca monta que no corrieron con suerte —le aclaró al obispo—. Esto es muy distinto, aunque no descarto que el Mexicano pudiera estar detrás de todo.

Ustedes dos —dijo señalando a un par de los policías—, se quedan aquí vigilando que nadie entre a la cámara bajo ningún pretexto.

—A sus órdenes.

—Luego vendremos con un perito para ver cómo han logrado entrar y llevarse todo sin forzar nada.

Tan solo unas semanas antes el comisario Salvador Enríquez se había anotado un importante tanto con la detención de Sieteveces y sus compinches en Palencia. El alias no precisaba de mayor explicación. La banda tenía como cómplice a un excarabinero expulsado del cuerpo, el relojero José Eleuterio Arias, que adquiría el producto de sus robos y desmantelaba y fundía las joyas en su piso de Pamplona. Ellos habían sido los ejecutores, pero los autores intelectuales del robo de Santa María la Mayor habían sido el Mexicano, José Oviedo de la Mota, y un italiano, Ferdinand Tapaletti, de sobrenombre *Papaello*.

Oviedo de la Mota habría intentado sin éxito adquirir la pieza más importante del robo en un precio ventajoso. Ante la negativa del cabildo ofreció reemplazarla por una copia y pagar una fuerte suma y, tras la nueva negativa de los canónigos, decidió encargar el robo a delincuentes de alta escuela. Según se desprendió de los interrogatorios, el plan fue urdido desde las cárceles de Madrid y Valladolid por ladrones de arte cuyos nombres se ocultaban en la prensa por pertenecer a familias «respetabilísimas». Gracias a la eficaz investigación, el 5 de septiembre se encontró la arqueta y poco después se aprehendía a los ladrones. Tristemente, muchas de las joyas habían sido desengarzadas y fundidas en el crisol del joyero.

Pese a este notable éxito policial, único y último de su carrera, el comisario moriría en el anonimato unas décadas después sin poder dilucidar si su mal carácter era fruto de las hemorroides, o si las almorranas eran resultado de su mal carácter y de estar todo el día sentado en jefatura. Añoraba las escaramuzas con los rifeños de Abd el-Krim en sus buenos tiempos como teniente del Ejército Expedicionario de África. Ahora, por segunda vez, tenía la oportunidad de hacer algo distinto de un informe rutinario por suicidio o la explosión accidental de un horno de yeso.

—¡Ah, que no se me olvide! Es de suma importancia que no demos la noticia hasta que tengamos la búsqueda perfectamente organizada, así que voy a rogarles que no suelten ni una palabra a la prensa. Estas primeras horas son críticas para identificar a los presuntos responsables. Ya les avisaré yo cuándo pueden divulgarla. Mientras tanto, chitón, o podríamos poner sobre aviso a los ladrones, ¿de acuerdo?

—Claro, comisario, lo que usted ordene. ¡Ay, qué disgusto, Dios mío! Voy a ponerme a orar para que el arcángel San Gabriel les eche una mano.

—Sí, bueno, gracias, don Manuel. Usted concéntrese en sus rezos, que seguro nos vendrán muy bien. Nosotros vamos ahora mismo con el señor juez para que libere la orden de busca y captura de los sospechosos.

El aparato policial se puso inmediatamente en marcha. Una vez con la orden de busca y captura en su poder, se comunicó el suceso a la comandancia de la Guardia Civil y los puestos de la provincia fueron alertados. La Benemérita reforzó todos los puestos y las patrullas en los cruces de carreteras y caminos. También se enviaron telegramas a Madrid y Barcelona y se informó a las diputaciones provinciales más próximas de la posibilidad de que los autores del robo estuviesen por su zona.

El teléfono de Conrado Gusano no había parado de sonar. El Mataperros sentía la oreja caliente y se metió la uña del meñique que agitó con un rápido movimiento de muñeca. Extrajo una abundante pelotilla de cerumen y haciendo catapulta con el pulgar la estampó en la pared. Había recibido la llamada directamente de la comisaría palentina, con la orden de coordinarse con la Guardia Civil para poner todos los recursos del ayuntamiento a disposición de las fuerzas del orden, lo que le daba particular gusto ya que le hacía sentir importante. Luego siguieron las llamadas de todos los caciques del Cerrato, que parecían tan indignados como si les hubiesen sustraído algo propio. Tal como le habían indicado, Gusano enteró inmediatamente a las JONS. La codicia se desató enseguida entre los falangistas. No tanto por pillar un pellizco del tesoro, que habría que devolver íntegro en cuanto se encontrase, sino por alzarse con el mérito de haber atrapado a los autores del robo sacrílego poniendo en evidencia la ineficacia de la policía republicana. Pero ni la policía, ni la Guardia Civil, ni los falangistas ni el alcalde podían sospechar lo que simultáneamente estaba ocurriendo en la residencia de verano del Papa.

*

El Jefe de Seguridad del Vaticano llegó a Castel Gandolfo en un Alfa Romeo último modelo. Recibió el saludo de los guardias, vestidos en el colorido uniforme medieval, que se cuadraron marcialmente a su paso y cruzó la gruesa puerta de madera del siglo XVIII surcada de cerrojos masónicos. Ascendió deprisa la escalera de honor que daba paso al Salón de los Suizos, donde antiguamente se apostaba el retén. Sobre el enlosado aún podían apreciarse las marcas dejadas por las alabardas de la antigua Guardia Suiza Pontificia. Atravesó la Sala de los Palafreneros, la de los Camerlengos y la Sala dei Bussolanti hasta llegar al Salón del Trono. Conocía el camino y cada recoveco de memoria. Cada vez que el Papa recibía a una delegación extranjera debía desplegarse un minucioso protocolo de protección de todas las personalidades y, de manera especial, del Sumo Pontífice. La engañosa apariencia del uniforme de la guardia, inspirado en los frescos de Rafael, ocultaba a soldados y policías de élite entrenados en armamento moderno y en técnicas de combate de las fuerzas especiales. Sabía que Pío XI prefería ventilar los asuntos internos en su despacho, reservando los salones para las grandes reuniones y actos oficiales en los que mostrar el boato del recién reconocido Estado Vaticano.

No era frecuente que el Papa le pidiese acudir al Palacio Apostólico, por lo que intuyó que esta vez el asunto era grave. En varias ocasiones le había solicitado intervenir para solventar cuestiones tan peregrinas como interceder ante los carabinieri para que le quitasen una de las muchas multas por exceso de velocidad que el nuevo Pontífice, amante de los últimos avances tecnológicos y fanático del automóvil, acumulaba sin parar. Caminó con paso firme por los brillantes suelos de mármol de la galería de Alejandro VII. Aunque había recorrido ese mismo pasaje muchas veces, no podía dejar de admirar las témperas de Pier Leone Ghezzi cada vez que pasaba bajo aquellos arcos renacentistas cuajados de volutas. Llegó a la antesala de las habitaciones privadas, donde otros dos alabarderos flanqueaban la puerta y un tercer oficial lo saludó militarmente y le pidió unos momentos para anunciar su llegada. Miró distraído a la Virgen de Carlo Dolzi y algunas de las pinturas de Paolo Veronese que adornaban las paredes del recinto. Un ventanal estaba abierto y respiró profundamente la brisa con aroma de espliego y romero tan diferente del perenne olor a incienso de San Pedro de Roma, que en ocasiones llegaba a atosigarle. Enseguida, el oficial salió sonriendo.

—Su Santidad le espera en el Salón del Buffet.

El Jefe de Seguridad sabía que, bajo los yelmos de acero y la hierática pose, los impertérritos guardias estaban haciendo un esfuerzo soberano por no reír. De todos en el palacio era conocido que el término *buffet* era un eufemismo para referirse al salón de billar, antiguo comedor transformado en salón de juego del Papa, un auténtico maestro de la carambola. Ya fuera porque deseara demostrar su autoridad, restarle importancia a un asunto serio o simplemente darse el gusto mundano de derrotar sobre la mesa a un rival, Pío XI acostumbraba a resolver algunos temas entre tacos, bolas y tiza azul. Incluso se rumoreaba que algunas de las grandes concesiones que había logrado obtener de Benito Mussolini fueron resultado de atrevidas apuestas con el dictador sobre el tapete verde de su campo de batalla favorito. Se decía también que podía perdonar cualquier pecado, pero nada podía soportar peor Achille Ratti que sospechar que su oponente se dejase ganar al billar para obtener su favor.

Cuando entró, encontró al obispo de Roma estirado sin mayor pudor sobre la mesa de billar, intentando una jugada que para el resto de los mortales sería casi imposible. Contuvo la respiración como si fuese él quien apuntase. Un segundo después, el taco se deslizaba preciso sobre la mano izquierda del pontífice, golpeaba con sutileza la bola blanca y esta iniciaba su rodaje sobre una banda, otra banda, la tercera, tocaba ligerísimamente un lado de la bola roja y hacía contacto con la otra bola blanca desplazándola solo un par de centímetros. Ni siquiera alzó la vista para mirarle.

—*Che figo!* —masculló con satisfacción—. *Sai una cosa, mio caro amicco*? El mundo debería funcionar así, como Dios lo imaginó, sujeto a las leyes de la física, la matemática, la geometría. Esferas perfectas moviéndose por el universo en un orden celestial, en un divino equilibrio. *Ma, cosa succede sempre?* Que el hombre golpea y saca los átomos de sus órbitas, los hace chocar y provoca el caos. Un caos con apariencia de nuevo orden.

—Su Santidad me ha mandado llamar y he puesto en suspenso todos los temas de la oficina. Entiendo que se trata de algo apremiante —dijo el policía con gesto adusto.

—Lo es, lo es, desde luego. Pero por más gravedad que revista poco nos va ayudar ponernos exageradamente serios. Ande, coja un taco, le recomiendo un 17; para un hombre de su altura y corpulencia es lo ideal. Procure que su mal genio no se transmita a las bolas, este juego requiere de mucha sangre fría, créame. Lo quiero concentrado al máximo, coronel.

—Por favor, Santo Padre, no me llame así. Usted sabe bien que hace años que abandoné el ejército y cualquier cargo que tuviera que ver con él.

El pasado del jefe de seguridad como mercenario en varios conflictos armados y su historial de espionaje de los alemanes para el gobierno italiano estaba muy lejos de la proclamada neutralidad de Suiza.

—Por supuesto. Mi obligación, como la suya, es intentar saberlo todo y cuando no, averiguarlo. Por eso sé también que es usted un hombre íntegro, un héroe de guerra y el mejor investigador que pudimos reclutar para el ejército de Cristo. —El Papa dio un par de golpecitos con la punta del palo en el borde de la mesa—. Le toca.

El policía resolvió la jugada con habilidad y aún cuajó otras tres carambolas no demasiado complicadas hasta cederle de nuevo el turno al pontífice.

—*Ottimo, mio caro, ottimo!* Se nota que ha estado practicando. Parece que todos se están tomando en serio ganarme, pero no se lo voy a poner fácil. Usted es un hombre inteligente y sabe que ahora no me refiero al billar, *davvero?*

—Me lo imagino, Beatísimo Padre.

—No, le aseguro que no se lo vamos a poner fácil. Ni a Mussolini, ni a Hitler ni a los españoles. —Pío XI seguía encadenando carambolas mientras hablaba sin levantar la vista de la mesa.

—Nunca lo he dudado. Exactamente, ¿qué necesita que haga?

—Déjeme a mí a nuestros paisanos, sé bien cómo manejarlos. Y también a los alemanes, el cardenal Pacelli me está ayudando con eso. Pero los españoles son imprevisibles. Usted los conoce bien, ¿no?

—Mi madre era española. Y he pasado algunas vacaciones en Valencia cuando era niño. De ahí a conocerlos…

—Disculpe mi crudeza, no he pretendido ofenderlo en ningún momento. Solo estaba pensando que usted habla español a la perfección y le será más fácil lidiar con la idiosincrasia de su gente. A mí, con toda franqueza, me desconciertan. Son capaces de los actos más nobles y más viles a la vez. Es un pueblo que admiro por su cultura y arrojo, pero al que no logro entender del todo. Pareciera que viven en el eterno dilema de autodestruirse y regenerarse como aves Fénix.

—No se disculpe, Santidad. Mi padre solía decir lo mismo. Amaba la pasión y viveza de mi madre, pero muchas veces lo escuché quejarse de que le sacaba de quicio. Él, como buen suizo, era extremadamente lógico y ordenado, y mi madre… a veces lo desesperaba. —Por primera vez durante toda la reunión dejó escapar una sonrisa.

—*Bene*. Pues ese es el motivo de esta partida, que como bien puede ver le voy ganando con bastante ventaja —subrayó la frase con un sonoro clac de las bolas—. Voy a encomendarle una misión de la más alta prioridad y deposito en usted mi máxima confianza. No tengo la menor duda de que sabrá manejarla.

—Estoy totalmente a sus órdenes.

—Quiero cabezas. Las de los ladrones de arte sacro. Murcia, Pamplona, Palencia... Tenemos que cortar esto de raíz. No se las voy a exigir en una pica para exponerlas en Castel Sant'Angelo como ya hicieron algunos de mis predecesores, pero quiero que los descubra y se los ponga en bandeja a la policía española para que sean procesados. Y, claro está, que se restituyan las obras robadas en su totalidad.

El tono de voz del Papa cambió de beligerante a más conciliador.

—Salvaguardar las obras de arte servirá para demostrar respeto por las creencias y las costumbres de todos los hombres, y dará testimonio de que esos elementos pertenecen no solo a un pueblo determinado, sino que son también patrimonio de la humanidad. No estamos hablando de cosas bellas, no son meramente valiosos signos del poder creativo del hombre. Son expresiones de fe y hablan de la lucha del hombre por relacionarse con su pasado y con su Dios.

—Daré lo mejor de mí para lograrlo, Santo Padre.

—Eso ya lo doy por supuesto. Le acompañará una bendición muy especial reservada solo a unos pocos elegidos. Acérquese.

Pío XI le invitó con un gesto a arrodillarse y el jefe de seguridad se postró con devoción ante él. El romano pontífice musitó unas palabras en latín, sostuvo el crucifijo que llevaba al cuello con la mano izquierda y con la derecha lo bendijo. Le pasó también el pulgar sobre los labios para simbolizar que su boca quedaba sellada y le impuso ambas manos sobre la cabeza. Acabada la invocación y, tras rezar ambos un padrenuestro, le ayudó a incorporarse y le dio un entrañable abrazo. Acto seguido abrió el cajón de una mesa, extrajo de un estuche un grueso anillo cardenalicio de oro, tomó la mano izquierda del policía y se lo colocó en el dedo anular.

—Acéptelo, hijo mío, estoy seguro de que no le vendrá grande.

—Santo Padre, me honra más allá de lo que merezco. Estoy deseoso de serviros a vuestra Santidad y a Dios.

El sucesor de Pedro señaló de nuevo la mesa de billar.

—*Andiamo*, dispare, se las he dejado colocadas…

*

UNOS DÍAS DESPUÉS, EN MADRID, UN COCHE OFICIAL CON LAS siglas DGS de la detestada Dirección General de Seguridad subía la pronunciada cuesta de la calle Segovia hasta el número 13 de la calle Nuncio, que había tomado su nombre por ser históricamente el lugar donde se ubicaba la sede de la diplomacia vaticana. El edificio era un típico palacio barroco con algunos elementos de influencia italiana y francesa. La fachada principal, que daba a una pequeña plazoleta, tenía una portada almohadillada que enmarcaba un doble portón de madera oscura bellamente remachado con apliques circulares de hierro. Nada en el exterior ofrecía pistas de los graves asuntos que se dirimían puertas adentro.

El conductor detuvo el vehículo a la entrada. Los pasajeros descendieron del auto sin demora. Les estaban esperando y el portón se abrió el tiempo exacto de permitirles pasar, volver a cerrarse y que el coche abandonase el lugar. Los dos hombres, en traje de calle, cruzaron el vestíbulo hasta el patio rectangular por la galería de bóvedas de arista de la planta baja y fueron guiados al piso superior hasta el despacho del nuncio apostólico, Federico Tedeschini. El prelado vestía el capelo cardenalicio, la sotana y muceta en rojo púrpura de su cargo;

lucía el collar de la Orden de Isabel la Católica que le había sido otorgado por decreto del presidente Niceto Alcalá-Zamora unos meses antes. La república contemporizaba con Roma en un ambiente de creciente tensión. El nuncio era un hombre alto, de gran apostura y maneras correctas, con la controlada efusividad de los seguros genes alemanes que casaban con dificultad con su acta de nacimiento italiana.

Dio la bienvenida con frialdad a los dos insignes visitantes: el director general de Seguridad, José Alonso Mallol, al mando de la supuesta mejor policía del mundo y un hombre de unos treinta y cinco años, una edad del todo insólita para su recién dictado nombramiento como cardenal *in pectore* de Pío XI.

—Por favor, pónganse cómodos —dijo indicando dos sillones castellanos frente a una amplia mesa con patas de hierro forjado.

En la sala, salvo por la fotografía de Pío XI, un crucifijo sostenido en una sólida base barroca y dos retratos al óleo de tamaño natural de sendos canónigos, oscurecidos por el tiempo, la decoración era exigua. No había un solo papel o accesorio sobre el escritorio, lo que contribuía a resaltar la imponente personalidad del nuncio. Se dirigió en primer lugar al hombre joven.

—Usted ya debe saber lo poco que me agradan las cuestiones protocolarias, por más que estemos todos obligados a seguirlas. Como vamos obviar cualquier presentación innecesaria, le agradeceré que manifieste ante su excelencia las condiciones de esta reunión.

El acompañante asintió y se dirigió a Mallol.

—Es mi obligación informarle que por expreso deseo de Su Santidad mi identidad no puede ser revelada bajo ninguna circunstancia y mi presencia aquí debe guardarse bajo la confidencialidad más estricta.

—Sí, eminencia reverendísima, conozco perfectamente lo que es una nominación *in pectore* y la secrecía con que debe manejarse. En lo que a nosotros respecta cuenta usted con absoluta garantía de que nada saldrá de este despacho. En cuanto su eminencia cruce esa puerta será un ciudadano más, eso sí, con plena inmunidad y con la garantía de protección del Gobierno de la República, en caso de que llegase a requerirla.

Alonso Mallol metió la mano en el bolsillo interior de la chaqueta y le tendió al cardenal de paisano un salvoconducto con el sello oficial de la DGS. Este le echó un vistazo por encima y se lo pasó al Nuncio, quien le dedicó el tiempo preciso de una lectura reposada.

—Estamos seguros de que no será necesario. No obstante, agradecemos su buena disposición —dijo Tedeschini—. Por favor, continuemos.

—No me extenderé demasiado, imagino que ya está en antecedentes del motivo de mi misión en España.

—Mi obligación es estar mucho más que en antecedentes, eminencia —dijo Mallol—. Estoy dirigiendo personalmente la investigación y desde el primer momento he puesto a un equipo de nuestros mejores inspectores a trabajar en este caso.

—Le ruego excuse mi falta de diplomacia, excelencia —dijo el joven cardenal—, pero no debemos andarnos con rodeos: a Su Santidad le preocupa la falta de resultados y me ha pedido que le traslade su inquietud.

Mallol se acarició la redonda y lisa calva. No lograba aún descifrar el sutil acento que dulcificaba el impecable castellano de aquel hombre ¿italiano? No, ¿austríaco, quizás? Probablemente. Alguien plenamente cualificado para una misión tan delicada y con la absoluta confianza de Pío XI para haber obtenido ese cargo secreto que hasta el propio pastor de la Iglesia mantendría oculto en su pecho, *in pecto-*

re, hasta el fin de sus días. El Puño del Papa era su nombre en clave. Tampoco necesitaba que se le aclarase de manera expresa, sabía reconocer a leguas a un policía y el joven purpurado, sin duda, habría sido un alto cargo en los afamados cuerpos de seguridad del Estado Vaticano. Y ahora se permitía cuestionar su hacer policial, aunque no sin buena parte razón. Por más que se intentó acallar, el golpe de El Escorial, uno de los centros neurálgicos de la cristiandad, había hecho girar sin pausa los rodillos de tinta. Luego Navarra. Y ahora Palencia. La prensa se estaba cebando con la ineficacia policial y había logrado rebosar la ya colmada copa de la imperturbabilidad vaticana.

—Tenemos el mismo interés. Esas obras pertenecen al patrimonio artístico de la República y es una prioridad recuperarlas.

—Como bien puede imaginar, nosotros opinamos que son de la exclusiva propiedad de la Santa Madre Iglesia, pero puedo asegurarle que Su Santidad no me ha enviado aquí para entablar ninguna discusión al respecto. Muy al contrario, a solicitar su mayor diligencia en el esclarecimiento de estos hechos tan lamentables… Y a evitar en la medida de lo posible cualquier injerencia entre nuestra investigación y la suya.

—Tampoco está en el ánimo del gobierno otra cosa que recuperar las obras y detener y juzgar a los responsables —respondió azorado Mallol—. Traslade a Su Santidad mi compromiso personal y el de la dirección a mi cargo de que procederemos con todos los recursos a nuestro alcance.

—Me permito recordarle, con el máximo respeto, que se está atentando contra las obras de arte más importantes de la Iglesia en España: el Lignum Crucis de San Isidoro, el *Codex Aureus,* los tesoros catedralicios de Pamplona y Palencia… ¿Qué será lo siguiente?

Alonso Mallol empujó con el dedo las redondas gafas sobre la nariz y se aderezó el bigote. El simbólico Demolins de la logia Constante Alona de Alicante y ahora autoridad máxima de la seguridad nacional no se iba a dejar acosar por ningún clérigo, por alto que fuera su rango.

—No habrá «siguiente», confíen en lo que les digo. Los autores del expolio de Pamplona ya han sido puestos a disposición judicial y les espera una condena severa.

—Señor director, le ruego que no insulte nuestra inteligencia. Usted sabe tan bien como nosotros que quienes ahora están frente al juez podrán ser los autores materiales, pero desde luego no quienes concibieron el robo de Pamplona. No vamos a conformarnos con cuatro chivos expiatorios. Y desde luego sabe tan bien como nosotros que nada han tenido que ver con el asalto a la biblioteca de El Escorial ni mucho menos con lo de Palencia.

—Nada más lejos de mi intención, eminencia reverendísima. Únicamente pretendo mostrarles que la investigación está en marcha y que se está siguiendo toda posible pista para dar con los responsables.

—¿Puedo entonces tener acceso a la información que han logrado recabar hasta ahora?

—El expediente está a su entera disposición en la DGS. Pero me adelanto a que usted no pondrá un pie allí, así que me encargaré de que le hagan llegar una copia. Y por nuestra parte confiamos en que haga lo propio si logra cualquier avance en sus pesquisas.

—Cuente con ello, faltaría más.

Ambos sabían que esas palabras eran una mera expresión de cortesía y que ninguno de los dos intercambiaría el más mínimo dato relevante. El director general de Seguridad no podía permitir bajo ninguna circunstancia que la Iglesia se adelantara en la resolución de tan notorio caso. Y El Puño del Papa no iba a defraudar la confianza del Sumo Pontífice cediendo dato alguno en manos de un diputado de Izquierda Republicana ni permitir a un gobierno tan manifiestamente desafecto a la Iglesia católica para que tomase ventaja de la situación. No había mucho más que discutir. El nuncio dio cortésmente por terminada la reunión y tras tender la mano a Mallol, que contestó con una leve reverencia, tocó una campanilla y pidió que se acompañase al director hasta la salida.

*

En el Palacio Arzobispal de Palencia tenía lugar un encuentro entre El Puño del Papa y el obispo Manuel González.

—Y cuénteme, cómo están las cosas por mi adorada Roma, su eminencia.

—Le suplico que omitamos los tratamientos y evitemos cualquier posible indiscreción.

—¡Oh, por supuesto! Aunque estos sólidos muros nos protegen —dijo el obispo.

El policía miró en derredor negando con la cabeza.

—Todas las paredes oyen, por viejas o macizas que parezcan. No podemos descartar que incluso desde dentro de estas habitaciones se escape cualquier detalle comprometedor. En fin, ya que me pregunta por la situación en la Santa Sede debo decirle que la cosa está tensa, muy tensa con todo lo relativo a España. A usted no tengo que explicarle demasiado.

—¡Qué me va usted a decir! Es una intranquilidad comprensible. Las cosas aquí son muy delicadas. No deseamos hacer demasiado ruido porque la prensa todo lo tergiversa, pero estos últimos robos son intolerables. Es una bendición tenerlo con nosotros.

—No adelantemos acontecimientos. Está claro que tenemos las manos atadas y no podemos confiar en la policía. Aún quedan algunas personas decentes en la administración de justicia pero es difícil saber quién es quién.

—Me es obvio que está usted aquí para esclarecer estos hechos tan lamentables y sé que apenas inicia su investigación, pero no puedo evitar preguntarle: ¿Tiene ya alguna sospecha, alguna pista?

—Es pronto aún, pero existen indicios fundados de que la francmasonería está detrás de todo.

—¡Ay, Dios santo! ¡Los masones! —Gesticuló el obispo llevándose las manos a la cabeza—. ¿Cómo no se me había ocurrido antes?

—Como le digo, es solo una intuición, una deducción que aún tendremos que probar. Piense en quiénes conforman el gobierno. Hay al menos media docena de altos cargos que lo son a la vez de las logias más importantes; Casares Quiroga, Lerroux, Fernando de los Ríos, Álvarez-Valdés… Todos son conocidos masones. Y se dice que hasta Manuel Azaña. El propio Alonso Mallol lo es, sin duda, no podemos fiarnos de él.

—¡El director general de Seguridad!

—Como lo oye. Y como él, muchos otros gerifaltes: Álvaro de Albornoz, Martínez Barrio. ¿Quiere que siga? En todo caso, aunque no puedo afirmarlo con rotundidad en estos momentos, mi experiencia me dice que los autores de estos robos podrían contar con la complicidad o, si no directamente, con la aquiescencia del gobierno.

—¿De verdad cree que pudieran llegar tan lejos?

—Dese cuenta del tipo de obras que han sustraído. No se trata de meros tesoros sino de auténticos símbolos del poder de la Iglesia. Los ladrones actúan de manera muy selectiva: desprecian algunas piezas valiosas y se concentran en aquellas que son insustituibles.

—Según me han informado, en Pamplona arramblaron con todo. Y aquí el despojo ha sido inmenso.

El Puño del Papa asintió con un gesto de preocupación. Se tomó unos segundos para continuar, dudando de cuánta información sería prudente compartir con el obispo.

—Estamos convencidos de que se trata de móviles y modus operandi muy diferentes. Los presuntos autores del robo de joyas en Pamplona ya están ante el juez, pero son unos... ¿Cómo dicen ustedes? Unos chorizos cualesquiera. Pero los de San Antolín y El Escorial son profesionales muy expertos y tienen necesariamente que contar con apoyos para eludir a las fuerzas del orden y, lo que creo más probable, sacar las obras del país.

—Por favor, no diga eso ni en broma. Eso significaría que recuperar el tesoro de nuestra catedral sería de todo género imposible.

—No deseo crearle falsas expectativas. Recuperaremos el tesoro y el resto de las obras sustraídas, pero nadie lo sabrá y es muy poco probable que regresen a España. No se dará ni una brizna de información a la prensa y las obras se custodiarán en el Vaticano.

—¿Cómo puede estar tan seguro de recuperarlas?

—No lo estoy en absoluto, antes bien, estoy muy consciente de que existen pocas probabilidades de lograrlo. No deseo inquietarle más de lo que ya pueda estar, pero debemos ser realistas. No dejaron una sola huella, no actuaron con violencia, contaban con apoyo en el exterior para desactivar los sistemas de alarma... Estamos ante maestros del latrocinio, una banda muy profesional que estudia y planea los golpes con mucha información y anticipación.

—Entonces cree que es obra de varias personas.

—Indudablemente. Solo un equipo altamente entrenado y experto en arte puede acometer una tropelía de tal envergadura.

—Vaya, lo siento pesimista —dijo compungido el obispo.

—No es pesimismo, es ser realista. Llevo media vida en esta profesión como para saber a qué me enfrento y le garantizo que tarde o temprano los atraparemos. Puede llevar su tiempo, pero no existe el crimen perfecto. A veces tanta perfección permite atar cabos insospechados. Además, nosotros contamos con un aliado muy especial.

—Alabado sea Dios, hermano, Él proveerá —dijo el obispo santiguándose.

—A mí me encanta la expresión que tienen ustedes de «a Dios rogando y con el mazo dando» y le aseguro que Su Santidad tiene el mazo levantado esperando el momento de dejarlo caer sobre las manos de los culpables.

—Hágase la voluntad del Altísimo. ¿Por dónde desea comenzar?

—¿Ya han interrogado al sacristán?

—Sí, claro, pobre hombre, es lo primero que hizo la policía. Está aterrado. Dice que no recuerda nada y teme que le endilguen el muerto, como decimos en Andalucía, con perdón. Me refiero a que le inculpen por un descuido. Creo que es sincero. No es un hombre de muchas luces y tiene problemillas con la bebida. Podrá sacar alguna moneda de los cepillos para un tinto, pero desde luego es de todo género incapaz de concebir un robo así. Y encima es muy devoto, me consta.

—Entonces debo iniciar con una inspección completa del escenario de los hechos y un inventario al detalle de todo lo robado. Aunque ya ha habido una inspección previa de la policía y lo habrán alterado todo.

—Sí, claro, ya lo ha hecho la policía local, pero no encontraron nada. Tampoco revolvieron mucho, daban la impresión de no saber qué es lo que querían buscar. Y también nos solicitaron un inventario.

—Es parte del protocolo de actuación en estos casos. Aunque la policía piensa más en el papeleo para rellenar adecuadamente sus informes y curarse en salud ante el juez, si llegara el caso.

—Ojalá que usted tenga más suerte.

—No creo en la suerte, reverendo padre, solo en la Providencia, en los hechos y en las pruebas.

—Discúlpeme, ha sido un comentario muy desafortunado por mi parte, no lo tome literal, es solo una expresión de buenos deseos. No me cabe la menor duda de que su investigación será exhaustiva. Dispondré todo lo necesario para presentarle como un investigador de la compañía de seguros.

—¿Me está diciendo que el tesoro estaba asegurado?

—No, nada de eso, ojalá —se lamentó el obispo—. Es lo único que se me ha ocurrido para que su presencia no levantase sospechas. De ese modo tendrá acceso al último rincón de la Catedral y también al último rincón de Palencia si hace falta. Solo pídame lo que necesite.

—Así lo haré, le agradezco su disposición. Espero molestarle muy poco.

—Que la Virgen lo ilumine, su eminencia. ¡Oh, perdón! Me cuesta mucho acostumbrarme, hijo.

—Que Dios lo bendiga, don Manuel.

No andaba desencaminado el sabueso del Vaticano. La masonería se había impuesto como misión rescatar el patrimonio artístico nacional de las garras del comunismo. Toleraba las conocidas actividades de Leónides en tanto el anticuario, como tantos otros miembros de las logias, contribuyese a poner lejos de la voracidad marxista, de la ignorancia anarquista y de la inoperancia republicana en su conjunto, algunas obras de arte excelsas. En el peor de los casos, era preferible que acabasen en manos de coleccionistas extranjeros amantes del arte que destruidas en las bárbaras razias anarquistas que se propagaban por un país al borde de una guerra civil entre numerosas facciones enfrentadas.

El plan de El Puño del Papa se había ido fraguando lenta pero eficazmente en su entrenada cabeza desde que se tuvo noticia de los robos, antes incluso de que el pontífice le encomendase resolverlos en la doble misión policial y sagrada que ahora tenía ante sí. No hay jugador que apueste en una última partida, ni bebedor que tome una última copa ni mucho menos ladrón que robe por una última vez. No hay, en suma, humano que cambie su naturaleza por más firme que sea su propósito. Son lecciones que no se aprenden de pasada en una acelerada asignatura de psicología en la academia de policía, sino que se constatan a base de años de explorar la mente criminal. Esa era su mejor carta, la certeza de que no se enfrentaba a un simple caso de robo de arte sino ante un verdadero juego de inteligencias.

Si algo bueno tiene el ajedrez es que enseña que aun con pocas piezas y en situación desfavorable, una sucesión de movimientos hábiles, a veces arriesgados, desconcertantes o imprevistos, pueden llevar a acorralar a un oponente que está en aparente ventaja. A diferencia de la Dirección General de Seguridad republicana, él no contaba con suficiente información, ni con un equipo dedicado de agentes. Debía operar a solas, en un país extranjero y en competencia con otra policía que, fuera de declarar buenas intenciones, haría lo imposible por obstaculizar su labor. Pero con lo que sí contaba era con lo atrayente de un buen cebo, una carnada a la que ni el más cauto ladrón podría resistirse. La Iglesia contaba aún con innumerables tesoros desperdigados por la geografía española, muchos de ellos desprotegidos y al alcance de cualquier mano larga. Pero se necesitaba más que eso. Un reto. Un desafío. Un guante blanco que abofetea y se arroja a los pies de un caballero que se juega su hombría si no lo recoge aun con riesgo de su vida. O de su libertad. O simplemente de su recuerdo si deja pasar el golpe de su vida.

Había que colocar las piezas sobre el tablero en una jugada en apariencia absurda pero irresistible. Caballo a torre, alfil sacrificado. Juegan blancas y ganan. Tenía que ser capaz de encontrar y mover ese alfil, un desencadenante del proceso de pensamiento. Inesperado. Eficaz. Como colocar cepos de alambre entre ramas de olivo y esperar a que los zorzales quedasen irremisiblemente atrapados. Creía haber descubierto la forma de lograrlo.

*

—¡Alto a la Guardia Civil!

Una luz de linterna, salida de la nada, iluminó el vehículo. El chófer hizo amago de frenar. Desde el asiento de atrás, Leónides le gritó:

—¿Estás loco? ¡Acelera, sigue, sigue!

El arrancón impulsó a los pasajeros con fuerza hacia atrás, voló el sombrero de la cabeza de Leónides y descolocó la gorra de plato de Benigno. Como Dimas no llevaba gorra ni sombrero, lo único que casi se le arranca es el alma, pero del susto. Los dos tricornios se echaron el fusil al rostro y dispararon contra el coche varias veces, pero con pésima puntería, a la que contribuyeron tanto la oscuridad de la noche como la falta de práctica y el exceso de cantina y pachorra. El auto siguió a toda velocidad por las curvas hasta perderse en la noche. Cuando comenzaba a amanecer se detuvieron en una curva pasado el puente del Cega.

—¿Tú crees que nos han reconocido?

—No lo sé, estaba muy oscuro.

—Sí, pero no hay muchos coches como este, seguro que van a dar aviso y nos esperan en otro puesto.

—No creo ni que hayan visto la matrícula —tranquilizó Benigno.

—Tenemos a los guris detrás desde hace días —replicó Leónides—. Hay que llegar a Madrid como sea.

Unos kilómetros más adelante se detuvieron. Benigno dio una vuelta alrededor del coche para inspeccionarlo. No había agujeros de bala, solo un rozón en la empolvada pintura del T49. Sacó la caja de lustrar zapatos, tomó un poco de betún negro con un trapo y maquilló con habilidad el rasponazo. De pronto se fijó en la camisa de Dimas. Estaba manchada de sangre. El impasible semblante del chófer se tornó en un gesto de alarma.

—¡Le han dado! ¡Esos cabrones han dado al chico!

Leónides, que había aprovechado el alto para alejarse unos metros y cambiarle el agua al canario, apenas atinaba a abrocharse la bragueta. Se acercó a toda prisa al coche gritando.

—¡Dimas, Dimas! ¿Qué te han hecho?

Pero Dimas ni siquiera había notado la sangre. No le dolía nada. Se miró y remiró. Se remangó la camisa y entonces sí se dio cuenta de un corte en el brazo y una quemadura alrededor. Un poco aparatoso, pero superficial y sin importancia.

Leónides y Benigno suspiraron de alivio al mismo tiempo. El chófer estaba blanco como el alabastro.

—¡Uf! Por poco. Te has librado de milagro, chaval. La bala ha debido rebotar en la carrocería y te ha rozado —dijo Benigno—. Debes tener más vidas que un gato, procura que no se te gasten rápido.

—Se ve que te ha dolido más el susto que la herida. Pero a nosotros casi nos da el patatús. Anda, lávate un poco y anúdate esto —añadió Leónides tendiéndole su pañuelo de seda—. En cuanto paremos en algún lado te lo curamos, no se te vaya a infectar, que ya es lo que nos faltaba *p'al* duro.

Benigno ajustó el pañuelo sobre la herida y Dimas casi dejó escapar un ay, pero se contuvo. La herida le hacía sentir más hombre y en cierto modo superior.

—¡Ea! Tu bautismo de fuego. Ya lo presumirás con las chicas, esas cosas les encantan.

—En marcha, Benigno —ordenó Leónides—. Vamos a encontrar un sitio donde asearnos un poco y desayunar, que las emociones fuertes dan mucha hambre.

El trío llegó a las afueras de Sanchonuño cuando el sol de la mañana empezaba a caldear el coche. Encontraron un mesón de carretera y se detuvieron ahí. La puerta estaba cerrada, pero al oír el ruido del motor, la mitad superior de la puerta se abrió y una voz detrás de una cortina de rafia preguntó:

—¿Quién va?

—Gente de bien —respondió Leónides—. ¿Nos pueden poner algo de comer?

—Algo habrá —replicó con parquedad la voz abriendo la parte inferior de la puerta.

Los tres pasaron al interior y se sentaron a una mesa con una banqueta larga. Se notaba un olor a rancio mezclado con humo. El mesonero entreabrió la contraventana y dejó entrar un poco de luz. Colocó unos platos y trajo una hogaza.

—Es lo que hay —dijo secamente—. Enseguida les preparo unas migas. ¿Quieren algo más?

—Puestos a pedir, no me vendría mal un aguardiente —dijo Leónides.

—Va, marchando.

En unos minutos, el penetrante aroma de las migas con tocino llenó el austero comedor. El mesonero trajo tres vasos no precisamente pulcros, una jarra de barro con vino y una botella de aguardiente blanco que puso sonoramente sobre la mesa.

—Orujo blanco *p'al* señor. Lo mejor de lo mejor. Faltaría más.

—*Life is too short*… —murmuró el anticuario agradeciendo con la cabeza.

—… *to drink cheap wine!* —completó Dimas con una sonrisa adolorida.

Cuando el hombre se metió de nuevo en la cocina, Leónides le hizo un gesto a Benigno. El chófer cogió la botella de aguardiente y le dijo a Dimas que lo acompañara a la cuadra, que hacía también las veces de letrina. Cuando estuvieron ahí le puso en la boca una usada billetera de cuero.

—A ver, muerde esto, que no quiero escandaleras, ¿vale?

Le rasgó la manga de la camisa, retiró el pañuelo dejando la herida al descubierto y ocultó las telas ensangrentadas en el estiércol cubriéndolas con un puñado de paja. Sujetó el brazo desnudo con una mano y con la otra escanció un chorrito de orujo sobre la cicatriz. Eso sí dolió, pero ni un quejido escapó de la boca de Dimas, que amenazaba con devorar la cartera. El alcohol disolvió parte del costrón de sangre seca, penetró en la cicatriz y cauterizó la herida. Benigno arrancó de un tirón la otra manga limpia y vendó con ella el brazo.

—Ahora sí, chaval. Dale un buen lingotazo.

Dimas pegó un trago de la botella y sintió que la boca le explotaba. El ardor de la bebida le hizo toser, pero tragó el líquido. De inmediato se sintió mejor. Ambos regresaron al comedor donde Leónides ya le había entrado con ganas a las migas y había recuperado el color. Cuando acabaron, llamó al ventero y puso un billete de cincuenta pesetas sobre la mesa.

—Aquí no ha venido nadie, ¿de acuerdo?

El hombre tomó el billete, lo dobló y se santiguó con él sin añadir palabra, tan solo con ese leve asentimiento de cabeza que para el honor castellano vale más que cualquier contrato ante notario. Desapareció en la cocina.

—Estamos, pues —dijo con alivio Leónides—. ¡A Madrid!

*

ALONSO MALLOL SE REUNIÓ CON LEÓNIDES EN SU DESPACHO. Se saludaron con un abrazo sincero y breve. Esta vez no hubo largos preliminares ni corteses circunloquios. El director general de Seguridad, apenas se quitó la gabardina, fue directo al asunto.

—Mi querido Nemrod, debo prevenirte. No puedo contener a mis propios detectives durante mucho más tiempo. Tarde o temprano llegarán hasta ti, ya son demasiados casos y solo es cuestión de tiempo relacionarlos.

—Pero a ver, si no tienen ni una sola prueba, han sido trabajos absolutamente limpios —contestó a la defensiva Leónides.

—No te confíes. La persona más insospechada podría reconocerte, ya ha sucedido otras muchas veces.

—Tú intenta mantenerlos lejos. Sabes que cuentas con todo mi aprecio y con mi prodigalidad. Tendrás una vejez mucho más tranquila que con tu pensión de funcionario retirado, por muy generosa que sea.

Mallol agachó ligeramente la cabeza y se tocó la nariz un tanto azorado. En el fondo se avergonzaba de haber caído poco a poco en la corruptela que tanto le asqueaba cuando, treinta y cinco años antes, ingresó lleno de sueños de juventud en la policía. Lo que al principio era un intercambio natural de favores, se había ido convirtiendo progresivamente en una ambición malsana de dinero y poder que ya no podía parar si quería mantener su estatus, familia y amante. Por otro lado, si todos lo hacían, no podía ser el único imbécil que sacrificase su futuro por una jubilación honrosa pero paupérrima.

—En lo personal, no puedo verme implicado en bloquear una investigación, cantaría demasiado, así que tengo que dejarles hacer. Hay mucha presión política y de la Iglesia, así que me está costando distraerles con otros casos. Acuérdate que en la DGS no cerramos ningún expediente hasta dar con los culpables. Y aunque en este caso me pese, la fama de nuestra policía es más que merecida.

—No te preocupes por mí, hermano, tengo todo pesado y medido. Tampoco voy a comprometerte. Solo me preocupa el chico, no quiero que le suceda nada. Aún es menor de edad y tengo una responsabilidad como tutor que no puedo ni quiero eludir.

Leónides redujo la presión sobre el policía mostrando su carta más débil. En verdad le inquietaba que todo aquello pudiese perjudicar al que todavía miraba como a un niño cazador de pajarillos y del que sentía que no había perdido aún la inocencia. Mallol fue mucho más explícito.

—Me permito recordarte que desde 1928 el límite de imputabilidad es de dieciséis años. Pero por el chico no te inquietes. Si lo detenemos y llegaran a procesarlo solo lo mandarían al Tutelar de Menores, que tampoco es que sea sitio recomendable para nadie. Un correccional es una escuela de delincuentes, aunque claro, la prisión es universidad y no querrás que llegue nunca ahí. Con buena conducta saldría en unos meses. Yo me encargaría de enterrar el expediente para que no tuviese antecedentes penales. Pero si llegan a implicarte a ti directamente eso ya sería harina de otro costal. No dudo que el juez se cebaría con un miembro tan notable de la logia y ahí sí que no puedo garantizarte mayor protección.

—Por el chico respondo con mi vida. Jamás soltaría prenda, de eso estoy absolutamente seguro.

—No lo dudo. Créeme que no pienso en él, sino en que podríamos aprehender a alguno de tus compradores y que te involucrase para intentar negociar una sentencia menor. ¿Qué sabes de un tal Oviedo de la Mota, el del robo de Pamplona? Nos lo entregó la gendarmería francesa en Irún hace unos días, le tomaron declaración y lo presentaron ante el juez.

A Leónides le tomó por sorpresa la mención de aquel singular personaje. Demoró unos segundos en contestar dudando qué tanto sabía el policía y previendo que estuviera intentado sonsacarle.

—¿El mexicano? Estuvo aquí una vez. Le compré un par de joyas sin importancia. Me propuso algo que no vi nada claro y le di largas, no he vuelto a tener contacto con él.

—Parece ser que te mencionó en sus declaraciones.

—¿Esa rata me ha querido liar en sus tejemanejes? No era trigo limpio, ya lo sabía yo.

—No, no, lo cierto es que no directamente. La policía de Palencia le interrogó sobre sus actividades. Sabíamos que había estado en Madrid y declaró que había visitado a algunos clientes aquí. Tu nombre apareció entre otros tres o cuatro joyeros y anticuarios y se hizo constar en el informe. No te implica de manera directa, pero si la investigación prosigue, lo que no dudo, alguno de mis detectives puede querer tirar del hilo. Es por eso que he preferido venir a advertirte.

Leónides respiró interiormente al constatar que no estaba al corriente de la compra de los diamantes.

—Te lo agradezco sinceramente, hermano. Me mantendré alerta y extremaré precauciones. De todos modos, vamos a estar fuera de escena una buena temporada.

—Me parece lo más sensato. Y yo que tú, o que vosotros, me tomaría unas vacaciones. Mejor largas. Hasta que todo esto se aplaque un poco. Ah, y hay algo más…

—Me lo temía, siempre hay algo más, suéltalo de una vez.

Mallol se debatía nervioso entre su lealtad a un superior masón y sus obligaciones como máximo responsable de la policía. Eligió lo mejor que pudo sus palabras para insinuar sin decir o comprometerse más allá de lo estrictamente confidencial.

—No me está permitido comentarte los detalles, pero el *Corpo della Gendarmería* vaticana ha enviado a sus propios investigadores. Hay uno en particular al que apodan El Puño del Papa, lo que te debería dar una pista sobre la determinación con la que están decididos a intervenir.

—Condenados chupacirios… En lo que a mí respecta, el detective con sotana ese que dices se puede ir yendo a hacer puñetas.

—No estamos hablando de monaguillos aficionados, mi querido hermano. Han puesto a su mejor personal en el caso. Así que yo pondría tierra de por medio cuanto antes. Esa gente tiene fama de pertinaz y parece que le habéis tocado los *coglioni* al mismísimo Papa.

A Leónides el ego lo traicionó por unos instantes. Pocas cosas podían producirle mayor satisfacción que incordiar al más alto estamento de la Iglesia.

—Eso me halaga. *Duos habet et bene pendentes* —dijo entre risas Leónides—. ¿Sabías que antes de nombrarse un nuevo Vicario de Cristo sientan al cardenal electo en un sillón con un agujero del que le cuelgan los cataplines? Se llama la *sedia stercoraria*. Los demás tienen que meter la mano debajo por una portezuela y comprobar que tiene testículos, para evitar que llegue a San Pedro de Roma otra papisa, como ya ha sucedido un par de veces en la historia. Y luego proclaman a coro: «Tiene dos y bien le cuelgan». Imagino que a más de uno le encanta esa tradición y dilata la comprobación el máximo tiempo posible.

—Yo, hermano, a estas alturas ya no me sorprendo de nada. No te lo tomes a broma, ¿de acuerdo?

—No, no te apures, solo pretendía quitarle un poco de hierro al asunto. Y hablando de metales: tendremos una nueva tenida muy pronto, te avisarán con tiempo. Viene un visitante muy especial para recibir a un nuevo miembro. Cuento de antemano con tu presencia.

—Sabes que no he fallado nunca. Ahí estaré.

Leónides despidió al director general de Seguridad con el apretón de mano que indica afecto y jerarquía, colocando el pulgar por encima del de Alonso Mallol.

*

PASABAN UNOS MINUTOS DE LAS ONCE DE LA MAÑANA. MADRID había despertado lluviosa y desapacible, y el día se resistía a avanzar. El comandante Manuel Muñoz Martínez ordenó a su conductor dirigirse al barrio de Salamanca, en la parte noble de las afueras de la capital. Desde hacía un tiempo se había visto obligado a ir de paisano, pues sus recién estrenadas responsabilidades como diputado de Izquierda Republicana no compatibilizaban bien con galones y medallas. Con solo cuarenta y cinco años, condecorado por heridas de guerra en el Rif, su brillante carrera militar había sido cortada en seco por la Ley Azaña, un desaire que jamás perdonaría al líder de su nuevo partido a pesar de haberle compensado con un escaño en Cádiz. Su rostro, eternamente triste y alargado en una papada impropia en un hombre de su delgadez, había sido testigo de primera línea de innumerables excesos que habían reforzado su fervor republicano y su compromiso político: la miseria perenne del campo andaluz, la matanza de Casasviejas, el despropósito de Marruecos…

Salió de sus cavilaciones y pidió al conductor que se detuviera en la esquina de Juan Bravo con Príncipe de Vergara y que se tomase el día libre. Cuando el coche oficial se alejó, continuó a pie hacia la dirección que había memorizado años antes en una cita similar.

Esa mañana había en casa del anticuario una reunión diferente a las que Leónides solía mantener con sus clientes. En el amplio salón se habían recorrido los muebles y en su lugar se habían dispuesto varias sillas en forma de rectángulo en torno a la lujosa silla capitular. En el centro de la sala, la mesa del despacho se había convertido en un catafalco cubierto por una tela de raso azul con un cojín granate sobre el que reposaba un cráneo con unos símbolos escritos. Delante de este, una Biblia cerrada encima del cual se habían colocado un compás y una escuadra. Tres candelabros con cirios blancos rodeaban a los objetos.

La biblioteca había sido también acondicionada como cámara de reflexiones con las paredes y estantes ocultos totalmente por cortinajes oscuros. Dimas había pasado la noche entera en vela allí con la única compañía de un espejo y unos platillos con sal, mercurio y azufre; una copa con agua que no debía beber y unos pedazos de pan que no había de probar. Y por toda iluminación la de una modesta palmatoria. Antes hubo de desprenderse de cualquier objeto metálico: unas pocas monedas, la hebilla del cinturón y hasta los zapatos por si tenían tachuelas. Había recibido la instrucción de reflexionar sobre la vida y la muerte, la infinitud del universo, el sentido de su propia vida y el gran paso que estaba a punto de dar. Y de escribir su testamento filosófico dando respuesta a tres preguntas escritas sobre un pedazo de papel triangular: ¿Qué le debe el hombre al Creador? ¿Qué les debe a sus semejantes? ¿Qué se debe a sí mismo?

Sobre una de las paredes colgaba un estandarte negro con un reloj de arena y una guadaña color plata entrecruzados; la imagen de un gallo y debajo las palabras VIGILANCIA Y PERSEVERANCIA en torno a las siglas VITRIOL. Una calavera amarillenta y todavía con algunos dientes, que había pertenecido a un monje, debía recordarle lo efímero de la existencia y que el hombre profano ha de fenecer para renacer en la razón. En la pared de enfrente, una tela sobre la que se había escrito en letras blancas: SI SIENTES MIEDO O TIEMBLAS ANTE LA VERDAD, ABANDONA ESTE RECINTO... SI ERES DÉBIL O NO TIENES VOLUNTAD, RETÍRATE... AÚN ES TIEMPO.

Unos minutos antes del mediodía comenzaron a llegar varios caballeros a los que Leónides saludaba estrechándoles la mano a la vez que entrecruzaban el dedo meñique, invitándoles a pasar a la sala. Veinticuatro en total. Entre ellos se reconocía a algunas de las más destacadas personalidades de la política nacional: el Subsecretario de Presidencia, Carlos Esplá; el director general de Seguridad, José Alonso Mallol; el embajador en Londres, Ramón Pérez de Ayala; y el pedagogo y embajador en Berlín, Luis de Zulueta.

Los recién llegados se anudaron a la cintura un pequeño mandil bordado con símbolos egipcios y se pusieron guantes blancos mientras iban ocupando sus respectivos lugares, que ya conocían de antemano. Cada uno usaría su sobrenombre simbólico en vez de su nombre real y tendría un rol definido en la ceremonia que iniciaría minutos después.

El anticuario vestía un traje oscuro cruzado por una banda de seda celeste con los símbolos del sol, la luna y las estrellas y una gorra cuadrada de color morado, ambas ricamente bordadas. Cuando Nemrod terminó de recibir al último de los visitantes dio dos vueltas al cerrojo de la puerta y lo acompañó a la biblioteca, donde Dimas seguía meditando. Los dejó a solas en la habitación y él entró en el salón. Uno de los oficiantes le acercó un cojín de terciopelo morado sobre el que resplandecía un toisón de oro y piedras preciosas del que pendía la efigie de un león. El anticuario tomó el pesado collar, intercambió una reverencia con Tresemes y se lo colocó al militar sobre el pecho. Ambos se volvieron hacia el resto. Todos los presentes se pusieron en pie e hicieron una reverencia con la cabeza mientras Tresemes tomaba asiento en el trono al norte, y Leónides se dirigía al otro extremo de la sala para hacer lo propio justo enfrente. El anticuario tomó la palabra:

—Queridos hermanos, agradecemos la generosa presencia del compañero Tresemes, Gran Maestre de la Logia Grande Oriente. Démosle todos nuestra calurosa bienvenida.

Todos hicieron un amago de aplauso respetuoso que fue amortiguado por los guantes. El de Alonso Mallol fue mucho más tenue, y si las circunstancias lo hubieran permitido, inexistente.

—Muchas gracias por tu hospitalidad, Hermano Mayor —dijo Tresemes mirando con deferencia a Leónides y luego a los demás— y a todos vosotros. Es un honor compartir este momento en circunstancias tan difíciles para nuestra Fraternidad. —Y a continuación, alzando con solemnidad la voz—: ¡Hermanos, uníos a mí para abrir la logia!

Una vez leído el orden del día y tratadas algunas cuestiones previstas, Tresemes dio comienzo a la tenida.

—Hermanos, vamos a proceder ahora a la iniciación de un profano que ha sido objeto de tres escrutinios favorables.

Pese a la seriedad y protocolo de la ceremonia, su marcado acento andaluz con deje chiclanero insinuó algunas sonrisas en los rostros. Entre sus detractores, Alonso Mallol se había encargado de colocarle el mote de el Ozú. A pesar de militar ambos en Izquierda Republicana, la enemistad política entre Mallol y Tresemes había trascendido al plano personal, y ni siquiera los altos valores fraternales de la logia eran capaces de suavizar su mutua animadversión, por todos conocida.

Nemrod carraspeó a modo de reprobación y tomó la palabra:

—Venerable Maestro, el Templo está a cubierto. —Seguidamente se dirigió a todos los presentes—. En nombre del Gran Maestro del Universo declaro abierta la logia.

En su papel de Hermano Experto, Leónides presentó al Venerable Maestro, en la punta de su espada, el testamento de Dimas, y entregó los metales al Hermano Tesorero. Tresemes dio lectura al testamento y prosiguió:

—Hermanos, acabáis de conocer el testamento filosófico del postulante. ¿Tiene alguien alguna observación que presentar?

Nadie pidió la palabra.

—Hermano Experto, volved con el postulante y preparadlo para su recepción como sigue: una cuerda al cuello; los ojos vendados; el brazo izquierdo, el pie izquierdo y la rodilla derecha descubiertos; el pie izquierdo calzado. Y a continuación conducidlo a la puerta del templo.

Leónides abandonó ritualmente el templo por unos instantes. Durante ese breve tiempo, el Maestro de Ceremonias dispuso el material necesario para los ritos de iniciación en los lugares requeridos. El Experto volvió acompañado de Dimas y ambos quedaron a la puerta del templo.

—Hermanos, armaos con vuestras espadas a fin de defender este recinto, un profano se encuentra en las puertas del Templo —dijo Tresemes con un nuevo golpe de mallete. Hermano Cubridor, preguntadle al Hermano Experto cómo espera el profano ser admitido en nuestros misterios.

—¿Cómo espera el profano ser admitido en nuestros misterios? —preguntó el Cubridor.

—Porque es libre y de buenas costumbres —alegó el anticuario.

Como en un submarino, preguntas y respuestas eran trasladadas jerárquicamente de uno en otro hasta el Venerable Maestro.

—¡Profano! —gritó el Cubridor—. ¿Cuál es vuestro nombre y edad?

—Mi nombre es Neptuno y mi edad es de tres años. —Se oyó a Dimas tras la puerta.

—Hermanos, hemos verificado la identidad del postulante que se encuentra a la puerta del templo, al cual los tres escrutinios le han sido favorables. Ha sufrido la Prueba de Tierra y está ritualmente preparado para su recepción. ¿Alguno de entre vosotros se opone a que sea introducido?—Venerable Maestro, el silencio reina en ambas columnas —dijo el Primer Vigilante.

—Puesto que nadie se opone, Hermano Cubridor, haced entrar al postulante.

El Hermano Guarda del Templo, Luis de Zulueta, tocó tres veces en la puerta de la biblioteca con gran estrépito. Las dos hojas de roble se abrieron y Dimas entró con los ojos vendados apoyando el brazo sobre su acompañante. Fue conducido con la cabeza agachada por Alonso Mallol, como si pasara por una puerta muy baja, situándolo «entre columnas», un espacio a tal fin designado en la sala. Como había aprendido, dio primero un paso con el pie izquierdo, de punta y hacia el frente, mientras el derecho formaba escuadra con este; luego un segundo paso ligeramente más largo con el pie derecho y un tercer paso más largo y rápido que el anterior. Estaba descalzo y sintió que el suelo estaba mojado y que en vez de la superficie lisa parecía caminar sobre guijarros que le dañaban la planta de los pies.

—Caballero, ¿qué deseáis que os podamos dar nosotros?

—Pido ser recibido masón.

—¿Os presentáis aquí por vuestra propia voluntad, en plena libertad y sin ninguna coacción?

—Sí.

—Reflexionad bien, caballero, en los pasos que estáis dando. Os pueden llevar a sufrir pruebas terribles que exigen todo el coraje y toda la firmeza de donde solo los caracteres decididos son capaces de salir. ¿Estáis decidido a someteros a esas pruebas?

—Estoy decidido.

—Puesto que es así y que ya habéis sido advertido, soportad las consecuencias. El hombre justo es valiente; el universo se derrumba, que las ruinas os golpeen sin sorprenderos... ¡Profano! ¿En quién depositáis vuestra confianza?

—En el Gran Arquitecto del Universo.

—Puesto que ponéis vuestra confianza en el GADU, no os decepcionará. Tomad parte en la invocación que le hacemos llegar en vuestro favor.

—Hermano Experto, conducid al profano a los pies del altar de los juramentos y que se ponga de rodillas.

Una vez arrodillado Dimas frente al altar de los juramentos, Tresemes dio un golpe de mallete. A partir de ese momento, cada parte del rito y cada declaración importante serían subrayadas con uno o tres golpes de martillo.

*

El despacho de Onésimo Redondo, en la avenida Alfonso XIII de Valladolid, era un continuo ir y venir de camisas azules que entraban y salían con premura de las habitaciones. El abogado del Sindicato Remolachero había sido designado jefe territorial de Falange Española y de las JONS por el propio José Antonio Primo de Rivera y se había tomado muy en serio sus crecientes responsabilidades políticas. De su oficina salían fragmentos de instrucciones a grito pelado seguidas de taconazos, portazos y todo tipo de sonidos estridentes subrayados por continuos «¡Arriba España!».

El Puño del Papa, en su nueva identidad de anodino inspector de seguros, tuvo que esperar mucho más tiempo del que consideraba razonable. Se percató de que la mayoría de los que se movían nerviosamente por los pasillos eran apenas unos muchachos. Se entretuvo ojeando algunos de los pasquines que se apilaban en uno de los escritorios junto al sillón en el que se encontraba. Los titulares no dejaban género de duda respecto al discurso político de los falangistas:

«La juventud debe ejercitarse en la lucha física, debe amar por sistema la violencia, debe armarse con lo que pueda y debe decidirse ya a acabar por cualquier medio con las pocas docenas de embaucadores marxistas que no nos dejan vivir y, si es necesario, con la chusma llena de vino que cobra de ellos para incendiar y matar.

¡PREPARAD LAS ARMAS, AFICIONAROS AL CHASQUIDO DE LA PISTOLA, ACARICIAD EL PUÑAL, HACEROS INSEPARABLES DE LA ESTACA VINDICATIVA!»

Cuando por fin se dignó recibirle, se encontró con un hombre mucho más joven de lo que imaginaba. El Caudillo de Castilla, como le apodaban ya algunos de sus seguidores, no tendría aún los treinta y emanaba un aire de natural autoridad. Lo escrutó unos segundos: más bien alto, enjuto, moreno, de mirar brillante, rápido en sus movimientos, le recordó fugazmente a la figura de un antiguo centurión romano. El abogado no era amigo de rodeos y ni siquiera se disculpó por la demora.

—Pase, siéntese. Usted dirá.

—Veo que es una persona sumamente ocupada, y agradezco que me haya recibido, no le robaré mucho tiempo.

Le tendió una tarjeta de la Winterthur Schweizerische Versicherungs Gesellschaft con el nombre Hans Kirchner en negrita y un número de teléfono anotado a mano.

—Es del hotel donde me alojo estos días. Si por lo que sea no me encuentra en persona puede usted dejar recado a cualquier hora.

—Viene usted muy recomendado, no siempre recibe uno la llamada de un obispo. Don Manuel ya me ha comentado los pormenores sobre la desgracia de Palencia. Aquí estamos para ayudar en todo lo que haga falta, así que dígame: ¿Qué es lo que necesita?

—Necesito un aliado —dijo el suizo.

—Explíquese.

—Tenemos enemigos comunes, señor Redondo. Estamos convencidos de que los masones están detrás del robo de la catedral.

—Mire usted, *Herr* Kirchner. ¿Lo he pronunciado correctamente?

Onésimo Redondo había sido lector de español de la Universidad de Manheim y hablaba un impecable alemán.

—*Vortrefflich!* —respondió agradablemente sorprendido El Puño del Papa.

—Los masones, marxistas, judíos y separatistas —continuó el falangista— son la lacra de este país y buscan llevarlo a la ruina por cualquier medio. No me extrañaría que esta sea su nueva táctica para atacar a la Iglesia y, por ende, a tantos católicos de bien.

Onésimo Redondo estaba obsesionado con un supuesto contubernio judeomasónico bolchevique que le hacía ver enemigos de España por donde quiera que mirase. No en vano había sido el traductor al español de los antisemitas *Protocolos de los Sabios de Sión,* mismos que había publicado en el semanario *Libertad*, el principal órgano informativo de su movimiento. El falangista se expresaba con una vehemencia que iba subiendo de tono.

—Sin duda, somos juguetes de grandes criminales que especulan con toda nuestra riqueza y con nuestro honor de pueblo libre, conforme a los planes semitas y masónicos.

El falso inspector de seguros intentó llevar la conversación a su terreno.

—Sí, bien, usted ya sabe que los suizos procuramos mantenernos un tanto al margen de estas cuestiones.

—La revolución social es una necesidad y un grito de justicia, no se puede ser neutral ante esa maquinaria internacional con sello marxista que descaracteriza la genuina revolución hispánica —afirmó con contundencia Redondo.

—¿De verdad se sienten ustedes tan amenazados?

—Piense usted en la significación revolucionaria del movimiento de Hitler: ese formidable caudillo ha hecho lema doctrinal de sus campañas: «la Alemania cristiana contra el marxismo; el cristianismo frente al bolchevismo».

El falangista, cada vez más enardecido, no podía ocultar su admiración por el líder del partido nazi.

—*Die Feinde meiner Feinde sind meine Freunde...* ¿Quién dijo eso?

—Creo que es un antiguo aforismo árabe —respondió Redondo— y en nuestro caso podría aplicar a la perfección. Cualquier enemigo de esas hordas es bien recibido aquí. Pero sigo sin saber cómo podemos apoyarle.

—Me consta que ustedes tienen ojos y oídos en todas partes. Es muy posible que los ladrones estén aún ocultos por esta zona. Cualquier información que les llegue sería de gran ayuda. Y aunque por motivos obvios no ofreceremos públicamente una recompensa, Winterthur será generosa con quien contribuya de forma directa a la recuperación del tesoro de Palencia.

—Para serle sincero: aquí solo hemos oído rumores. Y lo poco que dice la prensa. Por lo visto se trata de una banda muy profesional y protegida por alguien del gobierno. De otro modo no se explica que se hayan esfumado en el aire, alguien tiene que estarlos encubriendo. Y tal y como están las cosas, no me sorprendería que fuera la propia DGS la que estuviera solapándolos.

Onésimo Redondo quedó unos segundos pensativo, queriendo imaginar a alguno de sus acérrimos adversarios políticos en la picota de la prensa en caso de descubrirse su involucramiento en el robo.

—En fin, como bien sabe usted, los masones están metidos en todos los centros de decisión de este gobierno corrupto y vendido a Rusia. Hagamos una cosa, me quedo con su tarjeta, usted ya sabe cómo localizarme. Si se entera de algo más concreto, con una llamada nos ponemos en acción. Sería un verdadero placer cazarlos y, desde luego, nuestra motivación no es económica, aunque cualquier donación a la causa sería bienvenida, por supuesto.

—*Jemandem die Daumen drücken!* —dijo El Puño del Papa.

El falangista recibió el deseo de buena suerte relajando su gesto adusto con una sonrisa mínima. La desconfianza inicial se había diluido.

—Disculpe, *Herr* Kirchner, y no me lo tome a mal, pero tengo una curiosidad. Ya sé que Winterthur es una compañía de enorme tradición y prestigio, pero... ¿cómo es que el obispado de Palencia ha contratado los servicios de una aseguradora suiza? ¿No había ninguna empresa española dispuesta a cubrir ese riesgo?

—No se preocupe, esperaba la pregunta. Es por una razón muy simple: no es el obispado quien tiene el contrato con mi empresa sino el Estado Vaticano. Y no piense que es algo de ahora ni motivado en modo alguno por la situación actual de su país. Llevamos trabajando para la Iglesia católica desde hace medio siglo y defendiendo el interés de nuestro cliente en toda Europa. Nos hemos ganado la confianza de la Iglesia resolviendo muchos casos similares y otros, lamentablemente para todos, cubriendo religiosamente los siniestros. Pero le aseguro que ha sido en casos muy puntuales.

—No me extraña que «me lo asegure» —bromeó ágil Redondo—, y nunca mejor dicho lo de «religiosamente».

Ambos rieron y se despidieron de forma amigable. Al salir de la sede de la Falange Española, llegando a la Plaza Zorrilla, recordó las complejas jugadas de ajedrez que tanto le gustaba resolver. «Jaque mate Troitsky», pensó con satisfacción El Puño del Papa. Ya tenía el alfil solitario que había estado buscando.

*

EL CEREMONIAL DE LA INVESTIDURA PROSEGUÍA CON SEVERO protocolo. Tresemes golpeó otras tres veces con el mallete. Con ello iniciaban varias pruebas en las que Dimas, para convertirse en Neptuno, debía demostrar su fortaleza física y mental, capacidad de resistir el miedo, el dolor, la incertidumbre.

—¡Caballero! ¿Persistís en el deseo de haceros recibir masón?

—Sí, Venerable Maestro.

—¿Estáis dispuestos a tornar la resolución firme y sincera de cumplirlos?

—Sí, estoy decidido.

—Caballero, antes de someteros a las pruebas prescritas debo exigiros una promesa formal, tomada bajo la Copa de Libaciones. ¿Consentís en hacerla?

—Consiento.

Dimas dio un sorbo del cáliz. Leónides le puso la mano derecha en el corazón.

—Ahora, pronunciad vuestra promesa.

—Yo, Neptuno, bajo la invocación del GADU, Gran Arquitecto del Universo, y en presencia de esta respetable logia regularmente reunida y debidamente consagrada, por mi propia y libre voluntad, ante las Tres Grandes Luces de la Masonería, prometo no revelar jamás ningún secreto del Templo que me sea confiado, si no es a un legítimo y buen masón o en una logia regularmente constituida. Juro amar a mis hermanos, socorrerlos y prestarles toda mi ayuda en sus necesidades. Prefiero que se me corte el cuello, antes de faltar a mi juramento. Que el Gran Arquitecto del Universo me ayude y me preserve de tal desgracia.

Las pruebas secretas del ritual iniciático se prolongaron por un lapso en el que Dimas sintió haber perdido toda noción del tiempo. El aspirante fue sometido a una sucesión de experiencias sensoriales confusas, en las que sintió, literalmente, tropezar con piedras, caer al vacío, caminar sobre las aguas y notar después que le acercaban al rostro algo ardiente mientras escuchaba la invocación: «*¡Igne Natura Renovatur Integra!*». Permaneció sin inmutarse, pero no pudo evitar toser por el humo. Purificado por las brasas, fue conducido continuando la vuelta a la logia por la derecha y quedando entre columnas.

—Venerable Maestro, el Tercer Viaje del recipiendario ha terminado —informó el Primer Vigilante con un golpe de mallete.

Tresemes continuó.

—¡Caballero! Necesitamos exigiros el juramento que os debe unir a la Orden Masónica en la que pedís ser admitido. Quizás, algún día, sea necesario que vertáis hasta la última gota de vuestra sangre para su defensa o la de vuestros hermanos. Si llegara el caso, ¿consentiríais hacer este sacrificio y tendríais el valor si se os lo pide?

—Lo tendré.

—Puesto que es así, Hermano Experto y Hermano Maestro de Ceremonias, conducid al recipiendario al altar para que preste su juramento.

Ambos cruzaron la espada y el bastón por encima del joven de modo que formasen una escuadra. El joven recitó con voz firme la secreta fórmula que había memorizado la noche anterior.

—Sobre esta espada, símbolo del honor, y sobre esta escuadra, emblema de conciencia, de la rectitud y del derecho;

sobre el Libro de la Ley de los francmasones, a partir de este momento me comprometo a guardar inviolablemente el secreto masónico, del que jamás diré nada, ni escribiré lo que pueda ver o entender en las asambleas de masones ni sobre todas las cuestiones que puedan interesar a la Orden, a menos que reciba el permiso de expresarlo y solamente en la manera en que me fuera indicada…

Por un momento dudó de si sería capaz de recordar el resto del juramento. Tragó saliva y prosiguió.

—… Yo prometo trabajar con celo, constancia y regularidad en la obra de la francmasonería. Yo prometo amar a todos mis hermanos y ayudarlos a todos con todas mis fuerzas en todas las circunstancias, bajo la gran ley de solidaridad humana que es la doctrina moral de la francmasonería. Practicaré la asistencia a los menores, la justicia con todos, la devoción a mi patria y a mi familia, y la dignidad a mí mismo. Yo prometo además cumplir Constitución y Reglamentos Generales de la Orden. Prometo fidelidad a La Logia Grande Oriente Español, que me prohíbe toda participación en grupos masónicos que no me reconocen como regular. Y consiento, si alguna vez faltare a estos compromisos, sufrir las penas merecidas por mi indignidad y que mi memoria sea execrada por todos los masones.

—Hermano Primer Vigilante, vos sobre el que reposa una de las primeras columnas de este Templo, ahora que la paciencia y la firmeza del neófito le han hecho ganar su primera victoria en la lucha entre el profano y el masón, ¿qué pedís para él?

—¡Que la venda le sea quitada, que vea y medite!

El Maestro de Ceremonias apagó las Luces, dejando la logia muy débilmente iluminada. Los tres golpes metálicos sonaron y el Hermano Experto retiró la venda de los ojos de Neptuno.

—Neófito, estas espadas que veis apuntándoos, os anuncian que todos los masones volarán en vuestra ayuda en un momento de peligro; pero también os anuncian que, si traicionáis vuestro juramento, no escaparéis a la venganza de todos los hermanos extendidos sobre toda la faz de la tierra, que han jurado castigar al perjuro. ¿Lo juráis, hermanos?

—¡Lo juramos! —respondieron todos.

Leónides cubrió rápidamente los ojos de Dimas, los hermanos cesaron de apuntarle con las espadas y volvieron a su sitio. Lo hizo salir del salón para que se pudiera vestir mientras se volvía a iluminar el Templo.

Tras una espera que a Dimas se le hizo interminable y durante la cual se escuchaba gran trasiego al otro lado las puertas, Leónides entró nuevamente con él. Aún tenía los ojos vendados, y lo situó en la cadena humana que los demás habían formado. Al tercer golpe de mallete el Hermano Presentador quitó rápidamente la venda de los ojos de Dimas.

—Fijaos bien, neófito. El aspecto de esta asamblea ha cambiado por completo. ¡Ninguna espada está apuntándoos! Como podréis percataros solo hay hermanos formando una Cadena de Unión que simboliza la unidad de todos los masones esparcidos sobre la superficie de la Tierra. ¡Nuestras manos os unen a nosotros y al Altar de la Verdad! Su abrazo os anuncia que no os abandonaremos nunca, tanto como la Verdad, la Justicia, la Discreción y el Amor fraternal, os serán sagrados. Hermanos, dejemos la cadena.

Tresemes, sosteniendo la espada flamígera en la mano izquierda, apoyó ligeramente la hoja sobre la cabeza de Neptuno, manteniendo el mallete en su mano derecha, dispuesto a golpear sobre la hoja.

—A la Gloria del GADU, en nombre de la Masonería Universal y bajo los auspicios de la Gran Logia de España. En virtud de los poderes que me han sido conferidos por esta respetable logia, os consagro, constituyo y recibo Aprendiz francmasón, grado primero del Rito Escocés Antiguo y Aceptado y miembro activo de esta respetable logia.

El Venerable Maestro dio tres golpes iguales con su mallete sobre la hoja de la espada, la pasó alternativamente por cada hombro y luego en ambos codos. Después puso la espada y el martillo encima de su mesa.

—Levantaos, hermano mío, porque desde ahora ya no recibiréis otro calificativo entre nosotros, acercaos y recibid el abrazo fraternal, que por mi conducto os dan todos los hermanos, los de esta respetable logia y los esparcidos por la superficie de la Tierra.

El Venerable Maestro le dio el abrazo fraternal.

*

GUSANO HABÍA CUMPLIDO SU PROMESA Y EL CHIBORRA ESTRENABA orgulloso los galones de cabo. Su mujer se había pasado la mañana cosiéndolos en una casaca nueva y más ancha por la cintura. Si había que quitarse de otras cosas, ya se harían las economías que hiciese falta, pero un oficial de la Benemérita, así lo presumía ella, tenía que ir de punta en blanco. No valían razones. No hubiera servido de nada explicarle lo lejos que estaba de la oficialidad un cabo. Desde ese momento ella había incluido en sus obligaciones diarias la de abrillantar la botonadura y se sentía por fin la esposa de un alto cargo, aunque la diferencia de sueldo fuese misérrima. Su marido tenía ahora toda una carrera por delante. Al fin que, en Alemania, otro cabo había logrado el ascenso al máximo nivel de poder causando la admiración de propios y ajenos.

El domingo 6, *El Día de Palencia* publicaba como encabezado de la sección Última Hora: «Se detiene en Palencia a uno de los autores del robo de la Catedral de Pamplona». A Leónides le dio un vuelco el corazón. Por un momento se le trafulcaron las palabras y creyó entender lo contario. La nota daba cuenta de la aprehensión del Sieteveces, un jornalero de Valladolid involucrado en el robo de unas monedas.

—Esos aún no se han dado cuenta. O a lo mejor ya lo saben y han prohibido publicar la noticia durante las fiestas.

—¿Usted cree?

—No me extrañaría nada. La Iglesia acostumbra a lavar sus trapos en casa.

*

LA LARGA TENIDA DE INVESTIDURA ESTABA LLEGANDO A SU FIN.

—Hermano, todas las escuadras, niveles y plomadas son verdaderos signos de reconocimiento para un masón —dijo el Segundo Vigilante—. Por tanto, debéis manteneros bien derecho, los pies en escuadra.

El nuevo hermano ejecutó las instrucciones. El anticuario vigilaba su buena ejecución.

—Los secretos del grado consisten en un signo, un toque y una palabra. Poned ahora la mano derecha al nivel de la garganta, el pulgar en escuadra, el antebrazo derecho horizontal: se llama a eso «ponerse al orden».

El signo se hace pasando la mano de un lado a otro del cuello, dejando enseguida caer el brazo derecho. Este alude a la penalización de vuestro juramento y significa que como hombre de honor y masón: ¡vos preferiríais que os corten el cuello antes que revelar indebidamente los secretos que os han sido confiados!

El toque se da, dándose respectivamente la mano derecha y ejerciendo una presión marcada, con el pulgar curvado, en la articulación del índice, que une este dedo a la mano. Este toque constituye la petición de la palabra sagrada.

—No sé leer ni escribir, solo sé deletrear. Dadme la primera letra y yo os daré la siguiente.

—Para que podáis hacerlo de aquí en adelante, yo os diré que esta palabra es «BOAZ».

Leónides hizo repetir al nuevo hermano el toque y la palabra, letra por letra. Habló el Segundo Vigilante.

—Esta palabra procede de la columna que está situada en el exterior del Templo de Salomón, a la izquierda de la puerta de entrada, y significa «con fuerza». En fin, habéis de saber que como aprendiz vuestra edad es de tres años. Hermano Primer Vigilante, la instrucción del nuevo hermano está terminada. Hermano Experto, revestid al neófito del mandil de aprendiz masón.

El delantal era una breve pieza rectangular de piel de cordero, blanca y sin ornamento.

—Hermano, llevad este mandil, que es el símbolo del trabajo que ha sido llevado por los masones más ilustres y por los más humildes, os lo tenéis que poner cada vez que asistáis a una logia; en vuestra calidad de aprendiz llevaréis la baveta levantada. Su color blanco es el emblema de la pureza, de la inocencia y del candor; guardaos de alterarlo por vuestras acciones. En nombre del GADU te damos la bienvenida como aprendiz de primer grado al Templo de luz de la logia Grande Oriente Español. Te hago entrega de los tres instrumentos de trabajo con los que se regirá esta nueva etapa de tu camino.

Las tres herramientas consistían en una regla plegable, de madera, de veinticuatro pulgadas, un pequeño mallete y un cincel. Dimas recibió emocionado las herramientas y agradeció con una leve inclinación de cabeza. Siempre había pensado que la escuadra y el compás de bronce que había en la biblioteca eran herramientas de uso de don Leónides para estudiar sus planos. Ahora podía verlas por todas partes, en los delantales de los oficiantes, sobre el libro, en las paredes, en los anillos. Recordó haber visto el mismo símbolo en multitud de libros, escudos e ilustraciones, en inscripciones y capiteles en las iglesias y en muchos más lugares que antes le habían pasado desapercibidos.

—¡En pie y al orden, hermanos! Os invito a reconocer desde ahora como hermano, miembro de esta respetable logia, al nuevo iniciado Neptuno. Uníos a mí para celebrar con una batería de júbilo la feliz adquisición que acaba de hacer la masonería y esta respetable logia.

—¡A mí, hermanos! Por el signo, la batería y la aclamación escocesa: *¡Huzze! ¡Huzze! ¡Huzze!* Podéis sentaros.

—Hermano, siguiendo una antigua tradición, os doy ahora un par de guantes blancos, de los que os serviréis en nuestras tenidas solemnes. Os indican que las manos de un masón deben ser puras de todos los actos reprensibles, así como que su conciencia será pura de todos los sentimientos viles. Siguiendo esta misma tradición os entregamos otro par de guantes blancos de mujer, a fin de que los destinéis a la persona que tenga más derecho a vuestro respeto y amor. Como recuerdo de esta tradición os damos en nombre de toda la logia una rosa destinada a esa mujer.

El Maestro de Ceremonias condujo al nuevo hermano a su sitio mientras él se quedó de pie y al orden.

—Debéis saber, mi muy querido hermano Neptuno, que la beneficencia es una de las virtudes cuya práctica es más querida entre los masones. No debe confundirse con la limosna, que rebaja al que la recibe sin elevar al que la da. Los metales que se os han retirado antes de entrar en el templo simbolizan todo lo que brilla con un resplandor engañoso. «Una Viuda y sus Hijos», así es así como designamos a la francmasonería y a sus miembros, que reclaman constantemente nuestra asistencia. Tenemos obras de solidaridad para las que se hace un llamamiento a los buenos sentimientos de los hermanos. Daréis pues, una ofrenda para nuestras obras de solidaridad, según vuestros medios, y discretamente, porque los actos de beneficencia de un masón no deben ser jamás actos de ostentación, ni de vanidad, capaces de enorgullecer al que da, y de humillar al que recibe. Deben ser solo el cumplimiento de un deber y quedar en secreto.

—Querido Hermano Neptuno, al final de esta tenida, cuando el Hermano Hospitalario os presente como a todos, lo que llamamos el «Saco de la Viuda», podréis ingresar vuestro óbolo como acto de beneficencia. No nos queda mas que destruir el testamento en el cual habéis consignado vuestros últimos pensamientos de profano. ¡Entrego, pues, vuestro testamento a las llamas purificadoras!

El Venerable Maestro quemó el testamento que había clavado en la punta de la espada colocada sobre su mesa. El Hermano Experto recogió la ceniza en un sobre que entregó a Neptuno.

—¡Conservad, hermano, preciosamente estas cenizas en recuerdo del día en que os habéis consagrado a la búsqueda de la verdad y ligado a los Hijos de la Viuda! Hermano Experto, ¡incinerad ahora los informes del plomaje!

Leónides quemó ostensiblemente los informes. Todos se levantaron.

—¡Que la luz que ha iluminado nuestros trabajos continúe brillando en nosotros, para que terminemos fuera la obra empezada en el templo y preservémosla para que no esté expuesta a los profanos!

—¡Que la paz reine sobre la tierra!

—¡Que el amor reine entre los hombres!

—¡Que la alegría reine en los corazones!

Seguidamente, el Venerable Maestro se dirigió al altar de los juramentos, poniéndose al orden hizo el signo, levantó los útiles simbólicos y cerró el volumen de la ley sagrada.

—Ante el Gran Arquitecto del Universo, en nombre de la Francmasonería Universal y bajo los auspicios de la Gran Logia de España, declaro cerrada en grado de aprendiz, esta respetable logia. ¡A mí, hermanos míos! ¡Por el signo!

Todos hicieron el signo de aprendiz.

—¡La batería!

Sonaron tres golpes de mallete y sendas palmadas.

—¡Y la aclamación escocesa!

—*¡Huzze! ¡Huzze! ¡Huzze!*

—Hermanos míos, antes de separarnos, unamos nuestros corazones en fraternidad y elevemos nuestros pensamientos al Creador. ¡Que él inspire nuestra conducta en el mundo profano, que guíe nuestra vida y sea la luz de nuestro camino! ¡Juremos guardar el silencio sobre los trabajos de este día y retirémonos en paz!

Todos, haciendo el gesto de juramento, gritaron al unísono.

—¡Lo juro!

Tresemes y los vigilantes apagaron las velas encendidas sobre sus mesas. El Venerable Maestro invitó a los presentes a iniciar la marcha de clausura. Comenzaron a salir, en estricto orden jerárquico, dignatarios, oficiales, maestros, compañeros y por último los aprendices.

*

La histórica antipatía, o para algunos odio manifiesto, entre José Alonso Mallol y Manuel Muñoz Martínez iba a brindarle al Puño de Papa la oportunidad para diseñar su jugada magistral. Alonso Mallol, el director general de Seguridad, aborrecía al andaluz, a quien muy erróneamente consideraba hombre de pocas luces por el mero hecho de ser militar, y no perdía ocasión de denostarlo. El 14 de marzo, Alonso Mallol ordenó la clausura de todos los centros de FE de las JONS, además de ordenar la inmediata detención de la cúpula dirigente. Al igual que su líder, José Antonio Primo de Rivera, preso en Alicante, Onésimo Redondo fue llevado a comisaría el mismo día 14 y aunque fue puesto en libertad pocas horas después, el día 20 su detención fue definitiva. En los días siguientes el gobierno civil puso tras las rejas a otros cuarenta falangistas de su grupo, descabezándolo y dando así por resueltas las violentas refriegas callejeras que venían protagonizando contra los izquierdistas. El 7 de abril las Cortes Generales destituyeron al presidente de la República, Niceto Alcalá Zamora, al que sustituyó Manuel Azaña, elegido presidente el 10 de mayo

En la Logia de Oriente, Manuel Muñoz Martínez, el simbólico Tresemes, tenía mucha mayor jerarquía que Demolins, Alonso Mallol, por lo que se consideraba con mayores derechos que sentía no le eran debidamente reconocidos ni como militar ni en la política. Si Tresemes quería sacudirse de encima a Alonso Mallol, no tenía mejor camino que exhibirle ante la opinión pública y la voracidad de la prensa como un incompetente, aunque para ello tuviese que sacrificar también alguna pieza importante de su tablero. Cuando recibió la inesperada llamada de aquel educadísimo inspector de seguros de Winterthur, supo instintivamente que los astros confluían para ofrecerle la oportunidad que tanto tiempo había estado esperando.

—Con el comandante Muñoz, por favor.

—Él habla. ¿Con quién tengo el gusto?

—¡Ah! Disculpe —dijo una voz con suave acento extranjero al otro lado—, no quisiera importunarle, no esperaba que me cogiera el teléfono directamente.

—Dígame, ¿quién es usted? ¿Quién le ha dado este número?

—Sí, disculpe de nuevo. Mi nombre es Kirchner, Hans Kirchner, de la aseguradora Winterthur. Hablo de parte del señor comisario Salvador Enríquez, de Palencia.

—¡Hombre, Enríquez! Sí, claro que me acuerdo de él. ¿Me dice que ahora está en Palencia? ¿Qué es de su vida?

—Sí, así es. Está bien, muchas gracias. El señor Enríquez me sugirió que hablase con usted y he llamado directamente al Congreso; ahí, una ujier muy atenta me ha facilitado este número.

Ujieres, secretarias y demás funcionarios de las Cortes tenían terminantemente prohibido facilitar los números privados de los diputados, pero Tresemes no se sorprendió de que la exquisita cortesía de su interlocutor hubiera podido ablandar a cualquier mujer.

—Bueno, dígame pues. ¿Qué puedo hacer por usted?

—Verá, comandante, me encuentro ahora en Madrid y si no fuera mucha molestia desearía robarle unos minutos cuando amablemente disponga. Es por un asunto muy delicado que no creo conveniente tratar por teléfono.

—La verdad, quiero serle franco, no tengo por costumbre atender este tipo de solicitudes —respondió reticente el diputado—, pero en fin, tratándose de un recomendado de Enríquez… ¿Conoce usted el bar Chicote, en la Gran Vía? Es un lugar discreto. Si le parece bien podemos tomar algo rápido esta noche y me ya me cuenta usted. Yo termino tarde aquí… ¿A las nueve está bien?

—Preguntaré, no se preocupe, no creo que me pierda. Estaré ahí a las nueve en punto.

—Perfecto, si ve que me retraso un poco vaya tomándose algo que yo le alcanzo seguro. Ah, y una cosa, hace mucho que ya nadie me llama comandante. Dejemos al lado esas cosas, ¿le parece?

—Por supuesto, señoría.

—Muñoz está mejor, ¿sí? —dijo Tresemes con gracejo gaditano.

—Claro, señor Muñoz, será un gusto saludarle en persona.

El Chicote se había convertido al poco de su inauguración en el bar de referencia de la capital. En sus salones art decó, decorados con cortinajes rojos, cuadros cubistas y moderno mobiliario se daban cita grandes celebridades del cine, el toreo, la política y otros variopintos personajes de la noche madrileña. En un país de bota y porrón, su visionario fundador había sabido introducir la coctelería de alto standing y convertir el establecimiento en lo más *chic* de la zona. A lo sofisticado del local se unían las excelentes dotes como anfitrión de Pedro Chicote, que recibía con el mismo agasajo a un cliente común que a los habituales José Ortega y Gasset, Dalí, Greta Garbo, el doctor Fleming, Julián Besteiro o Ernest Hemingway.

El diputado llegó, efectivamente, con bastante retraso. El Puño del Papa llevaba un buen rato aguardando pacientemente en una mesa del fondo y no había cedido a la continua insistencia del barman para ir «calentando motores» y hacer más corta la espera. Se entretuvo analizando discretamente a los personajes que llegaban y ocupaban las otras mesas hasta casi llenar el local, la mayoría muy bien vestidos y acompañados de bellas y alborozadas señoritas. El volumen de las conversaciones y las risas había subido progresivamente de nivel. Iban a dar las diez cuando vio entrar a un hombre alto de aspecto taciturno al que Chicote estrechó con la familiaridad con que se abraza a un hermano. Sin parar de hablar le recogió la gabardina y le acompañó a la mesa en la que esperaba, en palabras del barman, «su distinguido amigo extranjero». Supo mantenerse a una distancia prudente en lo que ambos hombres se presentaban.

—Perdone por haberlo dejado tirado en este inhóspito local —bromeó el diputado—. La República es una amante celosa.

—No se preocupe, me hago cargo. Y le agradezco muy sinceramente que me conceda su tiempo.

—Nada, hombre, por favor, permítame compensarle por su paciencia. ¡Perico!

—Manden los señores —acudió solícito el barman.

—Necesito que te luzcas con el caballero, viene de muy lejos como para llevarse una pobre impresión de los Madriles.

—Si me lo permiten los señores, me gustaría invitarles a probar una de nuestras últimas creaciones, el Vasconcel.

—En esta trinchera mandas tú, sargento, así que a nosotros nos toca obedecer —respondió Tresemes—. Si a nuestro invitado le parece bien, claro —dijo volviéndose al suizo.

El Puño del Papa asintió con la cabeza, algo sorprendido de la cercanía entre Chicote y el diputado. El barman voló hacia la barra.

—Se ve que es usted aquí una institución —le dijo a Tresemes.

—¿Quién, yo? Qué va, todo lo contrario… Aquí el que es toda una atracción es Perico. Lo que pasa es que nos conocemos desde Marruecos, igual que a Enríquez. ¿Sabe qué? Las amistades que se forjan en la guerra son las que duran toda la vida.

El suizo hizo como que dejaba pasar por el alto el comentario. Bien sabía a qué se refería el diputado y compartía convencido el valor sagrado del compañerismo, pero su época de mercenario había quedado atrás y desde luego no podía aflorar en la conversación.

—Ah, claro, ahora entiendo. Con razón se expresa así de usted el comisario. Me dijo, literalmente, que mataría por usted —se inventó el inspector.

—¡Para que luego digan que los andaluces somos exagerados! —dijo riendo Tresemes—. Ese Enríquez, de salvador solo tiene el nombre. Menos mal que nadie nos veía correr cuando atacaban los moros…

Tras la primera impresión, detrás de aquel porte adusto y la expresión lúgubre, la simpatía del andaluz surgía como una poderosa arma de combate, más eficaz sin duda en la política que en la carrera de las armas. Un camarero sirvió discretamente los cocteles esmerándose en no interrumpir la conversación.

—Pues usted dirá, señor Kirchner. ¿Qué tripa se le ha roto ahora a mi viejo amigo el comisario?

—Iré directo al tema: tengo a mi cargo la investigación del robo a la catedral de Palencia. Si no se recupera lo robado, mi compañía se enfrenta al pago de una indemnización millonaria, pero más allá de eso, está en juego nuestro prestigio.

—Entonces… ¿de verdad pagan ustedes alguna vez?

El Puño del Papa recibió el comentario como otra de las bromas del diputado y le siguió el juego.

—Por supuesto, aunque hacemos hasta lo imposible para evitarlo.

Los dos hombres rieron mientras daban un sorbo de las copas. La combinación de licores era perfecta, casi imposible detectar un sabor por encima de los otros y con una armonía de gustos y aromas en un logrado equilibrio.

—Delicioso. Sencillamente delicioso —dijo Tresemes degustando unos instantes la bebida—. Creo que le sigo. Si ustedes atrapan a los ladrones, recuperan el tesoro y se ahorran un pico. ¿Voy bien?

—Sí, básicamente, aunque mi labor no es atraparlos, eso es cosa de la policía. Nosotros nos enfocamos más a la recuperación de los objetos asegurados, máxime cuando se trata de piezas con un valor artístico e histórico tan destacado, por no hablar de su significación religiosa para los palentinos.

—Ya veo..., y por eso ha hablado usted con Enríquez.

—Así es —dijo el inspector mojando los labios en el coctel—, y no solo con el comisario, sino hasta con el director general de Seguridad.

—¿Con Mallol? No me diga más. Ese sí que es un mentecato y un inútil. Mire cómo está el país, con la gente matándose por las calles. Por ese lado le garantizo que no va usted a conseguir nada. Para cuando quieran mover un dedo los ladrones habrán salido de España o habrán saqueado el resto de las catedrales que aún queden sin desvalijar.

—Sí, es más o menos es lo que vino a decirme el comisario Enríquez y de ahí su sugerencia de que me pusiera en contacto con usted.

El Puño del Papa estaba diciendo una verdad a medias, o más bien construyendo con habilidad un embuste creíble. La realidad es que había sido el cardenal Tedeschini quien había sugerido la conveniencia de tantear a Muñoz Martínez, conocedor de su alto cargo en la masonería y confiando en sacarle algo de información. El comisario Salvador Enríquez solo lo había mencionado de pasada alardeando de su servicio militar en Marruecos y de conocer a un alto cargo en la política.

—Pues mire, me honra que un amigo tenga tan buena opinión de mí, pero no veo que papel pudiera yo tener en todo esto.

—No sea modesto, señor Muñoz, no hay más que ver cómo se mete usted a las personas en el bolsillo. El comisario me dijo que conoce a mucha gente. Bueno, en realidad lo que dijo es que tiene usted amigos hasta en el infierno y que puede mover un montón de hilos para conseguir información, una información por la que Winterthur le estaría inmensamente agradecida, no sé si me explico…

—Creo que sé por dónde va. En fin, tendría que pensarlo. ¿Pedimos otra más? No me dirá que este Perico no es un genio.

El encuentro, suavizado por los ingredientes del coctel, estaba rodando mucho mejor de lo que hubiera podido esperar. La modesta jubilación de 300 pesetas como comandante retirado, aunque más adelante se sumara a la pensión vitalicia de diputado, no era una cantidad que permitiese nada parecido a un retiro esplendoroso. Desde luego no a la altura de los gustos de Tresemes. Pero más allá de una posible recompensa, adelantarse a la policía y ver humillado a Mallol podían ser una baza interesante de cara a su futuro político. La noche avanzó entre copas y unos canapés. La desconfianza inicial entre ambos se fue disipando hasta convertirse en un inicio de complicidad. El Puño del Papa le explicó a grandes rasgos su plan para atraer a los ladrones hacia la catedral de Valladolid y ponérselos en bandeja a los falangistas, con lo que les dejarían el tema a otros y ellos dos se lavarían las manos sin verse comprometidos. Pero la mente ágil de Tresemes urdió con rapidez una idea aún mejor. Si el suizo le llegaba a la cifra que le había propuesto, él se encargaría de todo lo demás, solo debía esperar su llamada y avisar a Onésimo Redondo de la fecha en que los ladrones asestarían el golpe.

Muñoz Martínez puso al fin sobre la mesa sus condiciones: el inspector debía confiar en él plenamente, pagar la mitad de lo acordado por anticipado y la otra mitad cuando se recuperase el tesoro. Si por cualquier motivo el plan fracasaba, el cincuenta por ciento inicial por sus gestiones no sería en ningún caso reembolsable. Si escapaba una sola palabra de aquella conversación, el diputado lo negaría todo y no solo se encargaría de cobrarse el favor por otros medios sino que le haría la vida «más complicada que hacer gárgaras con talco».

En su fuero interno, Tresemes sentía remordimiento por traicionar a unos hermanos masones, aunque confiaba en la habilidad de Leónides y su pupilo para consumar el robo y escabullirse con la misma habilidad con que lo habían logrado hasta entonces. Si no los cogían, ese nuevo escándalo obligaría a Alonso Mallol a dimitir y le dejaría el camino expedito. Después le vino a la mente el viejo refrán español de «tanto va el cántaro a la fuente, que acaba por romperse» y se consoló pensando que solo era cuestión de tiempo que los atrapasen. Por otro lado, los falangistas tenían sobrados motivos para odiar a Mallol porque desde que tomó las riendas de la DGS se dedicó a perseguirlos de manera implacable, así que si eran ellos quienes lograban capturarlos, la policía quedaría nuevamente en evidencia. Las dudas le duraron poco, al fin que la política había sido, desde su invención, el arte de servirse de los hombres haciéndoles creer que se les sirve a ellos.

La reunión concluyó cuando Chicote se les acercó cortésmente para ofrecerles «la última antes de cerrar». Tresemes pidió un taxi y se ofreció llevar al suizo al hotel, pero El Puño del Papa prefirió regresar caminando. Eran las dos de la madrugada y la animación de la Gran Vía se resistía a amainar.

*

TRESEMES ESTABA ENFUNDADO EN UNA GABARDINA TAN RECTA que parecía pintada encima de un solo brochazo gris sobre su estirada silueta. Leónides vestía un grueso abrigo de paño. De no ser por la humedad helada que emanaba del Manzanares, las solapas levantadas, las bufandas y los sombreros calados los hubieran caracterizado como arquetipos de una novela de espías. Pero en la niebla de febrero, eran dos transeúntes más entrados en edad a los que probablemente el médico había aconsejado caminar unos cientos de metros para no anquilosarse en casa y que intercambiaban un cortés buenos días, aunque ni de lejos fueran buenos, con otras parejas similares.

—Olvídalo. Estoy retirado. Jubilado, cesado o como quieras llamarlo. El tema es que todo eso se ha terminado definitivamente.

—Mira, Nemrod, ¿necesitas que te explique que de esto nadie se retira? Te concedo, como mucho, que hayas pasado a la reserva activa, pero como los militares, es decir, hasta que tu patria te reclame, como es ahora el caso.

—El militar eres tú, ya sabes que salvo para vendérselas a otros yo nunca he sido de armas ni medallas. Yo me he dedicado toda mi vida a intentar salvar algunas pocas cosas de la destrucción que vosotros causáis. Y sabes que te lo digo sin acritud alguna, pero si fuera por los militares no quedaría piedra sobre piedra ni antigüedad alguna que rescatar. Exceptuando aquello que penséis que pueda tener algún valor comercial, como han hecho Napoleón, los alemanes o el Vaticano expoliando Grecia y Egipto. Mira los obeliscos de Karnak y

Luxor: uno en Estambul, otro en Roma y un tercero en París. Al menos los hermanos masones americanos han tenido el pudor de construirse el suyo en Washington sin robárselo a nadie…

—Mi querido hermano, sabes que no te pediría esto si no fuese esencial para la causa. Además, se trata de algo mucho menos llamativo que un obelisco. O bueno, menos voluminoso… Son solo documentos, un legajo en particular, tampoco te estoy pidiendo el *Códice Madrid*.

—Déjame hacerte una pregunta, y por favor no lo tomes como una curiosidad personal malsana.

—Pregúntame libremente cualquier cosa que desees saber. Tienes el rango para hacerlo y yo no tengo reservas contigo.

—¿Por qué se supone que es tan importante esto para para la Fraternidad? Me cuesta comprender que un simple legajo, por valioso que pueda ser, tenga algún tipo de interés para la francmasonería.

—Estás en lo cierto. No se trata del valor intrínseco del documento, sabes que no es el dinero lo que nos mueve. Ni afortunadamente lo que nos limita. El archivo contiene información sensible que no debe llegar a manos inadecuadas. Y por encima de todo, hacernos ahora con él es una demostración de poder.

Leónides estaba enfurruñado.

—De acuerdo. El poder. Siempre el poder. O su rostro menos agradable, la política. Tú sabes cien veces más que yo de eso pero ¿por qué me habéis elegido a mí? ¿Qué tengo yo que ver con el Archivo de Simancas?

—¿Estás esperando oír que te diga que porque eres el mejor? No lo creo, sé que estás muy por encima de adulaciones mundanas. Te confieso, y no es en demérito tuyo, ni muchísimo menos, que nuestra elección se basa en que no contamos con ninguna otra persona de confianza al nivel que requiere esta misión.

—¿Y qué sucedería si rehúso hacerlo?

—Absolutamente nada. Es una cuestión de conciencia. Jamás te exigiría hacerlo. Aunque tenga la autoridad para ordenártelo nunca lo haría. No deseo coaccionarte de ningún modo, pero tienes que saber que tanto la continuidad de la Logia Grande Oriente Español como probablemente la vida de muchos de nuestros hermanos pueden depender del éxito de esta operación.

—Bueno, entonces, ¿vas a decirme de una vez de qué maldito documento se trata o solo me has traído aquí para matarme de frío? —dijo Leónides frotándose los brazos como si intentase sacudirse la pátina de niebla del abrigo.

—Pues mira, no andas nada desencaminado. Es un documento maldito.

*

AL LLEGAR A CASA, DIMAS NOTÓ A LEÓNIDES SOMBRÍO, PREOCUPADO, lo que no era nada habitual en su común y a veces a adolescente entusiasmo. Sabía de la cita con Tresemes y siempre percibió cierta doblez en el andaluz que le retraía. Cuando el anticuario le comentó el compromiso al que había llegado con el Gran Maestro de la Logia de Oriente, Dimas protestó indignado.

—Pero, padrino, este hombre le está intentando embarullar, ¿cómo no se da cuenta?

—A ver, abejaruco, ¿cómo no me voy a dar cuenta? ¿Es que crees que he nacido ayer?

—Entonces le está mintiendo descaradamente, ¿y usted se va a dejar así, como si nada?

—Sí, me voy a dejar. Es más, tú no vas a abrir nunca la boca sobre esto.

—¿Pero por qué? Es que de verdad no lo entiendo.

—Te lo voy a intentar explicar de manera muy pero que muy sencilla: ahora es él el que está al mando y nosotros no solo no abrimos la mui ni para rechistar, sino que cooperamos. No te pido entusiasmos, pero tampoco malas caras. ¿Me lo prometes?

Dimas asintió de mala gana. La misión era recuperar del Archivo de Simancas el Edicto de Andrés de Orbe y Larreategui, inquisidor general en España. Se trataba de un manuscrito de 1738 que reproducía íntegramente la bula *In Eminenti* del Papa Clemente XII en la que se condenaba de forma rotunda a los *liberi muratori*, los francmasones, con castigo de excomunión. En su día, el edicto había sido girado a los tribunales del Santo Oficio en toda la Península. Pero más allá del valor histórico del documento, que probaba la ancestral persecución de los masones, en el mismo legajo se contenía una relación de los cargos más destacados de la masonería desde el siglo XVIII hasta la actualidad. El expediente involucraba a los más relevantes personajes del gobierno, el ejército, la nobleza, la iglesia y demás instituciones de poder. Si llegara a caer en manos de la derecha reaccionaria se convertiría una lista de sentenciados a muerte que había que hacer desaparecer a toda costa.

—¿Y cuál es el plan esta vez? ¿Otro pasadizo secreto lleno de ratas? ¿Disfrazados de limpiadores de chimeneas?

—Qué va, qué va… Esta vez entraremos por la puerta —respondió Leónides—, como los caballeros que somos.

—Entraremos… ¿en plural?

—Así es. De hecho, seré yo el que acceda con un carnet de investigador y tú vendrás conmigo como becario. No hay ningún problema con la documentación, toda nos la tramitarán en la Dirección General de Seguridad y entraremos con «documentos oficiales» de historiadores. Eso sí, yo como catedrático de Historia de la Universidad Complutense y tú como simple estudiante, para hacerlo más creíble.

—Como simple estudiante…

Dimas hizo un mohín de orgullo ofendido.

—Bueno, si te hace sentir mejor, como estudiante aventajado.

—Padrino, perdone que le diga, pero si se puede entrar con tanta facilidad no entiendo para qué me necesita.

—Mira, el Archivo de Simancas contiene millones de documentos, literalmente kilómetros de estanterías. Muchos se han puesto a disposición de los estudiosos, pero hay otra serie de archivos confidenciales que se ocultan en otras salas muy protegidas. Para eso te necesito. Para que una vez que estemos dentro haciendo como que revisamos aburridas normas hacendarias de Fernando VI tú me franquees el paso hacia la sala que buscamos.

—Es la primera vez desde que le conozco que parece estar dispuesto a ser usted el que entre y no me mande a mí solo a la trinchera.

—Hay una buena razón esta vez, Neptuno. Según las reglas de la francmasonería tú no tienes el rango para tocar ni ver siquiera algunos documentos. Pero no es solo por eso: necesito asegurarme por mí mismo de que encontramos exactamente lo que iremos a buscar y no te sería tarea fácil localizarlo en ese océano de manuscritos. Solo alguien con conocimientos de paleografía puede entender la abstrusa escritura del siglo XVIII.

Desde tiempos de Felipe II la realeza española y la Iglesia católica habían mantenido su obsesión de perseguir a los masones metiéndolos en un cajón de sastre en el que se mezclaban con los afrancesados, regulares españoles, comuneros de Castilla, carbonarios, iluminadores, nuevos europeos, hijos predilectos de Riego, vengadores de Riego, anilleros y cualquier tipo de disidencia contra el poder omnímodo del trono o del altar, de la Corona o de la Iglesia. El odio, aliado firme de la ignorancia, hijo predilecto del rencor y de la envidia, tomaba rumbos imprecisos contra todo lo desconocido, todo lo nuevo, todo lo libre. En su bronca embestida arramblaba con sueños, ideas, edificios y personas. Sobre todo, con personas. Y sabía bien hacerlo con extrema dureza. Desde tiempos inmemoriales, ni en Grecia ni en Egipto, ni en Asiria o en Roma, ni en Filipinas o en Cuba... Quien fuere señalado con el dedo esquelético de la persecución no pudiera haber elegido peor país que España.

*

EL SÁBADO 18 DE JULIO EL CALOR EN MADRID ERA AGOBIANTE. Los pocos que tenían medios para escapar de los ardores madrileños hacia la costa ya estaban en los litorales levantinos y cantábricos. Los demás, la inmensa mayoría, enfrentaban el verano con ingenio, ropa ligera, botijo y abanico y solo de vez en cuando una horchata de chufas helada o una gaseosa en el Retiro o en San Antonio de la Florida, en las orillas del Manzanares. El calor hacía hervir la sangre de algunos: pistoleros falangistas e izquierdistas airados se liaban a tiros por las calles con el menor pretexto. Días antes, los asesinatos del teniente de los Guardias de Asalto, José del Castillo, y del diputado a Cortes, José Calvo Sotelo, habían encrespado los ánimos en ambos bandos. Nadie dudaba de que se sobrevenía una debacle general y los rumores de una nueva sublevación militar, a la que tan tristemente acostumbrada estaba la República, se habían hecho *vox populi* y circulaban por tertulias, bares y cafés. Leónides se mantenía al tanto de la situación más por sus contactos en las diferentes logias que por la confusión informativa que propagaba la prensa de ambos bandos.

Supo así por sus leales amigos del Ateneo de Palencia cómo se iban precipitando los hechos. Aquel mismo 18 de julio, el general Antonio Ferrer de Miguel recibió de Burgos la orden de declarar el estado de guerra. En la madrugada del domingo 19, una columna el ejército alzado partió desde Burgos con dirección hacia Venta de Baños y tomó la estación de tren, uno de los más importantes nudos de comunicaciones de la Compañía de los Caminos de Hierro del Norte de España. Su fonda, cantina y salas de espera, habían acogido durante varias generaciones a los viajeros de los expresos nocturnos que enlazaban Madrid con el norte y noroeste de la península; también a los del famoso Sudexpreso París-Lisboa y a los del también legendario Shanghai que hacía la ruta La Coruña-Barcelona. Era, por tanto, un objetivo estratégico de primer orden para la gran contienda que iniciaba. Una vez controlada la estación, tomaron por sorpresa toda la ciudad sin encontrar apenas resistencia.

Los rebeldes estaban a solo ocho kilómetros de la capital provincial. A las siete de la mañana, otra fuerza partió hacia el centro de Palencia para declarar el estado de guerra y ocupar la Fábrica de Armas en los antiguos Cuarteles de Caballería el Carrión, los talleres de carga de munición al sur del Cementerio Viejo y los depósitos de combustible de CAMPSA, así como los edificios públicos más importantes. Ese día se saldó con un balance de nueve muertos y veintisiete heridos. Un capitán de artillería fue nombrado alcalde. Muchos fueron los detenidos durante esos días en la capital provincial, en particular los que llegaron armados desde los pueblos de los alrededores, respondiendo al llamado desesperado del gobernador civil. En pocos días, la comarca de Valladolid y Palencia se había convertido en bastión de la facción de Falange de Onésimo Redondo y de su «Patrulla del amanecer», así conocida por presumir de ejecutar diariamente un promedio de cuarenta izquierdistas con cada salida del sol. La barbarie de las gentes de Onésimo Redondo, que asesinaban en masa y hacían espectáculo de sus represalias a las que asistían incluso los niños en romería hasta con puestos de churros, se extendió rápidamente por toda la Tierra de Campos.

Los disparos tardaron poco en empezar a sonar en las calles madrileñas. El 21 de julio los izquierdistas asaltaban el Cuartel de La Montaña. Ese miércoles el anticuario se encontraba solo en Madrid. La noticia de la sublevación un mes antes no le había sorprendido, la logia manejaba información fidedigna desde hacía tiempo sobre la inminencia de un nuevo golpe de estado. Pero lo que le estremeció fue la rapidez y virulencia con que se desarrollaban los acontecimientos: el 19 de agosto se supo que habían paseado al poeta Federico García Lorca en Víznar. Ese mismo día Matías Peñalba, el Hermano Bolívar, alcalde de Palencia, había sido vilmente fusilado tras unos sórdidos días en una cárcel atestada y un simulacro de juicio «ejemplarizante». Su único delito fue intentar mediar en la defensa del gobernador civil, a quien sus captores habían asesinado a tiros después de rendirse y llevárselo detenido. No contentos con fusilar al alcalde republicano, los rebeldes pasearon el cadáver en una camioneta, la misma a la que, con cruda frialdad, se apodaría popularmente la Margarita, y habría de servir para el último viaje de muchos otros palentinos. Durante su corta estancia en prisión, el Hermano Bolívar consiguió redactar a lápiz un sucinto diario carcelario en el que narraba sobrecogido el fusilamiento de varios compañeros. Las detenciones arbitrarias, los horrores de la cárcel y las condiciones inhumanas quedaron reflejados en unas líneas furtivas que la familia conservaría por décadas como prueba del asesinato.

La guerra, que tardaría unos meses en mostrar del todo sus garras y sus fauces, comenzaba a envolver la ciudad como una sutil tela transparente bajo la cual sus habitantes se esforzaban en aparentar que nada estaba sucediendo, que la vida seguía su curso como siempre y que los sucesos que habían de cambiarla para siempre serían una triste anécdota que pronto quedaría atrás. Por encima de ella, pronto surcarían el cielo los aviones fascistas regando bombas incendiarias y las granadas de obús lanzadas desde la Casa de Campo repartiendo la aciaga lotería de la muerte, los escombros y la desolación.

*

Los vetustos muros del Castillo de Simancas habían contemplado demasiada historia como para perturbarse por dos simples visitantes aproximándose a su puente levadizo. Para no llamar la atención, Leónides había decidido dejar el auto en Madrid, viajar en tren hasta Valladolid y cubrir el último tramo en coche de línea. Una vez con el legajo en su poder desharían el camino como cualquier modesto académico.

Pocas fortalezas podían presumir de haberse defendido de vacceos, moros, insurgentes… e incluso de haber sido testigos del eclipse que llevó a la derrota a los sarracenos de Abderramán III. Tal vez por ello, su discreta altivez producía aquella impresión de inexpugnabilidad intimidante. Y tal vez por la misma razón fuera elegido desde tiempos de Carlos I por la Corona de España para resguardar sus documentos más valiosos y secretos.

Durante el periodo de dominación romana, Simancas fue llamada *Septimanca*, de donde procedía realmente su nombre, pero ya se sabe que las personas acostumbran a preferir los mitos y leyendas antes que el rigor histórico. Si por algo se conocían esta localidad vallisoletana y su alcázar era por la leyenda de las siete doncellas. En el año 783 Mauregato accedió al trono asturiano con ayuda de Abderramán I, con quien se comprometió al pago de un tributo de cien doncellas. Posteriores reyes cristianos intentaron terminar con este inhumano impuesto, primero sustituyéndolo por un pago en dinero y luego negándose totalmente a cumplir con él. Ello dio lugar a un enfrentamiento que culminó con la conocida batalla de los Lodos, venciendo los cristianos y acabando con el tributo. Posteriormente, Abderramán II exigió de nuevo el tributo, y, encontrándose el nuevo monarca Ramiro I en una débil situación, se vio obligado a acceder nuevamente al pago, aunque de muchas menos mujeres. Aquí es donde nació la leyenda, teniendo Simancas que aportar siete doncellas. Para no ser entregadas, decidieron cortarse las manos. Y lo lograron, ya que el gran señor de Córdoba, al verlas, dicen que pronunció la famosa frase de: «Si mancas me las dais, mancas no las quiero». A consecuencia de este acto de singular valentía, las tropas cristianas debieron combatir nuevamente a los moros en la batalla de Clavijo, venciendo los cristianos y desapareciendo para siempre el tributo. La leyenda arraigó de tal modo en la tradición que se incorporó en el escudo de la villa, en el que aún se podían ver las siete manos bordeando la figura de su colosal fortaleza.

Leónides y Dimas, encarnando ahora los personajes de profesor y alumno, entraron directamente a la recepción del Archivo de Simancas y se acreditaron debidamente con los carnets falsos y la carta de presentación de la DGS que justificaba su investigación. Como era de esperar, la maestra Hurtado había hecho su trabajo a la perfección y no levantaron la menor sospecha en el meticuloso funcionario que les atendió. Tras anotar unos datos en el registro de visitantes y revisar minuciosamente sus maletines, en los que ambos llevaban unos papeles de aspecto antiguo pero sin importancia, fueron conducidos por otro empleado a la sala principal de lectura.

El recinto contaba con dos pisos rodeados ambos de regios archivadores de madera. En el pasillo superior una sólida balaustrada protegía a cualquier lector despistado de una posible caída. De herreriana sobriedad, era un espacio que invitaba al silencio y al estudio. La situación de guerra civil parecía no haber traspasado las gruesas paredes de piedra y reinaba la calma, pero había espantado a las decenas de investigadores de todo el mundo que solían pulular por allí. Pese a tantas riquezas bibliográficas, esa tarde eran los únicos presentes y hasta la voz más queda o el crujir de la tablazón del suelo producían un eco delator. El bibliotecario les dio a elegir el espacio que gustaran en cualquiera de las mesas.

—No duden en pedirme cualquier cosa que necesiten. ¿Ya conocen el sistema de clasificación?

Leónides le fulminó con una mirada ofendida.

—Esto… sí, claro, por supuesto. Discúlpeme, profesor —dijo azorado el bibliotecario—. Me refería a que ciertos documentos no están ordenados del modo convencional y a veces pueden ser difíciles de localizar. Lo dicho, aquí me tienen si me necesitan.

Dedicaron un rato a rellenar fichas y le pidieron una abrumadora lista de libros y documentos triviales que mantendrían al hombre ocupado durante un buen rato. Se acercaba la hora de cierre y el archivero esbozó un gesto de fastidio al ver que no podría irse pronto a casa. Vista la adusta actitud del anticuario no se atrevió a insinuar que podría darles los libros al día siguiente. En cuanto desapareció por la puerta se pusieron manos a la obra a por el verdadero objetivo.

Contaban con poco más que un antiguo plano de la ampliación realizada en el siglo XVIII y con algunas someras indicaciones facilitadas por Tresemes para localizar la sala en que se resguardaban los documentos secretos. Esta vez deberían poner en juego toda su experiencia e instinto para moverse con sigilo por los pasillos y localizar el cuarto anexo a la antigua iglesia. Debían de darse prisa antes de que el archivero regresase a la sala de lectura, notase su ausencia y diese la voz de alarma, en cuyo caso no habría escapatoria posible. Esta vez no habían contado con tiempo suficiente para planear el golpe tan a conciencia como tenían por costumbre y no sabían de la existencia de ninguna salida alternativa a la principal. Su mejor estrategia era moverse rápido, dar el cambiazo del legajo por los viejos papeles que habían introducido con sus maletines y confiar en que se tardase mucho tiempo en descubrir el robo.

Salvo en la recepción y las salas principales, les habían informado de que la vigilancia en el interior era nula. Aun así, deambularon con la máxima cautela por los corredores y escaleras. No se toparon con nadie. La sensación de soledad era aún más intimidante, si cabe, que la de haber intentado esquivar a algún guardia o empleado.

Les sorprendió encontrar la capilla vacía. Se percibía un orden inusual, como si alguien se hubiese ocupado de poner todo en su sitio de modo muy distinto al complaciente abandono al que estaban acostumbrados en todas las iglesias a las que habían prodigado similares «visitas de cortesía».

—No sé, Dimas, esto no me cuadra. No te sé decir qué es, pero aquí hay gato encerrado. Mejor nos damos prisa.

—Nah, eso son cosas suyas. Como usted nunca entra…

—Te digo yo que algo no va bien, lo huelo. O quizás es eso, que no lo huelo, no huele a cirio… y este silencio… Tengo un mal presentimiento.

—Usted déjeme a mí, que abro esto y estamos fuera en menos que se persigna un cura loco.

—Pues venga, menos cháchara y manos a la obra.

Dimas forzó la puerta del cuartito como quien abre un sobre, sin apenas un sonido. Alumbraron con las linternas, pero no lograron descubrir el objetivo.

—Te lo dije: esto olía mal. O se nos han adelantado o alguien estaba sobre aviso y lo ha escondido. No hay tiempo de ponerse a rebuscar. Vámonos pitando.

Iban a salir cuando Leónides sintió un crujido bajo sus pies. Estaba pisando sobre una estera de cáñamo que no debería estar ahí. Levantó la alfombrilla de paja trenzada, enfocó el haz de la linterna y vio la argolla de una trampilla de madera.

—Muy listos. Pero que muy listos. Eso se creen ellos. Ayúdame a mover esto.

La tablazón era pesada, pero cedió tras un par de intentos. Una escalerita de piedra daba acceso a un sótano del que no se podía apreciar nada desde arriba.

—Esto no estaba en el plan. ¿Bajamos? —dijo Dimas.

—Por supuesto que bajamos. Tú primero.

—No conozco ninguna persona más valiente que usted, padrino.

Descendieron al cuartillo bajo el suelo y alumbraron hacia el fondo y las paredes. No había custodias, ni diademas, ni mantos enjoyados. Lo que tenían delante era un arsenal de fusiles, pistolas y cajas de munición. Olía a grasa, humedad y cuero.

—Esto no tiene nada que ver con el archivo, es un polvorín, maldita sea —exclamó Leónides.

—¿Quién habrá guardado esto aquí?

—Alguien que sabe muy bien lo que hace, abejaruco. Tenemos que salir de aquí inmediatamente. Ya me daba a mí mala espina este sitio.

Se apresuraron a ascender la escalera, cerrar la trampilla y colocar la arpillera de modo que no se notase en nada que alguien hubiera rondado por ahí. Dimas cerró de nuevo la puerta del cuartito. Se disponían a salir de la sacristía cuando desde la oscuridad escucharon una voz firme.

—¡Arriba las zarpas! ¡Al que se mueva lo dejo seco!

Leónides y Dimas dirigieron sus luces a la voz y pudieron distinguir claramente a un joven de camisa azul que les apuntaba decidido con la pistola amartillada.

—¡Tirad las linternas y las armas ahora mismo o disparo!

—No llevamos armas —dijo Dimas.

—¿No? Eso habrá que verlo. Y nosotros sí que las llevamos. Poned las putas linternas en el suelo y al que haga un movimiento raro lo freímos aquí mismo.

Obedecieron y simultáneamente otras luces les apuntaron cegándoles. Levantaron los brazos y se miraron sabiendo que acababan de entrar en el corazón de un avispero.

Al menos cinco falangistas les encañonaban y a cualquiera, con los nervios, podía soltársele un tiro. Eran muy jóvenes y probablemente ninguno tenía mayor adiestramiento militar que el mero deseo de empuñar un arma y el dedo ágil para dispararla. Había que respirar despacio. El que hablaba hizo un gesto con la pistola y otros dos personajes se les acercaron, los cachearon y devolvieron un gesto de aprobación.

—Están limpios.

—Y más que lo van a estar —replicó el que encabezaba la cuadrilla.

Se acercó a Leónides, le levantó el rostro con el cañón de la pistola bajo la barbilla y le miró con fijeza durante unos largos segundos.

—Tú tienes pinta de ser el jefe. ¿Quién os manda?

—Yo no soy jefe de nada y no nos manda nadie —respondió el anticuario.

—Ah, ¿no? ¿Entonces cómo coño sabíais dónde estaban las armas?

—Nosotros no sabemos nada de armas ni nos interesan. Solo hemos entrado a rezar.

—Ya, claro, a rezar. Unos rojos de mierda rezando a las cuatro de la madrugada. La habéis *cagao* pero bien. No os meto un tiro en la cabeza aquí mismo porque estamos en lugar sagrado. Y porque vais a tener que dar explicaciones a alguien más. ¡Vosotros, sujetadme bien a estos!

A la orden siguieron sendos puñetazos en el estómago que dejaron a Leónides y a Dimas de rodillas al borde del vómito. Los que acompañaban al que llevaba la voz cantante les ataron las manos detrás de la espalda y los sacaron a empellones de la capilla.

*

Los sublevados se habían hecho con el control en Palencia y habían puesto en fuga a los socialistas y demás izquierdosos o los tenían detenidos. El capitán de caballería retirado Vicente Lobo Noriega, jefe de la Falange palentina, había estado hasta hacía muy poco preso en Valladolid. En cuanto fue liberado organizó una escuadra mixta con sus cincuenta y pocos camisas azules, a los que se sumaron algunos guardiaciviles que recorrían los pueblos de la provincia eliminando a tiro de pistola todo tipo de resistencia. En cuestión de días todo el mundo hablaba de la temida comitiva mortal y se encerraba a cal y canto cuando oían a lo lejos el motor de los camiones.

En Villamuriel, un grupo de vecinos había cercado el cuartel de la Guardia Civil. Hubo intercambio de voces y amenazas y algún disparo suelto. Todos, defensores y atacantes, se conocían desde niños; habían jugado juntos, tenían parientes comunes, se habían acompañado en bodas y entierros y habían compartido el pan y la sal. Ahora estaban insultándose y diciéndose de todo cuando la unidad de Lobo atacó por sorpresa y consiguió hacerse con el control, instalando ahí su cuartel general. La escaramuza se saldó con todos los asaltantes aprehendidos y pasados por las armas sin dubitación ni juicio y con un guardiacivil que perdió un ojo.

En el cuartelillo había ahora un desacostumbrado movimiento. Los guardiaciviles se afanaban en rellenar de cualquier modo los atestados, desbordados por la ingente cantidad de detenidos que desembarcaban sin pausa los camiones de falangistas. Campesinos, obreros o empleados recibían idéntico tratamiento: les tomaban el nombre, edad, filiación y les preguntaban si pertenecían a algún partido. No eran pocos los que de manera desafiante mostraban su carnet de la CNT, la UGT o el PSOE. A todos se lo retiraban de malas maneras, lo grapaban en el informe y en la hoja, en el apartado de la acusación, anotaban de manera sucinta y expeditiva la palabra «rojo». Inmediatamente después los hacían bajar al piso inferior y los encerraban en una mínima celda de dos metros y medio por tres en la que a fuerza debían permanecer de pie una veintena de detenidos a la espera de interrogatorio, con el rostro convulsionado por el miedo. La espera, sin posibilidad de comer, beber agua o ir a la letrina, duraba como mucho cuarenta y ocho horas. Al calor asfixiante del sótano del cuartelillo se sumaba la condensación de las respiraciones. Algunos no podían contener los esfínteres y el olor era nauseabundo. De cuando en cuando aparecían dos guardias que llamaban en voz alta a alguno de ellos y se lo llevaban a trompicones. La mayoría no regresaba y en la mente de todos los presos se iba asentando la idea de que nunca más los volverían a ver. Los que sí volvían, después de varias horas, no podían hacerlo por su propio pie. Los guardias los cargaban a hombros y los tiraban de nuevo en la mazmorra con evidentes signos de tortura.

Los registraron de arriba abajo. A Leónides lo zarandearon entre risotadas e injurias y le quitaron el reloj de oro y un par de billetes del chaleco. Dimas no llevaba encima más que unas pesetas, el carnet de estudiante y la estampa de la Virgen de la Calle que le había dado su abuela. No podía explicar por qué la conservaba en su cartera. La foto de Fermín estaba desde hacía tiempo en Madrid guardada en una caja de latón junto con otros tesoros y recuerdos.

—Esta quédatela. Igual y te hace falta —le había dicho con sorna uno de los falangistas al ver la estampa.

Los sometieron al mismo proceso de recepción que a todos los demás y los llevaron abajo a empujones. El olor a casquería de la sangre destacaba sobre la fetidez del ambiente. Los que estaban dentro ni siquiera volvieron la cabeza para mirarlos. En el suelo yacía el cuerpo de un hombre de avanzada edad con la camisa desgarrada que dejaba ver el pecho lleno de moratones, la cara reventada a golpes y los ojos tan inflamados que le daban el aspecto de un buda violáceo. Estaba semi inconsciente, pero aun así se alcanzaba a escuchar en un hilo de voz: «Mi hijo. Que me lo han *matao* a mi hijo». Los demás habían hecho un hueco como pudieron para intentar no pisarle. Algunos se sostenían apoyando la frente contra la pared, llorando en silencio. El anciano falleció esa madrugada y el cuerpo permaneció dos días en el suelo, en la misma posición en que había muerto, con otros cuerpos extenuados encima tratando de conciliar unos minutos de sueño. Hasta que comenzó a hincharse y los guardias, ante las protestas vociferantes de los presos, se decidieron por fin a sacar el cadáver. Un rato después se escucharon pisadas de bota en las escaleras y vocear un apellido y nombre.

—¡Sanjurjo, Leónides!

El grito lo sacó de la modorra en que lo habían sumido el sudor y el agotamiento de intentar dormir de pie. Dimas, que había logrado ovillarse a su lado, levantó la vista y lo miró con angustia. El anticuario le devolvió un guiño y le susurró:

—BOAZ.

Uno de los guardias abrió el cerrojo de la reja y volvió a cerrarla con violencia. El sonido del metal recorrió la médula espinal de todos con un estremecimiento.

Se lo llevaron a culatazos por el pasillo hasta un despacho sin ventanas, lo sentaron descamisado frente a un escritorio y salieron cerrando con un portazo, aunque debían haber montado guardia ahí porque se les alcanzaba a escuchar fuera. La habitación olía a picadura de liar. El fuerte olor a tabaco negro le confortó. Esperó unos veinte minutos repasando con la vista los detalles del cuartucho: un crucifijo, un escudo con la leyenda TODO POR LA PATRIA y una lámina de

José Antonio Primo de Rivera con el brazo derecho en alto y una bandera rojinegra con el yugo y las flechas, sujeta por arriba con dos chinchetas sobre un desconchón de la pared. En otro de los muros colgaba un destartalado teléfono de manivela. Encima del escritorio, a la izquierda, una lámpara de flexo proyectaba una luz blanquecina sobre la desnudez de la mesa. A la derecha, un pequeño ventilador estaba apagado. Un solitario archivador de metal ocupaba casi todo el espacio de detrás.

Entraron dos falangistas, uno de edad madura y el otro un muchacho joven. Salvo por la diferencia de edad, parecían fabricados en serie: el pelo hacia atrás, alisado con brillantina, grandes entradas, bigote recortado e idéntico uniforme al que lucía José Antonio en la lámina, salvo por el detalle de que llevaban una boina roja doblada en la presilla de la hombrera y pistoleras. El mayor se sentó sobre la mesa frente al anticuario y lo observó de arriba abajo. El más joven, de pie tras la mesa, le tendió una carpetilla con unos papeles que el superior ojeó con displicencia.

—Vaya, vaya, vaya… Así que tenemos aquí a todo un noble caballero. Aunque no tiene muy buena pinta, un hombre de su clase debería cuidar más su vestimenta, ¿verdad, Martínez?

—Sí, mi capitán —respondió el joven.

El falangista lo escrutó esperando alguna reacción. Leónides permaneció en silencio.

—Pero hombre de Dios… ¿Qué hace usted aquí con toda esa chusma de bolcheviques? No me irá a decir que alguien con su apellido simpatiza con esa horda de facinerosos —dijo en tono pretendidamente amable.

—No, no simpatizo con nadie —respondió Leónides recalcando las dos últimas palabras.

—Entonces ya me explicará qué hacía usted en Valladolid con ese chaval. ¿Dimas?

—No tengo nada que explicar. Estamos… estábamos —corrigió— de vacaciones.

—Ya, claro, vacaciones. Ahora resulta que los riquitos de Madrid veranean en la Meseta en vez de en Santander —dijo volviéndose hacia el falangista joven e intercambiando unas falsas risas.

El capitán Vicente Lobo Noriega cambió el tono presuntamente afable por otro más duro.

—Mire, Sanjurjo. Usted parece no darse cuenta de con quién está hablando, así que se lo voy a explicar muy despacio, a ver si vamos poniendo este tema en claro, que no tenemos todo el día. Yo también tengo un apellido y puede estar seguro de que no me llaman Lobo por ningún cuento infantil.

—Entiendo —respondió con parquedad Leónides.

—Bien, pues ya que empezamos a entendernos y que ambos tenemos un apellido que salvaguardar, va usted a decirme con lujo de detalles quién cojones es el chico que tenemos abajo y a qué debemos el raro honor de tenerlos por aquí.

—Es mi ahijado.

—Ahijado.

—Bueno, no exactamente, soy su tutor legal.

—Ya, o sea que tutor. ¿Sabe qué, Sanjurjo? A mí todo esto me suena a lío de maricones. —Volvió a intercambiar una sonrisa forzada con el joven que estaba tras de él—. Déjeme que le diga algo: sus asuntos de entrepierna no me conciernen. Pero si quiere volver a ver vivo al ahijado, pupilo o noviecito ese que se ha echado va a tener que colaborar conmigo.

—Ya le he dicho que soy su tutor legal y exijo que nos ponga a ambos en libertad inmediatamente.

Lobo hizo una pausa y encendió el ventilador. La lámina de José Antonio tomó aire por la parte inferior, aleteó unos segundos, descendió sobre la pared y volvió a levantar vuelo. Repitió el mismo movimiento durante todo el tiempo que duró el interrogatorio.

—Qué calor, ¿no? —Y acto seguido le cruzó la cara. Leónides se tambaleó en la silla—. Sí, vaya si está caldeando el ambiente. ¿O no, Martínez?

—Sí, mi capitán.

—A ver camarada, no me siga llamando capitán, que me va a desgastar las estrellas y yo ya estoy felizmente en la reserva. Y no se quede ahí como un pasmarote. Tradúzcale a nuestro invitado, que se ve que no entiende el castellano.

El joven falangista sacó la pistola, avanzó hacia Leónides y se la amartilló en la sien.

—¿Dónde nos quedamos?... ¡Ah, ya! En que usted «exigía» no sé qué. Bien, bien, bien. Tiene carácter, sí señor, eso me gusta. España necesita hombres con cojones, vaya que sí. Pero es idiota, Sanjurjo, no quiere comprender la situación. Aquí el único que exige soy yo. Así que se lo voy a preguntar de nuevo ¿Qué coño hacían en Simancas?

—Tengo influencias en Madrid —protestó Leónides—. Este atropello no va a quedar así.

—Influencias, ¿eh? Pues mire por dónde, yo me paso sus influencias por los huevos. Pronto no va a quedar en Madrid ni una maldita rata roja.

Lobo hizo un gesto con la cabeza y el joven descargó un culatazo con la pistola en la mandíbula del anticuario que lo derribó de la silla. Aturdido, en el suelo, escupió una muela entre el esputo sanguinolento.

—¡Llevaros a este julandrón fuera de mi vista! ¡Y subidme al chico!

*

DESCALZO Y DESNUDO DE CINTURA PARA ARRIBA PUSIERON A Dimas en la silla, lo amarraron y le vendaron los ojos. Después de una espera que se le hizo eterna, Lobo y su ayudante entraron de nuevo en el despacho. Guardaron silencio durante un rato mientras caminaban alrededor. No le habían dado una gota de líquido desde su detención y sentía la lengua pegada al paladar y los labios agrietados. Escuchó cómo escanciaban agua de una jarra.

—¿Tienes sed?

—Sí —respondió Dimas.

—Claro, claro. Mil perdones por la descortesía. Martínez, dele un vaso de agua a este chaval, que no se diga que no sabemos tratar bien a nuestros invitados.

El falangista joven le acercó el vaso a la boca y Dimas bebió con fruición. El agua le hacía daño al pasar por la garganta, pero apuró lo que pudo hasta que se lo retiró.

—Bueno, entonces ya estamos más relajados, ¿no? En cuanto nos digas lo que queremos saber, os dejaremos ir y aquí paz y en el cielo gloria.

—Yo no sé nada de nada.

—¿Qué hacíais en Simancas?

—He venido a visitar a mi abuela.

—Lo que yo te diga, otra Caperucita con abuelita y todo —dijo Lobo mirando de reojo a Martínez—. Tu tío ya ha confesado, así que no tienes por qué mentir.

—No es mi tío, es mi tutor.

—¡Coño con lo del tutor! ¡Y a mí que carajo me importa! ¡Como si es el maricón de tu padre!

Dimas se revolvió en la silla ante el insulto y el ayudante le propinó una fuerte bofetada.

—Al grano, chaval, los nombres.

—¿Qué nombres?

—Ya sabes tú que nombres, cabronazo. Los de todo tu grupo.

—No sé de qué me habla.

—Ya verás como enseguida se te refresca la memoria —dijo Martínez descargándole un puñetazo en la boca—. ¿Cómo te hiciste la herida del brazo?

—Me caí de la bicicleta.

—Ya. De la bicicleta sin sillín de tu puta madre. ¿Pero tú te crees que nosotros nos chupamos el dedo o qué? —le gritó al oído, ensordeciéndole.

Otro golpe con el puño cerrado le rompió el labio. El falangista joven se dolió de la mano. Se disponía a descargarle un tercer puñetazo cuando lo interrumpió el timbre del teléfono, que se aprestó a contestar.

—¿Aló? Sí, camarada, aquí está, enseguida se lo paso —dijo tendiéndole el auricular al capitán.

—¿Sí? ¡Hombre, Onésimo, qué sorpresa! Espera, que se te oye como lejos. Estos cacharros son una mierda —dijo mientras daba unas vueltas a la manivela y levantaba la voz sobre el micrófono—. ¿Aló? Ya, ahora sí, mucho mejor... No, no, yo ahora en Villamuriel como me dijiste... Sí, hombre, sí... Claro, claro, de eso tú no te preocupes, que nosotros sabemos encargarnos... Aquí, de momento, veintisiete rojos y los que traigan por la mañana los camaradas... Sí, sí, tú tranquilo. ¡Arriba España!

La escueta conversación telefónica concluyó con un taconazo. Lobo colgó con dificultad el auricular en el gancho al lado izquierdo del aparato. Se quedó abstraído unos segundos, rumiando cálculos mentales con gesto contrariado, pero en seguida regresó al interrogatorio relajando el rostro con una media sonrisa. Sacó una pitillera del bolsillo trasero del pantalón de montar, golpeó un par de veces el cigarrillo sobre la tapa y lo encendió dando una gran calada. Exhaló la espesa nube de humo azul sobre Dimas, que no tenía fuerzas ni para toser.

—El problema, pipiolo, es que todos los chorizos os creéis que la policía es tonta. Hace semanas que os siguen y venís a caer justo aquí. Sabemos que sois los del robo de la catedral. Uno de los vuestros os ha denunciado —mintió Lobo.

El capitán se puso en pie con las piernas separadas y los brazos en jarras. El chico sangraba por la boca, semiinconsciente.

—Te lo pregunto por última vez: ¿dónde habéis escondido el botín?

—No sé leer ni escribir, solo sé deletrear... —balbució Dimas.

—¿Qué cojones de respuesta es esa? ¿Qué tú no sabes leer ni escribir? Tú eres otro listillo de mierda como ese viejo maricón remilgado —le gritó el capitán.

—Dadme la primera letra y yo os daré la siguiente.

—¡Lo que te voy a dar es otra guantada que te voy a partir la cara! —le chilló el ayudante.

—Dadme la primera letra...

—Hombre, Martínez, a ver, que al chico parece que le gusta estudiar. Enséñale a escribir a máquina.

El ayudante de Lobo cogió la mano izquierda de Dimas y le volvió bruscamente los dedos hacia atrás hasta que se quebraron con un chasquido seco. Aulló de dolor. El capitán abrió la puerta y ordenó a los guardias que lo devolvieran a la celda. Lo sacaron a rastras, desvanecido.

—Estos, o tienen muchos *güevos* o de verdad no saben nada —dijo Martínez.

—Da igual, para lo que les van a servir... Por la mañana Gusano nos manda una nueva remesa, así que vamos pensando en hacer sitio ahí abajo. Que los vayan preparando.

*

EN LA CELDA, DIMAS ABRIÓ LOS OJOS RECUPERANDO POCO A poco el sentido. Uno de los detenidos era don Eligio, el practicante del pueblo, que le estaba vendando la mano como mejor podía con unos jirones de tela.

—Menos mal que aún estabas desmayado cuando te los hemos vuelto a enderezar. En un par de días podrás volver a tocar el piano.

—Pero si yo lo único que sé tocar es un silbato.

—Bah, pero eres muy joven aún y tienes toda la vida por delante para aprender. El que ya no ata ni desata soy yo. Mírame. Con lo que me hubiera gustado llegar a médico... Tú eres el Pajarero, ¿verdad?

—Así me dicen.

—Sí, te reconocí cuando te trajeron. Yo era amigo de tu padre, ¿sabes? Un buen hombre.

—¿Era? ¿Cómo que era? —preguntó alarmado Dimas.

—No, vamos, que lo soy —intentó corregir don Eligio—. Me refiero a antes de que se lo llevaran preso. Anda que no hemos faenado la mies juntos ni nada.

—¿Lo ha visto?

—Sí. Lo vi en la Provincial no hace mucho. Estaba bien. Delgado, ya te imaginarás que allí no se come muy bien que digamos. Flaco, pero con buen ánimo —mintió el practicante conteniendo la emoción—. Y tú no te apures. Estos son unos asustaviejas. Ya verás qué pronto nos sueltan.

Leónides los observaba compungido. Cuando el practicante terminó de anudar el trapo sobre los dedos, se acercó como pudo a Dimas.

—¿Estás bien? —le susurró.

—No me han sacado ni una palabra.

—Eso ya lo sé yo, Neptuno, no hace falta que me lo digas. Pero te han hecho daño y eso me revuelve el alma.

Dimas se esforzó en esbozar una sonrisa. Unos guardias entraron por el pasillo con un perol y golpearon con un cazo en los barrotes.

—¡A ver, de uno en uno! ¿Quién quiere agüita de la fuente?

Los reos se abalanzaron con desesperación hacia el agua, derramándola en la ansiedad de acercarse el líquido a los labios.

—¡He dicho de uno en uno y en orden o me la llevo!

De algún modo fueron capaces de obedecer y desfilar ante la reja para tomar grandes sorbos del cazo.

—Esta noche la sopa está muy aguada —comentó en son de burla uno de ellos.

—Es que es la de la última cena —respondió el que tenía a su lado.

Era cierto.

*

ESTABA AMODORRADO CUANDO ESCUCHÓ UNA VOZ DE MUJER muy dulce que le susurraba:

—Dimas, despierta.

—¿Quién... quién es usted?

—Soy María, Dimas, despiértate.

—¿María? ¿La Virgen María?

—Claro, ¿quién si no?

—¿María, la madre de Dios?

—La misma. Y también la tuya.

—Dios no existe. Y madre murió. ¿Qué es lo que quiere de mí?

—Quiero que te arrepientas y devuelvas todo lo que te has llevado.

—¿Cómo?

—Quiero que entres de rodillas en San Miguel de Tariego y vuelvas a ponerme mi corona.

—No puedo.

—¿Por qué no puedes, Dimas?

—Porque yo soy ladrón, y eso de devolver las cosas no estaría bien visto. Además, ya no la tengo.

—¿Tienes miedo, Dimas?

—Sí.

—No temas, esta misma noche estarás sentado a la derecha del Padre.

—Pero es que yo no quiero morir. ¡No quiero morir!

El rostro bellísimo y refulgente de la Virgen de la Leche, se había trastocado en una calavera de aliento fétido. Un codazo lo rescató del profundo sueño. El intenso dolor de las magulladuras y de la mano rota le recordó que aún seguía en este mundo.

—Socio, despierta —le dijo Leónides—, tenías un mal sueño. Levántate, parece que nos vamos.

Entre todos le ayudaron a incorporarse. Poco después los sacaron de la celda al patio del cuartelillo. Los guardias obligaron a algunos a cargar con los que no se tenían en pie y los formaron de a seis. Era aún noche cerrada. Los tuvieron así varias horas hasta que llegó el transporte. Dos falangistas abrieron el portón para dejar pasar el vehículo y los obligaron a trepar a la parte trasera.

En el camión encontraron otros rostros conocidos, hombres del pueblo cuyo único delito consistía en haberse señalado como de izquierdas e incluso otros de los que se desconocía la filiación política, pero que habían sido objeto de una falsa denuncia por un moroso que buscaba librarse de una deuda, de la venganza de un marido celoso o simples víctimas de alguno de los tres pecados nacionales: la envidia, la ignorancia o la codicia.

—Pero don Cosme, ¿qué hace usted aquí? —preguntó Dimas a la figura tumefacta y sangrante en la que a duras penas logró reconocer al maestro de su escuela.

—Ya ves, hijo. Me imagino que me han traído para reunirme con mis antepasados, como a todos los demás.

—Pero si usted no ha hecho nada. Si siempre dijo que usted era apolítico y nos ha enseñado a todos que hay que respetar las ideas de los demás.

—A lo mejor por eso me lo merezco. Por no haber hecho nada. O por no haberlo hecho a tiempo…

Sin orden de arresto, sin juicio, sacados de sus casas y de sus camas con lo puesto, los demás hombres, una treintena de campesinos desarrapados y obreros con las caras amoratadas por los golpes callaban, conscientes de su inminente destino. Sin consideración de edad. Tampoco allí había espacio para sentarse. El camión los hizo tambalearse al arrancar y tomar las afueras del pueblo, camino del cementerio. Dos hombres del pueblo con escopetas los escoltaban. Dimas se sintió tentado de saltar en marcha, pero la mano de Leónides le sostuvo y con la cabeza le dio a entender que no tenía ninguna oportunidad. Si no se partía la crisma con el salto, le darían caza como a un conejo. «Cuando todo invita a huir hay que saber quedarse», le había dicho alguna vez. Y tampoco había ningún lugar al que ir. Veía pasar el camino por el que había pedaleado tantas veces iluminado por las luces traseras del camión y hasta pudo anticipar algunos baches que amenazaban con hacerles perder el equilibrio y tirarlos en el fondo de la batea.

El camión se detuvo con un frenazo seco que causó un fuerte vaivén en la masa humana que transportaba. Los dos escoltas saltaron al suelo, abrieron la portilla trasera y apuntando con las escopetas obligaron a los hombres a bajar y a caminar hacia la parte de delante. Los faros del camión iluminaban unos veinte metros al frente, hacia el muro de adobe del cementerio en el punto en que era más alto, justo detrás de los nichos. Allí, de pie frente a un grupo de cuerpos que yacían inmóviles en el suelo, las capas y los fusiles de media docena de guardiaciviles y otros tantos hombres del pueblo se proyectaban sobre la pared. A Dimas le alcanzó el mismo hedor que se le quedó grabado en la memoria del matadero de Legazpi y le volvió el estómago. Sintió una náusea, pero no pudo vomitar.

—Andando —ordenó uno de los guardianes sin dejar de apuntarles.

Enseguida reconocieron entre los uniformados al Chiborra y al Melchor. El primero, pistola en mano, con un cigarro encendido pegado a los labios; y el que tenía nombre de rey mago, orinando en una esquina.

—¡Música, maestro! —se oyó decir a una voz.

Los acordes del pasodoble *El Gato Montés* comenzaron a desgranarse rasposamente por la trompa de una gramola que una silueta gruesa accionaba a manivela. Dimas tuvo la inmediata certeza de que era la de Mataperros.

Comenzaron a enviarlos al muro en tandas de a cuatro. Los formaban de pie y sin necesidad de dar orden de fuego, los guardias y algunos paisanos cargaban, apuntaban y disparaban. El Chiborra se acercaba a los fusilados para rematar con el tiro de gracia a los que aún parecían respirar. Hicieron formar a la siguiente tanda de condenados delante de los cadáveres, que cayó sobre los muertos impulsada por una nueva descarga. Entre ellos don Cosme, que hizo amago de gritar o decir algo sin que la voz alcanzase a salir de su garganta. Dimas tenía los ojos arrasados en lágrimas, pero no por miedo, sino del coraje y la rabia contenida. Enseguida sintieron el cañón de las escopetas en la espalda empujándoles hacia el montón de cuerpos.

De espaldas al paredón, desconchado por otros tiros y con costras ya secas de otras sangres mezclándose con la sangre fresca, Leónides se dirigió al jefe del pelotón de guardiaciviles y le dijo con voz potente y segura:

—Yo sí merezco morir. No por esto, claro, quizás por otras cosas. Pero este que está a mi lado es solo un crío, déjalo ir.

—De aquí no se va nadie más que *p'al* otro barrio —respondió con sorna el Chiborra sosteniendo la pistola en la mano.

Los hombres estaban armando de nuevo cuando desde donde estaba el camión se escucharon unos tiros, el grito ahogado de los escoltas y una sonora voz que ordenaba «¡Muerte a los fascistas!». Una lluvia de disparos cayó sobre el piquete de fusilamiento con total sorpresa mientras se volvían e intentaban entender de dónde venían las balas. Los faros del camión los deslumbraban y los convertían ahora en blanco fácil, aunque no tanto como el de sus víctimas indefensas unos segundos antes. El pasodoble seguía sonando a todo volumen. Leónides arrojó a Dimas al suelo e intentó como pudo cubrirle con su cuerpo. Los otros dos que estaban con ellos en la línea de la muerte tardaron un instante en reaccionar pero enseguida salieron corriendo uno a cada lado buscando la oscuridad. Los tiros seguían al grito de «¡Viva la República!» y varios de los verdugos caían ahora a su lado. Los demás se dispersaban bajo las ráfagas, algunos cojeando heridos. En mitad de la confusión reconocieron una voz familiar.

—¡Jefe, Dimas, arriba, corran!

—¡Benigno! —gritó Dimas.

—¿Están bien?

—¡Benigno, bendito sea Dios! —exclamó en total confusión Leónides sin tiempo de sorprenderse a sí mismo por semejante invocación.

—¡Vamos, vamos! Hay que salir de aquí a la voz de ya —dijo el chófer—. Esos cabrones pueden volver en cualquier momento.

En la línea de tiro se produjo la desbandada. Entre las sombras caían los cuerpos de los que antes formaban el pelotón de fusilamiento. El Chiborra plantó cara y le llenaron el pecho de balas. Al Melchor lo agarraron malherido, con un disparo en la femoral que tenía mal pronóstico. No llegaría a tiempo a Palencia. Comenzaba a clarear y las siluetas iban cobrando forma y se iban distinguiendo los rostros.

El obeso alcalde corrió unos metros a toda prisa, pero pronto comenzó a notar que se asfixiaba. En la huida, los pantalones se le cayeron a los tobillos y le hicieron trastabillar hasta que cayó sobre los terrones del barbecho. Los milicianos lo alcanzaron enseguida y uno de ellos cargó el fusil para descerrajarle un tiro cuando sintió una mano férrea agarrando el máuser.

—Quieto —ordenó Benigno—, de este nos encargamos nosotros.

Gusano se arrastraba por el suelo con desesperación intentando en vano escapar. Dimas llegó unos segundos después y se quedó mirando fijamente al alcalde. Benigno sacó una pistola de la cartuchera de un miliciano y se la puso en la mano.

—Es tuyo, Dimas. Haz lo que tengas que hacer.

El chico tomó la pistola y le apuntó decidido a la cabeza. Gusano lo miraba con estupor, balbuceando algo ininteligible y con el rostro desencajado.

—Venga, chaval, dale *mulé* a ese cerdo de una puta vez —gritó el miliciano.

Dimas seguía inmóvil siguiendo con el cañón los movimientos del alcalde y presionando cada vez más el gatillo del arma. La respiración se le aceleró y sintió cómo la sangre le subía desde el vientre al pecho y de ahí al rostro como una erupción de lava. El alcalde sollozaba mientras la alborada dibujaba en su expresión el rostro nítido de la muerte. El dedo seguía apretando cuando escuchó detrás de él la voz de Leónides.

—Neptuno...

No dijo nada más. Dimas vaciló unos segundos y finalmente bajó la pistola. Gusano aprovechó ese instante de duda para intentar levantarse cuando recibió la descarga de dos armas que le estaban apuntando. Un tiro de fusil le pegó en el ojo y le desgajó parte del cráneo. El otro, un doble disparo de una escopeta de postas, le despanzurró el vientre dejándole las tripas en el suelo. Quedó boca abajo, con los pantalones bajados y encharcado en sangre. El cuerpo se movía aún con una leve convulsión y manando borbotones espesos por la boca. Nadie se acercó a rematarlo. El que había disparado la escopeta la abrió, sacó dos cartuchos rojos humeantes y los tiró con aspaviento al suelo, soplándose los dedos. Dejó el arma abierta y se la calzó al hombro.

Benigno tomó la pistola de la mano agarrotada de Dimas y se la devolvió al miliciano.

—Se acabó. Vámonos de aquí.

El chófer los llevó casi en volandas hacia el líder del grupo que acaba de atacar.

—¡Salud, compañero! —dijo pistola en mano—. ¿Y estos quiénes son?

—Eh, tú, baja eso que son de los nuestros —respondió Benigno.

—Ese tiene cara de carca… —dijo el miliciano señalando con la pistola al anticuario—. Mejor le damos matarile, ¿no?

—¿Estás sordo, camarada? He dicho que son de los nuestros. ¿Por qué crees que los iban a fusilar si no?

—Como sea, pues —respondió si dejar de apuntarle—. Entonces llévatelos de aquí, que nosotros nos encargamos de esos facciosos de mierda, no se nos vaya a escapar uno vivo.

—Salud —concluyó el chófer con el puño en alto.

La gramola seguía sonando animosa, reproduciendo ahora *Gallito*.

—¿Puede alguien parar esa mierda? —gritó el jefe de los milicianos.

*

CAMINARON EN SILENCIO DURANTE UN PAR DE HORAS CAMPO A través en dirección a Venta de Baños. Bordearon el pueblo y tomaron el camino viejo de Esguevillas sin detenerse. En dos ocasiones tuvieron que echarse cuerpo a tierra conteniendo la respiración cuando veían las luces de algún vehículo que se acercaba. Los tres estaban exhaustos cuando poco antes de amanecer alcanzaron la orilla del Pisuerga. Se lanzaron al margen del río y hubieran podido bebérselo entero.

—Los rebeldes están por todas partes —dijo Benigno—. Ha sido un milagro poder llegar hasta aquí.

—Yo no creía en los milagros hasta hoy —dijo Dimas.

—¿Y qué vamos a hacer ahora? —preguntó Leónides.

—Es imposible ir hacia Dueñas, ahí nos encontrarían seguro —respondió el chófer—. Ni a ningún pueblo grande de por aquí. Lo mejor es tirar hacia Pesquera e intentar llegar a Cantalejo o Sepúlveda. No estaremos seguros hasta cruzar la Sierra y llegar a Madrid.

—¿Pero tú sabes lo que dices? Estamos a más de doscientos kilómetros, tal vez vosotros lo logréis, yo no me siento capaz de llegar a pie —dijo con voz agotada el anticuario.

—Algo se me ocurrirá —replicó Benigno—. Usted no se preocupe, que nadie le va a dejar aquí. Voy a acercarme un momento al pueblo y enseguida vuelvo.

Los gallos comenzaban a cantar en el pequeño poblado de Tariego de Cerrato. Dimas y Leónides se ocultaron bajo el puente y aprovecharon para beber más agua del río y descansar un rato. Estaban sucios de polvo y sangre, sucios de miedo. No habían comido nada desde hacía días, pero ni siquiera eran capaces de sentir el hambre.

El sol comenzaba a recortar la silueta de la torre de telegrafía, cuando escucharon a Benigno llamándoles. Traía una mula, un hatillo y dos azadas.

—Es todo lo que he podido encontrar. Pónganse esta ropa. Ahora somos jornaleros.

—Esta sí que es buena —comentó Leónides—. De chófer a mulero.

—De muertos a vivos —corrigió Dimas—. ¿Cómo has podido conseguir todo esto?

—Este pueblo es de los pocos leales que quedan por la zona. Conozco a uno de los concejales socialistas, hicimos la mili juntos en Oviedo.

—Benigno, eres una continua caja de sorpresas —comentó Leónides—. Te debemos la vida.

—Yo soy quien se la debo a usted, así que estamos a mano, ahora y para lo que se tercie cuando sea.

Mordisquearon un pedazo de pan negro y un poco de tocino salado. En unos minutos los tres estaban vestidos con unos jubones raídos y boina calada. El anticuario a lomos de la mula y Dimas y Benigno caminando con la azada al hombro. Ante ellos se extendía la planicie del páramo dorado por la mies sin recoger, solo rota cada muchos kilómetros por la silueta de algún chopo solitario.

—A todo esto, Benigno, tal vez no sea el momento, pero quería preguntarte…

—Todo está a buen recaudo —respondió este sin dejarle terminar la frase.

Benigno les contó que durante su ausencia los milicianos habían entrado en la casa de Madrid y que había arramblado con todo lo que creyeron de valor, pero que el tesoro estaba oculto en un lugar donde nadie podría encontrarlo. Él se había apuntado con unos guardias de asalto a una patrulla que salía para Burgos con intención de liberar a unos presos y los convenció para ir a buscarlos a Calabazanos. Allí les dijeron que los habían detenido el día antes y que ya los habían paseado. Fue solo cuestión de suerte que llegasen a tiempo al cementerio para evitar la ejecución, al menos una parte.

*

El camino a Madrid duró siete días en los que se alimentaron de algún chusco recio de pan y unas migajas de queso compartidas por el único pastor con el que se cruzaron; de unos huevos hurtados con sigilo de zorro de un gallinero y de algunas espigas secas y uvas aún verdes sin recoger de los campos. Ni pensar en acercarse a pedir ayuda a una casa y que pudieran denunciarles. Cevico de la Torre, Vertavillo, Hérmedes de Cerrato... Todos los poblados y aldeas a los que arribaban parecían desiertos, aunque bien sabían que las gentes estaban encerradas a cal y canto en las casas, huidas, o en alguna zanja excavada al lado de una cuneta con un tiro en la nuca. Cuando llegaron a Canillas, a orillas del Esgueva, el hambre les acuciaba. El día anterior solo habían podido compartir las semillas resecas de un agostado girasol para engañar al estómago.

La villa estaba dispuesta en círculo alrededor de una colina dominada por una alta pared de piedra con dos esbeltos torreones a los lados, vestigio de lo que en otro tiempo fuera una fortaleza medieval. Se aproximaron a las primeras casas. Dimas se acercó agachado y pegado al muro de una de ellas en busca de algo que llevarse a la boca. No parecía haber ni un alma, pero aun así aguzó el oído lo más que pudo.

Creyó escuchar un zumbido en el interior, como de abejas excitadas laborando afanosamente en torno a un panal. La portilla del patio estaba abierta y se coló con sigilo, mirando en todas direcciones. El zumbido se escuchaba ahora con claridad, como un murmullo que recitara frases entrecortadas, pero no atinaba a localizar de dónde procedía. Se asomó a la cuadra, vacía y con el fuerte olor de los orines y el estiércol fresco sin recoger. Algunos moscardones pululaban torpes sin encontrar salida ni bestia sobre la que posarse. Avanzó unos metros más hasta llegar a la casa principal. La doble puerta estaba entornada. Descorrió la cortina e intentó ver el interior, pero la luz intensa del patio impedía distinguir nada en la sombra de dentro. Empujó la puerta, que emitió un gruñido de madera vieja contra piedra. Si había alguien, desde luego ya lo habrían oído y podían dejarle seco de un escopetazo salido de cualquier ventana. Entró despacio, intentando acostumbrar los ojos a la densa oscuridad. El zumbido había desaparecido y Dimas pensó que a lo mejor lo había imaginado. En la sala solo había unas sillas caídas y tres sacos negros que colgaban de las vigas. Con suerte, contendrían algo de comer. Se acercó más y al momento una nube de moscas se desprendió de los cuerpos ahorcados con un zumbido estremecedor, convirtiendo el recinto en un torbellino negro y pestilente. Se cubrió instintivamente la cara con las manos y salió corriendo a ciegas al patio. La náusea lo dobló. No tenía nada que vomitar, pero el estómago luchaba por salirse con un chorro de bilis corrosiva y amarillenta. Tardó unos minutos en sobreponerse y regresar con Leónides y Benigno.

—Muchacho, ¿qué te pasa? —pregunto Benigno—. Estás blanco como la cal.

—¿Qué ha pasado, abejaruco? ¿Qué había ahí dentro? —inquirió Leónides.

Dimas los miró con la vista ida, haciendo un esfuerzo sobrehumano por hablar, pero sin poder articular palabra, emitiendo solo un gemido largo y monocorde. Los dos hombres comprendieron que tampoco debían decir nada. En religioso silencio dejaron transcurrir el día mientras caminaban hacia el sur atravesando campos amarillentos y planos como papel, con el sonido de los cascos de la mula contra los guijarros como único acompañante de los pensamientos.

Siempre por caminos de labor, de culebra y polvo seco, esquivando al máximo los poblados y carreteras de asfalto, llegaron sin cruzarse con nadie hasta las proximidades de Bocos del Duero, a un sembrado árido y pardo desde donde podía divisarse en la distancia la altivez del castillo de Peñafiel. Esperaron hasta la noche para cruzar el río y durmieron en un chamizo de cabras en las afueras de Castrillo. Hacía frío, pero hubiera sido una locura encender fuego, así que se acurrucaron juntos sentados sobre el suelo. Benigno debía estar librando una batalla a muerte contra las ganas desesperadas de fumarse un cigarro.

—Lo que son las cosas —comentó Leónides—. En ese pueblo de ahí nació el Empecinado.

—¿Y ese quién es? —preguntó Dimas rompiendo por primera vez el silencio en las últimas veinticuatro horas.

—Fue. Hace mucho tiempo. Un héroe muy famoso de la guerra de la Independencia. Alguien hasta cierto punto como nosotros: de esos que se les mete una idea en la cabeza y no ceja hasta conseguirlo. Eso es ser empecinado.

—Yo pensé que le decían así por la pez. Igual cazaba pájaros como yo.

—Pues también, mira tú, a lo mejor tienes razón. A los de aquí les han apodado desde siempre empecinados por la pecina. Seguro que alguna vez se metió a buscar ranas en el barro negruzco del arroyo.

—¿Y qué es lo que hizo para ser tan famoso? —La curiosidad picó a Dimas.

—Según tengo entendido, era un labrador muy valiente que se convirtió en guerrillero y les dio buenas tundas a los franceses. Por lo visto, uno de los soldados de Napoleón abusó de una chica y el Empecinado, que en realidad se llamaba Juan Martín Díez, decidió tomarse la justicia por su mano. Y siguió cargándose gabachos en muchas batallas hasta que lo hicieron general y por fin echaron a los franceses de España.

—Qué quiere que le diga —dijo Dimas—. A mí estas cosas se me han hecho siempre muy liosas.

—Mira, al final sucedió lo de siempre: cuando por fin regresó a España Fernando VII, como el Empecinado había jurado la Constitución de Cádiz, primero el rey lo desterró y luego no paró hasta acabar con él. Lo prendieron no lejos de aquí y lo ahorcaron en la plaza mayor de Roa. Eso es lo que hace España con los grandes hombres: primero los encumbra y después los aniquila.

La imagen de los cuerpos colgantes del día anterior y las escenas del fusilamiento regresaron a la mente de Dimas, pero esta vez no sintió nada, solo un acartonamiento del pecho, esa sensación que borra las emociones cuando se comprende en su absoluta crudeza cómo funcionan las personas y las cosas.

*

OSCURAS PARVADAS DE ESTORNINOS DIBUJABAN FORMAS ONDULANTES en el cielo, demasiado lejanas y rápidas como para soñar siquiera en atrapar unos cuantos para engatusar los aguijonazos del hambre. Dimas no pudo evitar pensar que él con su resortera hubiera derribado a varios de un solo gomazo y se dio cuenta de que esa era una idea de niño, de un tiempo transcurrido que jamás regresaría y de que hacía mucho que había dado adiós definitivo a aquella parte de su vida. Las aves seguirían volando desesperadas intentando encontrar con qué alimentarse y los disparos a partir de ahora serían de plomo.

Descansaban en las horas en que más apretaba el sol. Cuando se ocultaban caminaban hasta altas horas de la noche casi a tientas. En un tramo del camino se apreciaba un tembloroso resplandor sobre un montículo de tierra.

—Qué cosa más extraña. ¿Qué será eso? —dijo Benigno deteniéndose a observar.

Las luces vaporosas y multicolores danzaban sobre la colina artificial como una aurora boreal en miniatura.

—Fuegos fatuos —dijo Leónides con tristeza.

—Parecen fantasmas —dijo Dimas.

—Es un fenómeno natural. Cuando los cuerpos se descomponen liberan un gas que en contacto con el aire se vuelve luminiscente. *Ignis fatuus*.

—Entonces…

—Sí, debajo de ese montón de tierra debe haber muchos cadáveres en putrefacción.

—Vámonos de aquí cuanto antes —dijo el chófer. No puedo soportar esto.

Leónides se alejó mascullando entre dientes la estrofa de una antigua balada marinera.

—About, about, in reel and rout,
the death-fires danced at night;
the water, like a witch's oils,
burnt green, and blue and white.[1]

En las jornadas siguientes llegaron a Cantalejo, pasaron por Torrecaballeros y bordeando Segovia, cerca de La Granja,

---

[1] «Alrededor, alrededor, con empeño y en desorden / Los fuegos de la muerte danzaban en la cercanía; / El agua, como los ungüentos de una bruja, / ardía verde y azul y blanca.»

Samuel Taylor Coleridge, «The Rime of the Ancient Mariner», 1798.

comenzaron la ascensión a la sierra. Dejaron atrás el último pueblo, Valsaín, donde abandonaron a la derrengada mula abrevando en una fuente. Comenzaron la ascensión al puerto de Guadarrama hasta toparse con el primero de varios retenes franquistas.

—¡Arriba España! —dijo con voz fuerte y segura Benigno.

—¡Arriba! —respondió en una sola voz el grupo de voluntarios armados—. ¿Quiénes sois?

—¡Café! —replicó el chófer levantando el brazo y palma extendidos.

Al escuchar la respuesta los del otro lado bajaron con recelo las armas e intercambiaron el saludo fascista.

—Identificaros.

—Soy de la centuria de Burgos. Vengo en comisión de escolta para este hombre y su hijo —respondió Benigno señalando a Leónides y a Dimas—. Tienen que recoger a su mujer del hospital. Y yo en cuanto los deje, me incorporo a la Quinta Columna en Madrid.

—¿Qué sabes de los camaradas de Valladolid? ¿Cómo están por allí los ánimos?

—Pues no sé, imagino que bien, nosotros no hemos pasado por allí. ¿Por qué lo preguntas?

—¿Es que no te has enterado?

—Enterarme… ¿de qué exactamente? —dijo Benigno.

—¡Coño, pues de que unos cabrones de anarquistas se han cargado a Onésimo Redondo! —dijo enfurecido el voluntario.

—¡Madre mía, qué tragedia! ¿Pero cómo es posible? —dijo el chófer fingiendo incredulidad.

—Él y su hermano habían estado aquí unos días, combatiendo con nosotros en el Alto del León y arengando a la tropa ¡Qué hombre! Hablando igual o mejor que José Antonio…

El hombre contuvo la emoción. Se detuvo un instante, tragó saliva y continuó.

—... En fin, que tuvieron que salir de vuelta para Valladolid para traer más voluntarios. Dijeron que iban a regresar pronto. No está muy claro, pero parece que cuando volvían para acá esos hijos de puta le tendieron una emboscada en Labajos. Lo han asesinado a él y a su escolta.

—Malditos bastardos... —susurró Benigno para inmediatamente después levantar la voz—. ¡Tenemos que vengarlos!

—Pues claro, camarada. Vamos a darles *p'al* pelo. —Dirigió una mirada hacia sus dos desharrapados acompañantes—. Iros para el siguiente puesto, os presentáis al alférez y que os dé un arma. Esta noche va a haber movimiento y cuantos más seamos mejor. ¡Viva España!

En el puesto de avanzada había una compañía de regulares y algunos moros. En una de las tiendas los pertrecharon con ropa de abrigo, correajes, cartucheras y un máuser viejo a cada uno. Leónides se sentía incomodado más por la situación en sí que por la indumentaria, pero no desentonaba con otros muchos voluntarios de todas las edades con parecido aspecto. Dimas experimentó una sensación extraña al tomar el rifle. Por un lado, le hacía sentir más hombre o, cuando menos, tan hombre como todos los que estaban allí. Pero por otro, no podía borrar de su mente el terror hacia las armas después del intento de fusilamiento de hacía solo unas noches atrás. Se le acercó un individuo con camisa azul mahón y el pelo saturado de brillantina peinado hacia atrás. Dimas revivió un estremecimiento.

—¿Y a ti que te ha pasado en la mano? —le dijo mirando el vendaje.

—Nah, el perro de un rojo que me tiró un *bocao*, pero no es nada.

—Ya, un perro, y de un rojo... —dijo desconfiado el falangista.

—Sí, me metí en una finca vacía a ver si había comida y me salió el perro, pero me lo pude quitar de encima de una patada.

—Bueno, ¿al menos sabes disparar? —El falangista no le preguntó la edad.

—Sí que sé —mintió Dimas aparentando total seguridad. Por su mente pasaron todas aquellas partidas de caza con su padre solo imaginadas y las tardes rellenando cartuchos de cartón que olían a otros disparos.

—Pues te vas a hinchar, chaval. Procura que no te maten la primera noche.

Al menos los nacionales habían hecho suya la frase de Napoleón de que un ejército camina sobre su estómago y estaban cocinando el almuerzo en tres enormes peroles de campaña. El aroma de las patatas y berzas del cocimiento les llegó como si fuera lo más delicioso que hubieran olido nunca. Leónides se dijo dispuesto a ceder sus derechos de primogenitura por una sola cucharada y, aunque en cualquier caso nunca los tuvo, le invitaron a ponerse en la fila con los demás. Después de aquella eterna semana de miedo, fatiga y penuria, el solo calor de la comida les hizo recuperar por un momento las fuerzas y los ánimos.

Pero los tiempos de la guerra son por naturaleza apresurados y no les concedieron más que unos minutos de descanso. Tras el apresurado pero reconfortante plato de rancho y un trago de vino a una bota, un teniente los integró a una patrulla de voluntarios que se dirigía a primera línea de fuego. Les ordenó apostarse en un roquedal. Hasta los legionarios preferían enviar de avanzada a los paisanos.

Pronto empezó el intercambio de disparos, primero esporádicos y luego intensificándose hasta convertirse en un infierno. Los morterazos caían por todos lados y las balas silbaban haciendo saltar chispas y esquirlas cuando rebotaban en las rocas. Estaban parapetados tras unos peñascos, desde donde podían presentir a muy escasa distancia a los milicianos esperando que asomaran la cabeza un milímetro para volársela. Leónides, Dimas y Benigno estuvieron todo el tiempo agachados sin pensar siquiera en soltar un solo tiro. Lo cual era igualmente arriesgado, ya que podrían recibirlo de algún oficial si pensaba que estaban actuando con cobardía. Desde su puesto vieron saltar por los aires a varios miembros de su patrulla, alcanzados por una certera granada republicana. Eso los hizo agazaparse más incluso dentro de sus respectivos agujeros. Algunos nacionales se exponían al fuego enemigo al intentar recoger a los compañeros heridos. Se estaba ocultando el sol entre los roquedales. Las bajas eran numerosas y la confusión imperaba en el frente.

Después de unas horas interminables pareció decrecer la intensidad del fuego. No se dio la voz de retirada, o no la escucharon. Se sintieron solos, con toda probabilidad les habían dado por muertos. Era ya noche cerrada. Esperaron a que amainase del todo el tiroteo y Benigno tomó la iniciativa gritando hacia los milicianos:

—¡Camaradas, no tiréis, que somos de los vuestros! —gritó Benigno.

—¡Y una mierda de los nuestros! ¡A mí me vais a engañar, fascistas, asesinos! —replicó una voz del otro lado.

—¡Fascista la leche que has *mamao, cagondiós* la Virgen y los santos! —replicó a grito pelado el chófer—. Nosotros no hemos disparado un solo tiro, solo queremos pasarnos.

—¿Ah sí? Pues venid para acá despacito y con las zarpas en alto, que os vea yo bien —indicó el miliciano apuntándoles con el foco de una linterna.

—Vamos a salir, no disparéis.

—Venga, desfilando, de uno en uno y sin trampas. Al que se pase de listo lo dejamos seco.

El primero en asomar fue Benigno. Se sintió cegado por la linterna, pero no se atrevió a llevarse la mano a la cara para evitarla. Unos segundos después se incorporaron Dimas y Leónides, que salieron con lentitud de detrás de las rocas en dirección a la luz, con los brazos extendidos y dejando colgar el máuser de la correa, lejos del cuerpo. Se aproximaron con temor. Un uniformado los encañonaba con una pistola.

—Quietecitos ahí, ni un paso más. A ver, Peláez, me les vas quitando todas las armas y me los cacheas bien.

—Sí, mi cabo —dijo otra voz cumpliendo con diligencia la orden y echándose al hombro los fusiles capturados.

—Venga, ahora despacito y buena letra. ¡Acercarse!

Entre las sombras distinguieron a un pequeño grupo de hombres apuntándoles.

—A ver entonces: ¡Santo y seña! —dijo el que llevaba la voz cantante.

Benigno sabía que la más mínima equivocación en acertar con la contraseña adecuada equivaldría a un fusilamiento inmediato.

—Venga, empieza tú.

—¿Cómo que empiece yo? —replicó nervioso el miliciano.

—Coño, que para darte la seña me tienes que dar el santo, con perdón.

El hombre no era muy versado en tecnicismos de milicia y dudó por unos segundos antes de decidirse.

—«Preparaos a morir…» —dijo esperando el complemento de la frase.

—… «¡Sacristanes!» —respondió sin vacilar Benigno.

—Joder, qué susto, leche. ¿Se puede saber qué hacíais del otro lado?

—Nada, que nos aburríamos y hemos venido a pegar unos tiros, no te digo… Veníamos con la patrulla de Burgos, pero nos quedamos rezagados y las hemos pasado canutas para poder llegar hasta aquí. Hay retenes de los fascistas por todas partes.

Aún con recelo los condujeron hacia una casamata. Saludaron puño en alto al destacamento rojo. La mayoría eran obreros en mono azul y una manta para cubrirse cruzada sobre el pecho como único uniforme. A la docena que integraba la unidad había que descontar tres que habían caído esa misma noche y que estaban en el suelo cubiertos con una lona. Les sorprendió encontrar entre los combatientes a una joven miliciana con gorra cuartelera. No había cumplido ni los veinte y a Dimas se le hizo muy guapa. Los milicianos los separaron para interrogarlos. A Benigno se lo llevó aparte el cabo de la Guardia de Asalto, el que había ordenado registrarle unos minutos antes, acompañado de otros dos guardias más con la guerrera abierta. De Leónides se encargó el jefe de la unidad, que estaba más interesado en conocer la cantidad y posición de las fuerzas enemigas que en la historia personal de los tres desertores. A Dimas lo retuvieron la joven y un par de anarquistas. Tras el breve interrogatorio por separado, dieron la escasa información que conocían y explicaron su intención de ir al hospital de Navacerrada a por la señora Sanjurjo. Al no encontrar contradicción entre las tres declaraciones los milicianos se mostraron más relajados. Los llevaron al interior de la casamata donde atizaron una fogata y les dieron unas alubias calientes y aguadas para cenar. Uno de los obreros que llevaba un vendaje calado de sangre en la cabeza ofreció un cigarrillo liado a Benigno. El chófer lo aspiró como ahogado que logra salir a la superficie. Dimas se sentó al lado de la chica.

—Mañana os bajáis en el camión con nosotros y pasamos por el sanatorio, pero tenéis que andaros con mucho cuidado, los fascistas están cañoneando muy duro por esa zona.

—Gracias, camaradas. Ya nos hemos librado de más de un susto, así que otro más no importa —respondió Leónides.

—Cuando salgamos del hospital os presentáis a la guardia de Cercedilla, les decís que vais de parte del Cojo de Leganés y os extenderán un salvoconducto para volver a Madrid.

—¿Y cuál es el santo y seña de mañana? —preguntó Dimas.

—Ah, sí, joder, se me olvidaba. La contraseña es «¡Frailazos!».

La tensión del combate había hecho mella en los ánimos y en los cuerpos. Cada uno buscó un hueco donde acomodarse y tratar de dormir. Dimas y la joven miliciana se habían acurrucado juntos bajo un capote y aunque intentaban ocultar los ruidos era evidente que estaban apurando el momento. Si algo se predicaba y se aplicaba en la práctica del lado republicano era la máxima del amor libre, y más con la conciencia de que cualquier día bien podía ser el último que por ninguna otra clase de imperativo moral.

Apenas pudieron descansar unas horas. Aún era noche cerrada cuando los levantaron, les dieron una taza de achicoria hirviendo y sin tiempo para entrar en calor y despertarse del todo los treparon al furgón, que estaba intentando arrancar con esfuerzo por la helada. El camión inició el descenso por la tortuosa y empinada carretera de Navacerrada con las luces apagadas para no convertirse en blanco de los cañonazos franquistas, que ya comenzaban a silbar desde el Alto del León. El conductor debía saberse el recorrido de memoria, porque lograron esquivar las explosiones y llegar enteros al hospital. Dejaron a Leónides frente a la entrada mientras los demás esperaban en el camión con el motor encendido. Dimas sujetaba la mano de la chica en una ensoñación vana de retenerla. Ambos sabían que eso no iba a suceder. Dimas se esforzó incluso en no mirarla directamente a los ojos para no poder recordarla.

—¿Cómo te llamas?

—Carmela.

—Carmela —repitió apretándole con levedad la mano.

—Cuídate mucho, camarada.

—Y tú también.

*

El hospital para tuberculosos estaba en las faldas del pico de La Maliciosa, rodeado de bosques de pino silvestre y recorrido por el río Samburielera. Un paisaje en exceso bucólico para aquella enorme estructura de cinco plantas. Construida en hormigón armado y pizarra, con dos grandes alas principales y varios edificios anexos, era un verdadero búnker situado en un punto estratégico por lo que había sido alcanzado por varios obuses franquistas. El humo y las llamas que escaparon por algunas ventanas habían pintado grandes brochazos de hollín encima de ellas. Diseñado para que los pacientes encontraran sanación o cuando menos consuelo respirando el oxígeno puro de la sierra, se había convertido en un cascarón grisáceo donde el aire olía a metal quemado, raspaba en la garganta e invitaba a la tos. El ala izquierda había sido desalojada, pero del otro lado se distinguía alguna luz. Leónides lo conocía bien por anteriores visitas, así que se dirigió a una entrada más pequeña a la derecha del edificio de recepción y tocó a la puerta. Se oyeron unos pasos rápidos detrás y apareció una hermana de la caridad que el anticuario reconoció a pesar de que ahora no llevaba el hábito y sí un carnet del Partido Comunista sujeto en el pecho con un imperdible.

—Buenos días, sor Ignacia —saludó con cierta extrañeza.

—Hombre, don Leónides, cuánto bueno por aquí —respondió la mujer con cierto tono de burla—. Ahora, si no le importa, soy la camarada Ignacia, del Socorro Rojo. Creí que ya no le veríamos más, como no se prodiga mucho, que digamos...

—Sor Ignacia, perdón, camarada, hermana o como quiera. No tengo tiempo de tonterías. He venido a llevarme a mi mujer.

—Me temo llega tarde, camarada. Hace cinco días que evacuaron a todos los enfermos que podían tenerse en pie y los han mandado a Valencia. Su señora estaba francamente mal, pero insistió en que podía aguantar el viaje y convenció a los médicos para que la dejaran ir. Aquí solo quedamos los moribundos. Los que han perdido la esperanza se están matando unos a otros o se suicidan. Es mejor que se vaya.

Leónides tuvo un súbito ataque de melancolía. Le pesaba en la conciencia no haber atendido de manera adecuada a su esposa y haberla dejado de la mano de dios al único cuidado de los médicos y las religiosas. Debía haberla visitado con más frecuencia, pero eligió andar en sus cosas. La señora Sanjurjo era solo una presencia que se manifestaba muy de cuando en cuando en el cuadro del despacho, en las muy escasas ocasiones en las que más por compromiso que por otra cosa había ido a verla o le había escrito una breve carta; una presencia de la que el anticuario sabía en el fondo que deseaba huir y que le perseguía como una sombra larga y apesadumbrada.

Regresó al camión con Dimas, Benigno y los milicianos. En Cercedilla les recogieron las cartucheras y les dieron ropa para cambiarse. No hicieron por averiguar de dónde procedían aquellas prendas amontonadas. Les extendieron los papeles sin demasiadas preguntas y los montaron en otro transporte con rumbo a Atocha. Cerca de la estación dejaron a un grupo de milicianos, entre los que iban el Cojo y Carmela. La miliciana no se despidió al bajar, pero cuando arrancaron se volvió con una gran sonrisa y alzando el puño le gritó:

—¡Salud, Camarada! ¡No pasarán!

Dimas le devolvió desganado el saludo miliciano invadido de profunda tristeza. El camión continuó por el Paseo del Prado. Rebasaron la Casa de Fieras y el edificio del museo. Al pasar frente a Neptuno observaron que la fuente estaba cubierta por una amorfa construcción de ladrillo, una montaña de tierra y encima una casamata de troncos de madera coronada por un tejadillo que ocultaba las barbas y el tridente del omnipotente dios de los mares y los terremotos.

—Mira, Dimas, te han puesto un sombrero —bromeó Leónides señalando al montículo.

—Es por los bombardeos —aclaró sin entender del todo uno de los soldados—. Los madrileños protegemos a los nuestros —añadió con espontáneo orgullo.

El camión los dejó en la calle Alcalá, justo frente a la Checa de Bellas Artes. En poco tiempo el lugar se había hecho tristemente célebre por las detenciones arbitrarias, las torturas y los juicios sumarísimos con destino final en la gran fosa común de Paracuellos. En no pocas ocasiones, quienes sobrevivían al proceso y eran puestos en libertad caían a la salida en manos de piquetes que los sacaban de la ciudad para darles el paseo.

—Mejor nos largamos de aquí cuanto antes —dijo Benigno—. Este sitio me da escalofríos

—Sí, no vaya a resultar que hayamos salido de Guatemala y caigamos en Guatepeor —añadió Leónides.

Caminaron a buen ritmo por el Paseo de Recoletos y desembocaron en la Castellana en dirección a la casa. La Cibeles estaba también cubierta de sacos terreros, lo que daba a la plaza la apariencia de una carpa circense que se hubiera instalado entre Correos, el Palacio de Linares, el Banco de España y el Ministerio de Defensa.

Acababa de haber unos disturbios y un grupo de guardiaciviles estaba registrando, pistola en mano, a algunos viandantes que avanzaban con ambos brazos en alto. La visión de los tricornios en Madrid desconcertó por completo a Dimas, que estuvo a punto de salir corriendo despavorido, si no es porque Benigno le sujetó del brazo. El chófer le susurró que eran guardias leales a la República, pero que era mejor evitarlos. Aminoraron el paso para no llamar la atención y sin volverse para mirar pasaron de milagro por la acera de enfrente sin que los molestaran. Con el corazón en un puño, llegaron a la esquina de Juan Bravo con Lagasca y avanzaron unos metros.

—Por aquí, mucho cuidadito, mirando al suelo y ni una palabra, ¿eh? —dijo Benigno al pasar por el número 12.

Del edificio colgaba una bandera que Leónides no había visto nunca y en la pared una placa rezaba EMBAJADA DE SIAM.

—¿Siam? —dijo extrañado el anticuario—. ¿Desde cuándo Siam es un país reconocido?

—Es que no lo es —aclaró el chófer—. Es una checa camuflada de los servicios especiales de la CNT. A todos los que acuden aquí engañados buscando asilo político les dan el finiquito por fascistas. ¡Vámonos!

Siguieron subiendo por la calle frente al imponente palacio de los marqueses de Amboage. Leónides temió por la vida de sus propietarios, el diputado Fernando Plá y su esposa Sofía, vizcondesa de Huerta, que además de haber sido buenos clientes les habían invitado varias veces a él y a la señora Sanjurjo a encantadoras veladas musicales. Ahora el edificio estaba cerrado e incautado por el gobierno republicano.

Un poco más adelante rebasaron las melancólicas tapias rojizas de la residencia de ancianas de las Hijas de la Caridad, convertida ahora por los avatares de la guerra en cárcel de mujeres. Arribaron, por fin, a la casa. Ninguno de los tres terminaba de creérselo del todo.

*

EL FLAMANTE HISPANO SUIZA YA NO ESTABA EN LA COCHERA; andaría con un puñado de milicianos trepados en el estribo ondeando la bandera republicana y disparando al aire por algún barrio de la periferia.

—Los comunistas están ahora en la casa de Núñez de Balboa de los señores March —informó Benigno—. Y también se han quedado con la de la familia Urquijo.

—¿Sabes algo de don José Lázaro? —preguntó con preocupación Leónides.

—No, ahora que lo menciona, lo cierto es que no. Seguro que se han marchado en cuanto han visto lo feo que se estaba poniendo el tema. Pero no es muy buena idea ir haciendo preguntas, están deteniendo a la gente por cualquier cosa.

En Madrid, apenas un mes antes, una columna anarquista había penetrado en la Cárcel Modelo y asesinado, entre otros muchos, a Melquíades Álvarez y a Ramón Álvarez-Valdés, el gran amigo y valedor de José Lázaro Galdiano. Al coleccionista, el alzamiento le había sorprendido en París durante una exposición sobre la estética del libro español y otra dedicada a la obra de los Lucas, lo que con toda seguridad le salvó la vida. Lázaro Galdiano no podría regresar a España hasta un lustro después, pero seguiría comprando incansablemente obras de arte en París y Nueva York, en un intento vano de mitigar el dolor por la locura que se había desatado en su amado país.

La casa de Juan Bravo estaba mejor de como Leónides esperaba encontrarla. Había papeles y ropa tirados en el portal, pero no parecía haber nadie, ni siquiera las mucamas. Subieron por la escalera al primer piso y encontraron la puerta abierta y todo en completo desorden. Habían desaparecido los objetos de plata, los relojes y algunas cosas de menor importancia, pero se veía que los intrusos no habían sabido apreciar nada de lo que allí se guardaba. Encontró restos de colillas sobre la mesita. Habían vaciado todas las botellas de licor y las habían estampado en el piso. Los sillones estaban sucios y los fragmentos de muchas figuras rotas esparcidos por el suelo. Habían sacado y volcado los cajones del escritorio. Daba la impresión de que habían movido todos los cuadros buscando la caja fuerte y el afán destructivo se explicara porque no habían sido capaces de dar con ella. O quién sabe si creyeron que la vieja caja de caudales del pasillo había sido abierta por otros que se les adelantaron. Varios lienzos estaban rajados, lo que a Leónides le dolió más que si los cortes se los hubieran hecho sobre su propia piel.

La mayoría de los muebles estaba en buen estado. Eso sí, se habían entregado con saña a decapitar las esculturas religiosas y algunas romanas.

—¡Chusma de bárbaros ignorantes, embriagados y descomunales! —exclamó con indignación el anticuario.

También habían desaparecido las figuritas eróticas de la vitrina.

La puerta del segundo piso estaba igualmente violentada. Habían vaciado el contenido de los armarios dejando un reguero de ropa y calzado por las habitaciones. Los vestidos de la señora Sanjurjo, sus sombreros y zapatos habían desaparecido en su mayoría. Algunos más estaban sobre la cama, deshecha y sucia. Leónides lo atribuyó a las doncellas. Se las imaginó poniéndose la ropa de su señora y repitiendo la frase de moda de «Ahora ya *semos* todos iguales» y entregándose sobre el lecho a las ansias de los ocupantes. La vajilla y cristalería estaban hechas añicos y faltaban también los cubiertos y candelabros de plata. Se notaba que habían actuado con prisa y sin criterio porque habían dejado pasar algunos objetos solo por ser más difíciles de cargar o ignorantes de su valor. Los trajes, sombreros y botines de Leónides, sin embargo, estaban en los roperos. Dimas también encontró en su cuarto gran parte de su ropa y los zapatos tirados. Se veía que alguien se los había estado probando y era evidente que no le habían quedado porque estaban desparramados por toda la habitación como si los hubieran lanzado por los aires con coraje. En el cuarto de servicio, por contraste, los uniformes y las botas de montar de Benigno estaban en el mismo arcón en que las había dejado. Con tanta mansión por expoliar, nadie consideró de interés entrar al cuartucho del sótano.

Habían dejado algo de comida en la alacena de la cocina y los tres hombres pudieron darse un agua, adecentarse un poco, cenar algo y reponerse del accidentado viaje. Incluso encontraron un bote de café intacto que les terminó de entonar el cuerpo.

—Por cierto, Benigno, me acaba de volver algo a la cabeza que quería preguntarte. ¿Qué carámbanos es eso de «café» que les soltaste a los de la guardia? ¿Cómo es que nos dejaron pasar, así como así, y se tragaron el cuento sin preguntar?

—Muy fácil. «CAFÉ es una contraseña falangista que significa «¡Compañeros! ¡Arriba Falange Española!». Es como se identifican en secreto cuando no pueden vestir la camisa azul.

—Vaya, vaya, qué originales, como VERDI… —dijo Dimas—. ¿Y lo del santo y seña?

—Ah, bueno, pues eso… había que improvisar. A lo mejor lo había escuchado antes, pero dije lo primero que se me ocurrió.

Leónides sintió un escalofrío que le recorrió la espina dorsal y lo dejó con la boca paralizada. Dimas reaccionó echándose a reír sin poder parar.

—¡Pero qué hijo de la gran…!

—Gran Bretaña, Dimas —alcanzó a puntualizar el anticuario—. Un auténtico hijo de la Gran Bretaña.

Benigno también dejó fluir la tensión de los días pasados con una carcajada.

—Voy abajo un momento, ustedes bajen al portal y espérenme ahí, tengo que enseñarles una cosa.

Como tenía por costumbre, el chófer bajó a toda velocidad por la escalera. Ellos dos tomaron el ascensor, descendieron hasta el portal y salieron cerrando bien las puertas de madera y cristal y después la reja plegable de hierro. Les llegaban unos ruidos que procedían del sótano. Un momento después el elevador empezó a subir solo y cuando apenas había recorrido dos metros se detuvo. Al mismo tiempo apareció Benigno por la escalera llegando al portal. Se acercó a la reja, la abrió con la llave de seguridad y señaló al hueco del ascensor con una linterna.

—Asómense, por favor. Pero con cuidado.

Dimas y Leónides obedecieron y unos metros más abajo, entre los cuatro grandes muelles que detenían el ascensor en caso de accidente, estaban dos grandes sacos muy familiares.

—Les dije que estaban a salvo. ¿Ahora me creen?

—Este hombre es en verdad un genio. —El rostro de Leónides se iluminó al ver los dos odres con el tesoro.

Dimas estaba con la boca abierta sin dar crédito a lo que veía.

—¡Lo han tenido todo el tiempo bajo sus narices! —exclamó con júbilo.

—Benigno, no hay tiempo que perder. Recupera por favor los sacos, que nosotros bajamos en seguida. Y tú ven, Dimas, acompáñame arriba un momento.

Los dos subieron por la escalera hasta el primer piso.

—Por fin vas a conocer uno de mis secretos mejor guardados.

—Se ve que hoy es el día de las revelaciones —dijo Dimas.

—En efecto. Los griegos les llamaban *apocalipsys,* aunque no se referían para nada al fin del mundo.

—Venga, no me tenga más en ascuas.

—Te dije que nadie podría encontrar la caja fuerte auténtica, ¿cierto? ¿Dónde la hubieras buscado tú?

—No sé... —dudó Dimas—. Detrás de un cuadro lo primero. Una trampilla en el suelo... Un hueco en un tabique.

—Venga, esfuérzate un poco más, no me decepciones. Seguro que ya lo has intentado antes.

—Es que ni idea, de veras. ¿Detrás de unos libros falsos en la estantería?

—A ver, Dimas, empecemos desde el principio. ¿Cómo es una caja fuerte?

—Pues cuadrada, de metal, con una rosca y un picaporte, de color negro…

—Para, para, que vas demasiado deprisa. Has dicho cuadrada, ¿verdad? Eso es lo que piensa cualquier ladrón y lo que le impedirá encontrarla nunca, porque su mente también es cuadrada, ¿me explico?

—Ya entiendo. Tenemos que buscar algo no cuadrado.

—Tenemos no, que yo sí que sé dónde está. Se trata de comprobar si has aprendido lo más básico después de todos estos años.

Dimas empezó a recorrer minuciosamente con la vista cada rincón del despacho, desde las baldosas blancas y negras del suelo hasta el artesonado del techo, los muebles, las paredes. De repente sus ojos vivaces se detuvieron, miraron un momento alrededor y se volvieron a fijar en un punto en concreto.

—¡Las columnas!

El anticuario sonrió. El joven se acercó a una de ellas y comprobó con los nudillos que era de nogal macizo. Se dirigió a la segunda y le dio otros golpecitos hasta escuchar un sonido diferente cerca de la base.

—¡Esta es! —exclamó con satisfacción, «donde los Hermanos reciben su salario».

—Ya sabía yo que la encontrarías, listillo. Ahora solo te queda abrirla.

La columna no mostraba el más leve relieve o hendidura por donde intentarlo. Ni portezuela ni orificio para una llave. Dimas recordó las lecciones de Leónides sobre las cajas chinas y comenzó a presionar la columna en distintos puntos. No cedía. El anticuario empezó a aparentar que perdía la paciencia. En unos minutos más de tira y afloja, el joven hizo girar la base y el suave dibujo de los nudos de la madera cambió al fin de posición liberando sutilmente una sección del fuste. Dimas lo extrajo dejando al descubierto un hueco tallado en el interior con el tamaño suficiente como para ocultar un buen número de cosas.

—Ahora no me va a quedar más remedio que matarte —bromeó Leónides.

—Como no nos demos prisa alguien se le va a adelantar —respondió con menos alegría Dimas.

Leónides se arrodilló junto a él frente a la caja secreta, metió las manos y sacó un paquete conteniendo pasaportes falsos para los tres, un buen fajo de libras esterlinas, una bolsita de terciopelo anudada con un cordón y un sobre con documentos.

—El que guarda, halla. Con esto habrá suficiente para pagar unos cuantos favores más hasta que salgamos del país y aguantar el tirón una temporada. Y este sobre lo vas a guardar tú por si me llegara a pasar algo. Es muy importante, pero no quiero que lo abras hasta que yo haya muerto.

—Padrino, no me diga eso, por favor, que a usted le quedan muchos tiros que dar. —El joven se percató al momento de lo poco acertado de la expresión.

—Eh, que no estoy diciendo que vaya a ser hoy ni mañana, no tengo ninguna prisa ni pretendo ser gafe. Espero que eso suceda después de muchos años, pero por si las moscas, guárdalo muy bien. ¿Me lo prometes?

—Le doy mi palabra —dijo Dimas abrazándole con fuerza.

Benigno había recuperado los fardos de su escondite y los tres distribuyeron el tesoro protegiéndolo con esmero, cada uno en una maleta. Acordaron que una vez que lograran salir de España, para no levantar sospechas, el anticuario se reuniría con ellos en unos meses y repartirían el botín después de que Leónides diera salida a las piezas. Tenían una confianza ciega cada uno en los otros dos, reforzada por los sucesos de los últimos días.

—En Londres y París tengo compradores seguros para todo, siempre, naturalmente, con la condición de que no desmonten ninguna pieza para fundirla. Tal vez tarde un poco más, pero no podemos permitir que estas obras de arte excepcionales lleguen a manos de cualquiera. En el reparto entra todo el tesoro a excepción del báculo. Ese es mi trofeo de guerra y deseo conservarlo. ¿Estamos?

—¡Estamos! —respondieron a coro.

—Además, quiero que Benigno se quede con cinco monedas de oro como muestra de mi aprecio por su impagable lealtad.

—Muy agradecido, jefe —respondió el chófer—, pero no es necesario.

—No es por necesidad, que dinero ya no te va a faltar; es por mi gusto. Y tú, Dimas, puedes quedarte con el anillo, también te lo has ganado.

—¿El anillo? ¿Qué anillo?

—El anillo cardenalicio que te birlaste y que ocultaste en la boca la noche del robo. ¿O es que pensabas que no me iba a dar cuenta?

—Padrino, yo… Yo nunca imaginé… —Las palabras se le atragantaban por la vergüenza.

—Venga, olvidémoslo, que bien merecido lo tienes. Ladrón que roba a ladrón…

—Padrino, se lo suplico, no me mortifique más con eso, que se me cae la cara. No sé por qué lo hice, pero no pude evitarlo.

—Anda, anda, que no andas nada. Eso ya pertenece al pasado.

Menos mal que no te lo tragaste. ¡Lo que hubieras sufrido para recuperarlo!

Dejaron todo preparado y aprovecharon para dormir por fin unas horas cada uno sobre su colchón y abrazados a sus respectivas maletas. Esa sería la última noche en la residencia de los Sanjurjo. A la mañana siguiente buscarían refugio en la embajada inglesa.

*

LA EMBAJADA BRITÁNICA OCUPABA EL PALACETE DEL MARqués de Álava, en la calle Fernando el Santo, a poco más de quince minutos a pie de la residencia de Juan Bravo. Era un edificio de tres pisos en cuyo balcón ondeaba la *Union Jack* y que exhibía el tradicional escudo de armas en el que, gran paradoja, podía leerse en francés, el lema: DIEU ET MON DROIT.

—La embajada del Reino Unido no acoge refugiados, exclusivamente ciudadanos británicos —dijo con sequedad uno de los uniformados que protegía el acceso.

—Nosotros somos tan británicos como usted —respondió Leónides en perfecto inglés y sin apreciable acento—. Buscamos al capitán Lance.

—El soldado observó de arriba abajo con extrañeza a los tres hombres cuyo aspecto era lo más distante de un pálido ciudadano del reino de Su Majestad.

—*Wait a moment, please* —respondió sorprendido. Dejó la entrada a cargo de los otros soldados y entró en el edificio.

Unos minutos después apareció acompañado de un curioso personaje de grandes gafas acordes con el tamaño de su nariz, chaqueta a cuadros con pañuelo en el bolsillo y corbata de bandas anchas.

—¡Edwin!

—Hola, *Leo* —la pronunciación inglesa del diminutivo le puso en bandeja el inmediato juego de palabras.

—Para «lío» en el que estamos metidos. Y gordo. Necesitamos entrar enseguida.

—Tranquilos. ¿Traéis los pasaportes?

Leónides le tendió las libretas. Benigno y Dimas, tal como estaban aleccionados, no abrieron la boca ni para respirar. Dimas creyó haber visto al inglés más de una vez en el despacho de Leónides, y recordó que le llamó la atención el trato desenfadado que mostraba con él, tan diferente a la amable seriedad con que trataba a otros clientes. El británico dejaba escapar algunas risas de manera un tanto chabacana y no parecían tratar temas de antigüedades. Acostumbraban a hablar en un tono más bajo de lo normal y, además, salvo alguna frasecilla suelta, Dimas no entendía mucho de ese idioma.

El hombre hizo como que inspeccionaba los documentos con detenimiento mirando alternativamente cada rostro y la fotografía que aparecía en cada uno de ellos.

—*Everything is all right,* todo en orden —dijo a los soldados—. Los caballeros pueden pasar.

Más tarde sabría que Edwin Christopher Lance había sido compañero de estudios de Leónides en el King's College de Londres y que habían mantenido una sólida amistad a lo largo de los años pese a verse en muy contadas ocasiones. Leónides le confió que Lance era un individuo importante en el negocio de los ferrocarriles y que había combatido en la Primera Guerra Mundial y después en la guerra civil rusa, donde había sido herido y condecorado. Tenía además un alto rango en la masonería inglesa.

El excéntrico capitán vestido de paisano les hizo pasar a una sala presidida por un gran óleo del apuesto Rey Eduardo VIII en uniforme de almirante la Marina Real, con la pechera plagada de medallas, galones y entorchados. Un rato después apareció Lance con otro caballero de impecable apostura:

—Señores, permítanme presentarle a su excelencia, el señor cónsul Milane —dijo Lance con afectación.

El caballero tomó la palabra:

—En nombre del señor embajador Chilton y del personal de la embajada les doy la bienvenida al Reino de Gran Bretaña Ahora están ustedes en suelo británico. Aquí no pueden hacerles nada.

Como a tantos otros, al embajador Herry Chilton y a alguno de sus asesores más cercanos el alzamiento les sorprendió cuando se encontraban vacacionando en San Sebastián y al menos por el momento no podían regresar a la capital. Milane y Lance se habían hecho cargo de todas las gestiones consulares y pronto la embajada iniciaría la heroica labor de acoger a muchos perseguidos políticos y de expedirles visados y pasaportes para poder escapar del caos en que había caído Madrid.

—*Thank you very much, sir* —contestó Dimas con las mejores cinco palabras que había aprendido.

Recibió una mirada asesina de Leónides y otra aquiescente del diplomático. Hechas las someras presentaciones, el capitán Lance les ayudó a instalarse.

—No tenemos mucho tiempo, Leo. Las cosas se están poniendo cada vez más difíciles y esperamos una avalancha humana pidiendo asilo. Dentro de poco no cabremos ni podremos atender a tanta gente, tenéis que salir a la primera oportunidad.

—Te lo agradezco, mi buen amigo, pero necesito un favor más.

—Pídeme lo que quieras, ya sabes que haremos todo lo que se necesite por un hermano —dijo Lance.

—Nuestro equipaje contiene artículos muy... ¿Cómo llamarlo?... De interés nacional. Tienen que salir del país como valija diplomática. No nos podemos arriesgar a que alguien de fuera los inspeccione o que caigan en manos inadecuadas.

—Veré lo que puedo hacer. Y también os cambiaré la documentación. Tu pasaporte está vencido, pero es pasable; el de tus amigos *is a bloody shit*: una chapuza que a primera vista está bien hecha pero que no está actualizada a las últimas medidas de seguridad. Y te habrán sacado un riñón por ellos, seguro, pero con eso no llegarían muy lejos. Al tal Benigno le emitiremos uno de Gibraltar, no habría manera de hacerlo pasar por inglés ni sumergiéndole en té de Ceylán por el resto de su vida. Y al chico lo hemos convertido de manera oficial en tu hijo: a partir de ahora ya no será Dimas Aguilar, sino Dimas Sanjurjo, es la única manera.

—Como a un hijo lo considero, así que eso no es problema. Y tampoco creo que a él le moleste.

—El otro detalle es que a vosotros dos os voy a llevar a Cartagena. Viene un barco en unos días y quiero que salgáis para Londres en el primer grupo. Pero Benigno tendrá que esperar un par de semanas más. Lo más probable es que lo mandemos a Almería, de ahí a Tánger y luego a la Argentina.

—No quisiera separarme de él, es un hombre muy leal que me ha protegido durante muchos años. Y no imaginas cómo se ha portado estos últimos días, un auténtico héroe —dijo emocionado Leónides.

—Lo entiendo, pero son cuestiones internas de la embajada, tenemos que repartir a cada persona donde puede tener más posibilidades de éxito.

—Está bien entonces, Edwin, sabes que confío en tu buen criterio. Ya buscaré yo luego la manera de reunirnos con él.

Todos aprovecharon la noche para recuperar las muchas horas de sueño perdidas. A la mañana siguiente, el capitán Lance llamó un momento a solas a Leónides. Había cambiado la perenne sonrisa de diplomático por un gesto grave.

—De lo que hablamos ayer todo sigue su curso. Pero hay más…

—Tú dirás —dijo Leónides.

—*I am deeply sorry,* pero te tengo que dar una muy mala noticia, amigo. Discúlpame, no encontraba el momento, si es que hay un momento adecuado para estas cosas.

—¿Algún problema con las maletas? ¿Con los visados?

—No, nada de eso, no por ahora, Leo. Se trata de tu esposa.

—¿Mi esposa? Pero ella está en Valencia, ¿no es cierto?

—No, *my dear friend,* no pudo concluir el viaje. Falleció durante el camino.

—Pero cómo… ¿cómo es posible? Si ya estaba mejorando…

—No, no estaba nada bien y tú lo sabes. Cuando salió del hospital estaba en las últimas, pero no perdió la esperanza de volver a verte, al menos para despedirse.

—¿Y cómo fue?

—No sé los detalles, ni creo que merezca la pena ahondar mucho en ellos. Me acabo de enterar por uno de los doctores y lo único que he alcanzado a inteligir de toda la jerga médica es que tenía una fibrosis pulmonar terminal. No se podía hacer nada, ya estaba muy débil y aun así tuvo el coraje de intentar hacer el viaje.

—¿Sabes si dijo algo?

—No, francamente lo ignoro, Leo. Pero le pidió al médico que se te entregase esto.

Lance le entregó un par de guantes de encaje blancos, impolutos. El anticuario respiró profundamente, reteniendo el aire en los pulmones y cerrando los ojos. No pudo evitar las lágrimas.

*

NINGUNO DE LOS TRES SE SENTÍA CÓMODO CON LAS DESPEDIDAS y la agitación de la embajada tampoco creaba un ambiente propicio a los sentimentalismos. Cada uno de los refugiados cargaba un mínimo de equipaje y un inmenso bagaje de emociones contenidas que intentaban no dejar aflorar. No todos lo conseguían y se presenciaban escenas muy difíciles, especialmente entre las familias que habían de separarse. Leónides quiso abreviar el difícil momento.

—Venga, venga, nada de lloriqueos, que ya llegará el momento de soltarlos cuando dejemos España —dijo Leónides—. Eso de las despedidas melosas se queda para las novias de los soldados.

—Cuídate, chaval, sabes que, aunque nos separemos un tiempo, siempre contarás conmigo, ¿verdad? —dijo Benigno.

El abrazo fue breve, pero de hombres.

—Vaya si lo sé. Yo también pensaré mucho en ti hasta que nos volvamos a ver, que será muy pronto —respondió Dimas—. Tienes que prometerme que vendrás a Londres en cuanto puedas.

—Más bien cuando me dejen, que de momento me han dicho que me mandan a donde San Pedro perdió la estilográfica. Al culo del mundo, con perdón, a ver si ahí me sacudo a los fascistas de la chepa un rato. Luego ya se irá viendo. Además, tengo que cobrar mi parte, que como te puedes imaginar, me interesa mucho más que volver a ver esa jeta tuya de circunstancias. ¡Sonríe, coño, que aún me falta mucho *p'a* morirme!

—¡Eh! Que a los que nos falta un poco menos también nos dará mucho gusto que nos visites pronto —terció Leónides intentando aligerar el momento—. ¡Ah! Y por los intereses de tu parte no te inquietes: nos los gastaremos en buenas juergas a tu salud.

—Eso espero, don Leónides, que Dios le conceda mucha vida para disfrutarla. Eso sí, jefe, a ver quién lo va a llevar ahora a su casa después de una parranda.

—Siempre habrá un buen samaritano despistado, aunque nadie como tú, Benigno, eso lo tengo por seguro. Gracias de corazón por todo. Anda, dame un abrazo y terminemos con esto, que hoy alguno pierde el tren… o la compostura.

Ya oscurecido, la embajada abrió una de las rejas laterales por la que grupos de sombras trepaban a los camiones que iban llegando y salían inmediatamente hacia los puertos que aún mantenía la República. La operación se realizó en pocos minutos y con el máximo sigilo. Las patrullas nocturnas no solían discriminar y en varias ocasiones habían abierto fuego contra presuntos fascistas.

VA, PENSIERO, SULL'ALI DORATE[2]

Muchos años después, todavía podían verse sobre el paredón de adobe encalado los impactos de las balas que no mordieron carne o astillaron hueso. Las pocas que adrede erraron su objetivo. Las que intentaron huir para no morir con los muertos y tuvieron que entender que su vuelo era corto y que su libertad también, que terminaba ahí, contra la tierra amasada con paja y secada al sol, incrustándose en el muro para hacerse historia o fundirse en el olvido.

Dimas había regresado del exilio, ya fallecido Leónides y siendo Benigno muy viejo, retirado en una hacienda en Argentina a la que puso por nombre Walhalla. En su particular paraíso, sin más pretensiones que unos cientos de cabezas de ganado y algunos cultivos, el chófer había encontrado la paz y la compañía de una mujer mucho más joven que él que lo tenía «como

[2] «Vuela, pensamiento, sobre alas doradas.»

un pachá, Dimas, como un pachá». Solo lo visitó una vez. ¡Lo que se rio de él por cómo se le había pegado el acento! «¡Vieja! ¡Traénos un matesito! Decime, sinvergüenza ¿Qué sabés vos del jefe? Hace siglos que no responde a las cartas.»

El anticuario, más por vicio que por necesidad, «No imaginas lo aburridísimo que es esto de ser rico, rubiales, ya no sé ni que comprar», había prosperado con su prestigiosa tienda Spanish First Class Antiquities en el corazón de la City londinense. Un negocio absolutamente legal, sin la menor sombra de duda, que pagaba impuestos al Gobierno de Su Majestad. Se había convertido en un reputado comerciante de arte con los Estados Unidos en los difíciles tiempos de la Segunda Guerra Mundial hasta que la salud le pasó factura y se retiró a una lujosa residencia para jubilados en Covent Garden. Al parecer, en los últimos años se le iba un poco la cabeza y pasaba horas solo caminando por los jardines hablando en lenguas antiguas, intentando algún fallido escarceo con las cuidadoras y enfadadísimo por cómo los libros de ahora estaban cuajados de erratas e imprecisiones.

El muro le retrotrajo al horror de una noche que había reproducido mil veces en forma de pesadillas. Pero ahora sentía una calma absoluta. Tal vez no hubiera sido posible hallarla hasta ese momento de reencuentro con el pasado que tanto había temido. El regreso. La gran mentira de que veinte años es nada y de que la mirada será feliz. Pero no, no hay felicidad alguna sino un silencio neutro, marmóreo, en el que el sol de la tarde parece abrasar los gritos de los muertos y acallarlos.

¡Ve! ¡Pósate en las praderas, en las colinas,
donde exhalan su fragancia tibios y suaves
los aires de la tierra natal!

Bordeó la pared del cementerio sabiendo que pisaba sobre hueso sin derecho a lápida. Como el de la mujer que le dio vida o el del hombre que nunca le llevó a cazar. El de otro hombre que le mostró los ríos que iban a dar al mar que es el morir sobre mapas polvorientos y que señalaba con un puntero dónde se encontraba el límite del mundo explorado. Huesos de otros hombres nacidos buenos y transmutados por deseo del destino en homicidas. Hueso de albañil y jornalero bajo las pisadas.

La puerta del camposanto lo encontró y cedió con un chirrido. Se sentó sobre el primer mármol que mejor le acomodaba y retiró con la mano el polvo y las hierbas secas sin leer quién yacía debajo. Abrió la carta.

Madrid
20 de septiembre de 1936

Amado abejaruco:

Me vas a permitir que te llame así una última vez, porque aunque ahora seas un hombre hecho y derecho, yo siempre te veré así, como ese pajarillo despeinado de apariencia indefensa pero de enorme inteligencia y fortaleza.

Si te conozco bien, habrás cumplido mi deseo y habrás guardado esta carta a la espera de un momento que tarde o temprano iba a llegar. Ya me habían advertido los médicos que este corazón gastado de emociones fuertes no iba a dar de sí tanto como yo hubiera deseado. Nunca me gustó la vejez, pero aun con todo, espero haberle arañado unos años buenos a la vida. Si eso ha sido así y he conseguido librarme de los matasanos, mi existencia habrá sido, si no larga, plena.

Aunque no lo creas, hay muchas historias que me quedaron por contarte y muchas otras cosas que me hubiera gustado decirte a riesgo de que me dijeses que te ponía la cabeza como un bombo. Todas ellas eran con la intención de que crecieras como un hombre íntegro y, siempre que se pudiera, feliz. En lo poco que yo pueda haber contribuido creo, o deseo, haberlo conseguido y siempre he estado y estaré orgulloso de ti. Y ya sabes que no te hablo de esa falsa integridad de curas que consiste en no mirar a la mujer del prójimo ni codiciar los bienes ajenos, que bien se ocupará todo el mundo de intentar quitarte lo que es tuyo. Me refiero, claro está, a ser un hombre de bien y hacer el bien a quienes lo necesitan. Ese es el mayor tesoro que podrás encontrar.

Sé, Neptuno, que habrás crecido en la Fraternidad a puestos cada vez más altos y en ese camino te habrás perfeccionado con mayores niveles de exigencia. Pero has de saber también que ni entre los hermanos masones estarás libre de envidias ni de traiciones. Pocos son capaces de equilibrar el poder con la justicia, así que te encomiendo al GADU para que te guíe en todo momento con su luz.

No me cuesta imaginar que serás persona de gran fortuna, pero si no fuera así y si en algo te ayuda, todos mis bienes, los que hayan sobrevivido a mis dispendios, que ya sabes que soy de gustos caros, tuyos son. Úsalos si los necesitas o légalos a la Viuda y sus Tres Hijos y así se multiplicarán. Y más que herencia, he preferido guardarte un gran regalo, aunque te va a tocar poner en marcha todo tu ingenio para encontrarlo. Lo único que puedo decirte es VITRIOL y que conserves esta carta como un modesto recuerdo mío.

Te he querido siempre como el hijo que nunca tuve. Sabía que llegaría el día en que tendría que dejarte volar, aunque solo imaginarlo me produjese un enorme dolor. Hemos tenido tantas andanzas juntos que me costará entrar en una catedral o en un museo sin poder dirigirte una mirada de complicidad. Respecto a eso, lo dije y lo mantengo, yo ya estoy del todo retirado. La única antigüedad de la que me queda preocuparme es de mí mismo. No quisiera que tú te pusieras en riesgo, por más que lo lleves impreso a fuego en tu carácter. Si, como supongo, ves que no puedes evitarlo, ve con la máxima precaución, sé muy prudente y no te confíes en tu experiencia.

Ojalá que hayas encontrado ya una compañera de vida que te ame, sí, pero que ante todo te comprenda, te respete y algo fundamental: que te haga reír. Como has demostrado tener buen gusto y ser hombre sensible a la belleza, la imagino mujer de gran hermosura. Si aún está por llegar, que no sea esto último lo que te decida, recuerda que hay más de mil millones de mujeres en el mundo deseando encontrar insensatos como tú para cometer matrimonio. Sé que elegirás bien y deseo que tengáis hijos que os den tanta felicidad como me has dado tú a mí.

Así que ahora, Dimas, hijo mío, ha llegado el momento de despedirme para siempre. Si alguna vez visitas mi tumba no pongas flores en ella. Conmigo concluye esta rama del linaje Sanjurjo, pero yo viviré en tanto tú me recuerdes y les hables alguna vez de mí a tus descendientes.

Con amor de padre,

LEÓNIDES SANJURJO

Dimas dobló la carta. La guardó despacio en el bolsillo interior de la chaqueta. Le sorprendió no derramar ni un sollozo al rememorar a Leónides desentonando emocionado los versos del Nabucco.

¡Oh, Patria mía, tan hermosa y perdida!
¡Oh recuerdo, tan grato y fatal.